# 완벽한
# 여자

완벽한
여자

The Thinnest Air

공보경 옮김

민카 켄트 장편소설

한스미디어

The Thinnest Air

내 존재의 이유인 Q, G, C에게
그리고 누구보다 소중한 J에게 이 작품을 바칩니다.

차례

# 1장 메러디스

**36개월 전**

섹스보다 초콜릿 케이크가 좋다고 주장하는 사람이 있다면 앤드루 프라이스를 두 다리로 품는 특권을 누려보지 못해서일 것이다.

호텔 객실 창밖으로 눈 덮인 에펠탑이 보인다. 침대보가 바닥에 아무렇게나 흘러내려가 있다.

눈앞에…… 신혼의 단꿈이 펼쳐진다.

내 몸에 올라탄 앤드루의 운동선수처럼 호리호리한 몸이 땀에 젖어 빛난다. 키스하는 그의 혀에서 내 체취가 느껴진다.

그는 모험심 많고 자유분방한 나를 좋아한다.

아니, 사랑한다.

자기 나이의 절반밖에 안 되는 나를, 아직 정점에 이르지 않은 미숙한 나의 성욕을 그는 탐한다. 이혼한 중년남인 자신을 사춘기 소년처럼 들뜨게 만드는 나의 육체를 능수능란하게 다룬다.

나는 그의 근육질 가슴을 손으로 문지르며 미소 짓는다.

그를 사랑한다. 내가 아닌 타인을 이렇게까지 사랑하게 될 줄이야! 상상했던 것보다 백만 배는 더 사랑한다. 아무도 이해할 수 없는 사랑이다. 언니조차 이해하지 못한다. 그리어 언니는 우리 관계를 무슨 원조 교제 보듯 한다. 돈으로 유지되는 피상적인 관계라고 멋대로 재단한다. 하지만 크게 잘못 생각한 것이다.

물론 언니가 걱정하는 것도 이해는 간다.

지난 6개월 동안 앤드루는 내 학자금 대출을 전액 상환해줬다. 내게 자동차도 사줬고 나를 특권층으로 살게 해줬다. 하지만 그게 전부는 아니다. 언니는 앤드루가 밤에 나를 얼마나 부드럽게 안아주는지, 얼마나 달콤한 키스를 해주는지 모른다. 방 저편에 있는 앤드루와 눈을 맞추는 게 어떤 기분인지, 그 순간 내 불안정한 걸음 아래서 땅이 얼마나 흔들리는지 언니는 알지 못한다.

앤드루는 지금껏 아무도 내게 해주지 못한 것을 해줬다.

그와 함께 있으면 안전하다는 느낌, 사랑받는다는 기분이 든다.

그러니 이건 진짜 사랑이다.

멋진 자동차와 호화로운 저녁식사, 옷장에 가득한 고급 옷들은 부수적인 요소일 뿐이다. 그가 내일 당장 빈털터리가 된다고 해도 나는 그의 곁에서 그를 사랑할 것이다.

"샴페인 더 마실래?"

내 몸에서 내려간 그가 미니바로 걸어간다. 잠깐 떨어졌는데도 벌써 그의 온기와 미묘한 사향 향기가 그립다. 나는 그에게 중독됐다. 누군가를 사랑할 때면 으레 그렇듯 나는 그의 모든 것을 믿고 받아들인다. 이러다 모질게 넘어져도 뒤돌아보며 후회하지 않을 것이다. 강력한 마법 같은 사랑의 힘이 있으니까.

옆으로 돌아누워 무릎을 굽히고 손으로 머리를 받친다. 그 자세로 나의 완벽한 남편을 바라본다. 저 남자의 모든 것이 이제 공

완벽한 여자

식적으로 내 차지라는 사실이 내심 뿌듯하다.

이제 어떤 여자도 나처럼 저 남자를 만지지 못한다.

어떤 여자도 내가 하듯 저 남자를 느끼게 해주지 못한다.

그도 잘 아는 바다.

"응, 줘요."

내 몸에서 좀처럼 떨어질 줄 모르는 그의 시선에 가슴이 뛴다. 그는 내 진가를 안다. 내가 자기 것임을 고마워한다. 앤드루를 만나기 전에 나는 늘 내 또래 남자들에게 끌렸고, 그들의 오만을 자신감으로 착각했다.

앤드루는 오만하지 않았다. 성공한 남자답게 자신감이 넘쳤지만 자신의 입지를 당연시하지 않았다. 그저 자신이 무엇을 원하는지 잘 알았고, 주저 없이 그것을 좇을 뿐이다.

그런 그가 나를 원하니 너무도 기쁘다.

그는 술잔 두 개를 그득 채워 들고 침대로 돌아온다. 두 손에 든 길쭉한 샴페인 잔에서 거품이 보글보글 올라온다.

"날 영원히 사랑할 거죠?" 진지한 질문이 아닌 척 입꼬리를 올리며 장난스레 웃어본다. "무슨 일이 생겨도?" 술을 한 모금 마신다. 가벼운 거품이 잠시 혀 위에서 노닌다. 이 순간을 기억하고 싶다. 모든 것을 느끼며 기억에 영원히 새겨두고 싶다.

앤드루는 술을 한 모금 마시며 아마레토˚ 같은 눈으로 나를 지긋이 바라본다.

"무슨 질문이 그래?" 그의 입술이 내 이마에 와 닿는다. 그는 그

---

˚ 버터 아몬드 맛이 나는 이탈리아산 증류주.

대로 숨을 내쉬며 내 뺨을 부여잡는다. "당신은 내 아내야, 메러디스. 당신과 나, 영원히, 우린 함께야."

나는 내가 그의 세 번째 아내라는 사실을 굳이 떠올리지 않기로 한다.

그는 첫 번째 아내를 굳이 손에 꼽지 않으려 한다. 고등학교를 갓 졸업한 너무 어린 나이에 결혼한 탓일 것이다. 그는 대학을 졸업할 무렵 이혼했고 둘 사이에 아이는 없었다. 그 시절 자신의 인생이 어땠는지 그는 기억도 잘 나지 않는다고 한다. 그 여자의 이름조차도 눈을 가늘게 뜨고 마치 한참 애를 써야 기억난다는 듯이 군다. 노터데임 대학교에 다니던 시절이었고, 어린 아내와 대학촌에서 싸구려 데이트를 하기보다는 공부를 하거나 친구들과 어울려 술을 마시거나 럭비를 하느라 바빴다고 했다.

두 번째 아내의 이름은 에리카다. 나는 되도록 그 여자에 대해 생각하지 않으려 애쓴다. 그 여자가 이 아름다운 순간을 망치게 하고 싶지 않다.

그 여자는 나를 지독하게 싫어한다.

나도 마찬가지다.

"다시 말해봐요." 나는 샴페인 잔이 기울어지지 않도록 들고서 드러눕는다. 시트가 다리 사이로 흘러내린다.

"뭘?"

"아내라는 거."

나는 술을 한 모금 마시면서 애써 웃음을 감춘다. 가까운 친구들과 가족들로 구성된 삼백칠십육 명의 하객들 앞에서 그가 내게 입을 맞춘 후로 내 입에서 웃음이 떠난 적이 없다.

완벽한 여자

앤드루가 옆으로 와 눕는다. 그는 가운데가 움푹 들어간 턱을 손바닥으로 쓱 문지르며 피식 웃는다.

그리고 천천히 말해준다.

"당신은 내 아내야."

뚜렷하게 각진 그의 턱과 소년처럼 말간 얼굴을 바라본다. 눈동자는 나이에 비해 훨씬 젊어 보이는데 관자놀이의 머리카락이 희끗희끗해서 더 섹시하다. 그는 말도 못하게 똑똑한 남자다. 금융 분야 최고 수준 중개인들의 자리를 위협할 정도로 주식이며 채권, 보통주, 증권에 대한 지식이 해박하다.

"당신은 지금까지 내가 본 중에 제일 섹시한 남자예요." 손을 뻗어 그의 완벽한 입술을 손가락 끝으로 문지른다. "우리가 결혼했다는 사실이 믿어지질 않아요."

7개월 전까지만 해도 앤드루와는 아는 사이도 아니었다.

6개월 전 그는 한 무리의 남자들을 데리고 내가 서빙 일을 하는 덴버의 카페를 찾아왔다. 다들 짙은 색 정장에 무늬 없는 넥타이를 맨 차림이었다. 나는 제일 먼저 그의 주문을 받았다. 내게 메뉴판을 건네주면서 그의 손이 내 손을 스쳤다. 그는 미소 지었고, 나도 같이 미소 지었다. 그 순간 주변의 모든 것들이 영원히 사라진 듯 느껴졌다.

"너무 빨리 진행이 되서 그런 거 아닐까?" 그는 한 손으로 머리를 받치고 석양의 잔광에 물든 천장을 올려다본다. "당신을 놓칠 수가 없었어."

앤드루와의 첫 데이트는 그동안 만났던 남자들과의 데이트와는 사뭇 달랐다. 버거나 맥주, 야구 따위는 없었다. 나를 데리러 온

날 그는 정장에 넥타이를 맸다. 레스토랑에 도착해서는 안내 데스크에서 예약 내역을 확인했다. 내가 주문한 음식에 어떤 와인이 잘 어울리는지까지 그는 정확히 알고 있었다.

데이트하는 동안 미모의 여자가 홀로 지나가도 그는 한 번도 눈을 돌리지 않았다. 문 앞에서는 늘 나를 위해 문을 잡아주었다. "부탁해"와 "고마워"라는 말을 적절히 쓸 줄 알았다. 전 부인들에 대해 쓸데없는 소리를 하지도 않았다. 내 앞에서 휴대폰을 확인하는 짓도 하지 않았다.

데이트를 몇 시간 앞두고 나는 그와 공통점이 없을까 봐 전전긍긍했다. 소셜 미디어로 그에 대해 슬쩍 알아보니 그는 홀로 두 아이를 키우는 아빠였고 금융업계에 종사하고 있었다. 페이스북을 마지막으로 업데이트한 게 4년 전인 걸 보면 SNS 활동에 시간을 쏟는 것 같지는 않았다.

내 주변에선 볼 수 없었던 새로운 부류의 남자였다.

저녁식사를 마친 후 그는 나를 교향곡 연주회에 데려갔다. 중간 휴식 시간에는 와인을 가져다주었고 여자 화장실 앞에서 군소리 없이 기다려줬다.

그날 밤 그의 차로 걸어가면서 왼쪽 하이힐 뒷굽이 부러지는 바람에 발목을 접질리고 말았다. 룸메이트에게 빌려 신고 나온 싸구려 하이힐이었다. 그는 나를 부축해 절뚝절뚝 걷게 해서 어색하게 데이트를 끝내는 대신, 마치 신랑이 신부한테 하듯 나를 번쩍 들어 안고 차로 걸어갔다. 주변 사람들이 입을 벌린 채 재수없다는 듯 우리를 쳐다봤지만 앤드루는 아랑곳하지 않았다.

그의 관심사는 오직 나였다.

완벽한 여자

그날 밤 그는 나를 집까지 데려다주었을 뿐 아니라 침대에 눕히고 얼음과 아스피린을 가져다주었다. 내 휴대폰을 가져다가 충전기에 꽂아주고 내가 잠들 때까지 곁을 지켜주었다.

앤드루 프라이스는 그런 남자였다.

나는 전혀 예상치도 못한 시기에 그를 만나 마음을 온통 빼앗겼다. 그동안 앤드루의 절반 수준에도 못 미치는 스물 몇 살짜리 애송이나 만나고 다녔던 나였다.

그는 감히 바랄 수도 없는 수준의 남자였다.

내가 필요로 하는 모든 것이기도 했다.

나는 그에게 다가가 그의 가슴에 뺨을 대고 누워 꾸준하고 건실한 심장박동 소리에 귀를 기울인다. 그리고 기진맥진해질 때까지 그의 몸을 파고들며 진한 살내음을 콧속 깊이 빨아들인다.

남은 평생을 앤드루 프라이스와 함께 보낼 것이다.

이 세상에서 나보다 더 운 좋은 여자는 없다.

# 2장 그리어

**둘째 날**

"해리스!"

손가락 관절이 얼얼해질 때까지 그의 집 문을 두드린다. 벌게진 피부가 벗겨진 매니큐어만큼이나 엉망이다. 일요일 아침 7시. 해는 아직 지평선 너머, 반짝이는 맨해튼의 고층건물 숲 뒤에 도사리고 있다. 바람이 무자비하게 분다. 누그러질 줄 모르는 추위다. 해리스는 아마 따뜻한 침대에 누워 있을 것이다. 내가 타기로 한 비행기가 세 시간 안에 출발이라 지금은 예의를 차릴 겨를이 없다.

"제기랄, 문 좀 열어! 집에 있는 거 알아!"

수중에 열쇠가 있었으면 훨씬 수월했을 것이다. 하지만 작년에 나는 피차 감정 정리를 하려면 확실히 선을 긋는 게 좋겠다고 결정을 내렸다. 그러려면 내가 이 집에서 나가야 했다. 헤어진 지 수년째인 남녀가 계속 한 집에 살고, 한 침대에서 섹스리스 부부처럼 잠자고, 서로의 친구들이 결혼할 때마다 동행하는 건 누가 봐도 정상이 아니니까.

지난 10년 동안 일어난 온갖 일을 차치하더라도 해리스는 여전히 내가 속내까지 털어놓을 수 있는 제일 친한 친구이며, 자기도취증에 빠진 이 이기적인 행성에서 내 마음에 드는 몇 안 되는 사람들 중 하나다.

게다가 인정하고 싶진 않지만 내 마음의 한 부분은 여전히 그를 사랑하고 있는 것 같기도 하다.

문 안쪽에서 조그맣게 목소리가 들리더니 잠시 후 문이 열린다. 얼룩무늬 뿔테 안경을 비딱하게 걸친 해리스가 얼굴을 내민다. 퀴퀴한 시트와 숙면의 냄새가 훅 다가온다.

"뭐야? 무슨 일인데?"

그는 거뭇하게 올라온 수염을 손바닥으로 문지르며 가늘게 뜬 눈으로 나를 바라본다. 뺨과 이마에 베개 자국이 선명히 찍혀 있다.

"전화를 왜 이렇게 안 받아?"

터무니없는 소린 줄 알지만, 그가 전화를 안 받았다는 사실이 은근히 모욕으로 다가온다.

"자고 있었어. 쉬는 날이잖아."

"급한 일이 좀 생겨서. 나 지금 유타주에 가봐야 해."

애써 사무적인 투로 말했지만 해리스는 내 속을 꿰뚫어볼 것이다. 그 앞에서 무너져 내리지 않기 위해 나름 최선을 다하는 중이다.

원래 나는 감정 표현을 잘 못하는 편이다. 다른 사람 앞에서 눈물을 흘리느니 골반내진* 천 번을 받는 쪽을 택하겠다. 무엇보다 운다고 해서 내 동생을 찾을 수 있는 것도 아니다.

---

* 산부인과에서 진찰대에 누운 환자의 자궁을 진료하는 것. 골반내진 시 눕는 진찰대를 속칭 '굴욕의자'라고도 한다.

그는 오닉스* 처럼 검고 헝클어진 머리카락을 손으로 쓸어넘긴다. 비로소 잠기운이 거두어지고 두 눈이 초점을 찾아가는 듯하다.

"유타주? 왜, 메러디스 때문이야?"

"응. 메러디스가 실종됐어." 나는 팔짱을 낀다.

실종이란 말을 처음으로 입 밖에 내뱉고 보니 가슴이 조여드는 것 같다. 생각만 하다가 말로 하니 실감이 난다.

메러디스는 늘 나를 응원해줬다.

내 일이 잘 풀릴 때나 잘 풀리지 않을 때나.

내게 제일 큰 힘을 주는 치어리더였다.

그런 동생이 사라진 것이다.

"어떻게 된 건데?"

해리스는 열차 사고 현장을 목격한 듯 이맛살을 찌푸린다.

나는 그의 맨발을 내려다보며 입을 연다.

"앤드루의 애들을 학교에서 데려오기로 했는데 나타나질 않았대. 메러디스의 차가 식료품점 주차장에서 발견됐어. 운전석 문이 열려 있고 핸드백과 휴대폰은 조수석에 놓여 있었대. 싸운 흔적도 없고. 그냥…… 사람만 없어진 거야."

"젠장."

그는 고개를 푹 숙이고 목 뒤를 손으로 문지른다.

"얼마 동안 여길 떠나 있게 될지 몰라서 당분간 가게들 좀 관리해달라는 말을 하려고 왔어."

우리 사업이 어려운 시기에 그에게 부담을 지우고 싶지 않지만

---

* onyx. 여러 빛깔의 줄무늬가 있는 석영질의 보석. 검정색이 대표 색상으로 알려져 있다.

완벽한 여자

어쩔 수 없다.

10년 전 해리스와 나는 대학원을 막 졸업하고 학자금 대출에 치이며 일자리를 알아보았다. 하지만 '대침체' 시기라 취업이 거의 불가능에 가까웠다. 결국 우린 최대한으로 신용 대출을 받아 브루클린에 자그마한 커피숍을 열었다. 2년 후에는 첼시에 매장을 하나 더 열었고, 그 후 이스트빌리지에도 열었다. 지금 우리가 운영하는 커피숍은 총 다섯 개다. 미치도록 신나고 스트레스도 만땅이었지만 우리가 함께할 수 있는 일이라 더없이 좋았다. 둘이서 함께하는 일이니까.

하지만 요즘은 녹록지가 않다.

날이 갈수록 경쟁이 치열해지고 있다. 소셜 미디어에 능한 밀레니얼 세대가 돈 많은 부모의 무한한 재정 지원을 받아 운영하는 커피숍들이 우후죽순 생겨나고 있다.

지난 크리스마스 때는 '커피 바'라는 간판을 단 커피숍이 모퉁이 너머에 새로 생겼다. 커피숍 주인은 〈나 홀로 집에〉, 〈크리스마스 대소동〉 등 크리스마스 관련 영화에서 영감을 받아 그런 영화들을 주제로 한 음료의 특별 메뉴를 내놓았다. 이 소식이 버즈피드 사이트에 올라오자 밤새 입소문이 퍼져, '잔돈은 됐어, 이 추잡한 새끼야'라는 라테를 사려고 사람들이 가게 앞 몇 블록 너머까지 줄을 섰다. 실상은 소금 캐러멜을 넣은 펌프킨 스파이스 라테˚일 뿐인데 말이다. 아니면 터키쉬 에스프레소 샷을 추가한 아이스

---

˚ Pumpkin Spice Latte. 호박과 우유 등이 들어간 라테. 원래 스타벅스의 메뉴로 한국 스타벅스 메뉴에는 '펌킨 할로윈 티 라테'라는 이름으로 올라 있다.

모카에 불과한 '에디의 꽉 찬 정화조'를 사려고 그렇게들 줄을 섰다. 대단한 상상력을 동원해 창의적으로 만든 음료도 아닌데 소셜 네트워크 대유행의 물결이 밀어닥치니 우리로선 버틸 재간이 없었다.

우리의 12월 수익은 이미 40퍼센트나 떨어졌고 계속해서 추락 중이다. 앞으로 몇 달 내에 매장 세 곳 정도는 닫아야겠다는 생각을 하고 있는데 메러디스가 내게 돈을 빌려주겠다고 나섰다.

난 도움을 받고 싶지 않았다.

그렇다고 내 생계 수단을 속절없이 잃을 수는 없었다.

해리스도 잃고 싶지 않았다. 끔찍한 차 사고를 목격한 것 같은 표정으로 내 앞에 서 있는 이 남자 말이다.

"그래, 알았어. 여기 일은 내가 맡아서 할게. 계속 소식 알려줘."

나는 현관문 앞에서 머뭇거린다. 해리스는 대놓고 말은 안 했지만 메러디스를 별로 좋아하지 않았다. 소셜 미디어 중독이라거나, 쓸데없는 뉴스나 읽는다거나, 화장이 너무 진하고 노출이 심하다는 말을 하며 은연중에 비꼬았다. 특히 메러디스가 지나치게 야하게 꾸미고 다니는 걸 싫어했는데, 아마 그도 어쩔 수 없었을 것이다. 하버드 대학교 출신의 여성학 교수인 부모와 세 명의 여자 형제 사이에서 충직한 페미니스트로 자란 남자니까.

"제발 별일 없어야 할 텐데."

그는 속삭임처럼 조용히 말을 내뱉으며 시선을 떨구었다.

엿같은 일이 막상 현실로 일어나버리니 메러디스에 대한 케케묵은 반감도 더 이상 중요하지 않게 된 모양이다.

"새로운 소식 있으면 전해줄게. 휴대폰…… 꼭 켜놔. 밤에도. 필요하면 전화할게."

메러디스를 찾을 때까지 제정신을 유지하려면 해리스의 이성적 판단에 기대야 할 것 같다. 해리스는 늘 판단력이 좋았다. 내 시야를 넓혀주고 초조해하는 자아를 잘 달래주는 남자다.

돌아서서 떠나려는데 그의 따뜻한 손바닥이 내 손목을 감싼다.

"그리어, 정말 유감이야."

그는 고개를 옆으로 기울인다. 상황이 상황인 만큼 그의 손길이 주는 위안에 빠져들 수가 없다.

"유감?" 나는 인상을 찌푸리며 그를 위아래로 쏘아본다. "뭐가? 걘 죽지 않았어. 실종된 거지."

그는 대꾸하지 않는다.

"내가 꼭 찾아낼 거야."

나는 더없이 확고하게 내뱉는다.

"그래. 필요할 땐 언제든 날 불러."

그는 수년 전에 그어놓은 선을 선뜻 넘어와 나를 두 팔로 끌어 안는다.

그의 품에 다시 안겨 있자니 끝도 없이 추락하다가 잠시 멈춘 기분이다. 그는 아직 날 사랑한다. 나는 알고 있다.

내가 그에 대한 사랑을 멈추지 않는 한 그 역시 나에 대한 사랑을 그만두지 않을 것이다. 우린 수년째 사업에 전력을 쏟느라 관계를 소홀히 했고, 견디다 못한 그는 각자의 길을 가는 게 좋지 않 겠느냐고 제안했다. 그동안 우린 일에 모든 시간과 에너지, 열정을 쏟아부었다. 일에 너무 몰두해서 사이가 틀어진 걸 뒤늦게야 알 아챘다. 우리 사이에 튀던 불꽃은 이미 사라졌고 짜릿한 흥분감은 미지근한 위안으로 바뀌었다. 그런 상태로 굳이 함께 살 필요는 없었다.

적어도 해리스는 그렇게 말했다.

우린 수개월에 걸쳐 이별했다. 그다지 놀라운 일도 아니었다. 난 내 문제로 골치가 아팠고 해리스는 원래 복잡한 남자였다. 내가 그를 좋아하는 이유도 그래서였다. 그는 속이 깊고 생각이 많았다. 그의 그런 면은 적어도 지금 같은 대량 생산 시대에 뭇사람들에게 호감을 살 만한 요소는 아니다.

나는 예전처럼 그의 체취를 깊게 들이마신다. 울적하고 달콤한 기분, 우울감에 취할 것 같다. 마음 한편으로는 해리스가 나와 함께 유타주로 가주길 바라지만 그건 불가능하다. 누군가는 여기 남아서 가게 운영을 계속해야 한다. 유타주에서 시간이 얼마나 걸릴지도 모르는데 우리 둘 다 자리를 비울 수는 없다.

"비행기에서 내리면 전화해."

"그럴게."

나는 해리스한테서 떨어져 핸드백 끈을 추어올린다. 그를 한 번 쳐다보고는 돌아선다.

무력감과 불안감이 뼛속까지 스며드는 듯 낯선 기분이다. 숨을 깊이 들이켜고 승강기 쪽으로 성큼성큼 걸어간다. 밖에서 대기 중인 택시를 향해 발을 옮긴다.

동생을 꼭 찾아내고 말 것이다.

# 3장 메러디스

**33개월 전**

"네가 여기 산다니 믿기지 않아."

그리어 언니는 대리석 타일이 깔린 현관 입구에 캐리어 가방을 내려놓으며 말한다. 언니의 시선은 2층으로 올라가는 계단 위쪽을 지나 쇤베크°샹들리에로 향한다. 수천 개의 눈물 모양 크리스털 사이에서 65개의 조명등이 영롱하게 빛나고 있다.

"우리가 어렸을 때 살았던 신발 상자 같은 집보단 확실히 좋네."

"그런 말 좀 그만하면 안 돼?"

얼음처럼 차가운 언니의 푸른 눈이 내 눈을 향한다.

"뭘 그만해?"

"집에 대해 유난 떠는 거."

나는 뒷짐을 지고 서서 눈썹을 곤두세운다. 고개를 옆으로 비딱하게 기울이며 입술을 깨문다.

언니가 이 집에 놀러 오겠다고 한 날부터 며칠 동안 위가 뒤틀리

---

° 스와로브스키의 크리스털 조명 브랜드.

는 기분이었다. 이런 걸 보면 인간의 몸은 흥분과 불안을 잘 구분하지 못하는 것 같다.

"그럼 네가 벤틀리로 날 마중 나온 것도, 미슐랭 별점 받은 식당에서 네 남편 카드로 다섯 코스짜리 저녁 사준 것도, 스키 산장 같은 수백만 달러짜리 집으로 날 데려온 것도 다 없었던 일인 척해야겠네?"

언니는 놀리듯 웃는다. 난 언니를 잘 안다. 저 놀리는 말투 저변에는 뭔가 다른 감정이 깔려 있다. 정확히 어떤 감정인지는 아직 알 수 없다. 의심? 회의? 실망? 질투?

언니가 날 자랑스러워해주길 바라는 건 아니다. 지금 내가 누리는 것들은 내가 노력해서 얻은 것도, 마땅히 가질 자격이 있는 것도 아니다. 난 그냥 결혼을 잘했을 뿐이다. 운이 좋았다. 그게 전부다. 다만 이제 다른 사람이 나를 잘 돌봐주고 있다는 걸 언니가 알아주었으면 좋겠다.

내가 더는 언니의 짐이 아니라는 것도.

신경이 곤두선 언니를 두 팔로 감싸 안고 언니의 어깨에서 긴장이 풀릴 때까지 꽉 끌어안는다.

"사랑해, 언니. 와줘서 기뻐. 우리 같이 즐거운 시간 보내자."

언니가 숨을 후 내쉰다.

"그래. 꼴사납게 굴어서 미안해. 그냥…… 지금 네 인생이 꼭 미친 것처럼 보여서 그래. 넌 이렇게 살기엔 너무 어려."

언니는 내게서 물러서서 내 눈을 똑바로 바라본다.

"스물두 살에 결혼하는 사람이 없는 것도 아니잖아. 운명이란 게 내 맘대로 되는 것도 아니고."

완벽한 여자

"네가 누구인지, 네가 바라는 게 무엇인지 잊지 말고 살아야 해. 난 널 남자한테 빌붙어 살도록 키우지 않았어."

나는 윙크를 하면서 언니의 캐리어를 향해 손을 뻗는다. 분위기를 누그러뜨리기 위해, 그리고 이 대화가 모녀간의 대화처럼 흘러가지 않기를 바라며.

"이런 얘긴 전에도 했잖아. 내 결혼식 전날에."

언니는 눈을 위로 굴린다.

"그래, 그랬지. 넌 그 남자를 사랑하고 그 남자도 널 사랑한다고 했지. 모든 게 완벽하다고, 그러니까 걱정할 거 없다고."

내 입꼬리가 쓱 올라간다.

"내 얘길 귀담아들어줘서 고맙네. 언니 방 보러 갈래?"

언니 가방을 끌고 현관 입구를 빠져나가려는데 경비 시스템의 경보음이 두 번 울린다.

"무슨 소리야?"

"앤드루가 왔나 봐."

나는 주방 쪽을 흘끗 돌아본다. 앤드루의 송아지 가죽 옥스퍼드화가 바닥에 끌리는 소리, 열쇠가 카운터에 달그락 놓이는 소리, 와인 냉장고 문을 스윽 열고 우리가 밤마다 마시는 레드와인 병을 꺼내는 소리가 연달아 들려온다.

잠시 후 그의 목소리가 들린다.

"메러디스? 집에 있어?"

"여기 있어요." 그의 목소리를 쫓아 캐리어를 끌고 가자 언니도 뒤따라온다. "누가 왔는지 봐요!"

그는 메를로 와인 병의 마개를 열고 있던 참이다. 고개를 든 그의 시선이 언니의 차가운 눈빛을 마주한다. 예전에 나는 그에게 언니 자신도 어쩔 수 없다고, 누구를 보든 늘 그런 눈빛이라고 얘기한 적이 있다. 언니는 기본적으로 사람을 믿지 않고 누굴 좋아하기도 힘든 성격이라고. 친해지기까지 오래 걸리지만 곧…… 마음을 열 거라고. 언니는 우리가 소유한 재산이 불법적인 경로로 획득한 게 아니라 합법적으로 얻은 것임을 확인하고 싶어 할 뿐이라고. 앤드루는 상관없다고 했다. 자기는 둔감해서 그런 것 때문에 나에 대한 감정이 흔들릴 일은 없다고 했다. 절대로.

"앤드루."

언니는 억지로 미소를 짓는다. 그에게 다정하게 대하려고 애쓰는 게 느껴진다. 바람직한 방향으로 조금은 나아간 것 같다. 생각해보니 이번이 앤드루와 언니의 세 번째 만남이다. 둘이 벌써 친구가 되길 바라는 건 무리일 테니, 자연스럽게 친분이 쌓이기를 지긋이 기다리는 수밖에.

남편은 백금 도금된 손잡이가 달린 크리스털 와인 잔 세 개를 꺼내놓고 부드러운 곡선을 그리는 주둥이 안쪽으로 와인을 따른다.

"비행은 괜찮았어요?" 그는 우리 쪽으로 잔을 밀어주며 묻는다. "눈이 온다고 해서, 연착될까 봐 걱정했는데."

언니는 와인을 약간 마신다.

"운 좋게 눈을 잘 피했네요."

"남자친구는요? 이름이 해리스였죠?"

나는 와인 잔 손잡이를 손가락 사이에 끼운 채 이리저리 돌리다가 그에게 나지막하게 상기시킨다.

"전 남친인데……."

언니가 나를 쏘아보자 나도 슬쩍 쏘아봐준다. 내 연애사만 늘 도마에 오르고 언니의 연애사는 자물쇠 채운 일기장처럼 취급받는 건 불공평하다. 몇 년 전에 연인 관계를 청산한 언니와 해리스가 여전히 아무 일 없었던 것처럼 지내는 것에 대해 우린 입도 뻥긋 못 하고 있다. 두 사람은 더 이상 한 아파트에서 살지 않고 더 이상 커플도 아니지만 그 외에는 달라진 게 없다.

"미안합니다. 두 사람이 결혼식에 함께 왔던 게…… 생각나서."

언니는 윤기 도는 목재 바닥으로 시선을 떨어뜨린 채 와인을 한 모금 더 마신다. 우리 결혼식 날이 생각난다. 눈 덮인 산꼭대기에 자리한 고급 호텔에서 화려하지만 인간미 없이 치러진 결혼식이었다. 우리 신혼집에 브런치를 먹으러 온 사람도, 우리가 선물을 개봉하는 모습을 지켜본 사람도 없었다. 우린 결혼식장까지 손님들을 데려왔다가 식이 끝나자 내보냈다. 긴 축하연이 계속되어 소소한 수다를 떨며 서로 근황을 주고받을 시간도 없었다.

"언니한테 방을 보여주고 올게요." 나는 잔에 손도 대지 않은 채 남편에게 말한다. 생리가 며칠 늦어지고 있지만 남편은 물론 어느 누구에게도 아직 알리지 않았다. "언니한테 우리 방과 같은 층의 손님방을 쓰게 하려는데 괜찮죠?"

아일랜드 수납장을 빙 돌아온 앤드루는 한 손으로 내 손을 감싸며 웃는다.

"허락 구할 필요 없어. 여긴 당신 집이기도 하잖아."

어쩐지 바보가 된 기분이지만 미소로 넘긴다. 이 집에 산 지 수개월째인데 여전히 그만의 집인 것처럼 느껴진다. 거대한 교회만 한 집에서 사는 것에 도무지 익숙해질 것 같지 않다. 아름답지만 집처럼 느껴지질 않는다. 내 집이라는 생각은 더더욱 들지 않는다.

"아까 로지타한테 손님용 별채를 준비해두라고 일러뒀어. 처형이 손님방보다는 별채를 더 편안해할 것 같아서." 앤드루는 언니를 흘끗 쳐다보며 덧붙인다. "사생활 보장이 더 잘 되잖아. 소음도 적고."

나는 언니를 돌아본다.

"저이 말이 맞아. 이번 주가 저이 아니, 우리가 칼더와 이자보를 맡을 차례거든. 아이들이 내일 이 집으로 올 거야."

언니는 가방을 손으로 꼭 쥐고 앤드루의 표정을 살핀다. 그는 알아채지 못하지만 나는 안다. 언니가 무슨 생각을 하는지. 아마도 언니는 앤드루가 우리 자매 사이를 갈라놓으려는 건지, 나를 독차지해 우리 사이를 멀어지게 할 작정인지를 의심하는 중일 것이다. 물론 앤드루는 그럴 사람이 아니다. 그는 그저 언니를 생각해서, 언니가 편하게 지내도록 하려는 것뿐이다. 그는 언니가 여기서 즐겁게 지내기를 바라니까. 앤드루가 어떤 사람인지 알면 언니도 그의 마음을 알아주겠지.

"아무래도 손님용 별채가 좋겠어. 같이 보러 갈래?"

언니는 시선을 돌려 내 눈을 마주보며 대답한다.

"그래."

언니에게 따라오라고 손짓하자 앤드루는 천천히 마지못해 내 손을 놓는다. 잠시 후 언니와 나는 집 뒤쪽의 미닫이문을 나선다. 뚜껑을 덮어놓은 온수 수영장과 조명이 켜진 거품 욕조 옆을 지나 별채 쪽으로 걸어간다.

별채는 마치 크리스마스 장식처럼 빛나고 있다. 전문가가 디자인한 숙소 내부의 따뜻한 조명등이 어두운 색깔의 외벽에 빛을 흘린다. 코냑 빛깔의 웅장한 가죽 소파, 재생목을 활용한 천장 들보, 친칠라° 가죽을 씌운 쿠션에 이르기까지 전부 텔류라이드 마을에서 날아온 디자이너가 손수 고른 것이다.

앤드루는 이 별채를 작고 운치 있다고 하는데, 내가 알기로 대부분의 사람들은 250제곱미터 규모에 침실 네 개짜리 별채를 '작다'고 표현하지 않는다. 하긴 여기서는 뭐든 작아 보인다. 본채가 워낙 웅장하니 그 옆 건물은 작게 보일 수밖에.

안으로 들어간 우리는 입구의 탁자 옆을 지나간다. 신선한 꽃들을 모아 만든 특대형 꽃다발이 탁자 위에 놓여 있다. 겨울을 닮은 흰색 꽃 사이사이에 소나무 잔가지를 꽂은 꽃다발이다. 벽난로 안에는 장작 대신 넣어둔 심지 없는 초들이 깜박이고, 천장의 스피커에서는 재즈 가수 엘라 피츠제럴드의 노래가 흘러나온다. 삼나무와 스피어민트 향기가 희미하게 공기 중에 떠다닌다. 폭신하게 부풀린 크고 작은 쿠션들이 잘 정돈돼 놓여 있다. 휴가철이 지났는데 여기는 아직 휴가철 분위기가 난다. 앤드루는 글레이셔 파크에는 계절이 둘뿐이라고 했다. 크리스마스 그리고 크리스마스 즈음. 이 지역의 긴 겨울을 이보다 더 잘 이용할 수는 없을 것이다.

"언니 마음에 들 거야." 언니는 현관 입구에 선 채 두 팔로 옆구리를 바짝 감싸듯 팔짱을 끼고 주변을 둘러본다. 꼭 내가 언니를 납치해서 UFO에 태워놓은 것 같다. "손님방도 괜찮지만 별채가 더 좋아. 거의 오성급 호텔 수준이거든. 숙소 관리도 직원들이 알

---

° 토끼처럼 생긴, 남아메리카 남서부의 특산종.

아서 다 해줘. 작은 주방에 필요한 물건들이 다 채워져 있긴 한데, 필요한 게 있으면 수화기 들고 0번을 눌러. 직원이 도와줄 거야."

언니의 캐리어를 침실로 끌고 들어가 보송보송한 시트가 깔린 킹사이즈 침대 발치에 놓아둔다. 언니는 따라 들어오지 않는다.

"언니?"

나는 뒷걸음질로 다시 거실로 나간다.

"원한다면 우리 방 옆에 있는 손님방을 써도 돼. 여기가 너무 부담스러우면 말해."

"괜찮아."

언니는 입을 꾹 다문 채 한곳만 바라보고 있다. 종일 움직였으니 지칠 만도 하다. 솔트레이크시티 국제공항에서 언니를 만나 곧바로 차를 운전해 공항을 나섰다. 매사노 레스토랑에서 저녁을 먹기 전 한 시간에 걸쳐 글레이셔 국립공원을 구경시켜주고 아름다운 프랑스풍, 고딕풍 건축물들도 보여주었다. 이 도시를 작은 요새처럼 둘러싼 산맥을 빙 돌아가는 동안 언니에게 이 지역에서 관광객을 가려내는 방법도 일러주었다. 관광객들은 늘 거북이처럼 느릿느릿 걸어 다니고, 여기저기 손가락질을 하며, 노스페이스 브랜드 옷에 어그 부츠를 신는다는 특징이 있다. 이 지역 주민이 노스페이스를 입거나 어그 부츠를 신고 다니면 꼴불견이라는 소리를 듣는다. 여기서는 몽클레르, 보그너 같은 브랜드가 유행이니까. 적어도 여자들 사이에서는 그렇다. 이런 브랜드들을 언급하지 않고 이곳 여자들과 최신 유행 스키복에 대해 수다를 떠는 게 과연 가능할까?

분위기만 싸늘해지겠지.

도시 이곳저곳을 구경하는 동안 언니는 조용히 앉아 듣기만 했는데 어쩌면 점잔을 빼느라 그랬는지도 모르겠다. 어쨌든 난 자랑하려고 언니를 이리저리 끌고 돌아다닌 게 아니다. 그저 내 새 보금자리를 언니가 편하게 느끼길 바랐다. 언제든 다시 오고 싶은 마음이 들도록.

여기서 나는 아직 친한 친구를 사귀지 못했다. 부끄럽지만 앤드루와의 결혼생활 말고는 달리 생활이랄 것도 없다. 이곳 여자들 대부분은 그저 집에만 머물며 얼굴 마사지를 하거나 매니큐어를 바르거나, 다른 전업주부 친구들과 한 번씩 주사위 게임을 곁들인 점심 모임을 하는 생활에 만족하는 듯하다.

이웃 여자의 초대를 받아 모임에 한 번 참석해봤는데 여자들이 죄다 우리 엄마 연배였다. 그들은 '가슴이 탱탱하다'거나 '피부가 갓난아기 엉덩이처럼 곱다'는 말로 나를 추켜세우든지, 딸처럼 취급하든지 둘 중 하나였다.

"메러디스, 주방에서 얼음 채운 잔 하나만 갖다주면 고맙겠어."

"메러디스, 이 인스타그램이라는 거에 대해 설명 좀 해줘봐. 어떻게 하는 건지 도통 모르겠네."

"메러디스, 나중에 나랑 쇼핑 좀 같이 가. 우리 조카가 입을 만한 옷 좀 골라줘."

그날 나는 앤드루의 세계에 적응하는 게 생각만큼 쉽지 않다는 걸 깨달으며 씁쓸한 기분으로 모임을 빠져나왔다.

며칠 전 밤에는 아르바이트 자리라도 찾아봐야겠다고 앤드루에게 말했더니 그가 웃으며 내 이마에 입을 맞췄다. 그러고는 지금도 그렇고 앞으로도 우리에게 돈이 부족할 일은 없을 거라고 했다.

내 말뜻은 그게 아니었다.

나는 이 생활이 지루했다.

외롭기도 했다.

그렇다고 남편에게 "미안해. 당신을 죽도록 사랑하지만 당신 덕에 얻은 이 호화로운 삶은 따분하고 재미가 없어. 솔직히 지긋지긋해"라고 말할 수는 없는 노릇이다.

"정말 둘이 끝낸 거야?"

나는 시계를 흘끗 쳐다보며 언니에게 묻는다. 속으로는 뉴욕이 지금쯤 몇 시일지 헤아린다.

언니는 숨을 훅 들이마시며 고개를 끄덕이더니, 발을 바닥에 붙인 채 가만히 집 안을 둘러본다.

"그렇구나. 난 아침에 발레핏* 운동 가야 해."

난 발레핏이 싫다. 여기서 하는 운동은 거의 다 싫다. 땀에 젖어 끈적이는 옷을 입은 채 후끈한 체육관을 나와서 춥디추운 주차장으로 걸어가다 보면 다음 달 체육관 회원권을 갱신할지 말지 늘 고민하게 된다. 그래도 시간을 죽이기엔 좋다. 운동하러 가기 전 샤워하고 옷을 차려입고(머리 손질과 화장까지 한다. 이곳 여자들은 다 그렇게 하니까) 체육관까지 차를 운전해 가서 수업 두 개를 들으며 땀을 쫙 빼고, 집으로 돌아와 샤워하고 옷을 차려입고 머리 손질을 하고 화장을 하면 세 시간이 훌쩍 간다.

"발레핏 끝나면 실내 자전거 운동도 하고, 집에는 오전 10시쯤 올 거야. 여기 있는 동안 하고 싶은 거 있으면 말해줘."

---

● 발레와 필라테스를 결합한 운동.

언니는 굳은 얼굴에 살짝 미소를 지으며 대답한다.

"그래."

나는 별채를 나서서 뒤뜰을 가로질러 본채로 향한다. 뒷베란다에서 잠시 걸음을 멈추고 집 안을 들여다본다. 앤드루가 오른편에 와인 잔을, 앞에는 남은 음식을 다시 데운 접시를 놓아두고 식당 상석에 앉아 있다. 그는 미간을 살짝 찌푸린 채 태블릿으로 뉴스를 읽는 중이다. 미간의 깊은 주름이 도드라져 보인다. 그를 바라보고 있는데 가슴이 벅차오른다.

그는 늘 이렇게 일을 하며 가족을 부양하고 있다.

미닫이문이 조용히 쉬익 열리는 소리에 그는 눈길을 돌린다. 나를 올려다보는 그의 표정이 확 밝아진다. 대단한 영향력을 가진 이 부유한 남자는 내가 안으로 들어설 때마다 이렇게 얼굴이 밝아진다. 그럴 때마다 그와 결혼하길 백번 잘했다 싶다.

그는 포크를 내려놓고 의자를 뒤로 밀며 일어나 내게 다가온다. 손으로 내 얼굴을 감싸며 이마에 입을 맞춘다.

"다음주엔 당신을 독차지할 수 없으니 견디기 힘들 것 같아. 당신에 관한 한 난 이기적인 남자인가 봐."

그의 목소리에 장난기가 담겨 있다.

# 4장 그리어

**둘째 날**

메러디스의 집 진입로에 차들이 줄지어 서 있다. 경찰 표식이 있는 차도 있고 없는 차도 있는데, 하나같이 반들반들한 검은색이고 바짝 붙어 일렬로 서 있는 모습이 꽤나 진지해 보인다. 택시에서 내려서 보니 택시 기사가 어느새 내 가방을 내리려고 짐칸 쪽에 가 있다.

오래 앉아 있었더니 관절이 쑤시고 다리가 묵지근하다. 캐리어를 끌고 현관문 쪽으로 걸어간다. 현관문이 약간 열려 있다.

문 옆에는 제복 경찰관이 허리띠에 손가락을 끼운 자세로 서 있다. 그는 현관문으로 향하는 나를 아래위로 훑어보더니 세상 여유 있게 느릿느릿 다가온다.

저들이 도무지 급해 보이질 않으니 걱정스럽다.

이 경찰은 꽤 젊어 보인다. 지루한 갈색 눈이 앳된 얼굴에 담긴 무심한 표정과 잘 어울린다. 마른 체격이라 제복의 어깨 부분이 헐렁하다. 근무 중이 아닐 땐 엄마 집 지하실에서 배틀필드 게임이나 하며 빈둥거릴 것 같다.

"부인, 여기는……."

그는 하품을 참으며 내 앞을 가로막는다. 입을 애써 꾹 다무느라 눈물이 질금거리고 눈꺼풀이 바르르 떨린다. 피나 시체, 총을 쏴대는 범인도 없는 현장에 출동해 영광스럽게도 경비나 서라는 지시를 받았지만, 막상 그러고 있자니 이 직업에 회의라도 느껴지나?

나는 어깨를 펴고 턱에 힘을 주며 말한다.

"그리어 앰브로즈예요. 메러디스의 언니요."

그는 더 주절대지 않고 뒤로 물러나 주방 쪽을 가리킨다. 나는 저음의 목소리들이 들리는 곳으로 걸어간다.

주방 문간에 서자 앤드루가 나를 돌아본다. 잠시 그대로 눈이 마주쳤는데 거의 맞붙어 싸우는 듯 불꽃이 튄다. 그는 회색 바지에 짙은 남색 캐시미어 스웨터 차림이다. 평소에 스리피스 정장을 주로 입는 사람이라 이례적으로 느껴진다. 아침에 일어나 평소처럼 샤워를 하고 시간과 공을 들여 외모를 꾸민 것 같아서 더 그렇다.

"처형, 와줘서 고마워요."

그는 내게 다가와 두 팔로 꽉 끌어안는다. 전에는 이런 식으로 나를 포옹한 적이 없었다. 메러디스 앞에서 보여주기용으로라도 한 적이 없는 행동이다.

그는 뒤로 물러서며 두 손으로 내 어깨를 잡는다. 손길이 기분 나쁘다. 그가 내 몸에 손대는 게 싫다. 내 동생이 실종됐다고 해서 그가 거만한 이기주의자라는 사실마저 잊지는 않았다. 그는 내 동생을 미천한 신분에서 끌어올려 이 작고 무기력한 스키 리조트 마을에서 가장 빛나는 트로피 와이프*로 삼았다.

나는 어깨를 짓누르는 거슬리는 손길을 애써 무시하며 묻는다.

"새로운 소식은요?"

"없습니다." 그는 숨을 후 내쉬더니 미간을 찌푸리며 내 어깨 너머를 바라본다. "법의학팀이 밤새 메러디스의 휴대폰을 분석했어요. 통화 기록에는 아직 특별한 게 나오지 않은 모양이에요. 문자 내용은 평범해요……. 누구랑 무슨 계획을 세운 것 같은 내용도 없고……."

"어쩌다 이런 일이 일어났는지 이해가 안 되네요. 둘이 싸웠어요? 메러디스가 가출했을 가능성은요?"

"절대 없습니다." 그는 눈썹을 치켜올린다. 방어적인 자세를 취하는 건가? "그저 평범한 날이었어요. 아내에게 입을 맞추고 출근했는데……."

그는 정적 속으로 말끝을 흐린다. 울컥 하고 목이 메인 건가.

"어떻게 된 일인지 말해봐요. 속속들이 알아야겠어요."

나는 손으로 한쪽 허리 밑을 짚으며 숨을 내쉰다.

그는 잠시 후 내 눈을 마주보며 입을 연다.

"말했다시피 메러디스는 어제 식료품점에 갔는데, 그 후로 아무도 그 사람을 보지 못했답니다. 누구와 싸운 흔적도 없고 우리 사이에 불화도 없었어요. 이 지역 병원과 구치소, 쉼터마다 연락해서 다 확인해봤어요. 전부 다요. 메러디스의 인상착의와 일치하는 여

---

* 부유한 중장년 남성이 수차례의 결혼 끝에 얻은 젊고 아름다운 전업주부. 전리품처럼 남편을 돋보이게 하는 데만 의미가 있는 삶이라는 함의가 있다.

완벽한 여자

자를 본 사람이 아무도 없답니다."

"메러디스가 타고 나간 차는요? 어떤 흔적이라도……?"

"강도당한 흔적은 없습니다. 전혀요. 휴대폰과 핸드백이 조수석에 놓여 있었고, 자동차 열쇠도 점화 스위치에 꽂혀 있었어요."

"누구한테 잡혀간 거면 아는 사람일 가능성이 높겠네요."

그는 손바닥을 펼쳐 보이며 어깨를 으쓱한다.

"알 수가 없어요. 어디 붙잡혀 있을 수도 있겠죠. 모르겠습니다. 아는 게 하나도 없어요."

제부는 낯선 이들로 가득한 주방을 빙 둘러본다. 그들은 과시욕 넘치는 주방장의 주방 같은 이 공간에서 그저 멍하니 서 있을 뿐이다. 앤드루가 그중 한 명을 손으로 가리킨다.

"저 사람이 맥코맥 형사입니다." 헛기침을 하며 어깨를 움츠리는 앤드루의 얼굴에 신경쓰인다는 기색이 어려 있다. 그는 맥코맥 형사라는 남자를 향해 고개를 끄덕이며 눈을 가늘게 뜬다. "이번 사건 수사를 지휘하고 있어요."

눈에 띄는 적갈색 머리카락, 움푹 들어간 턱, 떡 벌어진 어깨를 가진 그 남자는 스티로폼 컵에 담긴 커피를 조금씩 마시고 있다. 한눈에 봐도 지나치게 젊다. 실종 사건 수사를 지휘하기에는 업무 경험이 별로 없어 보인다.

예쁘장하고 매끈한 데다 활기차기까지 하니 이 공간에 도무지 어울리지 않는다. 눈 밑에 다크서클도 없고 피부도 누리끼리하지 않다. 저녁마다 여섯 개들이 쿠어스 라이트 맥주를 마시며 낮 동안 쌓인 피로를 푸는 베테랑 형사는 아닌 것 같다.

"저 사람이 지금까지 실종 사건을 몇 건이나 해결했어요?"

"뭐라고요?"

앤드루는 내 질문에 기분이 상한 것 같다.

"저기 서서 커피만 마시고 있잖아요. 왜 밖에 나가서 이리저리 묻고 다니지 않아요?"

"어제 종일 대면조사를 했어요. 단서가 추가로 나오지 않는 한 지금은 할 수 있는 일이 별로 없을 겁니다."

앤드루는 목소리를 사뭇 낮춘다. 그는 내가 이번 사건을 맡은, 저 푹 잘 자고 잘 쉬며 사는 듯한 맥코맥 형사에 대해 티를 뜯는 것이 마치 자신의 체면을 깎는 짓이라도 되는 양 굴고 있다.

안됐지만 난 남들이 뭐라고 생각하든 개의치 않는다.

나는 턱에 힘을 주며 말한다.

"형사라면 나가서 어떻게든 단서를 찾아야죠. 단서가 제 발로 굴러 들어올 리도 없는데. 입 벌리고 있으면 저절로 입으로 떨어지 난 말이에요. 젠장, 저 사람이 해야 할 일이잖아요."

"진정해요."

내 입에서 무슨 험한 말이 나올지 몰라 나는 애써 입을 오므린다.

"제부는 경찰들이 전화벨이 울리기만 기다리는 것처럼 저렇게 멍하게들 서 있는 게 신경쓰이지 않아요?"

과잉반응인 건 알지만, 적어도 지금보다는 좀 더 부산하게 움직이는 분위기를 기대했다. 동생을 찾는 일을 맡은 이들한테서 도무지 열정이 보이질 않으니 점점 더 불안해진다.

앤드루가 별안간 내 팔꿈치를 슬쩍 잡고 주방 밖 빈 복도로 끌고 나간다. 빈둥거리기만 하는 경찰들한테서 내 시선을 떼어낸 것이다.

"경찰서에서 제보 전화를 받고 있는 중이에요." 그는 입을 꾹 다문 채 숨을 내쉬고는 나지막하게 말을 잇는다. "메러디스의 사진이 이 지역 뉴스 방송과 전국 방송에 나가게 될 겁니다. 경찰들은 메러디스의 차에서 지문을 찾으려 애썼고 휴대폰도 샅샅이 조사했어요. 어제 나는 경찰서에 몇 시간 동안 머물면서 메러디스에 대해 최대한 자세히 설명했어요. 왼쪽 엉덩이에 체리 모양 점이 있다는 것까지요. 그러니까 여기 가만히 앉아서 다른 사람들은 아무것도 안 하고 있다고 비난할 거면, 본인이 더 수사를 잘할 수 있다고 생각한다면 제기랄, 처형이 나서서 해보든가요."

앤드루가 내게 거친 말을 내뱉은 건 처음이다. 지금까지 이렇듯 인상을 쓰거나 노려보거나 덜덜 떨리는 두 손으로 내 팔을 꽉 잡은 적이 없었다.

"메러디스가 흔적도 없이 사라졌습니다, 처형." 뒤로 한 걸음 물러선 그는 어쩔 수 없다는 듯 두 손을 들어올렸다가 옆으로 툭 내려놓는다. "경찰들도 쓸 만한 단서가 없다고 하더군요. 조사를 진행할 수가 없어요. 그러니 지금 이게 우리로선…… 최선을 다하고 있는 겁니다."

나는 팔짱을 낀 채 그의 얼굴을 곰곰이 살핀다. 나는 이 남자의 얼굴에서 무엇을 찾으려는 걸까. 대단한 부와 어마어마한 자원을 가진 이런 남자라면 본인이 원할 때 사람 하나쯤은 흔적도 없이 사라지게 만들 수 있지 않을까? 하지만 내가 알기로 동생 부부는 최근까지 서로에게 흠뻑 빠져 있었다. 물론 앤드루가 메러디스를 섹스 대상으로만 여겼을 수도 있고, 아버지가 누구인지 모르고 자란 내 동생이 허전한 마음 한구석을 채우기 위해 그에게 기댔을 수도 있다. 메러디스는 믿을 만하고 책임감 있는 어른이 자기를 돌봐주는 게 어떤 기분인지 모르고 자랐으니까.

어쩌면 앤드루가 메러디스를 진심으로 좋아했고, 메러디스는 이제껏 경험해본 적 없는 안정적인 생활과 앤드루의 흠모를 즐겼을 수도 있다.

맥코맥 형사가 모퉁이를 돌아 나오자 앤드루가 내 시선을 따라 눈을 옮긴다.

"방해해서 죄송합니다만 조금 전에 제보 전화가 왔습니다. 저는 경찰서로 돌아가서 제보자에게 연락해 몇 가지 더 물어봐야겠어요. 뭐든 알아내면 말씀드리죠."

나는 귀를 쫑긋 세우고 두 남자를 번갈아 쳐다본다. 둘 다 특별히 기대하는 눈빛은 아니다. 이렇게 큰 기대 없이 사는 게 남자다운 건가?

"알겠습니다. 계속 소식을 알려주세요."

앤드루는 캐시미어 스웨터를 입은 팔로 팔짱을 끼고 서 있다. 슬픔에 겨워 어쩔 줄 몰라 하는 남편 같다기보다는 가출한 십 대 딸을 둔 근심 많은 아버지 같은 말투다.

나는 두 손을 명치에 모으고 내 소개를 한다.

"저는 그리어 앰브로즈라고 합니다. 메러디스의 언니예요."

맥코맥 형사는 내 얼굴을 찬찬히 뜯어본다. 미국에서 제일 착한 남자처럼 생긴 형사라서 괜히 화가 난다. 어렸을 때 이글 스카우트˚ 활동을 했을 것처럼 생겼다. 그럼 풀기 불가능한 매듭을 만들

˚ 21개 이상의 공훈 배지를 받은 스카우트 명예 단원.

　　　　　　　　　　　　　　　　　완벽한 여자

거나 부싯돌로 불을 붙이는 방법도 알겠지. 삼 분 안에 텐트를 치는 방법도 알 것이다. 좋은 부모 밑에서 즐거운 어린 시절을 보내며 자란, 아마도 좋은 남자일 것이다.

하지만 내 동생을 찾으려면 상냥한 얼굴 이상으로 훨씬 대단한 역량이 필요하다.

"로넌이라고 부르세요." 형사가 눈썹을 올려 뜨며 말한다. 자기를 이름으로 부르라는 게 앞으로 친하게 지내보자는 뜻인지, 아니면 누구한테나 하는 소리인지 모르겠다. "잠시 시간 좀 내주시겠습니까?"

이런 애송이 같은 형사가 아니라 백발에 무성한 콧수염을 기른, 좀 더 나이 지긋한 형사면 얼마나 좋을까. 남들이 뭐라고 하건 아랑곳 않는 태도에 캐비닛에는 그동안 해결한 사건 파일이 넘쳐나고 벽에는 상패가 잔뜩 진열돼 있으면 희망이 생길 것도 같은데.

하지만 이 형사는 대학을 졸업하자마자 곧장 이 직업에 안착해 쭈욱 머무른, 그저 그런 경찰로 보인다.

인생의 비극 따윈 알지도 못할 것이다. 세상 무엇보다 사랑하던 사람을…… 잃어본 적도 없을 것이다.

로넌을 따라 문밖으로 나간다. 2층 높이의 포르티코˚ 아래로 가서는데, 우리의 발소리와 느릿하고 짜증 섞인 날숨 소리가 크게 울리는 듯하다.

"시간 되시면 DNA 채취를 위해 경찰서를 방문해주세요. 기준 시료로 삼을 가족 DNA 샘플이 필요합니다. 표준 절차예요."

---

˚ 대형 건물 입구에 기둥을 받쳐 만든 현관 지붕.

머리가 지끈거린다.

"아, 예. 시체를 찾을 경우에 대비하나 보네요. 동생인지 확인하려면 내 DNA와 비교해봐야 될 테니까요."

그는 대답하지 않지만 표정을 보니 내 예상이 맞는 듯하다.

"내 동생은 죽지 않았어요."

"말씀드렸다시피 표준 절차입니다. 별다른 의미는 없어요."

나는 고개를 젓는다.

이런 상황이 싫다.

싫다, 싫다, 정말 싫다.

"알겠습니다." 나는 두 손을 아래로 내렸다가 허리춤을 짚으며 말한다. "검사받을게요. 대신 차를 보내주세요. 검사 끝나면 저를 다시 이 집으로 데려다주시고요. 그리고 내가 동생을 찾을 수 있게 도와주셔야 해요."

"그러겠습니다, 앰브로즈 씨." 그의 검은 눈이 반짝인다. 재미있어하는 건가? "동생분하고는 딴판이시네요."

"무슨 소리인지?"

"동생분을 잘 알거든요. 2년 전쯤 동생분이 스토커 신고를 했는데 제가 그 사건을 맡았죠. 참 좋은 분이었어요. 친절했고. 목소리도 부드러웠고요."

나는 목에 걸린 금목걸이 줄을 손가락으로 배배 꼬면서 끄트머리에 달린 작은 다이아몬드 펜던트를 잡아당긴다. 몇 년 전 해리스한테 받은 선물인데 그냥 차고 다니고 있다. 해리스는 학생회관 복사 센터에서 한 달 동안 아르바이트를 해 번 돈으로 우리가 사귄지 일 년 되던 날에 이 목걸이를 사주었다. 자잘한 다이아몬드들이 박힌, 그다지 예쁘지도 않은 소소한 목걸이다. 광택도 없어져서 다시 박박 문질러 닦아야 할 판이다. 그날 해리스는 내 기숙사 방에서 함께 라면을 먹다가 이 목걸이가 담긴 작은 벨벳 상자를 내밀었다. 뿌듯해하던 그의 표정을 나는 앞으로도 잊지 못할 것이다.

"스토커가 있었단 얘긴 메러디스한테 들은 적이 없는데요."

나는 속이 편치 않아 로넌의 눈길을 피해 시선을 돌린다. 내가 모르는 얘기가 또 있는 걸까?

그는 입을 꾹 다문다. 괜한 소릴 했다고 자책하는 표정이다.

"그렇군요."

"스토커의 신원은 파악됐어요? 이번 일도 그 스토커가 벌인 짓일까요? 메러디스는 왜 그동안 그런 얘길 나한테 안 한 거죠?" 내 목소리가 점점 커진다. "걔가 원래 다 털어놓는 편인데. 언니한테 말 안 하고 숨기기엔 너무 큰일이잖아요, 안 그래요?"

"걱정 끼치고 싶지 않았을 수도 있죠." 그의 눈빛이 부드러워진다. 전전긍긍하고 잔걱정이 많은 사람을 보는 듯한 눈빛이다. 내가 원래 그런 사람이긴 하지만. "그럴 만한 이유가 있었을 겁니다."

그래.

분명 그랬을 것이다.

# 5장 메러디스

**32개월 전**

피.

사방에 피다. 허벅지를 타고 흘러내린 피가 대리석으로 된 욕실 바닥 타일을 더럽히고 깨끗한 변기 안으로 주르륵 흘러들어간다.

화장대 거울 옆의 자그마한 파란 상자에는 양성으로 나온 임신 테스트기가 담겨 있다.

오늘밤에 앤드루에게 말할 생각이었다. 전부 계획해놓았다. 스카이 포트 레스토랑에서 낭만적인 저녁식사를 함께한 뒤, 별이 총총한 하늘 아래 산을 따라 드라이브를 하고 나서 그에게 말해주려 했다. 어제 아침 내내 쓴 진심 어린 편지와 함께.

편지는 거의 내 속을 다 토해내는 수준이었다. 한 번도 만나본 적 없는 아버지에 대해, 이자보와 칼더와 함께 있는 앤드루의 모습을 볼 때면 그와 인생의 여정을 함께하게 된 것에 얼마나 감사한지에 대한 내용이 담겨 있었다. 앤드루 덕분에 내가 얼마나 안전하다고 느끼는지, 얼마나 보호받고 사랑받는 느낌인지도 구구절절 늘어놓았다. 편지에 주저리주저리 쓴 내용의 핵심은 아직 태어나지 않은 내 아이에게 앤드루보다 더 좋은 아버지를 줄 수 없으리라는 것이었다. 나는 그가 그 핵심을 알아채길 바랐다.

편지를 쓰는 건 바보 같고 유치한 짓이었는지 모른다. 하지만 편지를 육아 일기 안에 끼워뒀다가 몇 년 후에 꺼내 읽어보면 좋을 것 같았다.

우린 아직 자녀 계획을 논의한 적이 없었다. 지난달에 생리가 늦어지자 놀라긴 했지만 그에게는 말하지 않았다. 도저히 현실로 와 닿지가 않아서 한 달쯤 기다렸다가 어제 임신 테스트를 해본 것이다.

점심을 먹자마자 아랫배에 찌릿한 통증이 느껴지기 시작했다. 매시간 통증이 점점 심해지는 느낌이었다. 설마 싶어 '임신 초기 복통'이라는 키워드로 인터넷에 검색을 해봤다. 그러다 허벅지 안쪽을 따라 피가 흘러내리는 느낌이 들었고, 찌르는 듯한 통증에 그만 주저앉고 만 것이다. 쥐고 있던 휴대폰도 바닥에 내려놓았다.

"메러디스, 안에 있어? 예약 시간까지 삼십 분 남았어. 기대했잖아."

욕실 밖에서 앤드루의 목소리가 넘어온다. 살짝 흥분한 목소리다. 나는 다리 사이에 흰 수건을 끼우고 욕실 문에 기댄 채 숨을 깊게 들이마신다.

그에게 이런 꼴을 보여주고 싶지 않다.

"금방 나가요."

목소리가 갈라져 나온다. 기운을 쥐어짜내 피를 닦고 최대한 흉하지 않은 모습으로 단장한다. 아무 일도 없었던 것처럼 욕실에서 걸어나가 그의 맞은편에 앉아 저녁을 먹을 수 있을지는 자신 없지만 애써보기로 한다.

임신 초기라는 것 말고는 내 상태에 대해 잘 모르겠다.

아직 의사를 만나보지도 않았다. 초음파 검사로 확인해본 것도 아니었다. 검진 예약 날짜는 수주일 후였다. 오늘은 우리가 결혼하고 정확히 4개월이 되는 날이라 나는 임신 소식을 알리는 것으로 결혼 4개월을 특별하게 축하할 생각이었다.

한 손에 욕실 세정제를 들고 다른 쪽 겨드랑이에는 종이 수건 한 롤을 끼운 채 타일 바닥에 말라붙은 핏자국을 문질러 닦았다. 이제는 비어버린 내 자궁을 지금껏 채우고 있던 피였다.

이건 정말이지 불공평하다.

"메러디스." 그의 목소리에 화들짝 놀라 고개를 돌린다. 어느새 그가 욕실 문간 앞에 서 있다. 문이 열리는 소리도 못 들었는데. "맙소사! 이게 무슨 일이야?"

나는 입을 열고 한 마디 하기도 전에 울음을 터뜨리고 만다.

그에게 부루퉁한 모습조차 보인 적이 없는 내가 온몸을 떨며 걷잡을 수 없이 흐느껴 운다. 뜨거운 눈물이 차올라 눈이 따갑고 앞이 흐려진다.

텅 빈…… 느낌이다.

말 그대로 비어버렸다.

그동안의 사랑, 희망이…… 사라졌다.

그는 바닥에 무릎을 꿇고 내 두 팔을 잡더니 끌어당겨 안는다. "말해."

"얘기하려고 했어요."

목이 메고 뜨끈해진다.

나를 안고 뒤로 몸을 기댄 그는 내 눈을 마주보며 다급히 묻는
다.

"무슨 얘기?"

"임신이요."

'아기'라는 단어는 도저히 입 밖에 낼 수가 없다. 지금은 때가 아
니다.

그는 말이 없다. 내 팔을 잡고 천천히 원을 그리며 쓰다듬던 그
의 손도 움직임을 멈춘다. 잠시 후 그는 뒤로 몸을 젖히더니 내 얼
굴을 살핀다.

"임신했었어?"

그의 눈에서 감정이 읽히지 않는다. 안타까워하던 눈빛은 온데
간데없다.

나는 피가 나도록 입술을 꽉 깨물지만 아무 느낌도 없다. 그저
고개를 끄덕이며 대답한다.

"응. 그래요."

콧날을 손으로 잡고 숨을 후 내쉬며 일어선 그는 표백제로 닦
은 좁은 욕실 바닥을 서성이기 시작한다.

"앤드루……."

나는 손등으로 눈가를 문지르며 억지로 몸을 일으킨다. 이건 내
가 그에게 기대한 반응이 아니다.

"피임약을 먹는 줄 알았는데?"

그는 손으로 뺨을 쓸어내린다. 그의 눈은 나를 외면하고 있다.

"그게…… 먹기는 했는데 한 번씩 빼먹기도 했거든요. 모르겠어
요, 어쩌다 보니 그렇게 됐나 봐요."

앤드루는 서성이던 걸음을 멈추고 나를 똑바로 바라본다.

"이런 일은 다시는 없어야 해, 메러디스."

말문이 막힌다. 어이없다. 이 사람이 내가 결혼한 남자, 평생을 함께하리라 생각했고 유모차와 말뚝 울타리가 있는 집에서 같이 살고 싶었던 남자가 맞나? 지금 이 순간 그가 누군지 모르겠다.

낯선 사람처럼 느껴진다.

분노로 얼굴이 벌게진 낯선 사람.

그가 이런 표정을 짓는 건 처음 본다. 지독하고 순전한 분노가 깃든 표정이다. 그는 마치 내가 그를 배신한 것처럼, 그의 신뢰를 깨버린 것처럼 나를 쳐다보고 있다. 여길 떠나야겠다는 생각이 본능적으로 든다.

그래, 떠나자.

아랫배의 불타는 듯한 통증을 무시하며 앤드루를 밀치고 옷장으로 향한다. 옷장 안을 절반쯤 차지한 내 옷들 사이에서 청바지, 그리고 나무 옷걸이에 걸린 스웨터들을 가방에 넣을 수 있을 만큼 꺼낸다. 돌아서서 방을 나가려는데 그가 문간을 막고 서 있다.

"뭐 하는 거야?" 굳어 있던 그의 표정이 풀렸다. 눈빛에 담겨 있던 분노도 사라졌다. 마치 애초에 아무 일도 없었던 것처럼, 다 내 상상이었던 것처럼 느껴진다. "나갈 생각 마."

나는 배에 극심한 통증을 느끼며 그에게 다가선다.

"나갈 거예요."

성큼 다가온 그는 내 품에서 옷가지를 빼앗아 발치에 내려놓는다. 기분 나쁜 털썩 소리와 함께 고급 카펫에 옷들이 떨어진다.

"안 돼." 마치 고층건물 꼭대기에서 뛰어내리려는 사람한테 말하는 것 같다. "그러지 마. 좋은 생각이 아니야."

내 뺨을 타고 굵은 눈물방울이 흘러내린다.

앤드루가 손으로 눈물을 닦아준다.

"미안해."

나는 대꾸하지 않는다.

"아까는 너무 놀라서 그랬어." 부드러운 목소리다. 날 섰던 눈빛도 편안해졌다. "말조심했어야 했는데…… 그런 식으로 반응하는 게 아니었는데…… 당신을 화나게 할 생각은 아니었어." 그는 내 눈앞으로 흘러내린 머리카락 한 가닥을 쓸어넘겨준다. "당신을 안고 위로했어야 했어. 당신은 내 아내야, 메러디스. 내 인생의 사랑. 상처 입은 건 당신인데 난 내 생각만 했어. 내 잘못이야……. 용서해줄래?"

우리는 마치 영원처럼 오랫동안 서로의 눈을 마주본다. 하지만 몇 분 전에 봤던 그의 얼굴이 쉬이 잊히지 않는다. 찡그린 이마, 꽉 다문 입, 분노로 벌름거리던 콧구멍, 얼음처럼 차갑던 눈.

그가 부드럽고 따뜻한 입술로 내게 키스한다. 두 손으로 내 머리카락을 깊숙이 훑는다. 하지만 이제 예전 같은 감정이 들지 않는다. 우리 관계는 상처 나고 오염돼버렸다.

앤드루의 두 손이 내 팔을 쓸고 내려와 손가락에 머물다가 깍지를 낀다. 이마에 입을 맞추며 그는 천천히 희미한 미소를 짓는다.

"아이를 낳는 것에 대해 우린 아직 얘길 한 적이 없잖아."

"계획해서 임신했던 게 아니었어요."

"알아." 그는 고개를 옆으로 기울이더니 완벽하게 곧은 코끝 아래로 나를 내려다본다. "지금부터 조심하자, 응? 당신은 최고로 아름다운 엄마가 될 거야…… 언젠가는. 그때까지는 우리 삶을 즐기자고. 뭐 하러 서둘러? 지금도 완벽하게 행복하잖아, 안 그래?"

그는 내 손을 잡아 올리고 천천히 손 키스를 한다. 문득 어젯밤 그의 말이 생각난다. 그는 자기 인생이 마침내 완벽해졌다고 내 귀에 대고 속삭였다. 그때 나는 우리 사이에 아기가 있으면 그의 인생이 얼마나 더 완벽해질까 하는 생각뿐이었다.

이제 보니 그건 착각일 뿐이었다.

"난 아직 당신을 아기와 나눠 가질 준비가 안 됐어." 장난인 듯 아닌 듯 알쏭달쏭한 말투다. "미안한데 가급적 오랫동안 당신을 독차지하고 싶어."

일주일 전이라면 이런 말에 설레고 가슴속이 온기로 가득 찼을 테지만 지금은 그저 멍하다.

그의 말도, 손길도…… 어떤 감흥도 불러일으키지 못한다.

"가서 좀 누워야겠어요."

그에게 잡힌 손을 빼내고 침대로 향한다.

그는 붙잡지 않는다. 나는 우리 둘이 쓰는 커다란 침대로 올라가 보송보송하고 안락한 이불 밑으로 기어들어간다. 옆으로 누워 눈을 감고, 갓 세탁해 다림질한 시트에 밴 라벤더 향기를 들이마신다. 카펫을 밟고 걸어오는 그의 부드러운 발소리, 삐거억 하고 문 열리는 소리에 이어 정적이 찾아든다.

얼마 후 그가 귀에 대고 속삭인다.

"메러디스." 얼마나 오래 여기 이러고 누워 있었는지 모르겠다. 그의 발소리도 듣지 못했는데, 침대 옆자리가 눌려 있다. "물이랑 진통제 가져왔어. 일어나 앉아봐."

눈을 뜨고 그를 향해 돌아 누워 몸을 일으킨다. 그는 베개를 두드려 내 등 뒤에 받쳐주고 윤기 없는 갈색 알약 두 개를 내 손바닥에 놓아준 뒤 생수가 담긴 컵을 내민다.

욕실 조명이 벽에 그림자를 드리운다. 옆에 앉아 있던 그는 일어나서 위아래 한 벌로 된 비단 잠옷으로 갈아입고 다시 침대로 돌아온다.

"저녁식사 예약은 취소했어." 그는 가까이 다가와 한 팔로 나를 감싸더니 어깨 안쪽으로 당겨 안고 내 정수리에 턱을 받친다. "내가 곁에 있을게, 메러디스. 필요한 건 뭐든지 말해."

그 순간이 너무 따뜻해 하마터면 조금 전에 있었던 일을 잊어버릴 뻔했다.

하마터면.

# 6장 그리어

**둘째 날**

라텍스 장갑을 낀 여자가 내 입안에 면봉을 넣고 볼 안쪽을 문지른다. 나는 로넌 맥코맥 형사의 사무실에 놓인 접이식 금속 의자에 앉은 채 문간 너머를 내다본다. 로넌은 휴게실 카운터의 얼룩진 커피 머신에서 커피를 내리는 중이다. 그 옆에는 아몬드색 냉장고가 서 있다.

그는 커피를 블랙으로 마신다. 크림도, 설탕도 없이.

내 집이 있는 뉴욕에서 나는 커피를 블랙으로 마시는 손님들을 좋아한다. 그들은 복잡한 주문을 할 시간이 없는 부류다. 카운터 앞에 서 있는 동안 날씨가 어떻다느니, 햄프턴스 지역으로 휴가를 떠날 계획이라느니 하는 잡담도 하지 않는다. 줄 서서 차례를 기다리다가 5달러를 내고 김이 모락모락 나는 고품질 카페인 커피를 받아 들고 커피숍을 나서면 그만이다.

저 미숙해 보이는 형사에게 호감을 품으려 노력해볼 작정이다. 어쩌면 겉보기와는 달리 성과를 올려 나를 놀라게 할지도 모르니까.

완벽한 여자

해리스가 여기 있었으면 겉만 보고 남을 판단하지 말라고 했을 것이다. 그럼 나는 내가 원래 초조해지면 남을 판단하는 습관이 있지 않느냐고 받아치겠지. 나는 주변 환경에 대한 통제력을 잃으면 타인을 요리조리 뜯어보며 분석하는 습관이 있다. 곤두선 신경을 가라앉히기 위한 내 나름의 방법이지만 좋지 않은 습관이라 나도 수년째 고치려 애쓰는 중이다.

"다 됐습니다, 앰브로즈 씨."

여자는 기다란 플라스틱 통에 면봉을 집어넣고 뚜껑을 봉한다.

나는 고맙다는 말을 하지 않는다. 이 여자도 마찬가지다. 감사 인사라는 건 좋은 일에서나 나누는 인사다.

내 앞으로 돌아온 로넌은 책상 앞 의자에 앉아 컴퓨터 전원을 켠다. 구슬픈 땡동 소리와 함께 검은 화면이 깜박깜박 켜진다. 잠시 후 여자가 사무실을 나가 등 뒤로 문을 닫는다. 나는 이메일을 확인하는 로넌을 지켜보며 묻는다.

"단서를 찾을 수 있겠어요?"

"무슨 단서요?"

그는 그제야 컴퓨터 화면에서 눈을 떼고 내 쪽을 돌아본다. 내가 여기 있다는 사실조차 잊고 있었던 모양이다. 그가 사건에 지나치게 몰입한 나머지 순간적으로 현실을 잊었던 거라고 좋게 해석하고 싶다.

"단서요. 제보 전화를…… 받았다고…….."

"아, 그거요."

그는 손가락으로 책상을 타닥타닥 두드리다가 나를 가만히 응시한다. 말랑말랑한 고무공 하나를 손으로 꽉 쥐면서 의자 등받이에 기대어 예리한 눈빛으로 나를 관찰한다. 내가 어떤 인간인지 알아내려는 것처럼. 형사들은 원래 저런가? 누구든 저렇게 찬찬히 뜯어보며 관찰하겠지? 하지만 로넌은 인상이 좋아서 더 거슬린다. 저렇게 인상 좋은 남자가 엿같은 짓을 하면 난 악을 쓰지 않으려고 무진 애를 써야 한다. 잠시 눈을 감고 해리스를 생각한다. 예전에 우리가 세 번째 커피숍을 열었을 때 내 신경이 바짝 곤두선 걸 알아챈 해리스는 내 손을 잡고 자기를 따라 호흡해보라고 했다.

"그쪽으로 전화를 해봤는데 받질 않아서 메시지를 남겨뒀습니다. 내 전화번호를 남겨뒀죠."

나는 실망한 속내를 감추려 애써보지만 뜻대로 되지 않는다.

그는 여전히 나를 주의 깊게 지켜보면서 고무공을 더 바짝 쥔다.

"동생분하고 닮질 않았네요."

"이부 자매예요. 메러디스는 자기 아버지를 닮았고 난 내 아버지를 닮았죠."

우리 자매는 엄마를 닮지 않았다. 평생 내가 감사해야 할 행운이다. 엄마가 인물이 못나서는 아니다. 외모는 아름답다. 나는 다만 매일 거울 속에서…… 엄마의 흔적을 보고 싶지 않을 뿐이다.

"뉴욕에서 태어나 자랐다면서요?"

새로운 사람을 상대하는 게 재미있다는 듯한 말투다.

"어떻게 알았어요?"

"몇 년 전에 메러디스와 얘기를 나눴던 게 기억나서요. 메러디스는 뉴욕 퀸스 구역 출신이라고 하더군요. 어째서 그쪽 지역 특유의 말씨를 쓰지 않느냐고 내가 물었었죠."

"우린 둘 다 그래요."

완벽한 여자

"그러게요. 참 특이했습니다." 그는 눈을 가늘게 뜬다. "어머니가 딸들한테 야간 뉴스 프로그램을 보면서 앵커의 말을 따라 하도록 시켰다고 하더군요."

나는 바닥을 내려다보며 어린 시절의 저녁식사 자리를 떠올린다. 우리는 그날그날의 비극적인 사건들을 떠들어대는 뉴스 앵커의 목소리를 배경으로, 긁힌 자국이 잔뜩 난 오크나무 식탁에 둘러앉아 저녁을 먹곤 했다. 엄마는 '햄버거 헬퍼'*를 접시에 담아주면서 교양 있는 사교계 연사들처럼 말하는 게 얼마나 중요한지 강조했다. 우리가 살면서 그런 지위에 오를 일은 없을 텐데도 말이다.

"퀸스 구역 말씨가 입에 붙으면 사람들은 너희를 얕잡아보고 부정적인 추정을 하게 돼 있어. 얕잡아볼 구석이 없다 싶으면 짜증내는 걸로 끝나지만."

메러디스는 엄마가 바라는 방향으로 타고나기도 했지만 나이도 어렸다. 메러디스보다 여덟 살 많은 나는 8년 동안 익혀온 말씨를 버리고 새로운 말씨를 익혀야 했다.

"참고로 저희 엄마 이름은 브렌다 앰브로즈예요."

"관계가 친밀한 편이었습니까? 당신과 메러디스, 그리고 어머니요."

"그게 동생을 찾는 일과 무슨 상관인지 모르겠네요."

"사건을 다각도에서 살펴보려고요." 그는 고무공을 책상 위로 던진다. 통통 튀던 고무공은 키보드 너머로 굴러가 사라진다. "단서라는 건 어디에나 있으니까요."

---

*인스턴트 파스타의 상표명.

"동생은 식료품 쇼핑을 갔다가 사라졌어요. 우리 엄마가, 나와 엄마의 관계가 이 사건과 관련 있을 리 없죠." 내 입에서 나온 단어들이 퀴퀴한 사무실 공기를 가른다. "이제 그만 내 동생을 찾는 일을 시작해주시고, 당시 상황에 대해 알 수도 있는 사람들한테 중요한 질문도 해주시면 고맙겠네요."

그는 실실 웃는다.

"실종자의 언니야말로 중요한 사람이죠, 그리어 씨."

나는 의자에서 일어나 핸드백을 어깨에 걸치고 끈을 손으로 꼭 잡는다.

"우리 자매는 수십 개 주(州)를 사이에 두고 수천 킬로미터 떨어진 곳에서 살았어요. 분명히 말하겠는데, 동생한테 무슨 일이 일어났는지에 대해 난…… 전혀 아는 바가 없어요."

"아실 거란 뜻으로 한 말이 아닙니다. 수사를 좀 더 나은 방향으로 이끌어갈 수 있도록 약간의 정보를 제공해달라는 말입니다."

내 방어적인 태도에도 그는 아랑곳하지 않는다.

"다시 한 번 말하지만, 저는 아는 게 없습니다, 형사님."

의자에서 일어선 로넌은 구부정한 자세로 책상을 두 손으로 짚는다. 그의 눈이 내 어깨 너머, 닫힌 사무실 문의 좁은 유리창으로 향한다.

"저 역시 언니분만큼이나 간절하게 메러디스를 찾고 싶습니다. 꼭 찾아야죠. 그러려면 언니분의 협조가 필요합니다. 사소한 거라도 좋으니 동생분에 대해 최대한 말해주세요. 언니니까 동생에 대해 누구보다 더, 남편보다 더 잘 알지 않습니까."

"저도 협조하고 싶죠. 냉정하게 말하고 싶지 않지만, 어린 시절

　　　　　　　　　　　　　완벽한 여자

의 기억에 대해 주저리주저리 늘어놓는 게 동생을 찾는 일에 무슨 도움이 되겠어요?"

그는 눈을 가늘게 뜨고 내 눈을 마주본다. "모든 가능성을 열어 두고 생각해야 합니다." 그는 한숨을 쉬며 말을 잇는다. "동생분이 납치된 게 아니라…… 가출했을 가능성도 포함해서요."

"동생이 지금 같은 생활을 그만두고 싶었으면 진즉에 나한테 얘기했을 거예요. 식료품점 주차장에 자기 물건을 버려두고 떠났을 리도 없고요."

그만 나가겠다는 뜻으로 돌아서서 문손잡이를 향해 손을 뻗는데, 로넌이 서둘러 책상 앞을 돌아 내 쪽으로 다가온다. 그는 문짝의 유리 부분을 손으로 짚으며 내 눈을 마주본다.

"동생분이 결혼생활을 끝내려고 했을 가능성은 없습니까? 어떤 이유로든요. 지난 몇 년 동안 동생분이 혹시 그런 마음을 드러내는 말이나 행동을 한 적은요? 은연중에, 넌지시라도. 언니가 느끼기에 그랬다든가, 대화가 좀 이상했다든가."

나는 한숨이 나온다.

"동생은 남편을 사랑했어요. 만약 남편과 더 이상 같이 못 살겠다는 생각을 했다고 해도 결정을 내리기 전까지는 저한테도 말 안 했을 거예요."

"동생 부부가 겉보기처럼 행복하지 않았을 수 있다는 경고 신호 같은 것도 포착한 적 없습니까? 이를테면…… 남편이 아내에게 하는 말투라든지, 대하는 태도라든지요."

"제부는 동생을 무척 자랑스러워하고 사람들 앞에서 뽐내면서 오냐오냐 대해줬어요." 나는 팔짱을 끼며 말을 잇는다. "그런 게 내 눈엔 정말 거슬렸지만 제부는 동생을 사랑해요. 그건 확실해요."

"경고 신호 같은 건 없었다는 거군요."

그는 수차례 그 부분을 명확히 해두려는 것 같다. 사실관계에 대해 철저하게 확인할 필요는 있겠지만 이렇게까지 해야 하나 싶다.

"동생이 결혼생활을 끝내기로 작정했으면 제부와 헤어져서 뉴욕으로 돌아왔을 거예요. 돌아오면 내가 언제든 받아주리라는 걸 알았을 테니까. 제가 동생한테 그런 말을 예전에 해두기도 했고요. 동생이 결혼하기 전에요."

"그런 대화를 한 적이 있다고요? 동생분이 남편과 헤어지면 어떻게 할지에 대해서요?"

급기야 나는 인내심이 바닥나고 만다.

"한마디만 할게요. 『나를 찾아줘Gone Girl』와 비슷한 케이스라는 착각은 그만 버리고 현실로 돌아오셔야 메러디스를 찾을 수 있지 않겠어요? 전에 그 스토커라는 놈이랑 얘기를 해보시든가요. 그놈이 이 사건과 관련되어 있을 가능성은요?"

로넌이 대꾸하려는 순간 그의 사무실 유선 전화가 날카롭게 울어댄다. 그는 내 옆을 떠나 책상으로 돌아가 두 번째 벨이 울리는 도중에 수화기를 집어 든다.

"그래요, 연결해요." 그는 잠시 후 송화구를 손으로 덮으며 내게 말한다. "제보 전화네요." 그러고는 나더러 사무실에서 나가라는 손짓을 한다.

나는 꿈쩍도 안 한다.

---

● 현대 사회의 결혼을 소재로 한, 미국 작가 길리언 플린의 스릴러 소설.

완벽한 여자

"안 나가요."

"여기 계시면 안 됩니다. 공식적인 경찰 업무예요. 비밀 유지가 되어야 한다고요. 경찰 방침이에요."

그는 책상 가에 놓인 뚜껑 열린 상자에서 명함을 한 줌 집어 내민다.

"동생분을 알던 사람들한테 이 명함을 주세요."

나는 그의 입에서 나온 '알던'이라는 단어가 마음에 들지 않는다. 그는 마치…… 내 동생이 영영 사라져버린 것처럼 말하고 있다.

"동생분한테 커피 한 잔이라도 팔았던 사람이라면 제가 가서 얘기를 나눠보겠습니다. 저도 조사를 계속하겠지만 언니분이 도움을 주시면 좋죠."

나는 명함을 내려다보다가 고개를 들어 그를 바라본다.

어떻게든 바쁘게 움직이는 편이 나을지도 모르겠다. 하는 일 없이 가만히 앉아 있기만 하면 짜증이 치솟고 생각에 함몰되어 걱정과 무력함에서 벗어나기 힘들 테니까.

"맥코맥 형사입니다." 그는 나를 빤히 쳐다보며 송화구에 대고 말하고는 사무실 문을 가리킨다. 나는 그가 일을 하게 두기로 한다. 메러디스를 찾는 일이 무엇보다 중요하니까. 그는 또다시 송화구를 손으로 막으며 내게 말한다. "안내 데스크 옆에서 기다리세요. 전화 끊고 나서 프라이스 씨 댁으로 다시 모셔다드리죠."

나는 로비로 향한다. 로비에는 나와 안내 담당자 둘뿐이다. 안내 담당자인 여경은 곁눈으로 나를 주시한다. 호기심에서일 수도 있을 것이다. 속으로 내가 무슨 생각을 하는지, 이 일을 어떻게 받아들이는지 궁금해하면서 자기 같으면 이런 상황에서 어떻게 처신

할까 하고 자문하겠지. 그게 인간의 본성일지도 모르지만 아무래도 상관없다. 관찰하고 싶은 만큼 실컷 관찰하고 멋대로 추측하라지. 남들이 뭐라고 생각하는지에 대해 신경쓰는 건 오래전에 관뒀다.

메러디스도 그랬으면 좋았을 텐데.

어렸을 때 나는 메러디스에게 남들 마음에 들려고 애쓰는 짓 따위는 하지 말라고 늘 말하곤 했다. 남들이 너를 좋아하지 않는다면 그건 네가 옳은 일을 하고 있다는 뜻이니까 괜찮은 거라고.

살면서 만나게 되는 모든 사람들과 절친이 될 필요는 없다고.

모든 사람들이 우리가 잘되기를 바라는 건 아니라고.

부정적인 관점일지 모르지만 내가 아는 한 분명한 사실이다.

사람들에게 그들이 원하는 말만 계속 해주다 보면 언젠가는 역효과가 날 거라는 말도 해줬었다.

하지만 메러디스는 두부처럼 무른 성격이다.

메러디스는 인생의 어느 시점에서 관심을 사로잡는 누군가를 만나면 그 사람의 특징을 빠르게 파악하고 그 사람과 동화되어 그 사람이 원하는 유형이 되곤 했다. 그래야 그들의 호감을 살 수 있다는 이유에서였다. 그런다고 메러디스를 비난할 수는 없다. 유전적으로 타고난 성격일 테니까. 엄마가 딱 그랬다.

나 역시 그렇게 되려는 충동을 한 번씩 느끼지만 잘 이겨내는 편이다.

"가실까요?"

두 손을 허리춤에 짚고 선 로넌이 로비 문간에서 나를 부른다. 그의 눈빛이며 걸음걸이에 활력이 없는 걸 보니, 조금 전 제보 전화로 사건의 단서를 잡지는 못한 것 같다.

안내 담당자를 흘끗 돌아본 나는 지금 여기서 제보 전화에 대해 로넌에게 묻는 건 좋은 방법이 아니라는 판단이 선다. 잠시 후 그의 차에 올라타자마자 질문을 쏟아낸다.

# 7장 메러디스

**30개월 전**

"짐 다 쌌니?"

나는 의붓딸 이자보의 방문 앞에 서서 물어본다. 이자보는 모노그램 패턴이 들어간 디자이너 캐리어 가방에 구겨진 옷들을 쑤셔 넣고 있다. 이자보는 나를 무시하고, 나는 이자보가 열 살짜리 주제에 시건방지게 굴고 있다는 사실을 애써 무시한다. 애가 저러는 건 다 제 엄마 탓이다.

"네 엄마가 곧 도착할 거야. 네가 준비가 안 돼 있으면 엄마가 뭐라고 할지 알잖아."

삼 분 후면 에리카가 이 집 현관문 앞에 서 있을 것이다. 그 여자는 마치 불타는 지옥문 앞에 서 있기라도 한 것처럼 현관 복도 너머로는 한 걸음도 들어오지 않으려 한다.

손목시계를 들여다본다. 이자보는 한숨을 푹 쉰다. 얘는 내가 여기 있는 게 싫은 거다. 내가 처음 이 집에 들어왔을 때 이자보는 즉각 제 아버지한테 나를 자기 방에 못 들어오게 해달라고 말했다. 그러자 앤드루는 이자보가 애지중지하는 아이폰을 닷새 동안 압

수했다. 요즘 애들한테 그것보다 더 큰 체벌은 아마 없을 것이다.

그 후 이자보는 나라는 존재를 극도로 싫어하게 됐다.

"우리 엄마가 언제 오는지는 내가 잘 알아요. 매주 같은 시간에 오니까요. 굳이 말해줄 필요 없어요."

나는 어이가 없어서 두 손을 들어올린다.

"도와주려는 거야, 이즈."

이자보는 가방 지퍼를 잠그며 일어선다.

"날 이즈라고 부르지 마요."

이자보가 날 미워하는 것도 무리는 아니다. 온전한 가족으로 살다가 어느 날 갑자기 부모가 이혼을 하더니 아버지는 낯선 여자를 집으로 들였다. 그런데 그 여자가 어색하기 짝이 없는 분위기에서 자기 앞에서 얼쩡대며 친해지려고 하니 오죽할까.

앤드루는 시간이 걸릴 거라고, 그리어처럼 이자보도 다른 사람과 빨리 친해지는 타입은 아니라고 했다. 그래도 언젠가는 둘이 절친이 될 거라며 긍정적인 전망을 내놓았다. 난 이자보의 절친이 될 생각은 없다. 그저 남은 평생을 지금처럼 껄끄럽고 힘들게 살지는 않기를 바랄 뿐이다.

초인종이 울린다. 에리카일 것이다. 예전에 남편과 함께 살았던 집에 찾아와 초인종을 누르는 게 얼마나 이상한 기분일까. 내가 나가서 문을 열어줄 때마다 나에 대한 분노가 더 커지겠구나 싶다.

"칼더."

나는 2층 복도를 걸어가 방문을 두드리며 칼더를 부른다. 문 너머에서 요란한 음악 소리가 들려와 더욱 세게 문을 두드린다. 대답 소리가 없어 문을 열어보니 칼더는 텔레비전 앞에 멍하니 앉아 비디오 게임을 하면서 게임기 컨트롤러로 온갖 것을 쏴대고 있다.

"칼더, 엄마 오셨어."

그제야 칼더는 게임을 멈추더니 어깨를 축 늘어뜨리고 컨트롤러를 바닥에 던진다. 그러고는 물건이 꽉 들어차서 지퍼가 반밖에 잠기지 않은 가죽 배낭을 둘러메고 내 눈을 마주본다.

칼더는 내 앞에서 말을 별로 하지 않는다. 예전에 앤드루가 칼더의 매트리스 밑에서 내 끈팬티를 찾아내고, 녀석의 잠옷 서랍 맨 아래 칸에서 내가 아끼는 아장프로보카퇴르 브랜드 브래지어를 찾아내고부터다. 그 후로도 칼더의 눈길은 주기적으로 나를 쫓았고, 지난달에는 내가 샤워 중인 욕실로 들어오기까지 했다. 어쩌다 잘못 들어온 게 아니라 다분히 의도적이었다.

앤드루는 칼더가 열네 살 청소년이라는 사실을 강조했다. 여자에 대한 호기심이 왕성한 시기이고 한때 하는 짓일 뿐이니, 언젠가 나를 새엄마로 인식하게 되면 지금 같은 행동은 안 할 거라면서.

내 나이가 제 친엄마 나이의 절반도 되지 않는다는 사실을 뺀다면 말이다.

말없이 내 옆을 스치고 지나간 칼더는 굽은 계단을 뛰듯이 내려가 현관문 쪽으로 향한다. 이번만큼은 칼더가 현관문을 열게 둘 생각이다.

사춘기 아이답게 너저분한 칼더의 방을 나서는데, 이자보가 제 엄마를 만나러 헝클어진 머리카락을 탈싹거리며 계단을 내려가는 모습이 보인다. 이자보의 통통한 얼굴이 한결 밝아 보인다.

2층 복도에서는 1층 현관 쪽이 곧장 내려다보인다. 저 아래서 에리카가 칼더의 짙은 색 머리카락을 헝클어뜨리고 손으로 얼굴을 감싸는 모습이 보인다.

에리카는 혀를 끌끌 찬다.

"매번 볼 때마다 살이 계속 빠지네. 메러디스가 식사를 챙겨주긴 하니?"

칼더는 시선을 휴대폰 화면에 붙박은 채 얼굴을 휙 돌려 제 엄마의 손길을 피하며 대답한다.

"네, 엄마."

이자보는 살을 쪽 뺀 제 엄마의 허리를 두 팔로 감싸 안는다. 지금 여기서 하루가 다르게 살이 빠지고 있는 사람이 있다면 바로 에리카다.

이혼 후 에리카는 단백질 셰이크와 보드카 토닉 칵테일만 섭취하는 엄격한 다이어트를 하고 있다. 앤드루의 말로는 그렇다고 한다. 앤드루는 에리카가 나와 경쟁하려 애쓰는 꼴이, 그녀의 질투가 그저 우습다고 말했다. 지난 16년 동안 에리카가 바람을 피우고, 과소비를 하고, 끝없는 잔소리와 말다툼으로 앤드루를 괴롭힌 걸 내가 몰랐다면 에리카에게 연민을 느꼈을지도 모르겠다.

에리카는 전형적인 글레이셔 파크 가정주부였다. 같잖은 특권의식에 젖어 살면서 옹졸하기 짝이 없고 남에게 다정하게 대할 줄 모르는 여자.

"대체 머리는 언제 빗은 거니? 죄다 헝클어졌네. 에휴."

에리카가 딸에게 말한다.

이자보는 헝클어진 코코아색 머리카락을 귀 뒤로 쓰윽 넘기며 대꾸한다.

"메러디스가 머리를 안 빗겨줘요, 엄마. 빗겨달라고 해봤는데 맨

날 바쁘대요."

기가 막혀서 입이 딱 벌어진다. 당장에라도 계단을 달려 내려가 어디서 뻔뻔하게 거짓말을 하느냐고 야단치고 싶지만 꾹 참는다. 이자보가 왜 저러는지 알기 때문이다. 이자보는 제 엄마의 관심과 동정을 받고 싶어 한다. 나에 대해 거짓말을 해야만 그걸 얻어낼 수 있다면 하게 둬야지 어쩌겠나. 일단은 내가 통 크게 굴 수밖에.

진실은 언젠가 밝혀지게 마련이니까.

괜히 지금 나섰다가 이자보의 입에서 훨씬 더 못된 거짓말이 나올 수도 있다.

"메러디스! 그 위에 있는 거 알아. 내려와서 인사라도 하지? 계속 그림자 속에 숨어서 우리 대화를 엿들을 거야?"

저년이!

"방해하고 싶지 않아서요. 편하게 얘기들 나누라고."

"친절하기도 해라."

가짜 티가 물씬 풍기는 목소리다. 절벽 가슴 안에 툭 불거지게 넣어놓은 D컵 보형물만큼이나, 그리고 희끗희끗한 머리카락을 가리려 호화롭게 염색한 윤기 나는 적갈색 머리카락만큼이나.

나는 겸손한 미소를 띠고 반들반들한 목재 난간을 손으로 쓸면서 우아하게 계단을 내려간다. 계단을 다 내려갔을 때쯤 내 휴대폰이 문자가 왔음을 알린다. 확인해보니 오늘 저녁식사를 함께하기로 한 앤드루가 시간 맞춰 집에 오기 어렵다고 한다.

"천국에 문제가 생겼나 봐?"

에리카는 지나치게 부풀린 입술로 만족스런 기색을 숨기지 않고 히죽 웃는다.

　　　　　　　　　　　　　완벽한 여자

"전혀요."

고개를 꼿꼿이 든 나는 캐묻는 듯한 에리카의 시선을 정면으로 응시한다. 내가 이 결혼에 의심을 품길 바라고 부추기려 들다니 부끄러운 줄이나 아시길!

"내가 추측해볼게. 자기랑 약속해놓고 취소했지? 늦게까지 일해야 된다는 핑계를 대는 게 한두 번이 아니지?"

"당신이랑 이런 얘기 하고 싶지 않아요."

"그렇겠지." 에리카는 앙증맞은 손가락에 까만 가죽 장갑을 끼우며 내 눈을 마주본다. "얘들아, 차에 타! 가자."

칼더와 이자보는 디자이너 가방을 들고 현관문을 나간다. 에리카는 하이힐 소리를 또각또각 내면서 팔짱을 낀 채 내게 다가온다.

"널 보면 16년 전의 내가 떠올라. 눈의 광채도 그렇고 얼굴의 홍조도 그렇고. 즐길 수 있을 때 즐겨, 메러디스. 넌 딱 그만큼의 기간 동안만 그에게 사랑받을 수 있을 테니까."

"뭐 하는 짓이에요!"

나는 코를 찡그린다.

"조심하라고 일러주는 거야." 에리카는 가느다란 눈썹을 치켜올린다. "여자 대 여자로. 그런 거 있잖아."

"아무리 분하고 질투가 나도 티를 내면 당신한테 득 될 게 없을 텐데요."

에리카는 웃음을 터뜨린다.

"설마, 너 같은 걸 질투할까? 내가 그 사람과 헤어진 것 때문에 밤마다 울면서 잠드는 줄 아나 보지? 솔직히 말하면 이 상황이 너무 뻔해서 짜증이 나기는 해. 16년 동안 내 남편이었던 남자가 날

버리고 자기 나이의 절반밖에 안 되는 여자를 아내로 들였으니까…… 참 진부하지. 넌 중년 남자가 새로 뽑은 포르셰 자동차나 마찬가지야. 섹스 장난감일 뿐이라고. 언젠가 새로운 여자라는 기분과 흥분이 사라지고 나면 그는 너를 버리고 새로운 여자를 찾겠지. 앤드루가 원래 그래. 영원히 만족을 모른다고나 할까. 늘 더 섹시하고 더 멋지고 더 짜릿한 걸 갖고 싶어 하거든."

"그런 말 들으니까 참 안됐네요, 에리카. 고마워요."

현관문 쪽으로 걸어간 나는 그만 나가란 뜻으로 문을 당겨 열어준다. 내 피부를 그 여자의 피부에 보란듯이 바짝 가까이 대면서.

에리카는 콧방귀를 뀌며 내 공간에서 좀 더 뭉그적거리다가 밖으로 또각또각 걸어나간다. 상쾌한 글레이셔 파크의 공기 속으로 걸어나가자마자 고개를 돌려 나를 쳐다보며 말한다.

"조만간 내 말이 맞는다는 걸 알게 될 거야. 인정하기 싫겠지만 그래도 알게 돼. 뼛속 깊이 느끼겠지. 난 미리 경고했으니 그때 가서 널 동정할 생각은 없어." 에리카의 녹갈색 눈동자가 나를 아래위로 훑는다. 그녀는 눈가를 찡그리며 덧붙인다. "넌 그 사람한테 당분간만 새로운 여자일 뿐이야. 장담해."

"잘 가요, 에리카."

나는 쾅 소리가 나지 않게 신경 써서 현관문을 닫는다. 화풀이하듯 세게 닫으면 자기 말이 나한테 효과가 있는 줄 알고 흡족해할 테니 그리 해주고 싶지 않다. 아무리 그 말이 사실이어도 말이다.

하지만 내 당당한 태도는 오래가지 못한다.

나는 걸어가며 앤드루에게 문자를 보낸다. 늦게까지 일한다고 하니 내가 그의 사무실로 저녁식사를 가져가겠다고. 오늘 저녁에 같이 나가서 데이트를 할 수 없다면 내가 사무실로 찾아가 데이트를 하면 되지 않겠느냐고.

잠시 후 휴대폰이 울린다.

"정말 멋진 생각이야, 메러디스. 완전히 마음에 들어."

"당신이 좋아하는 요리를 가져갈게요. 센트로 레스토랑의 필레 미뇽°이요. 고기는 미디엄 레어로. 오븐에 구운 아스파라거스와 발사믹 비네그레트 드레싱을 뿌린 하우스 샐러드°°도요."

"당신은 나를 너무 잘 알아. 어서 보고 싶어."

그의 목소리에서 미소가 읽힌다.

"한 시간 안에 갈게요. 디저트도 먹어야 하는 거 잊지 말고요."

나는 엄지손톱을 이로 문다. 그가 유혹하는 내 눈빛을 보지 않고도 이 말의 속뜻을 알아차리길.

"엄청 흥분돼."

수화기에서 그의 낮고 거친 속삭임이 들려온다. 그의 기대감이 내 몸으로 고스란히 전해지는 듯하다.

에리카는 우리가 무슨 얘길 주고받으며 사는지 알지 못한다. 나는 앤드루의 섹스 장난감이고, 앤드루는 내 섹스 장난감이다. 이 등식에 사랑을 섞으니 아무것도 우릴 갈라놓을 수 없다.

"금방 갈게요……."

전화를 끊고 위층으로 올라간다. 작고 특별한 속옷을 입고 그 위에 청바지와 스웨터를 입는다.

---

° 두껍게 자른 안심 스테이크용 쇠고기.
°° 레스토랑의 특선 샐러드.

# 8장 그리어

**셋째 날**

48시간 전만 해도 동생이 여느 월요일처럼 일상을 살며 이 거리를 운전하고 다녔으리라는 생각을 하니 기분이 묘하다. 지금 이곳엔 내가 와 있다. 이웃들 중 한 명한테라도 대답을 듣기 위해 눈 덮인 거리를 종종거리며 이 집 저 집 다니는 중이다.

그런데 집들이 모두 비어 있는 것 같다.

만약 사람이 있다고 해도 온통 검은 옷을 입은 데다 외지인 같은 낯선 여자하고는 얘기를 나누고 싶지 않은 모양이다.

그들을 탓할 일은 아닐 것이다.

어제저녁 로넌에게 걸려온 제보 전화는 별 쓸모가 없는 것으로 드러났다. 로넌은 나를 동생 부부의 집까지 차로 데려다줬는데, 가는 동안 물어보니 그렇다고 했다. 메러디스와 인상착의가 비슷한 젊은 여자가 녹슨 개조 밴의 짐칸에 타고 I-70 고속도로를 따라 동쪽으로 가는 걸 봤다는 어떤 여자의 제보였다. 그는 수첩에 그 내용을 적어놓긴 했지만, 좀 더 구체적인 정보와 연결 지을 수 있을 때까지 딱히 할 수 있는 일은 없다고 했다.

그는 어제저녁의 나만큼이나 실망한 눈치였다. 난 피곤하기도 해서 더 이상 캐묻지 않았다. 그는 나를 앤드루와 메러디스의 집 앞에 내려주고는 계속 연락을 주겠다고 약속했다.

지금 나는 일부를 돌로 장식한 커다란 통나무집을 향해 걸어가고 있다. 빨간 철판 지붕을 얹은 그 집 주변에는 상록수가 잔뜩 자라고 있다. 나는 오른손의 장갑을 벗고 현관문 앞 계단을 올라간다. 노크 두 번 만에 문이 열리고 한 여자가 나온다.

우윳빛 피부, 짧게 자른 백금발, 맑고 푸른 눈동자, 뾰족한 코. 여자는 내가 집 안으로 들어오는 걸 막겠다는 듯 나긋나긋한 몸뚱이로 문간을 막고 선다.

"앨리슨 로스 씨인가요?"

나는 여기로 걸어오는 길에 글레이셔 카운티 재산사정관* 홈페이지에서 당신 이름을 찾았다는 얘기는 굳이 하지 않는다. 메러디스가 지나가는 길에 이 여자에게 한두 번쯤 말을 걸었을 수도 있겠다 싶지만, 그래도 최대한 정보를 얻어보기로 한다.

여자는 이마에 깊은 주름을 잡으며 자세를 고친다.

"누구시죠? 기자인가요? 메러디스 프라이스 씨에 관한 인터뷰는 안 해요."

"전 메러디스의 언니예요."

앨리슨의 굳은 표정이 풀린다. 장미색 입술을 혀로 핥더니 내 어깨 너머를 살핀다. 초조한 눈빛에 움직임은 민첩하다.

"들어와요."

---

* 부동산의 사정 가치 및 과세 대상을 결정하는 미국의 선출직 공무원.

그녀는 따라 들어오라며 손짓한다.

안으로 들어간 나는 어둑한 현관 입구에 깔린 양모 깔개에 눈 묻은 부츠를 벗어둔다. 깔끔하게 장식된 집 안에서 갓 내린 커피 향이 풍긴다. 별장 같은 분위기지만 워낙 커서 안락한 느낌은 없다.

"동생과 알고 지냈을, 아니, 알고 지낸 사람을 찾아보고 있어요. 이 근처에 사시는 분들 중에요. 동생이 정기적으로 얘기를 나눴을 만한 분이 있을까요?"

그제야 앨리슨의 눈 밑 처진 살과 불그죽죽하게 충혈된 흰자위가 눈에 띈다. 방금 전까지 울고 있었던 것 같다. 아니면 잠을 못 잤거나. 어쩌면 둘 다일 수도 있겠지.

앨리슨은 내 등 뒤 벽에 걸린 풍경화에 시선을 고정한 채 떨리는 목소리로 입을 연다.

"메러디스와는 친한 사이였어요. 많은 시간을 함께 보냈죠."

앨리슨은 떨면서 두 손으로 팔 옆을 연신 쓸어내린다. 그러면 자그마한 몸뚱이를 뒤덮는 떨림을 가라앉힐 수 있으리라는 듯이.

"그런데 메러디스에 대해 물어보러 나를 찾아온 사람이 아무도 없었던 거 알아요?" 앨리슨이 시선을 돌려 내 눈을 마주본다. "난 앨리슨이랑 제일 친한 친구였는데 말이에요. 그런데 내가 뭘 알고 있는지 알아보려고 한 사람이 아무도 없었다니까요."

"아시는 게 있나요?"

나는 눈썹을 치켜올리며 앨리슨의 눈을 집중해서 바라본다.

"아뇨, 딱히요. 그래도 뭔가 이상하지 않아요? 사람들은 메러디스가 가출했을 수도 있다고 말하지만, 내가 아는 메러디스라면 그럴 리가 없거든요."

"메러디스가 납치됐다고 생각하세요?"

앨리슨은 어깨를 추어올리며 머뭇머뭇 입을 열었다.

"내 생각엔 그래요. 아니면……."

"아니면 뭐죠?"

나는 같이 머뭇거리거나 반신반의하며 허비할 시간이 없다.

"몇 달 전엔가 저녁 늦게 우유를 사러 급하게 차를 몰고 가게에 간 적이 있거든요. 핸즈웰 대로에서 어떤 트럭 옆을 지나갔는데, 메러디스가 그 트럭에 타고 있었던 것 같아요."

심장박동이 확 빨라진다.

"그런데 트럭에 탄 그 여자는 미소를 짓다가 크게 웃다가 했거든요. 옆모습밖에 못 보긴 했지만, 끝에 보송보송하고 하얀 방울 솜이 붙은 빨간 산타 모자를 쓰고 있었어요. 메러디스가 그런 모자를 쓴 건 처음 봤어요." 앨리슨은 손을 자기 얼굴에 갖다 대며 덧붙였다. "신호등이 곧 초록불로 바뀌면서 트럭이 출발해 옆길로 가 버린 바람에 그 여자를 잠깐밖에 못 봤어요. 내가 착각했나 했죠."

"메러디스한테 직접 물어보셨나요?"

앨리슨은 바로 고개를 젓는다.

"확신이 서질 않아서 물어볼 수도 없었어요. 내가 착각한 거면 괜히 기분만 나쁘게 만들 것 같아서."

"그렇군요."

나는 입술을 꾹 깨문다. 앨리슨이 적극적으로 머리를 써서 전략적인 방식으로 간단히 메러디스에게 물어봤다면 얼마나 좋았을까.

"생각할수록 이상해요. 앤드루는 내가 메러디스와 붙어 지낸 시간이 얼마나 많은지 알 텐데…… 경찰한테 얘기해서 나한테 메러디스에 대해 물어보도록 할 수도 있는 거잖아요."

"하고 싶은 말이 뭐죠?"

대답을 굳이 듣지 않아도 알 것 같다.

앨리슨은 눈을 가늘게 뜨더니 고개를 가로젓는다.

"모르겠어요…… 그냥 이상하다는 생각이 드네요."

"앤드루가 뭔가를 숨기고 있다고 생각하시나요?"

앨리슨은 나를 흘끗 올려다보며 손가락으로 머리카락을 잠시 만지작거린다.

"그러니까 내 말은, 난 2년 넘게 프라이스 부부와 알고 지냈어요. 우리가 이 거리로 이사 온 후로 쭈욱요. 그들은 결혼한 지 좀 지났는데도 여전히 신혼부부 같았어요. 남편은 아내를 늘 아껴주고, 아내는 남편이 정말 멋진 사람이라며 늘 칭찬했죠." 현관 복도 너머 거실 쪽으로 시선을 돌린 앨리슨은 창밖의 산 풍경을 뚫어져라 바라본다. "솔직히 말하면 질투가 날 정도였어요. 물론 좋은 쪽으로요. 메러디스가 재미있게 잘사는구나 싶었죠." 앨리슨은 숨을 길게 내쉰다. "그런데 한번은 이런 일이 있었어요. 메러디스가 요가 수업을 받으러 가기 전 우리 집에 잠깐 들렀는데, 손목 주변에 멍 자국이 보이더라고요. 마치 누군가한테 손목을 꽉 잡혔던 것처럼요."

숨이 막힐 지경이다. 동생에게 손을 댄 거라면 잘난 척하는 제부놈을 죽여버릴 것이다.

앨리슨은 목소리를 낮춘다.

"메러디스한테 어쩌다 생긴 멍이냐고 물어보진 않았어요. 그날 메러디스는 손목시계를 차고 있었어요. 평소에는 요가를 하러 가면서 손목시계를 찬 적이 없는 사람이라 더 이상하게 느껴졌죠. 멍

자국을 가리려고 했던 게 분명해요."

"방금 말씀하신 걸 나중에 공식적으로 확인해주실 수 있겠어
요?"

눈보라 치는 에베레스트산에 올라가달라고 부탁한 것도 아닌데
앨리슨의 맑은 눈이 확 커진다.

"글쎄요. 내가 착각한 거라면요?"

나는 한숨을 쉬며 되묻는다.

"착각이 아닐 수도 있잖아요."

"엉뚱한 사람을 범인으로 몰고 싶지 않아서 그래요."

"그냥 경찰에 사실대로 말씀해주세요. 이 정보를 어떻게 처리할
지는 경찰이 판단하겠죠." 나는 핸드백에서 로넌의 명함을 꺼내 내
민다. 앨리슨은 주저하다가 명함을 받아 든다. "부탁드려요, 앨리
슨 씨."

메러디스가 아무한테도 말을 안 하고 웬 남자와 도망쳤다고 믿
고 싶진 않다. 하지만 진실이 무엇인지는 아무도 모른다. 진실은
우리가 믿고 싶은 바와는 영 다를 수도 있다.

앨리슨은 침묵하다가 마침내 고개를 끄덕인다.

"그 명함 뒷면에 제 휴대폰 번호도 적어뒀어요. 혹시 하고 싶은
얘기나…… 기억나는 게 있으시면 전화 주세요."

"그럴게요."

내가 현관문을 나가는 동안 앨리슨은 명함을 청바지 주머니에
집어넣는다.

그 옆집으로 걸음을 옮기는 동안에도 동생의 손목에 있었다는
멍 자국에 대한 생각이 계속 머릿속을 맴돈다.

# 9장 메러디스

**29개월 전**

첼시 구역에 위치한 '스팀커피&티' 가게 문에 걸어놓은 종이 딸랑거린다. 계산대 앞에서 일하고 있던 해리스가 나를 보자마자 표정을 굳힌다. 나는 조용히 해달라는 뜻으로 검지를 세워 내 입술에 갖다 댄다. 해리스는 가게 뒤쪽에 있는 사무실 방향으로 고갯짓을 한다. 가서 보니 언니가 서류를 산더미처럼 쌓아놓고 구부정하게 앉아 노트북 화면을 들여다보고 있다.

나는 사무실 문을 손으로 두드리며 말한다.

"똑, 똑."

고개를 돌린 언니는 눈을 가늘게 뜨고 나를 쳐다보더니 잠시 후에야 나를 알아본다. 몇 달 만에 만나는 것이긴 하지만 내 모습이 그렇게 크게 달라진 것 같진 않다.

언니는 놀라 벌떡 일어선다.

"뭐야, 메러디스! 어떻게 여길?"

"앤드루가 일 때문에 여기 왔거든. 나도 따라왔어. 언니를 깜짝 놀래주려고 왔지."

완벽한 여자

그리어 언니는 다정다감한 성격도 아니고 얼굴에 감정이 고스란히 드러나는 편이다. 표정을 보니 언니는 나를 보자 놀랍기도 하고 기쁘기도 한 모양이다.

"나가자, 언니. 오늘은 종일 내 마음대로 시간을 쓸 수 있어. 우린 내일 여길 떠날 거야."

언니는 입술을 깨물며 노트북을 흘끗 돌아본다. 언니는 늘 나를 제일 우선시한다. 그런데 지금은 머릿속으로 계산을 하고 있다. 나가서 놀다 오면 재고 목록 정리인지, 회계 장부 정리인지 모를 작업을 오늘밤 늦게야 끝마칠 수 있으리란 계산일 것이다.

언니는 늘 이성적이고 사업을 우선시한다. 언니와 해리스가 완벽한 사업 파트너인 이유도 그래서다. 해리스는 예술에 조예가 깊고 창의적이며 남들보다 생각이 앞서고 커피도 그럭저럭 만들 줄 안다. 언니는 손익 계산이라든지 분기별 세금 정산, 신입 직원 면접, 꾸준한 급료 지불 같은 업무에 소질이 있다.

"언니를 좀 훔쳐갈게요."

나는 가게 문 쪽으로 먼저 걸어가며 해리스에게 말한다. 언니는 가벼운 재킷을 걸치고 내 뒤에서 몇 걸음 뒤처진 채 따라온다.

해리스는 뿔테 안경을 코 위로 밀어 올리며 우리를 쳐다본다. 그는 참견해봤자 소용없다는 걸 안다. 우리 자매 사이는 아주 끈끈해서 언니의 심장에 문신처럼 새겨져 있는 저 남자도 우리를 갈라놓지 못한다.

"재미있게 놀고 와."

해리스의 말은 그의 진짜 감정을 덮어 가리지 못한다. 우리가 이 도시를 신나게 쏘다니며 즐겁게 노는 동안 자기는 계산대를 지켜야 하니 짜증이 날 것이다. 하지만 우리가 매일 이러는 것도 아니지 않나. 언니와 해리스는 너무 심하게 일만 한다. 언니는 좀 쉬어야 한다. 그런다고 둘 중 하나가 죽어나갈 일은 없을 것이다.

이제 그는 내가 언니 옆에 있으면 자기 순위가 뒤로 밀리는 것에 익숙해져야 한다. 내가 언니 옆에 있는 동안에는 모든 게…… 사업도…… 해리스도 전부 뒤로 물러나야 한다.

언니는 해리스에게 다녀오겠다는 말을 하지 않는다. 그럴 필요도 없다. 언니와 해리스는 10년 가까이 함께 지내왔다. 거의 부부나 마찬가지라서 서로 절차나 어감을 문제 삼거나 사소한 일로 삐치지 않는다.

나는 가게를 나와 인도에 발을 딛자마자 언니에게 팔짱을 끼며 말한다.

"라돌체에서 브런치 먹자. 옛날 생각 날 거야."

언니는 흥분을 가라앉히려 애쓰지만 걸음이 점점 빨라지는 게 느껴진다.

나는 언니의 옆구리를 쿡 찌른다.

"좀 더 편하게 웃어도 안 죽어. 언니는 항상 너무 진지하고 지나치게…… 감정을 억눌러."

"요지가 뭐야?"

"요지 같은 건 없어. 그냥 관찰한 걸 말한 거야."

언니한테서 팔을 빼고 도로 연석에 올라서서 택시를 향해 손짓한다.

"그냥 지하철 타고 가자."

언니는 블록 저쪽을 손으로 가리키며 말한다. 부산한 인도 아래에 지하철역이 있음을 알리는 표지판이 세워져 있다.

"택시가 더 빨라. 덜 걸어도 되고. 하이힐을 신었더니 발이 아프단 말이야."

언니의 시선이 내 발로, 특히 내 구두의 빨간색 윗부분에 꽂힌다. 예전에 우린 이런 종류의 신발에 환장한 여자들을 비웃곤 했다. 그런데 이제 내가 그런 여자들 중 하나가 되고 말았다. 마놀로, 루부탱, 발렌티노 같은 디자이너 구두들을 색깔별, 높이별로 모두 소장하고 있다. 그걸 다 갖고 있는 이유는 나도 잘 모르겠다.

살짝 창피하다.

택시가 내 앞에 와 선다. 저쪽에서 서류 가방을 든 남자가 인상을 팍 쓰면서 우리 쪽으로 뛰다시피 걸어오는 게 보이자 나는 언니에게 빨리 오라고 손짓한다. 남자는 뻔뻔하게도 우리 택시를 가로챌 작정인 것 같다. 난 뉴욕의 많은 부분을 여전히 그리워하지만 저런 매너 없는 놈들은 제발 그만 보고 싶다.

라돌체 레스토랑으로 가는 동안 언니는 말이 없다. 생각에 잠겨 있는 모양이다.

나는 대화의 물꼬를 터서 언니를 현재로 불러오려고 괜한 질문을 한다.

"우리 뭐 먹을까?"

"글쎄."

"언니는 늘 에그 베네딕트*를 먹었잖아. 난 프렌치토스트를 먹었고. 전통을 거스르지 말고 예전처럼 먹는 게 안전할 것 같은데."

---

● 머핀 빵 위에 달걀과 햄을 얹은 음식.

난 최대한 가볍고 편안한 분위기를 만들려고 장난치듯 말해보지만 언니는 호응을 하지 않는다.

"왜 그렇게 말이 없어? 무슨 생각 해?"

언니는 한숨을 푹 쉬더니 고개를 저으며 차창 밖만 내다본다.

"아무 생각도 안 해."

"아니잖아. 언니는 아까 내 구두를 보고 나서부터 쭉 이랬어. 구두 때문이야?" 내가 언성을 높이자 택시 기사가 백미러로 흘끗 쳐다본다. "언니."

"구두랑은 상관없어."

"그럼 택시 때문이야?"

택시 기사가 또다시 백미러를 올려다본다.

"볼 때마다 네가 점점 달라져서 그래. 이젠 내가 모르는 사람이 돼버린 것 같아." 언니가 불쑥 대답한다. 빠르고 간결하게. "그걸 이해하려고 애쓰는 중이야."

어이가 없어서 웃음이 난다.

"난 여전히 나야. 앞으로도 그럴 거고."

얼마 후 택시가 거칠게 멈춰 서고 택시 기사가 미터기를 끈다. 내가 앤드루의 아메리칸 엑스프레스 카드로 결제하는 동안 언니는 먼저 택시에서 내린다. 잠시 후 나는 레스토랑 앞 연석에 서 있는 언니 곁으로 다가간다.

언니는 팔짱을 낀 채 말한다.

"네가 꼭 엄마처럼 사는 것 같아."

나는 눈이 휘둥그레진다.

"엄마랑 비교하지 말아줘."

"무슨 뜻인지 알잖아."

우리는 교착 상태에 다다른 것처럼 서로를 마주보며 시선을 떼지 않는다. 언니에게 뭐라고 말해야 할지 모르겠다. 엄마는 자기 모습을 이리저리 바꾸는 걸 즐기는 사람이다. 때로는 하룻밤 만에, 때로는 수 주일이나 수개월 만에 바꿔버리곤 했다. 인격 장애 같은 게 있는 것은 아니다. 그저 헌 구두를 갈아 신듯이 계절에 맞춰서, 혹은 자기 인생으로 흘러 들어온 새 남자친구에게 맞춰서 삶의 모양새를 바꾸는 것뿐이다.

어느 해에는 양 갈래 머리에 집시풍 블라우스를 입은 자유로운 히피였다가 겨우 여덟 시간 만에 갑자기 유기농 식품에 집착하는 꼬장꼬장한 학부모로 바뀐 적도 있었다. 그전에는 엄마가 변하려는 조짐을 미리 보였기 때문에 우리도 예상할 수 있었지만 그때는 아니었다. 그날 아침 엄마는 헝클어진 양 갈래 머리를 어깨까지 드리우고 삼 가운 차림으로 나를 학교에 보냈는데, 오후에 집에 와서 보니 가지런하고 윤기 나는 단발머리에 펜슬 스커트 차림으로 홀푸드 슈퍼에서 장 봐온 갈색 종이 가방 여섯 개를 정리하고 있었다.

언니 얘기에 따르면, 엄마는 부유한 세입자들이 사는 고층 아파트에서 가사 도우미로 일하다가 내 아버지를 만났다고 한다. 그전에 엄마는 공원에서 어떤 여자 둘이 하는 얘기를 지나가다 들었다. 그들의 친구의 사촌의 언니가 어느 집 가사 도우미로 일하다가 엄청난 갑부이기도 한 실업계 거물의 아내가 되었다는 얘기였다. 그때까지 엄마는 갑부를 만나본 적도 없고 개인적으로 아는 갑부도 없었지만, 그런 사람들이 사는 아파트의 화장실 청소를 해주면서 그쪽 세계로 슬그머니 진입했다. 엄마는 쥐새끼였다. 가사 도우미 일은 부자 세상의 벽에 난 틈새였고 그 틈새를 통해 엄마는 그리로 넘어간 거였다.

내 아버지의 이름은 요시 나탄이다. 이스라엘 출신의 부동산 개발업자인데 뉴욕시에서 산 지 2년밖에 안 되었을 때 엄마를 만났다. 언니는 두 사람의 관계가 어떻게 시작됐는지 모른다고 했다. 당시 아버지는 유부남이었고 이스라엘의 크파르사바시에 이미 자식들이 여럿 있었기 때문에 엄마가 나를 임신하면서 상황이 복잡해졌다. 그래도 아버지는 뉴욕을 떠나면서 내 이름으로 신탁 기금을 만들어 내가 스물여섯 살 생일이 되면 그 돈을 찾아 쓸 수 있도록 해놓았다. 어머니에게도 입을 닫는 대가로 다달이 적당한 금액의 돈을 받게끔 처리해놓았다.

나는 아버지의 사진을 온라인으로밖에 보지 못했다. 아버지의 사진이 실린 게시물은 죄다 히브리어라서 제목조차 읽을 수 없었다. 나에게 옅은 모래색 머리카락과 연갈색 피부, 유럽과 중동 혼혈 티가 나는 이국적인 이목구비를 물려줬다는 것 말고는 요시 나탄 씨에 대해 별로 아는 게 없다. 나는 그를 닮아 곧은 콧날과 도톰한 입술, 속쌍꺼풀을 갖고 태어났지만 그 외에는…… 아무것도 물려받지 못했다. 심지어 그의 성姓조차도.

이번 생에 만나볼 수는 있을까 하는 희망을 아직 품고 있긴 하지만 세월이 흘러도 여전히 가슴만 쓰릴 뿐이다. 나는 인간으로서 커다란 부분을 잃었고, 그 부분을 되찾을 가능성도 없이 살아가고 있다.

언니 얘기로는 내가 다섯 살 때 '상상 아빠'가 있었다고 한다.

아마 어린아이들이 흔히 갖는 상상 친구 같은 게 아니었을까? 밤이면 벽 너머에서 내가 상상 아빠에게 떠들어대는 소리가 들렸다고 한다. 그리고 학교가 끝나고 언니와 함께 복잡한 퀸스 구역의 인도를 걸어 집으로 돌아가는 동안 내가 우리 옆에 상상 아빠가 같이 걷고 있다고 우겼다고 한다.

그런 건 하나도 기억나지 않지만, 아빠의 사랑이 뭔지 알고 싶은 다섯 살짜리 꼬맹이를 생각하면 여전히 가슴이 아프다.

"장담하는데, 난 아니야. 난 엄마랑 달라, 완전히. 그러니까 걱정할 거 없어. 나는 예전이랑 똑같아. 그냥 좀 더 좋은 옷을 갖게 되었을 뿐이야." 나는 언니를 미소 짓게 하려고 애쓰지만 언니는 여전히 걱정이 많은 눈치다. "좋은 구두를 신고 다니는 게 뭐 어때서. 그냥 구두일 뿐이잖아!"

나와 눈이 마주치자 언니는 아랫입술을 이로 꾹 문다. 언니는 자신이 통제할 수 없는 일에 대해서는 늘 안달복달하는 편이다. 언니 잘못은 아니다. 언니는 힘들게 살아왔으니까. 언니는 어린 나를 키워야 했고 엄마까지 돌봐야 했다. 집세가 밀리지 않도록 신경 쓰는 일도 늘 언니 차지였다. 집 찬장이 텅텅 비도록 나 몰라라 하는 엄마 대신 언니가 식료품까지 사다 놔야 했다. 매년 나를 학교 수업에 등록시키고 내 생일을 잊지 않고 챙겨준 사람도 언니였다.

우리에게 나쁜 일이 일어나지 않도록 하기 위해 언니는 늘 한 발자국 앞서나가야 했다. 언제나 최악의 상황을 예상하면서 마음 졸이고 하루하루 살아야 했을 테니 분명 쉽지 않았을 것이다.

5학년 때 선생님이 나를 양호실로 보낸 적이 있었다. 머리를 쉴 새 없이 긁어댄다는 이유였다. 내 머리를 들여다본 보건 교사는 기겁해서 양호실 저편으로 달려가 휴대폰부터 찾았다. 학교 안내 담당자와 얘기하는 걸 들어보니, 보건 교사는 28년간 이 일을 하면서 나처럼 머릿니가 많은 아이는 처음 봤다고 했다. 부모의 보살핌을 받지 못하는 것 같으니 아동 및 가족 관리부에 신고를 해야겠다는 말도 했다.

하지만 결국 학교에서 호출한 건 엄마였다. 엄마는 그날 저녁 내 머리를 박박 밀었고, 자른 머리카락을 비닐봉지에 담아 쓰레기통에 버렸다.

나는 느슨하게 곱슬진 금발 머리를 손으로 쓸어내린다. 부드럽고 풍성한 이 머리카락은 수개월을 기다려 미용실에서 시술받은 브라질식 케라틴 트리트먼트 덕분이다.

"그래. 멋진 구두는 계속 신어. 그분처럼 되지만 마."

"그럴 일 없어." 나는 가슴에 엑스 자를 그리며 맹세한 후 새끼손가락을 들어 언니에게 내민다. 언니는 새끼손가락을 거는 약속 따위 우습다는 듯 피식 웃지만 난 고집을 꺾지 않는다. 결국 언니는 나와 새끼손가락을 건다. "들어가자. 예약한 시간이 오 분 남았어."

이탈리아 차를 마시는 소리, 도자기로 된 다기가 딸그락거리는 소리, 두런두런 나누는 대화 소리에 둘러싸인 채 테이블에 마주해 앉자 만족감이 밀려온다. 언니와 함께 있을 때마다 느끼는 이 따뜻하고 편안한 기분을 마음껏 즐기기로 한다.

"앤드루는 어때?"

"잘 지내지."

언니의 입에서 그의 이름이 나오자 나도 모르게 미소가 지어진다. 반사 작용이랄까?

완벽한 여자

나는 이렇게 어린 나이에 결혼해서 정착하게 될 줄 생각도 못 했다. 몇몇 대학 친구들을 볼 때마다 그녀들이 오춘기를 힘겹게 헤쳐나가면서 얼간이 같은 남자친구들만 줄줄이 만나는 걸 볼 때마다 내 앞에 깔린 평탄한 인생길이 더욱 고맙게 느껴진다.

앤드루는 진짜 남자다.

그는 여자를 갖고 놀지 않는다. 제 뜻대로 조종하려 들거나 다른 여자에게 눈길을 돌리지도 않는다. 그는 나를 귀하게 여기고 이 세상 누구보다 사랑해준다.

내 인생은 까딱 잘못하면 더럽게 꼬일 뻔했다. 지금 느끼는 소소한 불만은 그저 배부른 푸념일 뿐이다.

언젠가는 언니도 나 같은 기분을 느꼈으면 좋겠다. 해리스한테든…… 다른 새로운 상대한테든 사랑과 보살핌을 받고 소중한 사람으로 대우받는 기분 말이다.

"해리스 콜리어 씨하고는 요즘 어떻게 지내고 있어?"

나는 새끼손가락을 들어올리고 차를 한 모금 마시며 영국식 억양으로 묻는다. 어렸을 때 우리는 이렇게 귀족인 척하는 놀이를 했는데 그때는 그게 세상에서 제일 재미있는 놀이였다.

언니는 등을 곧게 펴면서 오른쪽 창밖을 내다본다. 자세를 바꾸는 걸 보니 내 장단에 맞춰줄 기분이 아닌 듯하다.

"내가 아파트에서 나오기로 결정했어."

언니는 컵을 들어 입에 갖다 댄다.

"어차피 그래야 하는 거 아냐? 둘이 헤어졌는데 계속 같이 사는 것도 이상하잖아."

"그렇지."

"그래서 언니 기분은 어때?"

언니가 솔직하게 대답해주리란 기대는 하지 않는다. 언니는 여전히 해리스를 사랑하고 앞으로도 그럴 것이다.

언니는 내 눈을 피해 어깨를 으쓱한다.

"괜찮아. 다 때가 돼서 그런 거야. 같은 물에만 머물면 결국 어디로도 가지 못하게 돼."

"언니가 해리스의 어떤 점을 보고 좋아했는지 이해가 안 돼. 허세남이 아닌 척 애쓰지만 지독한 허세남이잖아. 남들을 다 자기 밑으로 깔보면서 모르는 게 없는 척이나 하고."

"지적이고 고집 센 남자들은 거의 그래." 언니는 차를 한 모금 더 마시고 말을 잇는다. "본인도 어쩔 수 없을 거야. 자기주장이 무척 센 편이거든. 그래도 허세남은 아니야. 그건 말도 안 되는 소리지. 내가 아는 한 허세남이랑은 거리가 멀어."

몇 년 전에 나는 해리스에게 자칭 페미니스트에 기후변화를 걱정한다는 사람이 120달러나 하는 티셔츠를 입느냐고 빈정대곤 했다. 그럼 그는 내 토리버치 샌들과, 모델 카일리 제너를 따라 입술선보다 립스틱을 넓게 바르는 내 화장법을 놀려댔다. 나와 해리스는 늘 의견이 다르지만 둘 다 그리어를 사랑하기에 서로 못마땅한 구석을 참으면서 그나마 조롱을 최소화하고 있다.

언니는 우리가 초등학생들처럼 아웅다웅 놀고 있다고 여겼다.

사람은 무엇을 원하는지 정하고 그것을 성취할 방법을 선택하며 살아간다. 언니는 해리스가 완벽과는 거리가 먼 남자라는 사실을 믿으려 하지 않았다. 그게 다 사랑에 눈이 먼 탓이다. 언니는 해리스를 사랑했다. 지금도 마찬가지고.

완벽한 여자

사랑은 놀라운 힘을 발휘하지만 독일 때도 있다.

"해리스가 다른 사람을 만나고 싶대?"

두 사람 사이는 별다른 사전 징조 없이 끝이 났다. 큰소리도 나지 않았고 갈등도 없어 보였다. 하지만 이 이별의 핵심을 파고들수록 나는 그들이 얼마나 짜증나는 상황에 놓여 있는지 알게 됐다. 언니는 둘이 사귄 지 오래되다 보니 사랑이 우정으로 바뀌었다고 주장했는데, 그건 해리스의 주장일 뿐이었다.

언니는 곧장 고개를 젓는다.

"그건 아니야."

"그럼 뭔데?"

"우린 이제 더 이상 함께 살 수 없어. 이 상황에서 같이 사는 건 말이 안 되지. 그는 나와 거리를 두고 싶어 해. 나도 마찬가지고. 그게 다야."

"하지만 언니는 해리스랑 매일 함께 일하잖아. 그러면서 무슨 거리를 둔대?"

"이제 각자 다른 매장에서 일할 거야."

"오늘 보니까 아니던데?"

찻잔 가장자리를 손으로 문지르던 나는 언니가 움찔하는 모습을 포착한다. 언니는 이별을 잘 받아들인 척하지만 난 언니 마음을 안다. 둘 사이가 깨진 건 해리스의 뜻이고, 언니는 그가 원하는 대로 따라주고 있다. 그래야 그가 언젠가 다시 언니에게 돌아올 테니까.

우리 앰브로즈 집안 여자들의 문제가 바로 이거다. 남자에 관한 약해빠졌다는 거. 나는 운 좋게도 괜찮은 남자를 만났지만, 자칫 잘못 고를 수도 있었다.

전에 언니에게 물어본 적이 있다. "왜 하필 해리스야?" 언니가 애초에 그 남자의 어떤 면을 보고 좋아했는지, 다른 남자를 만나지도 않고 그가 돌아오기만을 기다리고 있는 이유가 무엇인지 궁금했다. 언니는 곧장 대답하지 않고 말을 골랐다. 그러더니 해리스가 첫사랑이라고 털어놓았다. 아무리 애를 써도 그를 사랑하는 걸 멈출 수 없다고 했다. 자기한테는 해리스뿐이라고 했다.

그러더니 화제를 바꿔버렸다.

늘 그랬던 것처럼.

"네 말이 맞아, 메러디스. 오늘 우린 같은 매장에 있었어. 월말이라서 난 결산 업무를 봐야 했고 내 사무실은 거기거든."

"언니 사무실은 언니가 어디든 가지고 다니는 노트북이잖아."

"주문이나 하자."

환상적인 타이밍에 나타난 서빙 담당 직원이 아침나절 브런치에 어울리지 않게 활활 타오를 뻔한 우리 사이의 불꽃에 물을 뿌리며 대화를 방해한다.

언니는 에그 베네딕트를,

나는 프렌치토스트를 주문한다.

그리고 우린 날씨 얘기를 하기 시작한다.

완벽한 여자

# 10장 그리어

**셋째 날**

돌아와서 보니 메러디스의 집 진입로에 차들이 잔뜩 들어서 있다. 나는 오후 내내 돌아다니며 이웃집들의 문을 두드렸고 동생이 자주 찾았을 동네 가게들도 둘러보았다. 지금까지 사람들은 똑같은 얘기만 해주고 있다.

"늘 미소를 지었고 행복한 모습이었어요."

"완벽한 결혼이었죠."

"아무 문제 없어 보이던데."

제일 흔하게 들은 얘기는 뜻밖에도 이것이었다. "미안한데, 잘 모르는 사람이에요."

메러디스는 허공 속으로 사라져버린 것 같다.

주방을 지나가던 나는 우뚝 멈춰 선다. 탁자에 둘러앉은 카메라 촬영 팀이 서브마린 샌드위치와 노란색 작은 봉지에 담긴 감자칩을 우적거리고 있다. 복도 저쪽에서 여럿의 목소리가 들리는데 그중에 익숙한 목소리가 있다.

"앤드루?"

불러보지만 대답이 없다.

서재로 들어가려던 나는 화장용 의자에 앉아 있는 엄마를 보고 문간에서 걸음을 멈춘다. 전에 메러디스가 보내준 사진대로 엄마는 금발로 염색했다. 지금은 그 머리카락을 파도처럼 구불구불하게 말아놓았고 피부는 구릿빛 섞인 오렌지색이다. 보아하니 지금은 남부 캘리포니아 출신 남자친구의 삶에 스며들어가고 있는 모양이다.

"여기도 파우더 좀 발라줄래요?" 엄마가 손으로 목선을 가리킨다. "눈썹도 고쳐줘요. 눈썹산 부분을 좀 더 진하게요. 조명이 강해서 눈썹이 없는 것처럼 보이겠어. 눈썹이 금발이라."

브렌다 앰브로즈 씨가 실종된 딸보다 눈썹 걱정이나 더 하게 내버려둬야겠다.

클립보드를 손에 들고 헤드셋을 쓴 프로듀서가 앤드루의 책상에 걸터앉아 엄마에게 몇 가지 사항을 점검하고 있다.

"이게 다 뭐예요?"

내가 왔음을 알리자 엄마는 놀라 움찔한다.

"어머나! 그리어 왔구나." 엄마는 메이크업 아티스트에게 손짓해 물러가게 하고 의자에서 일어나 내 쪽으로 다가온다. 내가 포옹이라면 질색하는 걸 잘 알면서도 보란듯이 내 어깨를 두 팔로 감싸고 내 목에 얼굴을 묻는다. "너무 반갑다, 우리 딸."

'우리 딸'이라니! 이 행성에서 30년 넘게 살아오면서 엄마한테 그런 말은 처음 들어본다. '은혜도 모르는 년'이나 '조그만 년', '내 인생 최대의 실수'라는 말은 많이 들어봤지만.

"우리 딸?"

엄마한테 카메라가 아직 돌고 있지 않다는 사실을 상기시켜줘야 하나?

"우린 조금 전에 여기 도착했어. 웨이드는 앤드루와 다른 방에 있어."

"오늘 방송국 사람들이 오는 줄 몰랐어요."

"나도 몰랐어." 엄마는 텔레비전에 출연하게 됐다는 것만으로도 아름답고 매력 넘치며 특별한 사람이 된 기분인가 보다. 놀랍지도 않다. "CNN 〈24/7〉 뉴스쇼의 코니 메이웨더 앵커가 앤드루를 인터뷰할 거야. 우리더러 출연할 수 있는지 물어보더라."

"우리요?"

"웨이드랑 나. 그리고 너."

"웨이드는 메러디스를 딱 한 번 봤을 뿐이잖아요."

엄마의 얼굴에서 미소가 걷힌다. 마치 내가 현실이라는 작고 날카로운 핀으로 환상이라는 거품을 찔러 터뜨린 것처럼.

"이게 다 우리가 지지하고 있다는 걸 보여주는 거야, 그리어."

내가 전국 방송에 나가 매력을 끌 만한 얼굴은 아니지만 지금은 내 입장을 내세울 때가 아니다. 메러디스가 어딘가에서 방송을 본다면 내가 찾고 있다는 걸 알려줘야 한다. 관심병자인 엄마가 방송 출연이라는 영예를 만끽하게 두고 싶지도 않다.

"알았어요."

엄마는 머리와 화장을 담당하는 방송국 직원을 손짓으로 불러 "여기 한 명 더 손 좀 봐줘요"라고 말한 뒤 자기 의자로 돌아가 앉는다.

한 시간 후 내 얼굴은 분칠에 색조 화장까지 됐고, 지저분하게 틀어올렸던 머리카락은 일요일 아침 예배 시간에 어울릴 법하게 굽슬굽슬해졌다. 직원은 나더러 다른 옷은 없느냐고, 검은색 말고 색이 선명한 옷을 입어달라고 요구한다. 검은 옷은 '집에서 화면을 보는 시청자들을 우울하게 만들고 우리가 벌써부터 애도 중인 걸로 보일 수 있기 때문'이라는 이유에서다.

그들은 우리를 거실에 있는 소파에 앉힌다. 앤드루를 엄마 옆에 앉히고 웨이드는 엄마 뒤에 서도록 한다. 조명이 엄청 뜨거워서 시원했던 거실 공기가 몇 분 만에 확 올라갔다. 덕분에 내 얼굴의 떡칠 화장이 녹아내리기 시작한다.

코니 메이웨더는 무슨 대단한 거물이라도 되는 양 굴고 있다. 날카로운 턱선을 강조하는 금색 단발머리, 화장으로 강조한 광대뼈, 감정을 드러내지 않되 카메라에는 적합한 분홍색 립스틱. 샤넬 정장을 입은 그녀는 우리 넷을 앞에 두고 다리를 꼬고 앉아 진심으로 안타까워하는 표정을 연출한다. 수년 동안 표정 연습을 하면 어지간한 사람은 속여 넘길 수 있는 모양이다.

"앤드루 씨, 이번 사건에 대해 설명 좀 해주세요. 아내인 메러디스 프라이스 씨가 실종된 걸 처음 알았을 때 어디에 계셨나요?"

앤드루는 곧바로 대답하지 못한다. 의도한 연출인지, 아니면 마음을 추스르느라 시간이 걸려서인지는 알 수 없다.

그는 숨을 내뱉으며 대답한다.

"일하던 중이었습니다. 미팅 중이었죠. 그때 안내 직원이 문을 두드리면서 경찰이 저를 찾아왔다고 하더군요."

코니는 세심하게 주의를 기울이듯 눈을 가늘게 뜬다. 앤드루가 그만 입을 닫자 그녀는 마치 사실관계를 재확인하는 듯 고개를 끄덕거린다.

"글레이셔 파크 경찰서에서 온 경찰이었는데 제 사무실로 찾아와 아내와 마지막으로 얘기를 나눈 게 언제냐고 묻더군요." 그는 말을 하다 말고 손을 입으로 가져가더니 손가락으로 입가를 쓸어내린다. 입술이 떨려서인가 싶기도 한데 잘 모르겠다. 내 동생에게 완전히 빠져 어쩔 줄 모르던 저 남자가 다른 감정을 표출하는 걸 본 적이 없다. "그날 아침에 얘기를 나눴다고, 아내가 그날 오후에 식료품점에 갈 거라 했다고 대답했죠. 경찰 얘기로는 식료품점 직원이 건물 뒤쪽 쓰레기통에 쓰레기를 버리러 나왔다가 그곳에 운전석 문이 활짝 열린 채 서 있는 차를 봤다고 하더군요. 차 안을 보니 소지품들이 있어서 차량 번호를 메모한 후 매장 안에서 차주를 찾는 안내 방송을 했다고 했습니다. 그런데 아무도 나타나지 않자 그 직원은 버려진 차량이 있다고 경찰에 연락한 겁니다. 그렇게 해서 경찰들이 저를 찾아온 거죠. 그리고 그때 아이들 학교에서 전화가 걸려왔는데, 아이들을 데리러 아무도 오지 않았다고 했습니다."

앤드루의 목소리가 갈라지자 엄마가 그의 손에 자기 손을 얹는다. 버튼다운식 하와이안 셔츠와 카고 반바지를 갈아입을 새도 없이 인터뷰 자리에 서게 된 웨이드는 엄마의 어깨에 손을 얹는다.

"경찰이 의심을 했다는 거네요."

코니가 상황을 간략히 요약한다.

앤드루는 고개를 끄덕인다.

"현장이 일반적이지 않았으니까요. 핸드백과 휴대폰 열쇠를 차 안에 두고 문을 열어놓은 채 어딜 가는 사람은 없잖습니까."

나는 꼼짝 않고 앉아 이 기괴한 쇼를 구경한다. 이 사람들, 내 가족이란 사람들은 스스로 캐리커처가 되어버린 것 같다.

사랑하는 사람이 실종되면 다들 이럴까? 남들 예상대로 행동하게 되나? 그게 어떤 행동이지? 더 중요한 문제를 두고 쓸데없는 짓거리에 신경을 쓰고 싶을까?

"뭔가 잘못됐다는 느낌이 들었을 때 무슨 생각을 하셨나요?"

앤드루는 허리를 약간 바로 세우고 앉는다.

"그저…… 아내를 찾아야 한다는 생각이었죠. 다른 건 중요하지 않았습니다. 아내를 찾아야 했어요. 솔직히 그날부터 다른 건 눈에 잘 들어오지도 않습니다."

"우리 사위는 잠도 거의 못 잔답니다."

엄마는 무슨 어린애 다루듯 앤드루의 무릎을 손으로 문지르며 끼어든다.

역겹다.

코니도 움찔하며 입을 연다.

"이해됩니다. 요즘 어떻게 지내시나요?"

그는 지체 없이 대답한다.

"겨우 버티고 있습니다. 그렇게밖에는 할 수가 없어요. 경찰과 계속 연락을 유지하고 있고요. 아내한테서 전화가 올까 봐 휴대폰을 늘 곁에 두고 있죠. 아내를 찾기 위해 뭐든 다 할 생각입니다."

"경찰이 단서를 찾았나요?"

그는 다시 머뭇거린다. 극적인 효과를 노리는 걸까?

"아뇨, 그렇지는 않습니다. 그래서 저희가 이 인터뷰에 응하기로 한 겁니다. 아내에 대한 어떤 정보든 알고 있는 분은 연락 주시길 기대하면서요."

코니는 카메라를 향해 고개를 돌린다.

"이 사건과 관련해 전용 제보 전화가 있는 것으로 압니다. 보상금도 거셨죠? 메러디스 씨가 안전하게 돌아올 수 있게 해주신 분께 10만 달러의 보상금을 지급하신다고요?"

앤드루가 입을 열려는데 엄마가 끼어든다.

"맞아요, 맞습니다." 저런다고 제부와 똑같은 비중으로 화면에 나오지는 못할 텐데. "제보 전화를 밤낮으로 받고 있어요. 전화해 주시면 아무 때나 다 받아요. 글레이셔 파크 경찰서로 전화 주셔도 되고요. 그럼 바로 담당자에게 연결될 거예요."

앤드루는 엄마의 손을 꼭 잡으며 나지막하게 말한다.

"고맙습니다."

"그리어 씨." 언제 내 이름을 알았는지 코니가 나를 부른다. "언니로서 어떻게 견디고 계시나요?"

이런 멍청하고 진부한 질문이라니, 정말 싫다. 이 여자는 어떤 반응을 기대하는 걸까? 내가 어떻게 대답하길 바라는 거지?

"그리어." 엄마가 고개를 돌려 나를 쳐다보면서 눈짓으로 대답을 재촉한다.

나는 개떡 같은 질문에 나답게 대답하기로 한다.

"어떻게 견디고 있을 것 같으세요? 우리더러 어떻게 견디고 있느냐고 물을 게 아니라, 메러디스를 찾기 위해 어떻게 할 거냐고 묻는 게 맞지 않나요?"

코니는 내게서 앤드루에게로, 다시 엄마에게로 눈길을 돌린다.

"그리어, 그만 일어나서 나가 있으렴."

누가 보면 나는 철없는 열네 살짜리이고, 엄마는 올해의 어머니 상 수상자인 줄 알겠다.

나는 말없이 일어나 거실을 나간다. 손님방에라도 가서 혼자 있을 생각이다. 엄마가 그러라고 해서가 아니라 이 서커스에 더 이상 끼고 싶지 않아서다.

혼자 생각을 정리해야겠다.

수백만 개의 눈들이 나를 지켜보는 가운데 소파에 앉아 있는 짓은 더 못 하겠다. 그런 건 저 사람들이나 하라지.

동생은 내가 자기를 찾으려 최대한 애쓰고 있다는 걸 알 것이다. 전국 방송에서 눈물을 쥐어짜며 사람들 앞에서 내 진실성을 검증받을 필요는 없다고 본다.

우리가 가슴 아파하는 모습은 구경거리가 아니다. 여기서 더 미친 짓을 해 코니 메이웨더 쇼의 시청률을 높여주고 싶지도 않다.

나는 속으로 동생에게 미안하다고 말하며 계단 쪽으로 향한다. 텔레비전 인터뷰를 하는 것과는 별개로 계속해서 동생을 찾을 것이다.

프라이스 저택의 입구에 로넌 맥코맥 형사가 서 있다.

"그리어 씨."

나는 굳이 놀란 척을 하지 않는다. 이제부터는 이 남자의 모습을 자주 보게 될 것 같다.

"안녕하세요." 그는 입술을 잠시 말아 넣으며 진주처럼 고른 이를 드러낸다. "앤드루 씨한테 한 시간 내내 전화를 했는데 받질 않으셔서요."

어이가 없다. 메러디스의 전화가 올까 봐 휴대폰을 늘 곁에 두고 있겠다더니.

"코니 메이웨더 쇼로 전국 방송에 데뷔 중이에요." 나는 거실을 고갯짓으로 가리킨다. "메이크업을 하고 아르마니 정장도 갖춰입고요."

로넌은 이 말을 유머로 받지 않는다. 그는 양손을 허리춤에 대고 현관 앞에 서서 강한 눈빛으로 조용히 앤드루를 관찰한다.

"앤드루가 메러디스한테 완전히 빠져 있지 않았고 메러디스도 그를 사랑하지 않았으면 지금 같은 상황에서 난 당연히 저 남자를 의심했을 거예요."

내가 목소리를 낮춰 말하자 로넌이 나를 돌아본다.

"그렇다고 범인이 아니라고 할 수 있을까요?"

"알아낸 거라도 있으세요?"

그도 속삭이며 대답한다.

"실종 사건의 경우 저희는 항상 배우자나 파트너를 제일 먼저 용의선상에 올립니다."

"그렇다는 건 앤드루를 용의선상에 두고 있다는 거죠?"

"그렇죠." 로넌은 아랫입술을 말아 넣고 잠시 이를 드러내더니 짧게 고개를 젓는다. "아직은요."

나는 앤드루를 돌아본다. 엄마가 그에게 휴지를 건네고 있다. 적어도 앤드루의 얼굴에 흐르는 저 눈물은 진짜인 것 같다. 대체 어떤 마음인 걸까? 본인만이 알 것이다.

"여긴 무슨 일로 오셨어요?"

"제보 전화가 와서요. 또 다른 제보자인데, 네브래스카주에서 메러디스가 거친 외모의 남자와 함께 개조 밴을 타고 가는 걸 본 것 같다는 내용이에요. 그 밴을 쫓아가려고 했지만 혼잡 시간대에 정지 신호에 몇 번 걸리면서 놓쳤다더군요. 밴을 운전한 남자에 대한 인상착의를 받아뒀습니다."

"뭐래요?"

"잿빛 머리카락에 오십 대 중반처럼 보였고 염소수염이 있다고 했습니다. 밴은 파란색인데 범퍼 부분에 녹이 슬었다고 했고요. 차량 번호도 알려줘서 곧 운전자 신원이 밝혀질 겁니다. 신원 확보하는 대로 신문을 해야죠. 일단은 앤드루에게 운전자의 인상착의를 들려주고 아는 사람인지 물어볼 생각입니다."

"그래요. 마세라티를 운전하고 다니는 앤드루 프라이스가 개조 밴을 타고 다니는 납치범과 퍽이나 아는 사이겠네요."

나는 고개를 옆으로 기울이며 눈을 위로 굴린다.

로넌은 고개를 절레절레 흔든다.

"아마추어라 그런가."

"저요?"

나는 손가락을 내 가슴에 갖다 대며 묻는다.

"저는 앤드루가 어떻게 반응하는지 보려는 겁니다. 어떤 대답을 하는지는 중요하지 않아요. 어떻게 행동하는지가 문제지."

그때 코니 메이웨더가 옆에 있는 커피 탁자에 마이크 장치를 내려놓고 의자에서 일어서며 프로듀서와 얘기를 나눈다. 인터뷰를 다 끝낸 게 아니면 잠깐 쉬는 시간일 것이다.

"가서 얘기해보세요."

로넌은 몇 안 되는 사람들 사이를 지나 곧장 앤드루에게 걸어간다. 앤드루는 줄곧 침통한 표정이다. 나는 그 자리에 서서 앤드루가 손으로 턱을 문지르고 이마에 주름을 잡으며 얘기를 듣다가 고개를 젓는 모습을 바라본다. 주로 얘기하는 쪽은 로넌인데, 그는 앤드루한테서 시선을 떼지 않는다. 프로듀서가 다가가자 둘의 대화는 끝이 난다.

현관 쪽으로 돌아온 로넌에게 내가 묻는다.

"그래서 찾았나요?"

"딱히요. 그래도 가까워진 것 같긴 합니다."

"그래요? 뭐라고 해요?"

로넌은 입을 굳게 다물고 가까운 문을 응시하다가 입을 연다.

"몇 가지를 더 확인해봐야 될 것 같네요."

"제부가 아는 남자래요? 그 밴에 대해서는 뭐래요?"

나는 눈썹을 치켜올리며 묻는다.

로넌은 고개를 젓는다.

"의심이 가는 반응을 보였어요?"

"그리어 씨, 내일 다시 얘기하죠."

그는 내 어깨를 한 번 꾹 잡고는 현관문 밖으로 나간다.

그래. 이제 드디어 적극적인 수사를 하는 모양이다. 나한테 다 말해줄 수는 없겠지.

거실 쪽을 돌아보니 앤드루가 팔짱을 낀 채 방송국 직원과 대화하며 고개를 끄덕거리고 있다.

정말이지, 앤드루가 이 사건에 조금이라도 관여를 했다면 가만있지 않을 것이다……

# 11장 메러디스

**27개월 전**

"자기 차 앞유리에 뭐가 있어."

상쾌한 월요일 아침, 핫요가를 마치고 나오는데 앨리슨이 내 차를 가리키며 말한다.

"파이크에 새로 생긴 피자 가게 전단지겠죠 뭐. 지난주에 네 장이나 받았어요."

나는 얼른 집으로 가서 몸 구석구석 들러붙은 운동복을 벗어던지고 미지근한 물로 샤워한 뒤 스플렌다˚와 무설탕 모카 시럽을 넣은 아이스커피를 마시고 싶은 마음뿐이다.

그런데 와이퍼 밑에 끼워진 흰 종이를 빼보니 피자 로고 따위는 박혀 있지 않다. 뭔가 이상하다는 생각에 바로 구기지는 않는다. 종이를 뒤집어봐도 아무것도 적혀 있지 않다. 그냥 세 번 접은 흰 종이일 뿐이다.

종이를 펴자 무언가가 내 신발 위로 툭 떨어진다. 땅바닥으로

---

˚ 인공 감미료의 상표명.

털어내고 내려다보니 지난주의 내 모습이 찍힌 사진이다. 앤드루와 함께 그의 동료네 집 만찬 파티에 참석했다가 꽤 늦은 시간에 그 집을 나서는 모습이다. 그때가 새벽 2시쯤이었던 것 같은데.

"이게 뭐야?"

내 차 앞으로 돌아온 앨리슨이 내 어깨 너머로 내려다보는 동안 나는 손 편지를 읽어본다.

> 나의 메러디스,
> 늘 지켜보고 있어.
> 키스를 보내며

"어머, 소름 끼쳐."

앨리슨은 입을 딱 벌리며 손바닥을 가슴에 얹는다.

내 손이 부들부들 떨린다.

"어떡하죠? 경찰서에 가져가야 할까요? 이건 위협은 아니지만…… 그래도…… 뭔가 불법 같잖아요. 도대체 누가 한밤중에 남편과 파티를 끝내고 나오는 내 모습을 찍은 거죠? 대체 어떤 새끼가? 우릴 어떻게 알고?"

"미친놈인가 봐. 이런 거에 흥분하는 변태들이 있다잖아. 재미로 그런다던데. 어쨌든 경찰에 알리는 게 좋겠어. 무슨 일이 일어날지 모르니까…… 신고를 해둬야지."

나는 손 편지를 다시 훑어본다. 신중하고 조그맣게 쓴 필체, 'l'를 쓸 때 윗부분이 구부러진 각도, 그리고 뒤의 글자에 비해 큼직하게 써놓은 맨 앞 글자들.

"같이 가줄래요?"

불안감이 밀려와 속까지 울렁거린다. 난 글레이셔 파크에 아는 사람이 별로 없고, 교류하는 사람이라곤 앤드루 아니면 앨리슨 뿐이다. 어떤 미친 사람이 날 눈여겨보고 따라오는 건 생각만 해도…… 뼛속까지 오싹해진다.

"그래야지. 내 차로 갈까? 충격을 많이 받았나 보네."

앨리슨이 나를 팔로 감싸고 주차장에 세워놓은 자신의 아우디로 데려간다.

오 분 뒤 우리가 탄 차는 글레이셔 파크 경찰서의 방문객용 주차장으로 들어간다. 나를 이끌고 경찰서 안으로 들어간 앨리슨은 접수계에서 상황 설명을 해준다. 우린 십 분도 넘게 기다린 끝에 형사의 호출을 받는다.

"메러디스 프라이스 씨?"

남자 형사가 앨리슨과 나를 번갈아 쳐다보며 묻는다.

나는 엉거주춤 일어나며 손을 든다.

"제가 메러디스예요."

그제야 그의 시선이 내게 머문다.

"로넌 맥코맥 형사입니다. 따라오시죠."

앞장선 그가 살균된 흰색 복도를 따라 걸어간다. 벽에는 은퇴한 경감, 경사, 경위 들이 자세를 잡고 찍은 사진들이 잔뜩 붙어 있다. 맥코맥 형사의 사무실은 경찰서장실 맞은편의 복도 끄트머리에 위치해 있다.

"앉으세요." 맥코맥은 우리 뒤로 문을 닫는다. 우리는 아무 말도 못 하고 서 있다. "무슨 일로 오셨습니까?"

나는 핸드백에서 손 편지와 사진을 꺼내 책상 너머로 민다.

"오늘 아침에 제 차 앞유리에 붙어 있었어요."

편지에 적힌 단어들을 읽고 사진을 확인한 그의 얼굴에 긴장의 빛이 감돈다.

"이 사람이 접촉을 해온 게 이번이 처음입니까?"

"예. 그런데 이 사진은 지난주 거예요. 이 사람은 제 이름도 알고 있어요. 게다가 편지 내용 좀 보세요. 늘 지켜보고 있어, 라고 적혀 있잖아요."

그러자 옆에서 앨리슨이 거든다.

"나의 메러디스, 라고도 적혀 있고요."

그러자 로넌은 나와 앨리슨을 번갈아 쳐다보며 대답한다.

"공포심을 주려는 전략일 겁니다. 스토커들은 대개가 피해자들이 겁먹기를 바라거든요. 그래서 그런 목적을 달성하기 위해 '나의' 같은 소유욕이 담긴 표현을 쓰기도 하죠. 당신을 겁먹게 만들려는 사람이 주변에 있습니까, 메러디스?"

그의 혀에서 내 이름이 달달하고 부드럽게 불린다. 게다가 그는 다정한 눈빛을 띠고 있다.

나는 고개를 젓는다.

"없어요. 전 사람들이랑 원만하게 지내는 편이라."

앨리슨은 나를 슬쩍 찌르며 나직하게 끼어든다.

"남편의 전 부인만 빼고 그렇지."

나는 반박하고 나선다.

"에리카가 이런 짓을 할 리 없어요. 미친 여자 같기는 해도 이런 식으로 미치지는 않았어요. 무엇보다 제가 그 여자 필체를 아는데,

이건 아니에요."

그러자 앨리슨이 어깨를 으쓱하며 반박한다.

"돈 주고 사람을 사서 쓰게 했을 수도 있잖아."

"대부분의 피해자들은 스토커와 아는 사이예요. 예전에 교류했을 사람일 가능성이 높다는 거죠. 한 번 봤을 뿐인데 뒤를 쫓아와 누구인지까지 알아낸 사람일 가능성은 희박합니다. 물론 완전히 배제할 수는 없겠지만요. 통계적으로 그렇다는 겁니다."

"이제 어떻게 해요?"

"연달아 어떤 행동을 하거나 반복해서 괴롭힌 게 아니기 때문에 엄밀히 따지면 스토킹이라고는 볼 수 없습니다. 단일 사건으로는 스토킹 혐의를 둘 수가 없어요. 차 근처에서 누군가를 본 적은 없습니까? 본인 외에 다른 사람이 특이한 무언가를 목격한 적은요?"

"저희는 차를 건물 뒤쪽에 주차해두고 체육관에 들어가 있었어요. 주차장에 CCTV가 있는지 물어볼 수는 있을 거예요……."

맥코맥 형사는 입을 굳게 닫은 채 숨을 훅 내쉰다.

"의도적으로 이런 행동을 했다면 CCTV에 잡히지 않게 했을 겁니다. 그래도 확인은 해봐야겠죠. 제가 확인하겠습니다. 기대는 크게 하지 마시고요."

"알겠습니다."

"용의자의 인상착의를 파악하지 못한 상태라 지금으로선 저희가 할 수 있는 일이 별로 없습니다. 일단은 주변 경계를 잘 하고 지내세요. 주변을 살피면서 사람들 사이에 낯선 얼굴이 있지는 않은지, 누가 지켜보다가 따라오는 것 같지는 않은지 보시고요. 무슨 일이 생기면 바로 연락 주세요. 아셨죠?"

그는 전화기 뒤쪽의 명함꽂이에서 명함 한 장을 집어 내밀면서 명함 하단에 인쇄된 번호를 손으로 가리킨다.

"이게 제 휴대폰 번호예요. 순경들에게 다음주 내내 집 근처를 순찰하도록 지시하겠습니다. 집 근처에서 특이한 움직임이 있는지 확인해보도록 하죠."

"감사합니다."

형사가 할 수 있는 최대한으로 해준 것 같긴 한데 나는 여전히 불안하고 머릿속이 뒤숭숭하다. 뱃속이 쥐어드는 것 같고 스트레스 때문에 눈도 흐려진 느낌이다. 콘크리트 벽으로 둘러싸인 경찰서 사무실 안인데도 나는 여전히 불안한 시선으로 주변을 둘러본다. 누가 나를 지켜보고 있는 것 같은 기분을 떨칠 수가 없다.

"이만 가요."

나는 내 물건을 챙겨 들며 앨리슨에게 말한다. 앤드루에게 다시 연락을 해봐야겠다. 경찰서로 오는 길에 그에게 전화를 했는데 안내 직원이 앤드루는 새로운 고객과 미팅 중이라고 했다. 그래서 그 직원에게 메시지를 남겨놓은 게 벌써 한 시간 전이다.

맥코맥 형사는 우리를 로비까지 데려다주며 말한다.

"오늘 신고하러 잘 오신 겁니다. 제가 리지우드 하이츠 마을 문화센터에서 화요일마다 여성 호신술 수업을 하고 있어요. 저녁 7시인데 언제든 오세요. 누구나 수업에 참여할 수 있습니다."

앨리슨은 눈썹을 치켜올리고 내 쪽을 흘끗 돌아보며 대답한다.

"나쁘지 않은 생각 같네요."

형사는 소년처럼 비딱한 미소를 짓는다. 그는 나보다 나이가 약간 더 많은 것 같다. 이십 대 후반이나 아무리 많아도 삼십 대 정도. 그가 곁에 있으니 마음이 진정된다. 이 남자는 뭐든 침착하게 대처하는 것 같다.

그의 넓적한 어깨에 시선이 간다. 버튼다운식 남색 셔츠의 소매를 꽉 채운 굵은 팔뚝, 팽팽하게 당겨진 천에 윤곽이 드러난 근육질 몸매. 자기 수련의 흔적이 온몸에 배어 있다. 매일 아침 5시 정각이면 눈을 뜨고 비가 오나 눈이 오나 조깅을 하러 나갔다가, 집으로 돌아와서는 단백질 셰이크와 완숙 계란, 비타민과 보충제 한 줌을 먹는 생활을 할 것 같다.

여자친구는 있을까? 예쁘고 다정한 여자일까? 설마 로넌처럼 괜찮은 남자를 등쳐먹는 여자는 아니겠지? 나도 모르게 이런 생각까지 하게 된다.

문득 내가 유부녀임을 자각한다. 앤드루를 두고 이런 생각을 하다니. 결혼의 신성함을 모독하는 짓거리 아닌가!

"고맙습니다, 형사님." 나는 애써 미소를 짓는다. 이 남자에게 생각을 들킨 것만 같아 절로 볼이 달아오른다. "초대 감사해요."

# 12장 그리어

**셋째 날**

"메러디스가 가출했을 가능성은 없겠어?"

그날 저녁 식탁에 모여앉았을 때 웨이드가 앤드루에게 묻는다. 웨이드는 어느새 다른 하와이안 셔츠로 갈아입었다. 오늘 아침에 입었던 화려한 셔츠가 아니라 연푸른색 셔츠로. 식탁에 놓인 상자에는 반쯤 먹다 둔 피자가 미지근하게 식어 있다. 엄마는 손도 대지 않은 자기 몫의 피자 조각에서 남자친구한테로 날카로운 시선을 옮긴다. 마치 남자친구가 신성모독적인 발언이라도 했다는 듯이.

"지금 그런 생각을 할 이유는 없잖아요."

엄마가 접시를 밀어 치우고 혀를 차며 말한다.

"그냥, 아무 단서나 증거도 없다고 하니까. 혹시 메러디스가 어느 정도는 이 일을 계획한 게 아닌가 싶어서."

나는 웨이드의 머리카락을 잠시 바라본다. 햇빛에 탈색된 가느다란 머리카락이 주름진 얼굴 주변에 힘없이 늘어져 있다. 머리를 어깨까지 기르기엔 나이가 너무 많지 않나? 저 사람은 대체 몇 살 때 서핑을 그만뒀을까? 웨이드는 한쪽 다리를 절고, 목에는 상어

이빨이 달린 목걸이를 걸었다. 메러디스 얘기로는 웨이드가 빈티지 콜벳 자동차를 몰고, 성인이 된 그의 세 자식은 아버지와 말도 섞지 않는다고 했다.

딱 엄마가 인터넷에서 찾아냈을 법한 남자다.

"걘 끝내주는 인생을 살고 있었어요. 멋진 남편과 완벽한 결혼 생활을 했다고요. 누가 걔를 질투한 거 아니겠어요? 아니면 자기가 데리고 살고 싶어 데려갔든가."

엄마는 구릿빛 가슴 위까지 늘어진 다이아몬드 목걸이 줄을 손으로 배배 꼬며 말한다. 그 부분의 피부가 주름으로 자글자글하다.

나는 한쪽 눈썹을 치켜올린다. 할 말이 많지만 꾹 참은 채, 웨이드가 한 말을 곱씹어본다. 엄마는 남자를 수십 명 갈아치우며 수차례 변신을 거듭했다. 메러디스도 수년에 걸쳐 엄마에게 물이 들어 비슷한 행동을 하게 된 걸까?

마음속 깊은 곳에서는 가능할 수도 있겠다 싶은데, 메러디스가 내게 비밀로 했다는 게 쉬이 인정이 되지 않는다. 메러디스가 집을 떠날 생각이 있었다면 나한테 미리 귀띔이라도 했을 거라고 믿고 싶다. 하지만 요 며칠 새 드러난 사실만 보더라도 메러디스가 비밀의 바다에 빠져 죽어가고 있는 동안 나는 아무것도 모르고 안전한 육지에 서 있었던 것 같다.

앤드루는 다른 이가 먼저 나서기 전에 말할 기회를 잡으려는 듯 서둘러 입안의 피자를 씹고 냅킨으로 입을 닦는다. 이런 시기에 피자가 목구멍으로 넘어가나? 나는 며칠째 식욕이 없어 살이 빠진 탓에 걸을 때마다 청바지가 엉덩이까지 흘러내릴 지경인데.

"메러디스가 임신을 했어요."

완벽한 여자

앤드루의 말과 함께 주방의 공기가 모조리 사라진 것 같다.

말문이 막힌 엄마의 모습을 오늘 처음 본다. 엄마는 놀라 한 손으로 입을 덮어 가린다. 앞서 떨어진 폭탄의 위력이 워낙 세서 그나마 충격이 덜한 듯하다.

나는 그 말에 상처받았다.

하지만 놀라지는 않았다.

나는 앤드루를 뚫어져라 바라본다. 여전히 집중력을 잃지 않은 그의 사업가적인 태도를 예리하게 살피고, 지금 그의 내면에 어떤 감정이 감춰져 있을지 생각해본다. 사랑하는 아내가 실종되었으니 '아내를 사랑하는 남편'의 모습은 더 이상 보여줄 수 없을 것이다. 여기다 아직 태어나지 않은 아기 문제까지 보태면 상황은 완전히 새로운 차원으로 진입하게 된다.

그런데 앤드루는 어느 때보다도 침착하다.

괴상할 정도로.

"초기예요. 안 지는 얼마 안 됐습니다. 아직 주변에는 아기 소식을 알리지 않았어요. 분명하게는요. 이런 이유 때문에라도 메러디스가 가출을 했을 리 없다는 게 제 생각입니다. 메러디스는 임신이 된 걸 알고 우리 인생에 다음 장이 펼쳐지게 됐다며 무척 기뻐했어요. 다른 얘기는 없었습니다."

메러디스의 까만 포메라니안 맥시가 솜털 뭉치 같은 몸뚱이를 내 발에 대고 비비적거린다. 우리 자매는 어린 시절 햄스터 한 마리도 길러본 적이 없었는데, 어느 해 크리스마스에 앤드루한테서 이 강아지를 선물받은 메러디스는 그때부터 별안간 애견인이 됐다. 맥시를 작은 루이비통 캐리어에 담아 어디든 데리고 다녔고, 자기처럼 맥시도 동네 개 전용 스파에서 마사지와 네일 관리를 받는 걸 무척이나 좋아한다며 내게 농담처럼 말하기도 했다.

"그 엄마에 그 딸이라니까."

메러디스는 맥시를 딸이라고 칭하며 웃었다. 메러디스는 맥시를 기르며 위로를 받는 듯했다. 나는 메러디스가 아기를 낳고 싶어 속을 끓였으리라는 생각은 해본 적이 없었다. 내 눈에 메러디스는 여전히 어린아이 같았다. 혼자 힘으로 살아갈 수 없는, 앙상한 무릎이 툭 불거진 어린 여동생.

메러디스가 결혼하고 얼마 안 됐을 때 나는 아이를 낳을 생각이 있느냐고 물어보기는 했었다. 메러디스는 막연한 눈빛으로 머뭇거리다가 짧게 대답했다.

"언젠가는. 그러고 싶긴 해. 맞아. 앤드루는 조금 더 나중에 낳고 싶은가 봐."

얼마 안 있어 맥시가 메러디스의 사진 속에 등장했다.

이제 보니 제부는 분명한 의도가 있어서 맥시를 메러디스에게 선물한 듯하다.

"경찰도 알아요? 배 속 아기에 대해서?"

의자에 깊게 눌러앉은 앤드루는 잠시 고민하다 대답한다.

"압니다. 그…… 맥코맥이라는 형사한테 말했어요."

"경찰이 그런 정보를 아직까지 언론에 전하지 않았다니 의외네요. 그냥 여자가 아니라 임신부의 실종이면 시청자들이 환장을 하고 볼 텐데."

나는 빈정대는 투로 내뱉는다. 내 귀에도 날카롭게 들리는 단어들이지만 난 진실을 말한 것이다. 더 많은 뉴스 프로그램들이 이 사건에 대해 떠들어대고 메러디스의 사진을 노출할수록 동생을 찾을 가능성이 높지 않을까?

"그리어."

엄마가 날카로운 목소리로 나를 저지한다. 메러디스는 자기가 어떤 엄마가 될지에 대해 고민했을 것이다. 참고로 말하자면, 우리 자매에게는 바람직한 본보기가 없다.

나는 앤드루를 돌아보며 말한다.

"제 말은, 이상하지 않냐는 거예요. 경찰 입장에선 언론이 이 사건에 최대한 관심을 보이도록 해야 하는 거 아닌가요?"

앤드루는 내 날카로운 말투에 아랑곳 않고 차분하게 대답한다.

"이유가 어찌 됐건 경찰은 메러디스의 임신 사실을 언론에 공개하지 않기로 한 모양이에요."

이마를 찌푸린 웨이드는 얇은 입술 사이로 숨을 뱉으며 말한다.

"나도 너랑 같은 생각이다, 그리어. 좀 이상하네."

고맙네요, 웨이드.

식탁 앞에 앉아 있는 이들 중 그나마 웨이드가 제일 나은 인간이긴 하지만, 면면을 볼수록 짜증이 솟구친다. 엄마가 지난 30여 년 동안 사귄 남자들 중 제일 참아줄 만한 부류인데도 말이다.

대화가 끊기자 우리 넷은 어색한 정적 속에 잠긴다. 경찰이 메러디스의 임신 사실을 언론에 알리지 않았다는 건…… 앤드루에게 범행 동기가 있다고 의심해서일까?

다들 조용히 앉아 있는데 초인종 소리가 날카로운 칼날처럼 공기를 가른다. 앤드루는 곧장 일어나 식탁 앞을 떠난다. 잠시 후 돌아온 그의 곁에는 대학을 갓 졸업한 듯 보이는 금발 여자가 서 있다. 여자는 어색하게 손을 흔들어 인사한 후 엄마 옆자리에 가 앉는다.

"이쪽은 브릿이라고 합니다."

앤드루가 여자를 소개한다. 앤드루는 브릿 같은 여자를 고용하는 그런 남자다. '나이 든 경력직의 나쁜 습관을 고치느라 애쓰느니 어린 신입을 교육시키는 편이 낫다'라고 생각하는 부류. 개새끼.

"제 비서예요. 아내의 소재가 파악될 때까지 여기서 전화를 받고, 현관문을 열어주고, 제가 이성을 잃지 않을 수 있도록 도와줄 겁니다."

그는 메러디스가 결국 집으로 돌아올 수밖에 없는 가출 청소년인 것처럼 말한다. 현실을 부정해서인지, 가출이길 간절히 희망해서인지는 아직 판단이 서지 않는다.

브릿은 동그란 눈으로 앤드루를 힐끔 돌아본다. 저렇게까지 눈모양이 동그란 사람은 처음 본다. 브릿은 앤드루를 흥미로운 영웅처럼, 대단히 매력적인 대상처럼 바라본다. 앤드루가 사람들한테 그런 영향을 주는 모양인데 나는 이해할 수가 없다. 그가 배관공 작업복을 입고 녹슨 픽업트럭˚을 몰고 다녀도 여자들이 그를 여전히 성적 매력이 줄줄 흐르는 남자로 봐줄까?

하얗게 미백한 치아에 빠른 자동차, 롤렉스 시계를 소유한 거만한 얼간이에게 면역력이 있는 나 자신이 새삼 맘에 든다.

맥북을 펼친 브릿은 화면이 켜지자 비밀번호를 입력하고 아이콘을 클릭한다.

---

˚ SUV에 화물차의 기능을 접목시킨 트럭의 일종. 화물차보다 승용차의 용도가 크다.

"잠시 시간 괜찮으시면 보고드릴 이메일이 있습니다." 브릿은 내 시선의 무게를 느끼는지 잠시 눈을 들어 나를 힐끗하고는 말을 잇는다. "업무 관련 이메일은 아니고요. 여러 토크쇼와 라디오 프로그램에서 출연 요청 메일이 잔뜩 들어와서 편지함이 터질 지경이에요. 다들 메러디스 씨 일과 관련해서 얘기를 나누고 싶어 합니다."

앤드루는 짜증난다는 듯 손으로 콧날을 쥔다. 이런 요청이 성가시다는 듯이 굴지만 이 남자는 원래 관심의 중심에 서는 걸 좋아한다. 원래가 그렇게 생겨먹었다. 관종 그 자체니까. 그가 미천한 삶을 살던 내 아름다운 동생을 골라 졸업 무도회 때 상의 단춧구멍에 꽂는 꽃으로 삼았을 때부터 알아봤다.

"그 외에도 음, 부적절한 이메일들이 일부 들어왔습니다. 제가 지우겠지만 아셔야 될 것 같아서요."

"부적절? 위협하는 이메일이에요? 구린 내용으로?"

엄마가 분별없이 끼어든다.

"여자들이 보낸…… 팬레터 같은…… 건데요……."

브릿은 우물쭈물 대답한다.

"아이고, 맙소사."

엄마는 나지막하게 내뱉으며 두 손을 하늘로 뻗어 올린다. 잠시 후 엄마는 식탁을 뒤로하고 와인장으로 가서 멋대로 뒤진다. 와인 병들이 달그락거리는 소리가 여기까지 들려온다.

예전과 똑같은 행동을 하는 모습을 보니 반갑기까지 하다.

나는 조용히 서커스 무대를 떠나 내 방으로 향한다. 샤워를 언제 했는지 기억도 없다. 제대로 된 식사를 하거나 해리스에게 연락을 한 지도 한참 된 것 같다. 이번 주 내내 안개 낀 듯 흐릿한 악몽을 꾼 기분이다. 주변의 모든 것들이 현실이면서 동시에 가짜 같은 괴상한 한 주였다.

문을 잠근 뒤 휴대폰을 들고 전 남친에게 전화를 건다.

해리스는 휴대폰 옆에 대기 중이었던 것처럼 곧 전화를 받는다.

"그리어, 나야."

목소리를 들으니 반갑기 그지없지만 그런 말을 할 상황은 아니다.

"어떻게 지내고 있어? 사건에 무슨 돌파구라도 생겼는지 기다리느라 CNN 홈페이지를 미친듯이 새로고침하는 중이야. 이제 전 세계가 그 사건을 지켜보고 있어. 엄청나. 전 세계 사람들이 메러디스를 찾고 있는 것 같아."

"몰랐어." 나는 침대 발치를 향해 다리를 쭉 뻗으며 하품을 한다. 눈꺼풀이 무겁다. "되도록 언론을 멀리하려고. 내가 아직 모르는 건 언론도 모를 텐데, 멋대로 써대는 뉴스 제목만 봐도 심란해질 것 같아."

"그게 현명하지." 저녁을 준비 중인지 전화기 너머에서 그의 발소리, 냄비와 팬이 달그락거리는 소리가 들린다. "잘 지내고 있나 봐."

옆으로 누워 보송보송한 베개를 찾아 머리 밑에 집어넣는다. 베개에 팔을 걸치다가 문득 해리스가 여기 같이 있었으면 좋겠다는 생각이 든다. 베개보다는 온기가 있는 진짜 사람을 안고 싶다. 시시한 감정에 흔들리지 않는 제대로 된 공명판이 필요해서일까? 해리스는 감정이 판단을 흐리게 내버려두지 않는 사람이다. 내가 늘 우러러보는 면이기도 하다.

10년 전 나는 세상만사에 화가 난 어린애였다. 분에 못 이겨 몸에 문신을 새겼고 쓰레기 같은 남자들과 섹스를 했다. 뜻대로 되지 않는 청소년기의 고통을 해소하는 유일한 방법이었다.

그때 해리스를 만났다. 그는 내 안에서 격하게 타오르는 불덩어리를 식혀주는 시원한 물이었다. 그가 내 안에서 무엇을 보았는지는 알 수 없지만, 그를 만나면서 내 인생은 달라지기 시작했다. 그는 남자에게 사랑받는 느낌이 무엇인지 알려주었다. 남자에게 사랑받는다는 건 그때까지만 해도 내가 알지 못하던 낯선 개념이었다. 또한 그는 나라는 냉담한 인간의 껍질 속에 부드러운 면이 있음을 알게 해주었다.

그 부드러운 면은 단단한 껍질 속에 숨겨져 있었을 뿐이었다.

"잘 견디고 있지? 걱정돼."

그는 주저리주저리 말하지 않는다.

그럴 필요도 없다.

내가 얼마나 동생을 보호하려 애써왔고 책임져왔는지를 그는 잘 알고 있다. 처음 만났을 때 해리스는 나더러 심리적 경계선에 문제가 있다고, 넌 메러디스의 언니지 엄마가 아니라고 지적했다. 나는 그에게 넌 브렌다 앰브로즈 같은 엄마 밑에서 자라지 않아 이해를 못 한다고 대꾸했다.

"내 걱정은 마."

해리스가 내 생각을 하고 내 안녕을 염려하는 듯한 말을 하면 내가 얼마나 행복한지 나는 굳이 말하지 않는다. 어쩌면 그는 내가 조금이라도 관심을 두고 사는 유일한 타인일 수도 있다.

"내가 그리로 갈까? 유타주로? 여기 있으니까 아무 도움도 못 돼서. 뒷짐 지고 아무것도 안 하고 있으려니까 마음이 좋지 않아."

휴대폰 너머로 그에게 팔을 뻗어 어깨를 감싸 안고 싶다. 그의 몸에 밴 커피와 옅어진 향수 냄새를 들이마시며 그를 영원히 붙잡고 싶다.

"도와주고 싶다고? 그럼 뉴욕에 있어. 네가 가게를 계속 운영해야 내가 여기서 동생을 찾지."

동생이 어디 있는지 알 수 없으니, 동생의 신탁에 있는 돈을 근거로 은행에 신용 대출을 받을 수도 없다. 그 돈이 있어야 우리가 앞으로 수개월은 가게를 계속 운영할 수 있을 텐데.

"그러네."

"이제 자야겠다." 나는 휴대폰을 얼굴에서 떼고 시간을 확인한다. 시간 따위가 중요하기라도 한 것처럼. 몸은 그럭저럭 버티는데 눈은 계속 뜨고 있기가 버겁다.

"언제든 전화해. 정신없겠지만 계속 소식 알려줘, 알았지? 나도 네 동생을 잘 알잖아. 나와 네 동생이 늘 의견이 같지는 않았지만 이건…… 이건 너무 가혹한 상황이야. 메러디스가 걱정돼. 젠장. 내가 메러디스를 안 지가 10년 됐어. 이 정도면 가족이나 마찬가지지. 비록 너랑 내가……."

"그래, 알아." 나는 그가 생각을 끝맺음하게 두지 않는다. 우리가 더 이상 커플이 아니라는 사실을 지금 굳이 되새기고 싶지 않다. "또 전화할게. 하고 싶었던 얘기가 있었는데, 지금은 너무 피곤해서 생각을 제대로 할 수가 없어."

"아, 그래?"

그는 실망한 목소리다.

"내일 전화할게. 휴대폰 잘 켜놔."

"당연하지."

"잘 자."

나는 전화를 끄기 위해 휴대폰 화면을 엄지로 문지른다.

"그리어?"

"응?"

"이번 주에 생각을 많이 해봤어. 실종된 사람이 너였으면 어땠을까 계속 생각하게 되더라. 만약 무슨 일이 생겨서 네가 내 삶에서 완전히 뜯겨나가면, 다시는 너를 볼 수 없게 되면 어쩌지 하는 생각에 아득했어. 너를 잃으면 내 마음이 어떨까. 내일 눈을 떴는데 너를 다시 볼 수 없으면 어떻게 해야 할까."

나는 듣기만 한다.

"정말…… 온갖 감정이 다 몰아치는 거야……. 그래서 생각을 해봤는데……." 그의 침묵이 조금 길게 느껴진다. "더 이상은 너랑 떨어져서 못 살겠어."

나는 참고 있던 숨을 뱉어낸다. 그의 입에서 나온 단어들을 빨아들여 머릿속으로 수차례 되풀이한다. 내가 똑바로 들은 건지, 아니면 꿈을 꾼 건지 모르겠다. 어쩌면 그가 이런 말을 해주기를 바라며 깊은 잠에 빠져든 것인지도 모르겠다.

이런 꿈을 꾼 게 처음도 아니다.

"듣고 있어?"

그가 묻는다.

"나중에 집에 가면 얘기하자. 동생을 찾고 나서."

나는 해리스를 잘 안다. 아무리 열혈 페미니스트라도 그는 엄연한 남자다. 몸안에 붉은 피가 흐르는 남자라면 사냥감을 추격하는 스릴에 가슴 떨리지 않을 수 없다. 지금 그에게 단 한 순간도 널 사랑하지 않은 적이 없었다고, 다시 너와 함께하고 싶다고 말하면 결국 내 모양새만 우스워지겠지. 그가 손가락만 튕기면 내가 자동으로 그의 곁에 가 있을 것이라는 생각을 하도록 만들고 싶지 않다. 비록 그게 사실일지라도.

　내 마음에는 이 남자가 깊게 각인돼 있지만, 나는 바보가 아니다.

　그는 숨을 내쉬며 말한다.

　"그래야지. 잘 자, 그리어…… 사랑해."

# 13장 메러디스

리지우드 하이츠 마을 문화센터의 주차장으로 들어서자 반짝이는 링컨과 뷰익 차량들이 가득 차 있다. 룰루레몬 운동복을 입은 백발의 할머니들이 주차장에서 건물 정면을 향해 떼를 지어 가고 있다.

별로 오고 싶지 않았는데 앨리슨의 성화에 못 이겨 어쩔 수 없이 오게 됐다. 어제 내 차에 꽂혀 있던 이상한 쪽지 때문인지 밤에 제대로 잠을 자지 못했다. 무슨 소리가 들리거나 지나가는 자동차의 헤드라이트 빛이 창밖에서 번쩍일 때마다 숨이 막히고 심장이 벌렁거렸다. 내가 그러고 있는 동안 왼편에 누운 앤드루는 잘도 잤다. 참다못해 나는 입술을 깨물며 앤드루의 어깨를 두드렸다. 무슨 소리가 들린 것 같다고 그의 귀에 대고 속삭였지만 그는 인상을 쓰며 도로 자라고 웅얼거릴 뿐이었다.

차 뒷좌석에서 운동 가방을 꺼내 어깨에 둘러메고 건물 안으로 향한다.

로넌은 교실 앞쪽의 거울 벽 앞에 서서 두 여자와 얘기를 나누고 있고, 또 다른 남자 한 명이 파란색과 빨간색으로 된 레슬링 매트들을 바닥에 가지런히 깔고 있다. 로넌은 회흑색 운동복 바지를 허리선 아래쪽에 걸치다시피 입었고, 가슴에 굵고 검은 글씨로 '글레이셔 파크 경찰'이라고 적힌 흰 티셔츠를 입었다.

여기 모인 은퇴자들 사이에서 내가 당연히 튈 줄 알았는데, 그는 일 분쯤 지나서야 내 쪽으로 눈을 돌린다. 리지우드 하이츠 마을은 부유한 유한계급이 사는 곳이다. 이곳 여자들 대부분은 전업주부라서 수많은 범죄 관련 서적들을 읽고 〈데이트라인Dateline〉 같은 시사 프로그램을 빠짐없이 섭렵하며 생활한다. 돈 많은 노인일수록 피해망상에 걸리기 쉽다는 말은 굳이 할 필요도 없다. 그들이 호신술 수업을 악착같이 들으러 온 것도 놀라운 일은 아니다.

수업에 참석한 할머니 한 명이 하는 말이 내 귀에 들어온다.

"미리미리 준비해서 나쁠 거 없어. 어제도 어떤 모르는 남자가 우리 동네에 들어와 집집마다 돌아다니는 거야. 해충 방제 서비스를 하고 있다나. 그런데 낸시 생각에는 그 남자가 훔칠 물건이 있는지 보려고 우리 동네를 둘러보러 온 것 같대. 평면 텔레비전이나 MP3 플레이어 같은 물건들."

그 할머니의 친구가 맞장구를 친다.

"그렇다니까. 지금은 사람을 못 믿는 세상이야."

그때 로넌이 내 쪽으로 다가온다.

"메러디스! 와줘서 고마워요."

그는 우리가 어제 그다지 아름답지 않은 상황에서 만났던 사실을 잠시 잊었는지 나를 보며 입을 약간 내밀고 의외라는 표정을 짓는다.

나는 운동 가방을 바닥에 내려놓는다.

"배워서 해롭지는 않을 것 같아서요."

"그렇군요. 근데 오늘 제 조수가 병가를 냈어요. 킥복싱인지 뭔지를 하다가 오금줄을 다쳤다네요. 혹시 이번 시간에 당신이 조수역할을 해줄 수 있을까요?"

"어떻게 하는지 잘 모르는데……."

"괜찮아요. 다른 사람들이 볼 수 있도록 제가 당신을 대상으로동작 시범을 해 보일 겁니다. 당신은 조수 역할을 하면서 배우면돼요. 그냥 저기 서서 지시에 따라주기만 하면 됩니다."

교실을 둘러보니 다들 이미 둘씩 짝을 지은 상태였다.

"그러죠 뭐."

나는 어깨를 올렸다가 내린다. 내 몸에 그의 손이 닿는 장면을굳이 상상하지 않으려고 애쓴다.

그는 미소를 살짝 짓는다.

"좋아요. 잘됐네요. 앞으로 나오세요. 오 분 안에 시작합니다."

로넌은 내 곁을 떠나 교실을 한 바퀴 돌면서 수업 참석자들과이런저런 얘기를 나눈다. 다들 그를 '숭배'하는 분위기다. 자기 손자랑 닮았다고 하는가 하면, 아직 싱글이라는 그의 말에 아가씨를소개해줄까 묻기도 한다.

싱글이구나.

교실 앞쪽으로 돌아간 그의 시선이 나를 찾는다. 그는 참석자들에게 두루 말을 하면서도 눈은 나를 보고 있다. 그가 손을 뻗어내 손목을 감싸 쥐고 가까이 끌어당긴다. 심장이 방망이질 치고피부에 전기가 흐르는 듯 짜릿하다.

이건 이 남자의 잘못이 아니다.

그는 잘못한 게 없다.

내 탓이다.

내가 미친 거다.

언니와 절친들이 말렸지만 나는 돈 많고 나이 많은 남자와 충동적으로 결혼했다. 다들 내가 결혼하기엔 너무 어리다고, 눈부시게 빛나는 큼직한 다이아몬드 반지를 처음 내민 남자에게 섣불리 정착하기보다는 나 자신을 찾는 게 먼저라고 조언했다.

사랑에 빠진 내 귀에는 그런 말이 하나도 들어오지 않았다.

나는 여전히 사랑에 빠져 있기는 하다.

물론 수개월이 지나며 사랑은 빛을 약간 잃었다. 신선함도 사라졌다. 언젠가는 일어날 일이지만 이렇게 빨리 그리 될 줄은 예상하지 못했다.

어쨌든 남편을 사랑하면서, 나를 바라보는 또 다른 남자의 시선에 어떻게 가슴이 설렐 수 있을까? 하지만 지금 그런 일이 일어나고 있고, 이 마음을 멈출 방법도 모르겠다.

"자, 그럼 시작할까요?" 로넌은 손뼉을 한 번 치고 손바닥을 마주대고 문지르며 교실을 둘러본다. "오늘 저녁에는 크라브 마가* 기술을 배워보겠습니다. 공격을 막아내는 데 유용한 기술입니다." 그는 내 앞으로 와 선다. "첫째, 손바닥 치기입니다." 그는 내 손을 한 번 더 잡더니 자기 쪽을 바라보도록 내 몸을 돌려 세운다. "이때는 상대의 취약점에 집중해야 합니다. 머리, 목구멍, 목의 앞과

---

● 이스라엘 특수부대에서 사용하는 근접 전투술에 기반을 둔 호신술.

완벽한 여자

뒤. 아시겠죠?" 그는 안전한 거리를 유지하면서 손으로 나를 치는 시늉을 한다. "아주 간단합니다. 앞으로 밀어낼 수 있다면 주먹으로 칠 수도 있는 겁니다."

뒤로 물러간 그는 근처 탁자 위에 놓인 발차기용 킥판을 가져와 나더러 그것을 잡고 있으라고 말한다.

"손날로 치는 방법을 배워보겠습니다. 발에 힘을 주고 몸을 앞으로 기울이면서 몸을 돌리세요. 온몸의 힘을 앞으로 뿜어내는 겁니다. 이렇게요."

그는 나를 향해 손날을 뻗고 나는 킥판으로 막는다. 그는 만족스러운 듯 싱긋 웃으며 내게 한쪽 눈을 찡긋한다.

'이걸…… 즐기고 있는 것 같은데?'

"좋아요. 이제 여러분이 해볼 차례입니다."

로넌은 두 손을 허리춤에 얹고 교실을 한 바퀴 돌면서 참석자들의 동작을 살핀다. 몇 분 뒤 다시 교실 앞으로 돌아온 그는 내게 얼음처럼 시원한 물이 담긴 물병을 건넨다.

나는 물병 뚜껑을 열며 말한다.

"아직 땀 한 방울도 안 났어요."

이 사람 꽤 사려 깊다. 마음에 든다.

"아직까지는 그렇겠죠." 그는 다시 참석자들을 돌아보며 말한다. "자, 다음 동작입니다. 사타구니 걸어차기."

교실 뒤쪽에 선 할머니들 몇 명이 웃는다. 늙으나 젊으나 남자의 불알을 걸어차는 건 우스운 일인가 보다.

나도 나이 들면 저럴 테지.

"사타구니를 걸어차면 공격자와 거리를 벌릴 수 있습니다. 누가 지나치게 가까이 접근하면 사타구니를 걷어차고 그 자리를 벗어나세요."

로넌은 킥판을 받아 들고 나더러 시연을 해보라고 한다.

이어서 나를 대상으로 몇 가지 동작을 더 해 보인다. 나는 집중하려고 안간힘을 쓰지만 그의 모든 것에…… 자꾸만 주의가 흐트러진다. 그의 목소리, 숙달된 움직임, 자신감, 열정. 참석자들에게 지시를 내리는 모습도 인상적이다.

문득 그의 손길이 내 엉덩이에 필요 이상 오래 머무는 느낌이 든다. 이게 내 상상인지 아닌지 헷갈리기 시작한다.

마침내 수업이 끝나자 나는 운동 가방을 집어 들고 문 쪽으로 향한다. 로넌은 할머니들에게 둘러싸여 얘기를 나누고 있다. 할머니들은 그에게 매혹됐음을 숨김없이 드러내고 있다.

내가 지금 저 남자 입장이 아니라 다행이다. 다들 로넌을 매력적이라고 생각하는 모양이다.

"메러디스, 잠시만요!" 로넌이 수다를 떠는 할머니들 너머로 나를 부른다. "가기 전에 잠깐 얘기 좀 해요."

할머니 하나가 눈썹을 치켜올리며 친구의 옆구리를 쿡 찌른다. 그들은 젊은 남녀 사이에 일어날 수 있는 뭔가를 상상하는 듯 우리를 바라보며 미소 짓는다.

나는 자리에 선 채 그가 다가오길 기다린다. 그는 물을 한 모금 마시고 작은 수건으로 이마의 땀을 닦으면서 계속 내 눈을 바라본다. 그리고 마침내 나를 향해 다가오기 시작한다. 그의 진한 초콜릿색 눈동자 속에 익숙한 기운이 엿보인다.

전에도 본 적이 있는 눈빛이다.

남자들은 나를 볼 때면 이런 눈빛이 되곤 한다. 가젤 뒤에 조용히 따라붙는 사자의 눈빛. 흥미로운 사냥감을 향해 각도와 방향을 계산해서 다가가는 사냥꾼의 눈빛이다. 내가 남자들에게 어떤 본능을 불러일으키는 모양이다. 태고의 사냥 본능 같은 것.

"커피 한잔할래요?"

그가 묻는다.

나는 곧장 대답할 수가 없다. 내 안에서 소리 없는 비명이 터져 나온다. 안 돼, 안 돼, 안 돼. 절대 안 돼. 하지 마. 이 길을 따라가선 안 돼.

하지만 인간이라면 누구나 때에 따라 파렴치한 기회주의자가 되곤 한다. 우연히 어떤 기회를 잡아 그동안 원했던 것을 아주 살짝이라도 맛보고 나면 거절은 불가능해진다.

안 된다는 말을 할 수가 없다.

"음, 그래요." 이런! 큰일났다. 이러다 지옥에 떨어지지.

"옆 건물에 괜찮은 커피숍이 있어요. 평생 최고의 커피 맛으로 기억될걸요."

"정말요?"

나는 애써 웃음을 참는다.

"잘은 몰라요. 아직 안 가봤거든요."

그는 환하게 웃는다. 지금까지 본 중 가장 깊숙한 두 보조개 사이에서 진주처럼 희고 가지런한 치아가 드러난다.

짧게 자른 그의 짙은 색 머리카락. 깨끗하고 매끈한 크림색 피부에 살짝 붉어진 뺨.

한순간이지만 그와 함께하는 삶을 꿈꿔본다. 순수한 백일몽이다. 몽상 속에서 나는 로넌과 함께 장거리 여행을 떠난다. 버니즈 마운틴 도그°한 마리를 데리고 유럽으로 배낭여행을 가는 거다. 나는 디자이너 원피스를 입지 않았고 얼굴에 풀메이크업도 하지 않았다. 그는 내 몸에서 좀처럼 손을 떼지 않는다. 그는 나라는 인간을 있는 그대로 사랑한다. 온전한 내 모습인 채로 사랑받기에 나는 다른 누군가인 척을 할 필요가 없다.

건물 밖으로 나오자 그는 문화센터의 조명을 끄고 문을 잠근다. 우리는 작은 커피숍을 향해 천천히 걸어간다. '평화로운 콩'이라고 손으로 비뚤비뚤하게 쓴 간판이 붙은 커피숍이다. 그리어 언니가 봤으면 질색했을 것이다. 언니는 완벽주의자니까. 밖에서 본 커피숍은 상당히 수수해서 마치 이 동네에 반항하는 듯 보이기도 한다. 리지우드 하이츠 같은 동네와는 도무지 어울리지 않는다.

로넌은 내가 먼저 들어가도록 커피숍 문을 잡아주고 뒤따라 들어온다. 나는 런던 포그 티 라테를 주문한다. 그는 자기가 계산하겠다고 고집을 세운다.

우리는 커피숍 뒤쪽의 조용한 구석자리에 가 앉는다. 스크래블, 모노폴리, 쏘리 같은 보드게임 도구가 가득 채워진 높다란 책장 뒤쪽이다.

잠시 후 주문한 음료가 나오자 그가 묻는다.

"괜찮아요? 어제 안 좋은 일 있었잖아요? 오늘은 어제처럼 겁먹은 것 같지는 않네요."

나는 머그를 들어 입술로 가져간다.

---

° 스위스에서 가축을 지키기 위해 개량한 개의 한 품종.

완벽한 여자

"내가 감정을 잘 숨기나 봐요. 다크서클 보이죠?" 나는 손으로 내 눈 밑을 가리키지만, 컨실러로 덮어 가렸으니 다크서클이 보일 리 없다. "어젯밤에 잠을 통 못 잤어요. 계속 뒤척였죠. 집 안에서 자꾸만 이런저런 소리가 들리는 것 같아서요."

"불안해서 그랬을 겁니다. 충격적인 사건을 겪고 나면 흔히 겪는 증상이죠." 로넌은 거의 텅 빈 커피숍 안을 힐끗 둘러본 뒤 다시 나와 눈을 맞춘다. "오늘 호신술 수업에 잘 왔어요. 누가 성가시게 들러붙으려고 할 때 대응할 준비가 되어 있어야죠. 마음의 평화가 무엇보다 중요하잖아요."

"스토커가 저한테 들러붙을 것 같아요?"

그는 어깨를 으쓱한다.

"알 수 없죠. 폭력이라는 게 즉흥적일 수도 있고 계획적일 수도 있으니까요. 어느 쪽이든 대응할 준비만 되어 있으면 무슨 상관이겠어요?"

나는 음료를 한 모금 더 마신다.

"우리가 상대하는 놈도 그럴 것 같은데, 스토커들은 당신의 행동과 반응을 지켜보면서 당신에게 어떤 행동을 할지, 얼마나 깊게 몰입할지를 결정합니다. 지금이 어떤 상황인지 당신은 잘 모르고 있어요, 메러디스. 스토커는 정상인이 아닙니다. 그들의 사고방식은 우리와는 달라요. 우리와는 다른 동기에 의해 움직이죠."

"또 그런 일이 일어나면 어떻게 해요? 스토커가 또 쪽지를 남기면요?"

그는 곧바로 대답한다.

"나한테 전화하세요. 즉시 달려갈게요. 그 개자식을 잡아야죠."

기꺼이 나를 보호해주겠다는 로넌의 의지가 신선하게 느껴진다. 어제 앤드루에게 얘기했을 때의 반응과 확연히 다르다. 앤드루는 무심히 어깨를 으쓱하고 와인을 마시면서, 우리 집에는 최첨단 경비 시스템이 설치돼 있고 방마다 전화기도 있으니 필요하면 911에 신고하면 된다고 했다. 내가 집 안에서 들려오는 온갖 자잘한 소리에 신경을 곤두세우고 집 앞 거리에 서 있는 차들을 계속 경계하자 그제야 나를 좀 더 신경 써서 챙겨줬지만, 그나마도 본인의 편리에 따른 것 같은 느낌이었다.

사무실에 메시지도 남겼는데 앤드루는 아직까지 내게 전화도 안 하고 있다.

로넌은 열이 오른 표정으로 고개를 절레절레 흔든다.

"미안합니다. 순수한 여성분을 공포에 떨게 만들려는 놈들을 생각하면 화가 치밀어요. 스토킹은 두려움을 이용하는 범죄죠. 상대에게 집착하고 통제하려 듭니다. 비겁한 놈이에요."

"여러 가지로 신경 써줘서 고마워요. 남편은 아무 일도 안 일어날 거라고만 하거든요."

그의 시선이 내 왼손으로 향한다.

"남편이요?"

"예. 결혼한 지 9개월 됐어요."

어제 요가 수업 때문에 결혼반지를 안 끼고 있었다는 사실이 그제야 떠오른다. 오늘도 저녁 호신술 수업에 참석하기 전에 결혼반지를 빼서 집에 두고 왔다. 반지가 화려하고 모서리가 날카로워 수업에 방해되거나 다른 사람을 다치게 할 수도 있기 때문이다.

"신혼이군요."

완벽한 여자

나는 머그 윗부분을 손가락으로 문지른다. 창피한 마음에 그의 눈을 마주볼 수가 없다. 앞으로 런던 포그를 마실 때마다 이 순간을 되새김질하겠지. 집에 남편을 두고 미친듯이 끌리는 다른 남자와 커피숍에 앉아 있는 지금 이 순간을.

설레봤자 아무 소용 없다. 두 뺨에 번져가는 따스한 온기도 마찬가지다.

뭐라고 말해야 할까. 어색한 침묵을 견디자니 우리 둘 모두에게 고통만 더해질 뿐이다.

나는 반쯤 빈 머그를 내려다보다가 테이블 한가운데로 밀면서 말한다.

"미안해요. 이만 가볼게요."

그는 미간을 약간 찌푸리며 아랫입술을 깨문다. 그는 실망했다는 말을 굳이 할 필요도 없을 만큼 얼굴에 감정이 고스란히 드러난다.

"다시 한 번 감사드려요." 나는 자리에서 일어서며 말한다. 헝클어진 말총머리를 풀어 긴 금발을 늘어뜨렸다가 다시 묶은 뒤 내 물건들을 챙겨 든다. "차도 잘 마셨어요."

자리에서 일어선 그가 나를 내려다본다. 그의 근육질 가슴과 넓은 어깨가 내 눈높이에 와 있다. 매트에서 이리저리 굴렀는데도 그의 몸에서는 여전히 베티베르와 베르가못이 섞인 오드콜로뉴 향수 냄새가 풍긴다. 그의 체온이 올라가면서 한층 더 향기가 진해진 느낌이다.

"아까도 말했지만 언제든지 필요하면 전화해요. 진심입니다. 스토커를 꼭 잡아야죠."

"잘 부탁드려요."

밤 9시 15분쯤 집에 도착했다. 집이 어둡다. 앤드루가 회사 동료들과 저녁을 함께할지 모른다고 했는데, 그 말을 한 게 몇 시간 전이다. 그때는 미정이었겠지만 그 후 결정을 내린 모양이다.

동료들과 함께 식사를 하기로.

그에게 굳이 전화를 하지 않을 거다. 나는 쓸데없이 바가지를 긁으면서 지금 어디냐고 묻는, 그런 아내가 되고 싶지 않다. 그런 아내가 기다리는 집으로 돌아오고 싶은 남자가 어디 있을까.

옷을 갈아입고 특대형 침대로 올라가 산처럼 쌓인 이불 밑으로 기어 들어간다. 깜박이는 텔레비전 화면 앞에 멍하니 앉아 〈이! 뉴스E! NEWS〉를 본다. 언니의 전 남친은 나더러 그런 프로그램으로 유명 인사들이 사는 모습이나 구경한다며 놀리곤 했다. 하지만 현실적인 뉴스는 너무 우울하다. 실종된 사람들, 미해결 살인사건들, 정치 논란.

그런 뉴스는 그만 보고 싶다. 어렸을 때 엄마는 우리 자매에게 암울한 뉴스 프로그램을 억지로 보게 했다. 언니가 냉소적이고 남을 믿지 못하는 사람이 된 것도 그래서일 것이다.

글레이셔 파크의 작은 거품 속에서 나는 완벽한 행복을 누리고 있다. 여기서는 나쁜 일이 일어나지 않는다. 대단한 뉴스라고 해봐야 비욘세와 제이 지 부부가 산속에 위치한 시룰리언 스카이 스키 리조트에서 휴가를 보내기로 했다는 것 정도다.

로넌과 헤어져 집에 홀로 있자니 바보가 된 기분이다. 똑똑한 여자라면 잘생긴 남자가 관심을 보인다고 해도 그 남자와의 몽상 같은 만남을 꿈꾸지는 않을 것이다. 그런 종류의 생각에 빠져들어서도 안 되는 거다. 일상의 권태를 핑계로 삼아서도 안 된다.

그런 일은 다시는 없어야 한다.

앤드루가 백 퍼센트 완벽하진 않지만 완벽에 가까운 건 사실이다. 나는 앤드루를 사랑한다. 무지하게. 앤드루가 나를 실망시켜도. 지금의 완벽하고 소소한 삶이 지겨워서 마법 같은 모험을 꿈꾸며 비행기를 타고 페루나 그레나다 같은 나라로 떠나 다시는 돌아오고 싶지 않은 기분이 들기도 하지만.

친구들, 가족들 앞에서 앤드루와 결혼했다.

서약도 했다.

죽음이 갈라놓을 때까지 그와 함께하겠다고.

# 14장 그리어

**넷째 날**

"맙소사, 기절하겠네." 주방 한가운데서 난데없이 앤드루를 발견한 나는 깜짝 놀란다. "물 마시러 내려왔어요."

"잠이 안 오나 봐요?"

컴컴한 주방에서 앞을 응시하며 멍하니 앉아 있는 앤드루를 보니 기분이 묘하다. 그의 손에는 노트북이나 아이패드, 「월스트리트 저널Wall Street Journal」지는 물론이고 계속 알림음을 울려대는 휴대폰조차 들려 있지 않다.

이런 상황에 앤드루가 몽유병을 앓고 있을지 모른다는 걱정까지 해야 하나.

"그러게요." 나는 찬장에서 크리스털 컵을 조용히 꺼낸다. 냉장고 문에 붙은 정수기 아래 컵을 갖다 대고 물을 받은 뒤 앤드루 쪽으로 돌아서며 벌컥벌컥 마신다. 세상에, 천국의 샘에서 퍼온 것 같은 맛이네. "제부, 뭐 좀 물어봐도 돼요?"

지난 며칠 동안 머릿속을 줄기차게 맴도는 의문을 끄집어내기에 새벽 4시가 적합한 시간은 아닐 것이다. 하지만 앤드루와 단둘이 얘기를 나눌 수 있는 시간이 언제 또 날까 싶다. 내일은 가능하려나. 아니면 다음 달은? 이 집에는 늘, 온종일 사람들이 드나든다.

"그러세요."

앤드루는 팔짱을 끼고 의자 등받이에 기댄다. 벌써부터 방어적인 자세다.

나 때문인가? 내가 무슨 얘길 꺼내면 사람들은 이렇게 방어적으로 나온다. 메러디스는 내가 늘 긴장한 것처럼 보여서라고, 당장 마사지를 받고 전액 경비를 지원받아 휴가라도 떠나야 될 사람처럼 보여서 그렇다고 했다. 또 메러디스는 내가 말을 너무 빨리 한다는데 그건 어쩔 수 없다. 머릿속이 쉴 새 없이 돌아가기 때문이다. 입과 뇌가 한 페이지에 있지 않은 경우도 종종 발생한다. 어렸을 때는 조그마한 입이 초고속으로 달리는 생각을 따라잡지 못해 툭하면 말을 더듬었다. 그럴 때면 엄마는 한숨을 쉬고 눈을 위로 굴리면서 "처어어어어언천히 마아아아알해"라고 타일렀다.

"메러디스의 절친과 얘기해보라는 말을 경찰한테 왜 안 했어요?"

"메러디스한테 절친이 있는 줄 몰랐습니다."

"말도 안 돼." 나는 턱이 굳고 고개가 비딱하게 기운다. "이웃에 사는 여자가 메러디스와 늘 함께 시간을 보냈다던데요."

"낮 시간에 그렇게 지낸 모양이죠. 내가 일하고 있을 때요. 낮에 같이 시간을 보내는 친구가 있다고 메러디스가 몇 번 얘기를 하긴 했는데 자세히는 못 들었습니다."

"정말이지 믿음이 안 가네요, 앤드루."

문득 어쩌면 나도 동생을 잘 몰랐던 것 같다는 생각, 우리 중 메러디스를 제대로 아는 사람은 아무도 없을지 모른다는 생각이 들기 시작한다. 하지만 앤드루의 말은 어쨌든 허튼소리처럼 들린다.

앤드루가 콧구멍을 벌름거린다.

"처형이 믿든 안 믿든 상관없습니다. 분명히 말하는데 메러디스한테 친구들이 있는지, 적어도 이 동네에 있는지 나는 몰랐어요. 내가 아는 메러디스는 내성적이고 혼자 있는 걸 좋아하는 사람이었습니다. 우린 저녁때나 되어야 서로 얼굴을 봤는데 나는 메러디스한테 낮에 뭘 하면서 지내는지 물어본 적이 없어요. 아내도 그런 얘길 먼저 꺼내지 않았고요."

"미안한데, 믿어지질 않네요."

우리는 서로를 노려본다. 앤드루는 탁자 위에 올려놓은 손을 부르쥔다. 그가 이러는 걸 처음 봤다. 자기한테 불리하게 작용할 수 있는 빈틈을 내가 찾아내서 화가 난 걸까? 잘못을 지적당해서 열받았나? 앞뒤 안 맞는 말을 한다고 대놓고 지적한 사람이 지금까지 나밖에 없었나?

"절친이라는 그 여자 이름이 뭡니까?"

"앨리슨이요. 앨리슨 로스. 언덕배기에 있는 오두막처럼 생긴 집에 살아요."

"아, 젠장. 그 앨리슨." 그는 한숨을 푹 쉰다. "작년에 메러디스와 그 여자는 사이가 틀어져서 몇 달 동안 서로 말도 안 섞었습니다."

"그렇게 보이지 않던데요."

"그 여자와 얘길 나눴어요?"

"이웃 사람들 대부분과 얘기를 해봤어요." 더 큰 선善을 위한 거짓말이다. 절대로 나를 속여 넘기지 못한다는 인상을 주기 위해 던져본 말이다.

　　　　　　　　　　　　　　완벽한 여자

"메러디스가 앨리슨과 화해를 했답니까? 그랬을 수도 있지만, 메러디스는 저한테 아무 말도 안 했습니다. 나는 둘이 예전에 친하게 지냈다가 사이가 서먹해졌다는 것만 알고 있어요."

나는 앤드루가 이자보, 칼더에게 어떤 아버지인지, 메러디스가 낳을 아기에게는 어떤 아빠가 될지 상상해본다. 이 남자는 성가신 일을 아내에게 전부 떠넘겨버리는 부류 같다.

나는 바로 본론으로 들어간다.

"앨리슨이 메러디스의 손목에 난 멍 자국을 본 적이 있다고 했어요. 메러디스가 멍 자국을 숨기려 했다고."

"무슨 소릴 하는지 모르겠네요. 왜 그런 말을 하는지 짐작은 갑니다, 처형. 하지만 함부로 말하지 마세요."

화가 치민 나는 입이 벌어진다. 혈관을 따라 피가 빠르게 흐른다.

"제부가 메러디스의 손목에 생긴 멍과 연관이 있다고 한 얘기가 아니잖아요. 만약에 제부가 한 짓이면 드러나겠죠. 진실은 늘 드러나게 마련이니까."

나는 큰소리를 내지 않으려 애쓰면서도 굳이 무뚝뚝한 말투를 누그러뜨리지 않는다.

"내가 뭣 때문에 아내를 다치게 했겠습니까?" 앤드루는 머리카락을 쓸어올렸다가 꽉 움켜잡는다. "나는 메러디스를 사랑합니다. 처형이 이해할 수 있는 것보다 더 많이요. 게다가 메러디스는 내 아이를 가졌습니다. 아내가 안전하게 집으로 돌아오길 내가 바라지 않겠습니까? 내가 새벽 4시에 이렇게 어두운 데서 혼자 앉아 있는 것도 이유가 있습니다. 낮에는 온갖 전화를 받고 인터뷰를 해야 하니 아내를 그리워하거나 걱정할 겨를이 없어요. 그래서 잠도 안 자고 여기 나와 앉아 있는 겁니다. 침대에 누워도 아내 생각뿐이에요. 지금 어디 있을까? 누구랑 같이 있을까? 춥거나 배고프거나 무섭지는 않을까? 아내도 내 생각을 할까? 내가 얼마나 자기를 찾고 싶어 하는지 알기는 할까? 이런 생각만 계속 합니다."

맞은편에 앉은 나는 두 손에 얼굴을 묻으며 숨을 내쉰다. 내가 그를 너무 몰아세웠는지도 모르겠다. 달리 탓할 사람이 없으니 제부를 탓하고 싶었던 걸까?

"미안해요."

나는 나지막하게 사과하고는 그의 흐릿한 눈을 바라본다.

"내가 의심받고 있다는 걸 모를 것 같습니까? 경찰도 언론도 대중도…… 내 일거수일투족을 지켜보고 있습니다. 나도 차라리 밖에 나가서 아내를 찾으러 다니고 싶어요. 그런데 코니 메이웨더한테서 인터뷰 요청이 왔는데 내가 아내를 찾아야 한다며 거절한다면 남들 눈에 어떻게 비칠까요? 외부인 접촉을 피하면 언론은 의심스럽다며 더 난리를 피우겠죠. 아내를 찾기 위해 사람들에게 도움을 요청하는 게 아니라 사람들을 피한다면서 죄인으로 몰아갈 겁니다."

"그럴 수도 있겠네요." 어쩔 수 없이 수긍이 된다. "상황이 아주 엉망진창이에요."

"옆집에 매리 조 보스머라는 할머니가 사시는데, 그분 남편이 고관절 수술을 받게 돼서 작년 겨울 내내 내가 그 집 진입로 눈을 치워드렸죠. 그런데 며칠 전에 그 할머니가 경찰한테 우리 부부가 싸우는 걸 본 적이 있다고 말했답니다. 무엇 때문에 싸웠는지 기억도 안 나는데, 창문을 열어놓은 바람에 싸우는 소리가 밖으로 새어 나갔던 모양이에요. 그 할머니는 굳이 시간을 내서 경찰서까지 찾아가 일 년 전에 목격한 싸움에 대해 신고를 한 거죠. 그냥 평범한 부부 싸움이었어요. 부부가 늘 의견이 맞을 수는 없잖아요. 그렇다고 내가 아내에게 무슨 짓을 했다고 의심하는 게 말이나 됩니까?"

엄밀히 따지면 그의 말이 옳다.

"유감이네요. 제부가 불공평하다고 느꼈을 만해요."

"내가 이러고 삽니다, 처형. 처형도 내가 마치 아내를 어떻게 한 것처럼 계속 요리조리 속 지르는 말을 하는데, 무슨 생각으로 그러는지 다 압니다." 앤드루는 자리에서 일어선다. "아내의 언니니까 참는 줄 아세요. 안 그랬으면 오늘밤 길바닥에서 자야 했을 겁니다."

가혹한 말이지만 내 잘못도 있다, 일부는. 확실한 증거가 나오기 전까지는 앤드루를 의심하는 티를 내지 말고, 속 지르는 말도 삼가야겠다.

그는 이를 악물며 말한다.

"잘 자요, 처형."

"제부도요."

나는 물을 마저 마신 뒤 컵을 식기세척기에 넣는다. 소리를 내지 않도록 조심하면서 천천히 발걸음을 옮긴다. 식기실 앞을 지나 계단으로 향하다가 문득 달력이 눈에 들어와 멈춰 선다.

그달의 마지막 날에 빨간색 동그라미가 그려져 있다. 한 번도 아니고 두 번.

메러디스의 스물여섯 번째 생일이고,

메러디스가 5백만 달러에 달하는 신탁 자금을 받게 되는 날이다.

앤드루는 메러디스의 실종과 무관하다고 주장하지만…… 시기가 묘하게 겹치니 아직은 의심을 완전히 거둘 수가 없다.

# 15장 메러디스

**26개월 전**

"우리가 초대받았다는 얘기, 당신한테 했나⋯⋯." 태블릿을 들여다보던 앤드루가 고개를 들어 나를 쳐다본다. 나는 우편물 더미를 앞에 두고 하얀 봉투 하나를 손에 움켜쥐고 있다. "그게 뭐야?"

나는 간신히 입을 열어 대답한다.

"우편함에 들어 있었어요."

봉투에는 우표가 안 붙어 있다.

발신인 주소도 없다.

앞면에 파란 잉크로 휘갈겨 쓴 내 이름이 있을 뿐이다.

**메러디스 그레첸 프라이스 앞**

"열기 싫어요."

나는 차가운 대리석 카운터에 봉투를 내려놓고 뒷걸음질한다.

앤드루는 나를 돌아보더니 봉투를 집어 들고 옆 부분을 찢어낸다. 찢어낸 부분으로 후우 입김을 불어 벌리고는 내용물을 다른 쪽 손에 툭 털어낸다. 로넌의 명함, 엽서 형식의 '평화로운 콩' 카페 광고지, 그리고 "언제나 지켜보고 있어"라고 적힌 종이가 떨어진다. 반으로 접힌 종이에 적힌 글자는 봉투의 내 이름과 같은 글씨체다.

"이게 뭐야?" 앤드루는 그 물건들을 하나씩 살펴본다. 그가 로넌의 명함을 들여다보자 나는 심장이 철렁한다.

"내가 경찰서에 가는 걸 봤나 봐요. 로넌 맥코맥 형사한테 신고한 것도 알아낸 것 같아요."

잘 넘어갔다.

"평화로운 콩은 뭐야? 들어본 적 없는데."

그는 광고지를 앞뒤로 살펴본다.

"지난달에 거기서 커피를 마셨어요. 친구랑." 절반은 진실이니 전부 거짓말은 아니지만 왠지 양심에 찔리는 기분이다.

"미친놈이 계속 당신을 쫓아다니나 보네."

앤드루는 입을 꾹 다문다. 얼마 전 내 차에 꽂혀 있던 괴상한 쪽지에 대해 그에게 말했을 때와 같은 표정이다. 그는 별로 신경쓰지 않는 눈치더니 그때부터 주변을 경계하며 내게 전화를 자주 했다. 하지만 그 후 아무 일도 일어나지 않고 평범한 나날이 계속되자 앤드루는 1월에 글레이셔 파크에서 일어날 수 있는 무시무시한 일은 북풍뿐이라는 확신으로 되돌아갔다. 그는 어린놈들이 장난을 친 모양이라고 나를 안심시켰다. 그들이 내 이름을 어떻게 아느냐고 묻자 앤드루는 칼더의 친구들이 한 짓일 수도 있다고 했다.

말이 되는 추측 같았다.

어쩌면 그 말을 믿고 싶었던 것인지도 모른다.

그나마 덜 무서운 추측이니까.

"경찰에 신고해야 할까요?"

무슨 일이 생기면 곧장 경찰에 알리라고 한 로넌의 말이 생각난다. 문제는 이 봉투가 우리 집 우편함에 얼마나 오래 들어 있었는지 모른다는 것이다. 평소 우편함에 담겨 있는 건 청구서와 쓸데없는 광고지들뿐이다. 나는 온라인이나 글레이셔 파크 커먼스에서 주로 쇼핑을 해서 우편함에 담긴 광고지들은 읽지도 않는다. 평소에 우편함을 일주일에 한 번 들여다볼까 말까다.

앤드루는 휴대폰에 표시된 시간을 흘끗 보고는 미간을 찌푸린다. "시간이 너무 늦었어. 그 형사도 이 시간에는 일을 하지 않을 거야. 경찰서에서 순경을 보내준다고 해도 우리가 지금 갖고 있는 건 이 편지뿐이잖아. 이게 우편함에 얼마나 오래 있었는지 알 수도 없어. 그냥 내일 아침에 경찰에 신고하는 게 좋겠어."

앤드루는 하품을 하면서 아일랜드 수납장을 빙 돌아 내 곁으로 다가온다. 두 손으로 내 얼굴을 모아 잡고는 골난 아이를 달래듯 이마에 입을 맞춘다. 비이성적인 두려움을 키스로 달랠 수 있다는 듯이.

"그만 잘까?"

그의 두 손이 내 허리로 내려온다. 나는 그의 체취를 들이마시며 마음의 안정을 찾으려 해보지만 초조함은 가라앉지 않는다.

여긴 안전하지 않다.

안심할 수가 없다.

"걱정 안 돼요?"

지그시 아랫입술 안쪽을 깨물자 피 맛이 난다.

"별로. 이 집은 군사기지나 마찬가지야. 당신은 안전해. 아무 일도 일어나지 않아. 내가 보장할게. 나랑 여기 있는 한 아무 일 없어."

그는 단호하다.

한밤중에 깨어 확인해보면 집의 보안 시스템이 작동되지 않을 때가 있다. 앤드루가 깜빡 잊고 시스템을 켜놓지 않아서다. 내가 잔소리를 하면 앤드루는 글레이셔 파크는 「피플People」지가 9년 연속 선정한 '미국에서 제일 안전한 도시'라며 웃어넘긴다.

"당신 생각과는 다르게 난 종일 집에 죽치고 앉아 도브 초콜릿을 먹으면서 〈가격을 맞혀보세요The Price Is Right〉 같은 텔레비전 프로그램만 보고 있지는 않아요." 나는 눈을 위로 굴리며 말을 잇는다. "집에 있지 않을 때도 있다고요. 이 난공불락의 요새를 벗어나 밖에 나가 있는 동안 무슨 일이 일어나면요?"

"휴대폰을 잘 갖고 다녀. 주변을 잘 살펴보고. 안 가봤던 데는 되도록 가지 마."

"그렇게만 하면 나한테 아무 일도 안 일어나요?"

나는 장난치듯 가볍게 말해보지만 그는 장난으로 받지 않는다. 내게 장단을 맞추지 않으려는 듯하다.

그는 내 손을 잡고 부부 침실로 데려간다.

"걱정은 그만하자, 메러디스. 그러다 늙어. 글렌폴스의 정신병원에서 탈출한 웬 정신병자가 당신을 불안하게 만들고는 그 모습을 보며 흥분이라도 하는 모양이지. 아무도 당신을 다치게 하지 못해."

"그건 모르는 거죠."

이번에는 칼더의 친구들 짓이라는 식으로 말을 하지 않자 나는 불안해진다. 그도 이게 유치한 장난으로 넘길 일이 아님을 아는 듯하다.

"그래, 당신 말이 맞아. 하지만 내가 당신한테 어떤 일도 일어나지 않게 할 거야." 그의 굳었던 표정이 풀어진다. 계단을 올라가면서 우리는 손을 놓는다. 나는 그의 뒤에서 몇 걸음 뒤처진 채 따라간다. "누가 정말 당신을 해칠 생각이라면 앞뒤가 맞지도 않는 협박 편지나 보내고 있겠어?"

"편지 내용은 앞뒤가 잘 맞아요. 그놈은 자기가 나를 지켜보고 있다는 걸 알리려는 거예요."

"당신을 겁먹게 만들려는 수작일 뿐이야. 상대해주지 마. 상대 안 하면 시시한 장난 몇 번 치다가 제풀에 지쳐 그만두겠지."

"태평하게도 말하네요."

"상대 안 하고 무시하면 그만둘 거란 얘기야. 그놈은 당신의 관심을 받고 싶어 해. 당신과 소통하고 싶어 한다고. 지금까지는 잘 먹히는 것 같네."

"그놈이 떨어져나가지 않으면요?"

"그럼 사설탐정을 고용해서 놈을 찾아내 적절한 처벌을 받게 할게." 앤드루는 숨을 내쉬며 왼손으로 내 얼굴을 감싼다. "별것도 아닌 일로 흥분하지 마, 메러디스. 지금 같은 상황에서 당신한테 필요한 건 휴식이야."

나는 나를 어린애 다루듯 하는 그의 눈을 마주보지 않는다. 오늘은 1층 손님방에서 자야겠다는 생각이 들어 아래층으로 몸을 돌린다. 나를 사랑한다면서, 불안해하는 나를 내버려두는 이 남자 옆에서 자고 싶지 않다.

나는 여섯 번째 계단에서 돌아서며 말한다.

"나쁜 일이 안 일어날 거라고 믿는다면, 적어도 내가 무서워하고 있다는 사실만이라도 존중해줄 수 없어요?"

"메러디스." 그는 엄숙하게 말한다. 비디오 게임을 끄는 걸 잊어 버린 칼더나 입었던 옷을 빨래 바구니에 넣어두지 않은 이자보를 나무랄 때 쓰는 말투다. "속상한 거 알아. 하지만 내가 온 힘을 다 해 당신을 보호할 거니까, 그래서 걱정을 안 하는 거야. 우리 둘 다 이 일로 안절부절못하면 당신한테 뭐가 좋겠어?"

일리는 있지만 어쩐지 무시당하는 기분이다.

그는 내 말을 듣기는 하지만 진지하게 받아들이지 않는다.

나는 손을 들어 그의 입을 다물게 한다.

"됐어요. 이 얘기는 내일 마저 하기로 해요."

그는 반발하지 않는다.

나는 그대로 계단을 내려간다. 잠시 후 우리 부부가 쓰는 침실 문이 부드럽게 삐거억 소리를 내며 닫히고, 문 밑으로 흘러나오던 조명등 빛이 꺼진다.

오늘밤엔 앤드루와 싸우고 싶지 않다.

그럴 힘도 없다.

디카페인 얼그레이 차를 우린 뒤 『폭풍의 언덕』을 집어 들고 거실 소파에 가 눕는다. 담요를 펼쳐 무릎을 덮는다. 독서를 즐기는 편은 아니지만 책이라도 읽으면서 머리를 식혀야겠다. 책을 펼치고 눈으로 페이지의 글자들을 훑는다. 지난주 체육관에서 어떤 여자 들이 이 책에 대해 떠드는 소리를 지나가다 들었다. 그래서 이 책 을 골랐는데 내용이 머리에 들어오지 않는다. 집중할 수가 없다.

내 집인데 누군가에게 감시당하는 듯한 기분을 떨칠 수가 없다.

무어라 설명할 수 없는 이유로 눈을 들어 커다란 전망창 앞에 드리워진 커튼의 작은 틈새를 바라본다. 사이드 테이블 위에 놓인 램프를 끄고 카펫을 가로질러 창밖을 내다본다.

달 없는 하늘 아래 거리에는 그림자 한 점 드리워지지 않았다. 근방에 빛이라고는 가드너 씨 집의 정교한 태양열 정원 장식에서 흘러나오는 불빛뿐이다.

평소와 다른 점이 눈에 들어온다.

우리 집 맞은편에 서 있는 검은색 세단.

운전석에 앉아 있는 누군가의 윤곽이 보인다.

가드너 씨네 집에는 2층 높이의 차량 출입구로 이어지는 우아한 원형 진입로가 있고 진입로 한가운데에 분수대가 있다. 손님이 올 때마다 가드너 씨 부부는 도로변이 아니라 원형 진입로에 손님의 차를 세우게 한다.

무엇보다 가드너 씨네 집에는 지금 불이 전부 꺼져 있다.

집을 비웠거나 잠이 들었거나 둘 중 하나일 것이다.

몇 초 후 세단에 붉은색 후미등이 켜지더니 운전석에 앉은 사람이 시동을 건다. 세단이 떠나버린 바람에 나는 좀 더 자세히 차 안을 살피거나 차 번호판을 확인하지 못했다.

숨을 쉴 때마다 가슴이 무겁게 짓눌리는 느낌이다. 신경 끄트머리가 죄다 곤두서면서 몸 곳곳으로 작은 떨림이 퍼져나간다. 마비된 것처럼 창문 앞에 꼼짝 않고 서서 생각을 해본다. 계단을 달려 올라가 2층으로 가서 앤드루를 깨울까? 하지만 깨우면 뭐 해? 그는 웃으면서 옆으로 돌아누워 다시 잠이나 잘 텐데?

거실을 서성이다가 다시 창밖을 몇 번이고 확인한다. 이 집은 너

완벽한 여자

무 크고 늦은 밤의 어둠은 불안을 조장한다. 어둠이 무서워 조명등을 켜면 바깥을 볼 수 없다. 오히려 밖에 있는 누군가가 커튼 너머로 이 집 안을 들여다보면서 내 움직임 하나하나, 내 윤곽까지 전부 볼 수 있을 것이다.

주방으로 살금살금 걸어가 충전기에서 휴대폰을 분리하고 주소록을 살펴본다.

늦은 저녁에 로넌을 방해하고 싶진 않다. 지난달에 그를 만나 바보처럼 들떴던 걸 생각하면 귀찮게 하면 안 될 것 같기도 하다. 하지만 지금 내 곁에는 아무도 없다.

주소록에 뜬 그의 이름을 엄지로 문지른다.

로넌 맥코맥 형사.

그의 이름에서 나를 지켜줄 수 있는 강한 힘이 느껴진다.

나는 숨을 고르며 전화를 건다.

"맥코맥입니다."

그는 세 번 신호가 간 끝에 전화를 받는다. 가라앉은 목소리다. 수화기 너머로 그가 천천히 숨을 들이마시는 소리가 들린다. 그는 개인적인 통화를 늘 이런 식으로 받을까?

"메러디스예요." 나는 속삭이듯 말한다. 작은 소리도 울리게 만드는 현관 입구의 높이 6미터짜리 천장에서 멀어지려고, 집 안 저쪽 구석으로 빠르게 걸음을 옮긴다. 불순한 의도는 없는 통화지만 앤드루를 깨우고 싶지 않다. "메러디스 프라이스요."

"아, 예."

그는 또다시 숨을 들이마신다. 침대 시트가 버스럭거리는 소리가 배경음으로 들린다. 그가 침대에서 일어서는 모양이다.

"방해해서 미안해요. 늦은 시간인 거 알아요."

"괜찮으니까 걱정 마세요. 무슨 일입니까?"

"오늘 우편함에 이상한 봉투가 들어 있었어요."

나는 봉투에 들어 있던 편지와 로넌의 명함, 커피숍 전단지에 대해 설명한다.

"이런…… 제길."

휴대폰이 쉬익 소리를 낸다. 로넌이 무어라 말하는데 알아들을 수가 없다. 침대에서 일어난 로넌이 어둠 속을 더듬거리며 걸어가 전등 스위치를 켜는 것 같은 소리가 들린다.

"제가 전화를 한 이유는 집 앞에 주차돼 있던 차 때문이에요. 검은색 차였어요. 문짝 네 개짜리요. 자세히 확인하기도 전에 그 차는 가버렸어요. 어쩌면 별것 아니었을 수도 있어요……. 우연히 그 자리에 있었던 건지도 모르죠……. 그래도 너무 겁이 나서 전화했어요."

"경찰에 연락해드릴까요? 근무 중인 경찰에게 집 앞 거리에서 순찰을 돌라고 요청할까요?"

"그래주시면 고맙겠어요."

앤드루는 이 상황에 대해 모를 것이다. 마음이 편해지면 잠을 조금이라도 잘 수 있겠지.

"알겠습니다."

로넌이 내 말을 진지하게 받아들여줘서 정말 좋다. 내 말을 듣고 웃어넘기거나 나를 침대 밑 괴물 얘기로 호들갑 떠는 어린애처럼 취급하지 않아서 좋다.

괴물은 진짜 있다.

괴물은 실제로 있고 형용할 수 없는 끔찍한 짓을 저지를 수도 있다. 괴물은 침대 밑이나 벽장 속에 숨어 있는 게 아니라 평범한 풍경 속에 모습을 감추고 있다. 그래서 포착하기가 쉽지 않다.

"괜찮겠어요?"

"예, 그럼요."

나는 통화를 하기 위해 들어온 1층 손님방에서 계속 서성이며 손으로 목 뒤를 문지른다.

"그럼 좀 쉬어요. 알았죠?"

오늘밤에는 이 방에서 잘 작정이었다. 하지만 집 밖에 끔찍한 변태가 있는데 혼자 여기서 자는 건 둔감한 남편 옆에서 자는 것보다 더 견디기 어려울 것 같다.

선택을 해야 한다.

오늘밤에는 앤드루를 선택하기로 한다.

# 16장 그리어

**넷째 날**

택시는 글레이셔 파크의 비좁고 옹색한 경찰서 앞에 나를 내려준다. 나는 대단한 일이라도 하러 온 여자처럼 당당하게 안내 데스크 앞으로 걸어간다.

대단한 일을 하러 오기는 했다.

"맥코맥 형사님을 뵈러 왔어요. 지금 바로요."

나는 안경테 너머로 나를 올려다보는 여자에게 말한다. 여자는 지금까지 스파이더 솔리테어 게임을 하고 있었으면서 일하고 있었던 척 시침을 뗀다.

여자는 사서들이 주로 쓰는 붉은 테 안경을 꼈다. 남들과 똑같은 복장을 요구하는 직장에서 나름 개성 있게 보이고 싶은 건가. 여자가 입을 꾹 다물었다가 대답한다.

"죄송합니다. 그건 어렵겠어요. 지금 안 계시거든요. 대신 빅스비 형사님한테 말씀하시면 될 거예요."

나는 입술 양 끝이 축 처진 채로 묻는다.

"맥코맥 형사님은 언제 사무실로 돌아오나요?"

여자는 잠시 옆으로 시선을 돌리고 짧게 숨을 들이마신 뒤 목청을 가다듬는다.

"내부 조사 결과가 나올 때까지 휴직 중이세요. 그 이상은 말씀 못 드려요, 사모님. 죄송합니다."

사모님?

내가 이 여자보다 열 살은 어려 보이는데 웬 사모님?

"잠깐만요." 나는 이 여자가 농담을 하나 싶어 웃으며 묻는다. "어제 그 형사님과 얘기를 나눴어요. 이번 주 내내 같이 일했고요. 그런데 갑자기 이게 무슨 소리예요?"

"말씀드렸다시피 더 이상은 정보를 드릴 수가 없습니다, 사모님."

나는 주먹을 부르쥔다.

"나는 메러디스 프라이스의 언니예요. 내가……."

"죄송합니다. 더 드릴 수 있는 정보는 없습니다."

이 여자가 애초에 내게 일말의 동정심이라도 느끼는지 모르겠지만, 전화벨 소리가 울린 순간 그마저도 짜증으로 바뀌고 만다. 여자는 의자에 앉은 채 내게서 얼굴을 돌리더니 수화기를 확 낚아채 어깨 위에 걸치고 다른 쪽 귀를 손가락으로 틀어막는다.

더는 어쩔 도리가 없다.

성난 걸음으로 경찰서를 나선 나는 입술 안쪽을 잘근잘근 깨물며 전화로 택시를 부른다. 근처 공원 벤치에 앉아 택시를 기다리기로 한다. 비바람에 풍화된 청동 조각상이 옆에 서 있다. 환하게 웃는 두 어린아이의 손을 양손으로 각각 잡고 있는 환한 표정의 경찰 조각상이다.

조각상 아래쪽 명판에 "에드워드 프라이스 서장. 35년간의 헌신적인 봉사에 감사드립니다"라는 글귀가 적혀 있다.

나는 비웃음 섞인 숨을 내쉰다. 일전에 메러디스에게 앤드루 프라이스가 글레이셔 파크에서 나고 자랐으며 프라이스 가문은 이 지역에서 존경받는 집안이란 얘기를 들은 적이 있다. 에드워드 프라이스는 앤드루의 아버지일 것이다. 그러니 글레이셔 파크 경찰은 지금도 프라이스 가문을 지키느라 여념이 없겠지.

작은 마을 경찰들이 으레 그렇듯이.

경찰의 힘은 당장 경찰 명찰과 총을 찬 이들만의 것이 아니다. 그 경찰들이 사랑하는 이들에게까지 미친다. 예전에 내 가게에 들른 단골한테서 들은 얘기이기도 하다. 20년 동안 뉴욕 경찰로 일해온 그 남자 손님은 며칠 동안 쉴 새 없이 풀어놓을 만한 이야깃거리를 갖고 있었는데 허튼소리는 안 하는 사람이었다.

딱 내가 좋아하는 스타일이다.

좀처럼 사용하지 않는 소셜 미디어 계정을 이리저리 둘러본다. 누군가 'FindMeredithPrice.com', '메러디스를 찾아내자'라는 이름의 웹사이트를 만들어 사건에 대한 관심을 불러일으키고자 팔로워들에게 #메러디스찾기, #메러디스프라이스는어디에 같은 해시태그를 사용해줄 것을 요청하고 있다.

그 웹사이트에 올라온 사진이며 글을 읽어본다. 동정심이 쏟아지는 것은 고마운 일이지만 소파에 편안히 앉아 이런 글이나 공유해서는 내 동생을 찾는 데 별로 보탬이 될 것 같지 않다. 이 사람들이 내 동생 일에 진심으로 관심이 있다면 페이스북이나 둘러볼게 아니라 직접 시간을 내서 찾으러 나서야 하지 않나? 오늘밤 아늑한 집에 문을 잠가놓고 작은 베개를 베고 누운 이 사람들이 내 동생에 대한 생각을 할 가능성은 별로 없다고 본다.

신경을 쓴다고 해도 잠시뿐이지.

길 저쪽에서 옐로캡 택시가 쏜살같이 달려와 경찰서 앞에 멈춰 선다.

"보통은 경찰이 버스표 같은 거라도 끊어주지 않나요?"

중년의 택시 기사가 묻는다. 25킬로그램 정도 과체중으로 보이는 이 남자는 희끗희끗한 머리카락을 좀 손질해야 할 것처럼 보인다. 이 동네 사람은 아닌 듯하다.

나는 눈을 위로 굴리며 뒷좌석에 올라탄다.

"제가 온통 검은 옷을 입고 있고, 며칠 잠도 못 자고 먹지도 못한 것 같은 몰골이긴 하지만 유치장에 갇혀 있다가 나온 건 아니에요."

택시 기사는 굵은 관절이 두드러진 손을 들어올린다.

"미안합니다. 택시 기사들이 주로 하는 농담이죠. 이쪽에서 손님들을 많이 태우거든요. 경찰서 바로 뒤에 카운티 유치장이 있어요. 어디로 모실까요?"

"22번 스프링 그로브 길로 가주세요."

나는 거대하고 시커먼 대저택과는 어울리지 않는 귀여운 어감의 주소를 댄다.

"아, 좋은 동네죠." 그는 깜박이를 켠다. "사실 이 지역 전체가 다 좋죠. 거친 동네도 없고. 몇 년 전까지만 해도 조그만 집들이 있는 오래된 동네가 있었는데 부동산 개발업자들이 싹 다 부수고 고급 대저택을 잔뜩 지었어요."

나는 '대저택'이라는 단어가 듣기 싫다. 사람들은 그 단어를 쓰면 자기가 꽤나 똑똑하고 재치 있어 보이는 줄 아는 모양이다. 실제로는 평범하고 독창성이라곤 없으면서.

나는 내가 소소한 잡담을 얼마나 혐오하는지 새삼 느끼며 차창을 내다본다.

"이 동네분 아니시죠?"

다음 신호등 앞에서 택시 기사가 브레이크를 콱 밟으며 묻는다.

몸이 앞으로 확 쏠리면서 나는 그의 무릎으로 고꾸라지지 않으려 의자 등받이를 두 손으로 붙잡는다. 안전벨트를 매야겠다.

"왜 그렇게 생각하세요?"

이 남자와의 지겨운 대화를 피하려면 누구랑 통화하는 척이라도 해야 하나 갈등하면서 휴대폰을 들여다본다. 인터넷 검색 기록을 훑어보다가 글레이셔 카운티 재산사정관 홈페이지를 화면에 띄운다. 메러디스의 이웃들 이름을 알아내려고 들여다봤던 홈페이지다.

무슨 변덕에서인지 나는 로넌의 이름을 검색창에 넣고 엔터 키를 누른다.

다음 페이지에 결과물이 딱 하나 뜬다. 삼나무 외장재를 사용했으며 차고 하나가 있는, 글레이셔 파크 지역 기준으로 볼 때 평범한 목장식 주택이다. 허세 가득한 이 도시에 어울리지 않는 일반적인 형태의 집이다. 주소는 분명 이 지역으로 되어 있다.

"목적지를 바꿀게요. 24번 하이랜드로路에서 내려주세요."

차고 앞에 붉은색 트럭이 세워져 있다. 트럭 타이어에는 얼마 전에 묻은 듯한 진흙이 보인다. 덤불이 좀 자란 것을 빼면 재산사정관 홈페이지에서 본 사진 속 집과 똑같다. 집 안에 조명등이 켜져 있고 뒷마당의 삼나무 울타리 너머에서 개 짖는 소리가 들린다.

나는 택시 기사에게 곧 올 테니 미터기를 켜놓고 기다려달라고 부탁한다.

집 앞으로 가 얇은 유리로 된 덧문을 두드린다. 문 너머에서 들려온 발자국 소리가 문 앞에서 돌연 그친다. 문구멍으로 집 밖을 내다보면서 나를 집에 들일지 말지 갈등하는 그의 모습이 그려진다. 나는 그가 휴직 처리된 이유를 알아낼 때까지 그의 옆구리에 딱 들러붙어 안 떨어질 작정이다.

잠시 후 현관문이 열린다.

전형적인 미국 보이스카우트 같은 외모인 로넌은 상태가 그다지 좋아 보이지 않는다. 머리는 부스스하고 흰 셔츠는 구겨졌으며 평소 꼿꼿하던 자세도 패배자처럼 구부정하다.

나는 팔짱을 끼고 묻는다.

"대체 어떻게 된 거예요?"

그는 숨을 내쉬며 현관문을 더 열고 나를 안으로 들인다. 문을 잡지 않은 손은 옆구리에 축 늘어져 있다.

"얘기가 깁니다."

"그렇겠죠."

나는 격자무늬 천으로 된 소파 끄트머리에 앉아 두 손을 무릎에 올리고 다리를 단단히 꼰다. 집 뒤편의 개가 잠시도 주둥이를 닫치지 않아 짜증이 솟구친다. 나는 애써 그에게 시선을 집중한다.

그는 집 바깥을 흘끗 내다보고는 현관문을 닫고 내 맞은편 의자에 앉는다. 팔꿈치를 무릎에 대고 앉아 두 손으로 피곤에 전 얼굴을 문지르다가 힘겹게 숨을 내쉰다.

"동생분이랑 제가…… 일이 좀 있었습니다. 몰래 좀 만났어요. 아무도 모르게요."

그가 하는 말이 무슨 의미인지는 알겠는데, 남편에게 푹 빠져 지낸 동생이 '행복한' 결혼생활을 두고 딴짓을 했다는 게 상상이 되지 않는다.

로넌이 던진 폭탄은 동생이 사라졌다는 사실보다 더 묵직하게 어깨를 짓누른다. 나는 천천히 숨을 들이마시며 생각을 거듭한다.

나는 동생을 몰랐다.

동생이 어떤 사람이 되었는지 전혀 몰랐다.

"법의학 팀에서 메러디스의 휴대폰 기록을 분석하고 저와 어떤 사이인지 알아냈습니다. 이렇게 될 줄은 알았지만 이렇게 빨리 알아낼 줄은 몰랐네요. 경찰 측에서 저를 공무상 휴직으로 처리했습니다. 이해 충돌 방지를 위해서라는 이유로요. 우리가…… 따로 만나는 사이였다는 걸 알고는 저를 용의선상에 두면서 업무에서 배제시킨 거죠."

나는 그를 처음 만나는 것처럼 새삼 찬찬히 뜯어본다. 사소한 순간들, 위험 신호, 로넌이 이번 사건과 관련되어 있을지 모른다는 징후를 찾아내려 기억을 더듬어본다.

"왜 처음부터 솔직하게 말하지 않았어요? 의심을 살까 봐 말을 안 한 건가요?"

"남들 눈에 어떻게 보일지 아니까요." 그는 또다시 두 손에 얼굴을 묻는다. "언니분이 모르는 부분도 많습니다."

"무슨 뜻이죠?" 나는 몸을 앞으로 기울인다. "무슨 소릴 하시는 거예요? 저한테 말 안 한 게 뭔데요?"

내가 연달아 질문을 쏟아내자 그는 그만하라는 듯 한 손을 들어 보인다.

"다 말씀드리겠습니다."

하지만 나는 그가 하는 말을 믿을 수 있을지 확신할 수 없다.

나는 허리를 곧게 펴면서 손을 흔들어 재촉한다.

"해보세요."

"이 사건 수사를 계속하고 싶어서 사실대로 말할 수가 없었습니다. 메러디스를 찾고 싶은 마음에서였어요. 사건 조사가 어떻게 흘러가고 어떤 증거가 나오는지 최대한 가까이서 보면서 알고 싶어서요. 저는 메러디스를 잘 아니까요. 누구와 어울려 다녔고 어디를 갔고 뭘 좋아하는지 잘 아니까. 제가 사건 조사를 맡아야 수사가 잘 진행될 거라고, 그녀를 더 빨리 찾을 수 있을 거라고 생각했습니다. 수사를 이끌고 있어야 앤드루를 가까이에서 지켜볼 수도 있고요."

나는 고개를 옆으로 기울이며 묻는다.

"앤드루가 한 짓이라고 생각해요?"

"아직 확실한 증거는 없습니다만 제가 아는 사실이 있으니까요. 지난 2년 동안 메러디스가 저한테 털어놓은 얘기들도 있고요. 앤드루는 살해 동기를 가진 유일한 자입니다."

"어째서요?"

"우선 메러디스는 예전에도 임신을 했었는데 앤드루는 메러디스를 통해 자식을 낳고 싶어 하지 않았습니다. 그때는 그랬다고 들었어요. 메러디스가 처음 임신했을 때 앤드루가 질색한 바람에 메러디스는 마음에 상처를 받았습니다."

"처음 임신이요?"

"그들이 결혼하고 얼마 안 되었을 때입니다. 제가 메러디스를 알기 전이죠."

메러디스가 나한테 그런 얘기를 한 적이 없다는 사실에 가슴이 아프지만 나는 상처받은 표를 내지 않고 이 남자한테서 최대한 정보를 짜내기 위해 집중한다.

"형사님이 내 동생이랑 자는 사이였다는 거네요? 둘이 바람을 피웠다고요?"

그는 고개를 끄덕인다.

"종종 만났습니다. 상황이 좀 복잡합니다."

"동생이 형사님을 사랑했어요? 둘이 사랑하는 사이였어요? 둘이 언젠가 같이 살 계획이라도 있었나요?"

"메러디스는 때를 기다렸습니다. 돈이 있어야 된다고 말했어요. 지금은 무일푼이라고. 집이며 차며 신용카드며 전부 다 앤드루의 명의로 되어 있다고 했습니다. 그 남자가 모든 것을 통제한다고 했어요. 그래서 떠나고 싶어도 그럴 수가 없다고 했습니다."

메러디스의 신탁 자금.

메러디스는 신탁 자금을 받을 날을 기다리고 있었던 건가?

"남편을 떠나기 위해 필요한 돈을 어떻게 마련할지에 대한 얘길 동생이 했어요?"

"자세히는 말 안 했습니다. 얼마 후에 돈이 들어올 것 같으니 그때 남편을 떠날 거라고 했어요."

"앤드루는 메러디스가 떠날 생각인 걸 알았나요?"

로넌은 어깨를 으쓱한다.

"글쎄요. 메러디스가 그런 말을 했으니 앤드루가 메러디스에게 무슨 짓을 한 게 아닌가 싶기는 합니다. 그날 식료품점에서 실제로 메러디스를 본 사람은 없어요. 우리가 확보한 건 빈 차와 그 안에 버려져 있던 핸드백, 휴대폰뿐입니다."

"그래서 어떻게 생각해요?"

"무슨 일이든 일어났을 가능성이 있다고 봅니다."

속이 뒤틀리고 굳는 것 같다. 눈을 감자 앤드루가 메러디스의 목을 두 손으로 조르는 장면이 머릿속에 그려진다. 내 상상 속에서 메러디스는 눈물을 흘리고 있다. 속에서 치밀어 오르는 분노의 담즙에 목구멍이 따가워 애써 침을 삼킨다.

"이달 말에 메러디스는 신탁 자금을 받게 되어 있어요. 메러디스의 생일에요. 메러디스가 사망한 것으로 밝혀지면…… 그 돈은 남편인 앤드루가 받겠네요. 5백만 달러나 되는데."

로넌은 피곤에 지친 눈을 질끈 감으며 콧날을 손으로 잡는다.

"그 개새끼가."

"성급히 결론을 내진 말아야겠죠." 나는 소파에서 일어선다. 더는 앉아 있을 수가 없다. 로넌의 자그마한 거실을 서성이면서 머리카락을 귀 뒤로 넘긴다. "증거가 있어야 해요. 증거를 찾아서 경찰에 제공해야 해요."

로넌은 피식한다.

"프라이스 가문이 이곳 경찰서를 쥐락펴락합니다. 완전히 장악한 건 아니지만 어쨌든 앤드루의 아버지는 30년 넘게 이곳에서 경찰서장으로 일했어요. 앤드루의 할아버지가 세운 금융회사를 지금 앤드루가 경영하고 있고요. 경찰서의 연금 계좌를 운영하면서

백만 달러나 되는 수익을 올린 분이 바로 앤드루의 할아버지예요. 글레이셔 파크에서 '프라이스'는 그야말로 금수저의 상징이죠. 앤드루를 좀 더 감시해야 한다고 롤랜드 서장님께 말한 적이 있는데 서장님은 화를 내면서 저를 심하게 꾸짖더군요."

"어떻게 그런 식으로 일처리를 할 수가 있죠?"

"여기가 원래 안 좋은 일은 별로 없는 동네거든요. 이곳은 범죄율이 거의 0퍼센트에 가깝습니다. 그런데도 상근 경찰이 있는 이유는 주민들이 아무리 그래도 경찰은 있어야 하지 않느냐고 불평을 해대고 시의회에서 승인해줬기 때문이에요." 의자에서 일어선 로넌은 창가로 다가가 바깥을 흘끗 내다본다. 마치 누군가에게 감시라도 당하는 것 같은 태도다. "경찰은 저한테 죄를 뒤집어씌우려 할 겁니다."

나는 코를 찡그린다.

"왜 그렇게 말씀하시죠?"

"글레이셔 파크에서 이렇게 큰 사건이 일어난 게 이번이 처음입니다. 경찰들이 돋보일 수 있는 기회가 온 거죠. 언론에 인터뷰도 하고요." 그는 고개를 절레절레 젓는다. "경찰들은 사건을 조속히 해결하고 싶어 안달이 났습니다. 전 세계가 지켜보는 사건이 되어버렸는데 미해결로 결말을 맺고 싶지는 않겠죠."

"그렇다고 형사님한테 뒤집어씌우는 건 말이 안 되죠. 증거도 시신도 없잖아요."

"아직까지는 그렇죠." 그는 생각에 잠긴 표정으로 잠시 침묵하다가 덧붙인다. "우리가 메러디스를 찾아야 합니다."

"그래야죠."

완벽한 여자

"메러디스가 안전한지만이라도 알고 싶어요. 그러고 나서 메러디스를 납치한 개새끼를 작살낼 겁니다."

나는 말없이 손목시계로 시간을 확인한 뒤 현관문을 돌아본다.

"이만 가야겠어요."

로넌은 고개를 끄덕인다.

"솔직하게 털어놔줘서 고마워요." 경황이 없는 중에도 나는 애써 예의를 차린다. 로넌이 지금까지 이런 얘기를 하지 않은 게 마뜩잖기는 하지만 지금 화를 내봤자 도움될 게 없다. 쓸 수 있는 자원도 얼마 없는데 로넌과의 관계까지 망쳐서는 안 된다. 엉뚱한 사람한테 화풀이를 하는 것도 옳지 않다. "좀 더 빨리 말해줬으면 좋았을 텐데요."

그는 내 눈을 마주보지 못한다. 그 자리에 선 채 손으로 입을 문지르며 가만히 서 있다. 하긴 할 말이 없겠지.

"그럼 가볼게요."

지금은 일단 이렇게 넘어가지만 로넌의 행동, 말 한마디 한마디를 계속 지켜볼 생각이다. 로넌이 선량해 보이는 외모만큼이나 좋은 사람이라고 믿고 싶다. 하지만 지금은 아무것도 모르겠다.

뭐든 알게 될 때까지는 모든 사람을 용의자로 간주할 수밖에.

# 17장 메러디스

**25개월 전**

"잘못하고 있는 걸까요? 지금 우리가 하는 행동이요."

나는 로넌의 픽업트럭 조수석에 앉아 글레이셔 파크 도심의 카페 윈터빈에서 사온 맛 좋은 핫 코코아를 마시는 중이다. 한가로운 월요일 아침, 우리는 시골길을 따라 달리고 있다. 평소대로라면 나는 요가 수업을 받고 로넌은 일을 하고 있어야 할 시간이다.

"이렇게 놀러 다니는 게요?"

그의 물음에 나는 컵을 입술에 갖다 대며 히죽 웃는다.

"노는 게 다예요?"

"그럼요." 로넌은 나를 돌아보며 사람을 무장 해제시키는 특유의 웃음을 지어 보인다. 맙소사, 이 남자의 미소가 정말 좋다. 세상에서 제일 좋아하는 것 중 하나로 꼽을 만큼. 요즘 밤에 눈을 감으면 로넌의 미소가 자꾸만 생각난다. "난 당신한테 손도 댄 적 없어요. 지금 우린 친구로서 놀러 나왔을 뿐입니다."

"내가 유부녀가 아니었으면 당신은…… 나랑 친구 이상이 되고 싶어 했을까요?"

나는 핫 코코아를 또 한 모금 마신다. 벨벳처럼 부드러운 코코아로 혀를 뒤덮는다. 볼이 달아오른다. 남자 때문에 얼굴이 달아오른 게 마지막으로 언제였는지 기억도 나지 않는다.

"유부녀가 아니었으면…… 그랬겠죠. 당신을 단숨에 낚아챘을 겁니다."

운전대 아래쪽에 한 손을 얹고 언덕 위로 천천히 트럭을 몰던 로넌은 나를 돌아보며 윙크한다.

"우린 지금 불장난을 하고 있어요."

그는 대답하지 않는다. 그도 알고 있는 사실일 것이다.

이런 감정은 지난달부터 시작됐다. 한밤중에 내가 로넌에게 전화를 걸었을 때부터. 그리고 이틀 뒤 집 앞 거리에 똑같은 차가 왔다 갔다 하는 걸 보고 나는 또 로넌에게 전화를 걸었다. 그 차가 어떤 의도가 있어서 천천히 왔다 갔다 하며 나를 위협하는 것 같았다. 그날 밤 앤드루는 일 때문에 마을에 없었다. 전화를 받은 로넌은 곧바로 우리 집으로 왔다.

변태가 집 앞을 활보하는 한 도저히 집에 혼자 있을 수가 없었다. 로넌이 우리 집으로 찾아왔을 때쯤 변태의 차는 사라지고 없었다. 그래도 나는 그 차가 유타주 번호판을 단 혼다 어코드 최신 모델임을 알아볼 수 있었다.

로넌은 집 안팎과 주변을 모두 확인한 뒤 어둠 속에서 몇 시간 동안 우리 집 거실에 머물렀다. 잠에서 깨고 보니 로넌은 돌아가고 없었다. 그 대신 아무 일 없으니 걱정 말고 필요하면 언제든 연락하라는 쪽지가 남겨져 있었다.

며칠 후 블루가街에 있는 크윅스타*에서 주유를 하다가 로넌을 마주쳤다. 우린 8번 주유기와 9번 주유기 사이에 서서 거의 한 시간 동안 얘기를 나눴다. 둘 다 시간 가는 줄 모르고 얘기 중인데 뒤에서 어떤 차가 들어오면서 비키라고 경적을 울렸다. 그러자 로넌은 내게 같이 점심을 먹자고 불쑥 제안했다. 차에 올라탄 나는 시동을 걸고 그의 초대를 곰곰이 생각해본 뒤 고개를 끄덕였다. 그리고 빈 주차장으로 차를 옮겼다.

이 동네에 나는 친구가 별로 없다.

앤드루는 나를 덴버에서 쏙 뽑아서 이곳에 옮겨 심었다. 그의 친구들과 동료들, 이웃들 사이에 덩그러니 놓아두었다. 앤드루와 오래 알고 지내온 이웃들에게 나는 외부인, 별스런 존재, 소문거리일 뿐이었다.

앤드루는 눈치채지 못했지만 나는 우리 부부가 처음 연 저녁 만찬을 결코 잊을 수가 없다. 편하게 출장 요리 서비스를 부를 수도 있었지만 나는 직접 만든 음식을 대접하고 싶어서 종일 주방에서 힘들게 요리했다. 그때 이웃에 사는 부인들이 옆방에서 내 얘기를 하는 소리가 들렸다.

베시라는 여자가 말했다. "불쌍한 에리카. 어떻게 저런 여자랑 경쟁을 하겠어? 저 여자는 꼭…… 그 모델 이름이 뭐더라……. 텔레비전에서 엄마랑 같이 나온 모델인데…… 제너라는 여자랑 같이 다니는…… 그 왜 금발 모델 있잖아……."

루엘린이 알려주었다. "지지 하디드. 우리 딸이 지지 하디드한테

---

* Kwik Star. 편의점 겸 주유소 체인점.

　　　　　　　　　　　　　　　　　　완벽한 여자

아주 환장을 했지 뭐야."

"맞아. 저 여자는 바로 그 끝내주는 지지 하디드를 닮았어. 에리카도 아름답긴 하지만 지지 하디드랑은 비교가 안 되지." 베시는 그게 무슨 잘못이라도 되는 듯 한숨을 푹 쉬었다.

루엘린은 혀를 찼다. "앤드루랑 에리카가 재결합을 할까?"

베시는 망설임 없이 말했다. "사람 일 누가 알아? 지금 저 여자는 잠깐 지나가는 바람일 수도 있어. 예쁘긴 하지만 그것 말고는 뭐 아무것도 없어. 솔직히 좀 지루한 타입인 것 같더라. 섹스가 좋아서 데리고 사는 거겠지. 섹스는 인격이랑 아무 관계도 없어. 요즘 남자들은 저런 젊은 여자라면 사족을 못 쓰더라. 나 같으면 저런 멍청한 여자는 줘도 싫겠구먼."

루엘린이 웃었다. "못됐다."

"그만 나가자. 만찬이 곧 시작되겠어. 저 여자가 우리한테 잘 보이려고 바보짓 하는 거나 구경해야지. 귀엽더라. 앞치마 입고 낑낑대는 꼬라지가. 내조 잘하는 부인처럼 보이고 싶나 봐. 그런데 내 눈엔 꼬맹이가 가정주부 흉내를 내는 것 같아."

하지만 앨리슨은 달랐다. 앨리슨은 내가 지나갈 때 손을 흔들어주는 유일한 이웃이었다. 앨리슨과 그녀의 남편이 이곳에 이사 온 지 얼마 안 되어서일 수도 있었다. 그들은 앤드루가 에리카에게 붙잡혀 있던 시절에 만난 사람들이 아니었다.

"다음 달이면 결혼 일주년이에요."

나는 계기판 너머로 로넌을 흘끗 쳐다보며 말한다. 이대로 그가 계속 운전을 했으면 좋겠다.

"특별히 뭐 하기로 한 거 있어요?"

"앤드루가 나를 어디로 데려갈 건가 봐요. 깜짝 선물이래요. 수영복을 가방에 넣어두라고 하더라고요."

나는 어깨를 으쓱한다. 앤드루는 나를 데리고 피지나 버진 제도로 놀러 갈 모양이다. 여행 중에 사진을 찍어서 친구들에게 자랑할 만한 곳을 골랐겠지.

나는 앤드루를 사랑하지만 그는 마세라티, 한정판 다이아몬드 롤렉스, 나…… 같은 세속의 소유물을 남에게 자랑하는 걸 너무 좋아한다.

"별로 신난 것 같은 목소리가 아니네요."

"그래요?" 나는 지금껏 깨닫지 못했다. "신나는데. 그냥…… 좀 두려워서인 것 같아요."

"뭐가요?"

뭐가 두려운지 나 자신에게 아직 물어보지 못했다. 더 깊게 속을 파고 들어가면 어떤 답이 나올지 두렵다.

"행복하지 않은가 봐요?"

"그렇진 않아요."

거짓말이다. 힘겨운 거짓말.

일 년 전 나는 근심 걱정 없는 얼굴로 미소를 지으며 산들바람처럼 가볍게 결혼식을 올렸고 밤이 되자 남편이 방으로 들어오기를 손꼽아 기다렸다. 그날 남편은 새벽이 다 되어서야 방문을 열고 들어왔다. 우리는 그대로 서로를 안고 침대로 향했다.

그렇게 살던 내가 로넌을 만난 것이다.

그때부터 내 인생은 예상치 못한 길로 뻗어나가기 시작했다.

로넌 탓도 아니고, 앤드루 탓도 아니다. 내 탓이다. 나도 안다.

비난받을 사람은 바로 나라는 걸.

"사실, 잘 모르겠어요." 한숨이 나온다. 목구멍 안에 꾹꾹 담아 둔 단어들이 숨통을 조인다. 하지만 아무에게도 말할 수 없다. 이대로 얼마나 더 버틸 수 있을까. "앤드루랑 같이 있을 때 내가 느끼는 감정은 확실해요. 고맙다, 운이 좋았다, 사랑받는다, 뭐 이런 감정이에요."

나는 그의 트럭 시트에 붙어 있는 실밥을 잡아 뜯는다.

"하지만 당신이랑 있으면 완전히 다른 감정이 느껴져요. 정확히 꼬집어 말할 수는 없어요. 앤드루와는 달리 당신이랑 있으면 살아 있는 것 같아요."

나는 용기를 내서 그를 흘끗 돌아본다. 그가 어떤 반응을 보일지 궁금하다. 그는 미간에 주름을 잡은 채 도로를 응시하고 있다. 내 말을 귀담아듣는 모습이다. 요즘 앤드루의 모습과는 무척이나 다르다.

처음 만났을 때 앤드루는 내가 온갖 주제로 중언부언 떠들어도 내 얘기를 집중해서 들어주었다. 독특했던 어린 시절, 반항적이었던 십 대 시절, 온갖 장난을 쳤던 대학 시절 얘기도 관심 있게 들어주었다. 귀를 쫑긋 세우고서. 우린 진심이 담긴 말을 주고받으며 제대로 된 대화를 나눴다.

요즘은 앤드루와 의미 있는 대화를 오 분 넘게 해본 지가 언제인지 기억조차 나질 않는다. "오늘 어땠어?" "저녁 뭐 먹을까?" "주말에 연극 보러 갈래?" 이런 단편적인 말만 오갈 뿐이다.

"행복하지 않다면 그냥 다 때려치우고 집에서 나와요, 메러디스. 이 나라의 이혼율이 높은 건 다 이유가 있어요. 사람들은 매일 실수를 하면서 살아요. 사랑에 빠지면 바보 같은 실수도 하고 그러는 겁니다."

"앤드루와 결혼하지 말라고 반대한 사람이 얼마나 많았는지 알아요? 내 친구들이 전부 반대했어요. 직장 동료들도 그랬고 언니는 도시락 싸 들고 다니면서 말릴 정도였어요. 하지만 그때는 내가 앤드루를 사랑해서 뵈는 게 없었죠. 주변 사람들 말은 하나도 귀에 안 들어왔어요. 그들이 잘못 생각했다는 걸 증명해 보이고만 싶었어요."

"그걸 증명하려고 계속 불행하게 살 생각이에요?"

로넌은 고개를 절레절레 흔든다. 그가 그렇게 화를 내는 모습은 처음 본다.

"어떻게 해야 할지 잘 모르겠어요." 나는 차가운 유리창에 이마를 갖다 댄다. "내 계좌에는 돈도 한 푼 없어요. 언니는 원룸에서 살고, 엄마는 달마다 남자를 바꾸는 사람이라 엄마랑은 절대 같이 못 살아요."

"그럼 직장을 구해봐요. 돈도 좀 모으고."

나는 신탁 자금이 있다는 말은 하지 않는다. 굳이 로넌이 알 필요 없는 얘기 같아서다.

"앤드루는 내가 일하러 나가는 걸 싫어해요." 나는 손으로 얼른 입을 가린다. "어머, 방금 내가 한 말 배부른 소리로 들렸죠?"

로넌은 입술을 반쯤 비딱하게 올리며 나를 돌아본다.

"그러네요."

"내가 일자리를 구했다고 하면 앤드루는 뭔가 이상하다고 생각할 거예요. 무슨 일이 있구나 싶겠죠."

나는 눈을 감는다. 결혼생활을 5년 이상 지속하지 못하고 이혼할 경우 재산 분할을 하지 않겠다는 혼전 합의서에 서명하지 말았어야 했는데.

당시 앤드루를 사랑했기에 망설임 없이 혼전 합의서에 서명했다. 내가 돈 때문에 그와 결혼하는 게 아님을 그렇게라도 증명하고 싶었다. 그게 사실이기도 했다. 난 그의 돈이 필요 없었다. 몇 년만 기다리면 내 신탁 자금이 들어오니까.

로넌은 옆으로 팔을 뻗어 무릎에 얹어놓은 내 손을 잡는다.

"불행하게 살기에는 인생이 너무 짧아요. 집에서 나오고 싶으면 같이 방법을 찾아봐요. 내가 도와줄게요. 당신 곁엔 내가 있어요, 메러디스."

# 18장 그리어

**넷째 날**

"어떻게 그걸 몰랐어? 그렇게 된 지가 얼마나 됐대?"

그날 오후 앤드루의 집으로 들어서는데 현관 너머로 엄마의 목소리가 들려온다.

"경찰이 자세히 조사하고 있습니다. 그 형사를 사건에서 손떼게 했다고 들었습니다. 당연히 그래야겠죠. 그 형사에 대해 더 자세히 조사하겠다고 하더군요."

앤드루의 목소리도 들린다.

목소리를 쫓아 걸음을 옮기니 주방 아일랜드 수납장 앞에 두 사람이 서 있다. 나는 그들 사이로 끼어들어 아무것도 모르는 척 묻는다.

"무슨 얘기를 하시는 거예요? 누가 사건에서 손을 떼요?"

"네 동생이…… 바람피우고 있었던 거 알고 있었니?"

엄마는 평소 바람피우는 짓을 부끄럽게 여겼던 사람처럼 목소리를 낮춰 묻는다.

엄마는 바람피우기에 관해서라면 책 한 권을 쓰고도 남을 분이다. 매번 다음 타자를 대기시켜놓고 남자를 갈아타시니. 정상적인 여자라면 할 수 없는 짓이지만 누가 따져 물으면 자기는 결혼을 안 했으니 '바람'은 아니란다.

엄마를 부정하는 게 이상하긴 하지만, 엄마처럼 사는 방법을 배우지 않아서 다행이란 생각이다.

"몰랐어요. 누구랑 바람을 피웠는데요?"

나는 놀란 척 입을 벌리고 거짓말을 한다.

"그 형사." 엄마는 구역질이 난다는 듯 욱 소리까지 낸다. "믿어지니? 그 형사가 이 집에 와서 증거를 조작한 게 아닌지 의심스러워."

"증거랄 것도 없는데 무슨 조작을 해요?"

"내 말뜻 알잖아. 어쩌면…… 혹시 무슨 비밀 수첩이나 일기장 같은 게 있었을 수도 있지 않겠어?"

엄마는 어깨를 으쓱한다.

나는 손가락으로 대리석 조리대를 빠르게 타다다닥 두드린다. 초조해지면 나오는 오랜 습관이다.

"요즘 일기장에 일기 쓰는 사람 없어요, 엄마."

"장모님 말씀은 로넌이 사건 수사를 맡아 했다는 게 대단히 비윤리적이라는 겁니다, 처형." 앤드루가 목소리를 높이자 우리는 입을 다문다. "내 생각도 같습니다. 로넌이 그 부분을 솔직하게 털어놓지 않았던 걸 경찰은 대단히 수상하게 보고 있어요. 나도 같은 생각입니다."

그래.

앤드루는 로넌 탓으로 몰아가고 있다.

로넌은 앤드루 탓을 하고.

두 사람 다 수상한 점이 있다.

문제는 내 동생에게 무슨 일이 일어났는지를 알려줄 만한 단서가 전혀 없다는 것이다.

"글쎄요. 아직 사실관계가 다 밝혀지지도 않았는데 누군가를 범인으로 모는 건 위험하지 않을까요?"

"그렇기는 하죠. 지금 중요한 건 로넌 맥코맥이 자기가 수사 중인 실종 사건의 여성과 불륜관계였다는 걸 경찰에 고의로 알리지 않았다는 겁니다."

유감스럽게도 반박할 수가 없다. 앤드루가 잘난 척에 똑똑한 척을 일삼아 하는 금수저이긴 하지만 그의 말은 틀리지 않았다. 로넌은 고의로 사실을 말하지 않았다. 그게 아무리 실수였고 로넌이 무고하다고 해도 결국 그로 인해 불리한 입장에 놓일 수도 있을 것이다.

로넌이 내게는 사실대로 말해준 것이길 바랄 뿐이다.

엄마는 기가 막힌 듯 손을 가슴에 얹고는 지친 눈으로 멍하니 앞을 바라본다. 엄마의 왼쪽 약지에 끼워진 은 줄 세공 반지가 내 시야에 들어온다. 전형적인 약혼반지라기보다는 해변의 선물 가게에서 파는 것처럼 보인다. 웨이드가 준 선물인 모양이다. 불쌍한 아저씨. 앞으로 여덟 달 후면 엄마는 다음 얼간이를 찾아 나서고 싶어 엉덩이가 들썩일 텐데. 웨이드에게 미리 경고해줄 수 있으면 좋으련만.

엄마는 나보다는 앤드루 쪽에 가까이 다가선다. 그건 별로 거슬리지 않지만 어쩐지 나와 엄마의 관계를 말해준다는 생각이 들어 씁쓸하다. 새삼스런 일도 아니다. 엄마와 나는 늘 껄끄럽고 소

완벽한 여자

원한 관계였다. 우리 가족에게 비극적인 일이 발생한 지금 엄마가 책임감 있게 나서서 나를 감정적으로라도 지지해주길 기대한 내가 바보지.

"뭐 좀 먹었나, 앤드루?" 엄마는 마스카라를 떡칠한 속눈썹을 팔락거리며 앤드루에게 묻는다. 엄마는 이런 걸 좋아한다. 남자가 자기를 필요로 하는 상황을 무척이나 즐긴다. 웨이드의 애정으로는 성이 차지 않는 거다. 엄마는 고추 달린 인간이라면 누구를 막론하고 애정을 빨아들이고 싶어 한다. "샌드위치 만들어줄 테니까 앉아."

"배고프지 않습니다, 장모님. 배려해주셔서 고마워요."

앤드루는 오랫동안 알아온 친구처럼 엄마에게 살갑게 대한다.

"무슨 소리야. 앉아 있어. 샌드위치 만들어줄게."

엄마는 테이블 앞 의자를 잡아당기고는 거기 앉으라고 손짓한다. 자기 딸은 실종됐는데 어떻게 다른 사람을 돌봐줄 힘이 남아 있는지 이해 불가다. 엄마는 감정을 잘 드러내지 않는다. 엄마가 장례식에서 눈물을 흘리거나 남자랑 헤어지고 나서 우는 모습을 한 번도 본 적이 없다. 내가 아는 엄마는 거의 로봇이나 다름없다.

"내 딸이 돌아올 때까지는 누구라도 나서서 자네를 돌봐줘야지. 내가 해줄게. 내가 원래 사람들을 잘 돌봐. 내가 하는 일이 그런 것이기도 하고."

내 어렸을 때 기억은 전혀 안 그런데.

"칠면조 고기 괜찮지? 머스터드랑 마요네즈 뿌려줘?" 엄마는 냉장고를 뒤지며 앤드루에게 묻는다. "빵을 구워줄까?"

앤드루가 메러디스의 인생에 들어온 순간부터 엄마는 앤드루를 무척 마음에 들어 했다. 처음에 앤드루 프라이스는 꽤나 멋있고 관대한 사람으로 보였다. 대화하는 상대를 그 방에서 제일 중요한 사람으로 느끼게끔 대할 줄도 알았다.

하지만 나는 그런 이유로 남자에게 매혹될 만큼 순진하지 않았다.

내 동생도 그랬으면 좋았을 텐데.


"안 자고 있었네."

그날 저녁 침대로 올라가 앉은 나는 해리스에게 전화해 휴대폰을 귀에 딱 붙인다. 그의 목소리를 들으니 오랫동안 비워뒀던 집에 돌아온 것처럼 가슴속이 충만해진다. 지난번에 얘기를 나눴을 때 해리스는 나랑 다시 함께하고 싶다고 했다. 일주일 전이었으면 달콤한 감상에 빠져 허우적대고 있었겠지만 지금은 메러디스를 찾는 일에 집중하느라 다른 생각을 할 여유가 없다.

"오늘쯤은 너한테서 소식이 오지 않을까 생각하고 있었어."

그가 말한다.

베개에 머리를 묻고 누워 손바닥으로 이마를 짚으며 눈을 감는다. 머리가 지끈거린다. 일주일 내내 그랬다. 스트레스와 수면 부족 때문일 것이다. 얼마 전에 거울을 보니 안색도 꽤 나빴다.

"할 얘기가 많아. 얘기 들어줄 시간이 얼마나 돼?"

"너를 위한 시간? 밤새 괜찮아. 얼마든지 얘기해."

나는 로넌과 메러디스의 관계, 경찰이 로넌을 공무상 휴직으로 처리한 일, 메러디스를 따라다니던 스토커, 메러디스의 임신 등을 숨 쉴 겨를도 없이 해리스에게 털어놓는다.

"제길!"

해리스가 내뱉는다.

"그러게."

나는 옆으로 누워 담요를 턱까지 끌어올린다. 제일 친한 친구 해리스와 오랫동안 얘기를 나누기 위해 편안한 자세를 잡는다. 가만 보면 사람들은 대부분 거짓말을 한다. 우리 주변에는 생각보다 비밀이 흔하다. 해리스는 가감 없이 솔직하게 의견을 말해줄 것이라고 내가 유일하게 믿는 사람이다.

해리스는 한숨을 쉰다.

"뭐라고 말해야 할지 모르겠다. 전부…… 예상 못 한 얘기라서."

"도무지 현실 같지가 않아, 전부 다." 나는 아랫입술 안쪽을 잘근잘근 씹는다. 그 자리는 내가 말할 때마다 치아에 쓸리면서 팽팽히 부풀어올라 약간 튀어나온 상태다. "메러디스는 내 판단이 옳았다는 걸 인정하기엔 자존심이 너무 상했던 걸까? 메러디스 결혼을 내가 심하게 반대했잖아. 내가 앤드루를 엄청 싫어했던 걸 메러디스는 잘 알고 있어. 내가 그때 그러는 게 아니었는데……."

"그러지 마."

해리스가 내 말을 자른다.

"뭘?"

"과거를 후회하면서 거기 매몰되지 말라고. 수년 전에 이렇게 했어야 했나 말았어야 했나 하면서 자책하지도 마. 넌 네 판단대로 했고 그걸 돌이킬 순 없어. 지난날에 집착하지 말고 현재에 집중해."

나는 숨을 후 내쉰다.

"네 말이 맞아. 넌 나를 참 잘 알아."

"네 생각엔 어때? 그 형사가 동생의 실종과 관련 있다고 생각해?"

"어떻게 봐야 할지 모르겠어. 일단은 중립적인 입장이야." 눈꺼풀이 점점 무거워진다. "의심스러운 쪽으로 단서들은 보이는 것 같은데, 메러디스를 찾을 수 있는 방향으로 연결 지을 수가 없어."

"이제 우리가 어떻게 하면 될까?"

해리스가 '우리'라는 단어를 쓰는 게 마음에 든다. 수천 킬로미터 떨어진 곳에 있는 그가 나를 전적으로 지지하고 있다는 게 느껴져서 내 마음에 유일하게 위로가 된다.

"앤드루와 로넌을 지켜볼 생각이야. 둘 다 믿는 척해야지. 선택의 여지도 없잖아?"

"그리어."

해리스는 크게 숨을 내쉬면서 내 이름을 부른다.

"응?"

"조심해. 그들 중에 누가 메러디스에게 무슨 짓을 했다면, 너한테도 같은 짓을 할 수 있어."

# 19장 메러디스

**24개월 전**

나도 즐겨보려고 했다.

하지만 빠르고 거칠게 내 옷 지퍼를 내리는 것으로 시작해 그의 손가락 끝이 내 허벅지 안쪽으로 밀어닥쳤다. 남편은 시간이 촉박한 사람처럼 내 눈을 들여다보지도 않고 입도 맞추지 않은 채 내 안으로 사정없이 파고들었다.

전체적으로 삐걱거리고 조화롭지 않았다. 다 끝나고 나니 다리 사이가 쓸려 아플 뿐이었다.

남편이 이런 식으로 나를 범한 건 처음이었다.

결혼하고 12개월 지났을 뿐인데 어떻게 이렇게 달라질 수 있을까. 푸켓 고급 리조트의 귀빈실 킹사이즈 침대 한가운데에 누운 나는 무슨 말을 해야 할지 모르겠다.

욕실 문이 몇 센티 열려 있어 수증기가 새어 나온다. 앤드루는 내 흔적을 바로 씻어내지 않으면 견딜 수 없다는 듯 관계를 마치자마자 바로 샤워를 하러 들어갔다.

아무렇지 않은 척하려고 애써 힘을 낸다. 화장실이 있는 다른 방으로 들어가 간단히 씻고 비키니로 갈아입는다. 태국에 도착한 지 두 시간밖에 안 됐는데 여기는 늦은 아침이고 기온은 훈훈한 29도다.

몇 분 후 수영복 위에 겉옷을 걸치며 앤드루에게 말한다.

"수영장으로 갈게요."

앤드루가 수증기 서린 샤워실 유리문 너머로 젖은 머리를 내밀며 묻는다.

"그건 왜 입었어?"

"겉옷이요?"

"어, 그거."

그는 얄궂게 웃는다. 조금 전에 마약에 중독된 창녀 다루듯 나를 범해놓고 아무렇지 않은 듯이.

이제 알겠다.

그는 주목받는 걸 좋아한다. 남들이 다 갖고 싶어 하는 걸 자기가 갖고 있음을 확인하고 싶어 한다. 이제 나도 그걸 안다.

나는 식료품점에서나 체육관, 식당에서 여자 화장실로 가는 길에 숱하게 대시를 받곤 한다. 그런 얘기를 할 때마다 앤드루는 뿌듯하고 만족스러워하며 얼굴빛이 환해지기까지 한다. 그리고 내게 기분이 으쓱하겠다고 말한다.

그게 나에 대한 칭찬이 아니었음을 이제 안다. 그건 그런 여자를 데리고 사는 자신에 대한 칭찬이었다.

어깨에 수건 한 장을 걸치고 욕실을 나간다. 앤드루가 물 잠그는 소리가 들린다. 나는 종이가방과 선글라스, 휴대폰, 객실 열쇠를 챙겨 들고 아래층으로 내려간다.

완벽한 여자

수영장에는 이용객이 적당히 있다. 앤드루가 성인 전용 리조트를 골랐기 때문에 웃고 떠들며 물장난을 치는 아이들의 모습은 보이지 않는다. 열대의 음악과 이국적인 술이 있는 곳이다.

햇빛이 잘 드는 구석자리에 빈 일광욕 의자 두 개가 보인다. 그리로 가 자리를 잡고 앉아 의자 등받이를 알맞게 세운다. 책을 읽는 척 앉아 선탠을 하면서 사람들을 구경하기 위해서다.

이런 리조트에서 휴가를 보낼 여력이 되는 사람들은 대개가 다양한 경로로 부를 거머쥔 이들이다. 가문 문장이 새겨지고 보석이 박힌 칼을 1만 4천 달러나 주고 재미로 살 수 있는 사람들. 버르장머리 없는 자식들을 돌봐줄 유모를 잔뜩 고용할 수 있는 사람들. 6개월에 한 번씩 그저 할 수 있다는 이유만으로 이탈리아 고급 스포츠카를 새 모델로 바꾸는 사람들.

얼굴에 필러를 잔뜩 넣고 등허리까지 검은 머리 연장 시술을 받은 여자가 연하남을 거느리고 한가롭게 걸어간다. 여자의 몸은 탄탄하게 잘 익었고 남자는 여자의 몸에서 손을 떼지 않는다. 아마 여자는 최근에 이혼을 했고 합의금을 넉넉하게 받아 챙겼을 것이다. 여자에게 저 연하남은 장난감에 불과할 테지. 부자들만이 누릴 수 있는 또 다른 사치다.

지금 내가 저 둘을 보는 것 같은 시선으로 남들도 나와 앤드루를 바라볼까?

호기심 어린 눈으로 구경하면서 속으로 욕을 할까?

남들 앞에 구경거리로 선 우리 둘에 대한 생각은 그만하고 싶다.

몇 자리 건너에 한 남자가 누워 있고, 그 남자 나이의 3분의 1도 안 돼 보이는 소녀가 남자의 몸에 선탠오일을 발라주고 있다. 여자의 부드러운 손이 남자의 번들거리는 가슴 털을 매만져주고 있다. 사람들은 재미난 광경이라는 듯 그 커플을 바라본다.

그 순간 내 몸에 그림자가 드리워진다.

"여기 있었네."

나는 손으로 눈 위를 가리며 왼편을 돌아본다. 언제 왔는지 남편이 그쪽에 서 있다. 빨간색과 흰색 줄무늬가 들어간 수영복 바지를 날씬한 허리 아래쪽에 걸친 모습이다. 빨래판 같은 탄탄한 복근과 매끈한 가슴을 한껏 드러냈다. 그는 머리 위에 올려뒀던 더럽게 비싼 선글라스를 코로 내려쓰고는 내 옆에 자리를 잡는다.

우린 이런 사람들이다.

비위가 상할 정도로 부유하고, 미안한 기색 하나 없이 자기만족을 추구하는 사람들.

나는 특대형 선글라스를 고쳐 쓰고 책을 펼쳐 들고는 눈으로 페이지의 문장을 훑는다. 하지만 내용은 머리에 들어오지 않는다.

내가 처한 상황에 대한 자각이 내가 소화할 수 없을 만큼 빠르게 이루어지고 있는 탓에 좀처럼 집중할 수가 없다.

다섯 번 길고 깊게 숨을 들이마신 뒤 다시 지금 이 상황에 집중하기로 한다. 공기 중에 희미하게 섞여 있는 염소와 자외선차단제의 향기. 수영장 끄트머리의 인공 폭포에서 떨어지는 물소리. 커플의 웃음소리. 내 피부를 달구는 뜨거운 햇빛.

따가운 눈, 상처받은 자아, 뻐득뻐득한 자외선 차단 크림 때문에 괴롭지만 숨을 훅 들이마시며 다음 페이지를 넘긴다.

오닉스처럼 까맣고 숱 많은 머리카락, 루비처럼 붉은 입술을 가진 아름다운 젊은 여자가 우리 쪽으로 걸어온다. 손에는 작은 메

　　　　　　　　　　　　　　　　　완벽한 여자

모지를 들었고 겨드랑이 밑에 음료 메뉴판을 끼우고 있다.

"음료 주문하시겠습니까?"

여자가 우리에게 다가와 묻는다. 이 지역 특유의 억양이 배어 있긴 하지만 완벽한 영어다. 여자는 비키니를 입었다. 이 리조트 직원임을 나타내는 사롱°을 걸쳤지만 맨살이 한껏 드러나 있어 속을 상상할 여지는 많지 않다.

앤드루는 눈으로 여자의 몸을 훑어내리며 맥주를 주문한다. 그의 선글라스 속을 내가 못 보는 줄 아는 모양이다. 어쩌면 보든 말든 신경 안 쓰는 것일 수도 있다. 여자가 떠나자 앤드루는 아이패드를 손가락으로 쓰윽 밀면서 업무 관련 이메일을 확인하는 척한다. 하지만 눈으로는 수영장 건너편의 아름다운 여자들을 감상하고 있다. 금목걸이를 한 배불뚝이 졸부남의 품에 안긴 여자들.

잠시 후 나는 곁눈으로 다시 남편을 바라본다. 탄탄한 배 위에 아이패드를 올려두고 내 반대편으로 고개를 돌린 채 잠들어 있다. 그의 입에서 조그맣게 코 고는 소리가 흘러나온다.

나는 손을 아래로 내려 일광욕 의자 밑 시멘트 바닥에 놓아둔 휴대폰을 집어 든다.

로넌에게 문자를 보낸다.

그냥 인사나 할까 해서다.

뭐 하는지 궁금해서.

지금 나는 불장난을 하고 있다. 걱정 따윈 하지 않는다.

그저 성냥을 들어 치이익 불을 켤 뿐이다.

---

° sarong. 미얀마, 인도네시아 등지에서 남녀 상관없이 허리에 두르는 민속 의상.

# 20장 그리어

**다섯째 날**

어젯밤에 잠을 자지 못했다. 새삼스런 일도 아니다. 아침에 해가 뜨자마자 밤새 머릿속에 떠오른 몇 가지 의문을 해결하고자 로넌의 집으로 급히 찾아간다.

"내 동생이랑 얘기를 한 마지막 날이 언제였어요?"

로넌의 집 거실에서 그에게 묻는다. 조금 전에 식사를 했는지 집 안에 구수한 음식 냄새가 들어차 있다. 좁은 선반 위에 나란히 놓인 가족사진이 눈길을 잡아끈다. 인상들이 좋아 보인다. 청바지에 다양한 색조의 파란 스웨터, 버튼다운 셔츠를 입고 미소를 짓고 있다.

"실종되기 이틀 전이요." 그는 망설임 없이 대답한다. "우린 관계를 정리하기로 했습니다. 완전히. 메러디스는 임신했다는 걸 알게 됐고 저와 계속 만날 수 없다고 생각했어요. 메러디스는 저랑 함께 있는 걸…… 늘 죄스럽게 여겼죠. 저도 그랬고요. 하지만 단박에 멈출 수는 없었습니다. 그동안 헤어지려고 수차례 노력했지만요."

"동생이 헤어지자고 해서…… 화가 났나요?"

어려운 질문이지만 대답을 들어야 할 필요가 있다고 판단했다.

그는 피식하며 고개를 옆으로 기울였다.

"전 앤드루를 증오했습니다. 메러디스가 앤드루와 함께 사는 게 싫었어요. 하지만 우린 헤어지기로 합의를 했습니다. 우린 나쁜 짓을 하기는 했지만 바탕이 선한 사람들이고 그래서 올바른 방향으로 결정을 내린 거죠."

나는 성실하고 고집스러워 보이는 그의 얼굴을 찬찬히 뜯어보다가 묻는다.

"메러디스가 당신 아이를 임신했을 가능성은요?"

그는 잠시 멈칫하다가 고개를 젓는다.

"그럴 가능성은 거의 없어요. 대학 때 운동을 하다가 다쳤는데 자식을 가질 수 없을 거란 진단을 받았습니다. 우리 사이는 언제나…… 안전했어요."

"앤드루가 두 사람 사이를 몰랐을 거라고 확신해요?"

"제가 아는 한은요. 메러디스가 임신했다는 말을 남편한테 하면서 저와의 관계를 실토하지 않았다면 모르지 않았을까요? 글쎄요. 알았을 수도 있겠죠. 뭐든 가능하니까."

머릿속에 시나리오가 그려진다. 메러디스가 앤드루에게 임신했다고 말하면서, 그림처럼 완벽한 결혼생활을 두고 딴짓을 했음을 고백하는 모습. 불같이 화내면서 자신이 상처받은 만큼 메러디스에게 상처 주려 한 앤드루. 불확실해진 그들의 미래와 격해진 감정.

아니다. 메러디스가 그런 식으로 앤드루에게 상처를 주려 했을 리 없다. 언제나 앤드루를 만족시켜주고 싶어 했을 것이다. 원래 그런 애니까. 불륜이라는 비밀을 죽는 날까지 숨겼을 것이다.

"앤드루가 의심했을지도 모른다는 생각은 해요? 불륜에…… 대해서?"

나는 창가로 가 그의 집 앞마당을 내다본다. 지나가던 차량 몇 대가 그의 집 앞에서 속도를 늦춘다. 작은 마을이라 소문이 빨리 퍼진다. 사람들은 스캔들이라면 환장을 한다. 그게 사실이든 거짓이든 뻔뻔한 추측이든 상관없이.

"아까도 말했듯이 뭐든 가능하다고 봅니다." 그는 수명이 다 된 듯한 낡은 소파에 앉는다. 두 손으로 입을 가리며 무거운 숨을 내쉰다. "앤드루가 이미 알고 있었다면…… 이런 생각을 수도 없이 해봤습니다. 그가 이미 알고 있으면서 적당한 때를 기다려온 거라면……."

그는 말을 맺지 않는다.

굳이 그럴 필요도 없다.

"앤드루는 당신을 의심하고 있어요. 당신이 이 사건과 관계 있을 거라고 보더라고요."

"저야말로 앤드루를 의심하는 중입니다."

로넌이 내 눈을 똑바로 쳐다보며 내뱉은 말이 좁은 거실을 날카롭게 가른다.

"두 사람 다 이 사건과 관련이 없을 가능성도 있겠죠. 서로를 탓하면서 시간 낭비만 하고 있는 것일 수도요."

로넌이 한숨을 쉰다.

"내 동생이 어디가 그렇게 좋았어요?"

"예?"

"질문에 대답이나 하세요."

"전부 다요."

그는 소파 등받이에 기댄 채 맞은편의 시커먼 텔레비전 화면을 응시한다.

"메러디스는 다정하고 사려 깊고 재미있는 여자예요. 언니니까 아시겠지만요. 저랑 함께 있을 때면 아이처럼 천진한 모습이라 확 끌렸어요. 저를 바라보는 눈빛도 저를 만지는 손길도 좋았고요. 저랑 같이 있으면 새로운 사람이 된 것 같다고 하더군요. 한마디로 우리 사이는 특별했습니다. 함께 있으면 세상이 다 멈춘 듯했어요. 일상적으로 할 수 있는 경험은 아니죠."

다른 남자들 같으면 메러디스의 외모와 열정적인 섹스, 남몰래 즐기는 스릴에 끌렸을 것이다.

하지만 로넌은 더 깊은 감정을 품었다.

그런 면에서 로넌은 합격이다.

당분간은.

# 21장 메러디스

**23개월 전**

로넌의 키스를 받으며 옷을 입는다. 내 바지는 단추가 풀려 있고 셔츠는 한쪽 팔 밑에 뭉쳐 있다. 그의 아늑한 집 어둠 속에서 우리는 비틀거리고 깔깔 웃으며 뒷걸음친다. 그는 한 시간 전부터 더듬었던 내 몸 구석구석을 다시 더듬는다.

"가야 해요."

키스 사이사이에 열 번째 하는 말이다. 이 말을 하면서도 내 입술은 그의 입술을 찾는다.

그의 손이 내 허리를 감고 가까이 끌어당긴다.

"당신이 여기 계속 있었으면 좋겠어요."

내 마음도 그렇다.

언제나 그러고 싶었다.

한 달 전 시내 모퉁이의 작은 카페에서 로넌을 우연히 만났다. 그는 비번이었다. 나는 비도 오고 마음도 헛헛해서 공허함을 채우려고 소소한 볼일을 보러 나간 참이었다.

우린 오후를 함께 보냈다. 순수하게 대화를 나누다 쏟아지는 빗속에서 주차장의 물웅덩이를 함께 가로질러 달리면서부터 분위기가 바뀌었다.

어느 순간 로넌이 나를 차양 밑으로 잡아당겨 가까이 안았다.

그리고 입을 맞췄다.

부드럽고 서두르지 않는 키스였다. 그의 두 손이 내 머리카락을 쓰다듬었다.

내 혀에 로넌의 맛이 느껴졌다.

그리고 우린 이곳에 있게 된 것이다. 로넌의 집 거실에. 그의 체취가 내 온몸을 뒤덮었다. 그의 시선은 내 온몸 구석구석을 탐닉한다.

로넌은 나를 다시 두 팔로 안아 올리고 내 두 다리로 그의 허리를 감게 한다. 이대로 날 안고 다시 침실로 돌아갈 듯이 장난친다.

나는 그의 가슴을 주먹으로 탁탁 치면서도 웃음을 멈출 수 없다.

"그만해요. 나 이제 가야 되는 거 알잖아요."

"언젠가는 안 가도 되는 날이 오겠죠."

그는 나를 놓아준다. 나는 그의 몸을 타고 미끄러져 내려와 바닥에 발을 딛는다. 차갑고 단단한 바닥의 감촉에 현실을 깨닫는다.

"그러게요."

나는 손을 뻗어 로넌의 짙은 색 머리카락을 쓸어넘기며 그의 체취를 들이마신다. 어두운 그림자 속이지만 그의 남성미와 매혹적인 눈빛은 가려지지 않는다.

로넌이 좋다.

너무나도.

하지만 사랑하지는 않는다. 언젠가 사랑할 수는 있겠지만 지금은 내 마음을 그렇게까지 허락할 수 없다.

내 인생은 이미 충분히 복잡하게 꼬였다.

로넌은 싸구려 스릴의 대상일 뿐이다.

나의 더럽고 소소한 비밀.

로넌과 함께 있으면 살아 있는 기분이 든다.

내가 도금된 새장 밖으로 나와서 날아가는 곳이 로넌의 집이다.

로넌과 함께 있으면 자유롭다.

우리는 함께 현관문 쪽으로 향한다. 내가 부츠를 신는 동안에도 그는 계속해서 입을 맞춘다. 키스할 때마다 그의 입꼬리가 연신 올라간다. 여자와 섹스를 하고 뿌듯해하는 미혼남의 표정이 아니라 이 여자를 사랑할 수밖에 없다는 진심이 담긴 표정이다.

"언제 다시 볼 수 있어요?"

"모르겠어요. 이번 주는 우리가 애들을 봐야 해서."

나는 벽난로 선반에 놓인 시계를 흘끗 돌아본다. 삼십 분 전에 이 집을 나섰어야 했다. 오후 6시까지는 칼더와 이자보를 에리카네 집에서 데리고 나와 솔트레이크시티로 출발해야 주말에 가족끼리 오붓한 시간을 보낼 수 있다.

동물원. 테마 파크. 악을 쓰는 아이들 뒤를 쫓아다니느라 지치고 성질이 난 부모들이 가득한 아동 친화적 식당. 그런 부모들은 누군가 부부끼리 편안하게 저녁을 먹을 수 있게만 해준다면 실패한 부모 노릇을 보상할 겸 세상 무엇이라도 가져다 바칠 용의가 있어 보인다.

난 정말이지 그런 곳에 가느니 이 집에 머물고 싶다. 로넌과 함께.

"다음주에 전화할게요."

나는 문손잡이를 잡으며 말한다. 내 시선이 그의 맨가슴에 머문다. 내 몸을 내리 누르는 그의 몸, 안전한 항구 같은 그의 품, 내 더러운 환상의 도피처를 떠올리며 움찔한다.

말쑥하고 전형적인 미국 남자 로넌도 추잡한 섹스를 좋아하기는 하지만 본인 좋을 대로만 하지는 않는다. 내게 수갑을 채우고 할 때도 있지만 내가 준비가 되기 전에는 함부로 내 안에 들어오지 않는다. 공공장소에서 나와 섹스하는 걸 좋아하지만, 그가 아무에게도 들키지 않을 만한 최고의 은신처를 알고 있는 까닭에 아무도 우릴 찾아내지 못한다.

그는 내 최고의 스릴이며 내 최대의 약점이다.

이제 도저히 예전으로는 돌아갈 수 없을 것 같다.

현관문을 나와 차를 세워둔 곳으로 걸어간다. 나는 두 블록 떨어진 곳에 있는 자갈 깔린 도로의 가장자리에 차를 세워두었다. 이 동네는 딱히 볼 것도 없고 멋진 풍경도 없는 데다 8톤짜리 바위로 된 옹벽이나 고급 호텔도 없어서 이 지역 사람들도 좀처럼 찾지 않는 곳이다. 가까이 가면서 보니 차 뒷유리에 뭔가가 보인다.

잰걸음으로 다가가니 먼지 낀 뒷유리에 글씨가 적혀 있었다.

*창녀.*

심장이 방망이질 친다. 얼른 주변을 둘러보지만 별다른 건 없다. 나무와 지저귀는 귀뚜라미들, 어스름한 하늘뿐이다.

누가 내 뒤를 밟아 여기까지 온 모양이다.

그 누군가는 내가 로넌의 집으로 들어가는 걸 봤다.

우리 사이를 알고 있는 것이다.

목구멍이 죄어드는 것 같다. 차 열쇠를 찾으려고 핸드백에 손을 넣어 더듬거린다. 열쇠가 핸드백 안쪽 깊숙한 곳으로 들어가버린 것 같다. 마음 같아서는 로넌의 집으로 달려가 그에게 이 사태를 해결하라고 하고 싶지만 비이성적인 생각이다.

그때 휴대폰이 울린다. 휴대폰 화면에 앤드루의 이름이 뜬다.

"여보세요."

목소리에 떨림이 묻어나지 않도록 조심한다. 손으로는 뒷유리에 적힌 글자들을 문질러 지운다.

"어디야?"

똑바로 대답하려 안간힘을 쓰느라 입까지 벌어진다.

"집으로 가는 길이에요."

그는 말이 없다.

혹시 앤드루가 알고 있나?

"약국에 급히 들르느라고요. 여행 떠나기 전에 처방약 두어 가지를 사야 해서. 진즉 사야 했는데 깜박했어요. 미안해요."

내 몸에서 섹스와 로넌의 냄새가 풍긴다.

간신히 차에 올라타 시동을 걸고 핸드백을 뒤져 여행용 분무식 구찌 향수를 꺼낸다. '죄책감'이라는 이름의 향수다. 향수 이름도 어쩌면 이 상황에 딱 어울리는지. 백미러로 얼굴을 들여다본다.

마스카라가 번진 눈을 보니 혐오감이 치밀어 오른다.

난 이런 여자가 아니다. 애정이 식어버린 남편에 대한 복수심과 특권층의 삶에 대한 염증으로 다른 남자에게 몸을 던진 나약하고 진부한 여자라니!

이 관계를 끝내야 한다.

"곧 집에 도착해요. 미안해요." 나는 태연하고 침착하게 말한다.

전화가 끊어진다.

# 22장 그리어

**여섯째 날**

이 상황에서 앤드루의 아이들이 이 집에 머물러 오다니 이해가 안 된다. 앤드루의 전 부인은 전남편의 실종된 아내 때문에 자기 일정을 조정하기가 싫었던 걸까?

식탁 상석에 앉은 이자보는 찬장 밑에 설치된 조그마한 텔레비전 화면에 시선을 고정한 채 코코아 시리얼을 입에 퍼 넣고 있다. 화면에서는 이자보 또래 아이들 중 일부에게만 인기가 있을 것 같은 기분 나쁜 만화영화가 요란하게 흘러나오고 있다.

나는 결혼식이나 아는 집 두어 곳을 방문할 때가 아니면…… 아이들을 가까이서 접할 기회가 별로 없다. 메러디스는 앤드루의 아이들에 대해 늘 좋게 얘기했다. 결혼하고 첫해에 아이들과 잘 지내기가 쉽지 않다고 말하면서도 잘해보려고 무던히도 애썼던 것 같다.

적어도 메러디스에게 들은 바로는 그랬다.

지금은 뭐가 뭔지 모르겠다.

"잘 지내고 있니, 이자보? 요즘은 너도 무섭겠네." 나는 이자보가 시리얼로 점심을 준비하면서 카운터에 흘려놓은 우유를 닦으며 묻는다.

아이의 초점 없는 눈이 텔레비전 화면에서 내게로 옮겨온다. 통통한 턱으로 바삭바삭한 시리얼을 씹어 먹고 있다.

"엄마가 그러는데 아마 죽었을 거래요. 아빠가 누구한테 돈을 주고 시켰을 거래요."

나는 손에 들고 있던 행주를 떨어뜨린다. 행주가 내 발 쪽으로 툭 떨어진다.

"엄마가 왜 그런 말을 했을까?"

"엄마가 리사 이모랑 통화하는 거 들었어요."

이자보는 시리얼을 또 수저로 입에 퍼 넣었고 시리얼 몇 개가 옆으로 흘러 떨어진다.

궁금하지만 캐묻지 않기로 한다. 이자보는 겨우 중학생이다. 상황에 대해 제대로 알 리 없고, 제 엄마의 안젤리나 졸리 같은 입술에서 나오는 추측에 근거한 쓸데없는 말을 오해할 수도 있다.

"네 엄마는 잘 지내니?"

나는 관심 있는 척 묻는다.

이자보는 눈을 위로 굴린다.

"웬 관심?"

나는 한쪽 눈썹을 치켜올린다.

"이 일에 대해 너희 엄마는 어떻게 생각하는지 궁금해서 그래⋯⋯. 슬퍼하시니? 걱정하셔?"

앤드루의 딸이 깔깔 웃는다. 치아 교정기에 초콜릿이 잔뜩 묻어 있다.

"진심이세요? 우리 엄마는 메러디스를 극혐해요. 메러디스를 좋아하는 사람은 아무도 없어요. 우리 아빠도 가끔은 싫어하는데."

"무슨 소리야, 그게?"

"아빠랑 메러디스는 늘 싸웠어요. 내가 못 듣는 줄 알았겠지만, 내 방이 같은 복도에 있어서 다 들려요."

"무슨 문제로 싸웠는데?"

나는 아일랜드 수납장을 빙 돌아 이자보 바로 옆으로 가 앉는다.

"누가 알겠어요?" 이자보는 내가 가까이 다가가자 짜증이 난 표정이다. 전형적인 열세 살짜리 여자애다. "난 듣지도 않아요. 그냥 둘이 고함치는 소리가 내 귀에 들렸을 뿐이에요."

나는 턱을 앞으로 내민다. 고함을 치는 메러디스의 모습을 상상할 수가 없다. 내가 아는 메러디스는 세상에서 제일 차갑고 차분하다. 어떤 일이 일어나도 속에서 화가 끓어 성질을 부린 적이 거의 없다.

내 등 뒤에서 냉장고 문이 열렸다가 쾅 닫힌다. 돌아보니 칼더가 에비앙 생수를 꺼내 들고 뚜껑을 돌려 따고 있다.

"저년이 지금 아줌마를 갖고 노는 거 아시죠?"

칼더는 물을 마시며 말한다. 아직 어린 나이인데 놀라울 정도로 욕이 자연스럽다.

이자보가 제 오빠를 쏘아본다. 남매 사이가 별로 좋지 않은 모양이다.

"저년은 거짓말이 입에 붙었어요. 뭐든지 지어내요. 그러니까 쟤 말은 아예 믿을 생각도 마세요."

말을 마친 칼더는 프라이스 대저택의 깊고 깊은 창자 속으로 사라져버린다. 칼더의 휴대폰에서 흘러나온 날카로운 문자 알림음이 복도에 울려 퍼진다. 나무라는 표정으로 쳐다보려고 고개를 돌렸는데 이자보가 자리에 없다. 빈 시리얼 그릇과 우유가 묻은 수저만 덩그러니 식탁에 놓여 있다.

조그만 게 웃기네.

아이를 낳지 말고 살아야겠다는 생각이 지금처럼 확고하게 든 적이 없다.

내 방으로 돌아가 침대에 눕는다. 오후 중반밖에 안 됐는데 벌써 하루가 다 끝난 느낌이다. 밤에 잠을 못 자면 사람이 이렇게 된다. 뼛속까지 진이 빠진다. 하지만 지금 낮잠을 자선 안 된다. 지금 안 자고 버텨야 밤에 푹 잘 수 있다.

휴대폰 화면을 위로 획획 넘기며 에리카에 대해 생각해본다. 이자보가 한 말도 곱씹어본다. 이자보가 한 말이 잠시 마음에 걸리긴 했지만 별로 비중을 둘 필요는 없을 것 같다. 에리카의 집을 찾아가 그 여자가 잠시라도 나와 여자 대 여자로 대화할 용의가 있는지 확인해보고 싶다.

눈꺼풀이 무겁다. 인간미 없이 차갑게 식어버린 기분이다. 하지만 멈출 수는 없다.

계속 나아가야 한다.

멈춰서는 안 된다.


에리카의 집 외관은 한마디로 화려하고 과장된 분위기다. 고딕풍과 빅토리아풍이 조금씩 가미된 듯하다. 앤드루와 이혼하면서 재산을 넉넉하게 받아낸 모양이다. 원래 살던 집만큼이나 큰 집을

완벽한 여자

산 걸 보면.

원래 이런 여자들은 자기 기준보다 떨어지는 것에는 만족할 줄 모른다.

초인종을 누르자 나무로 된 양여닫이문 너머에서 희미하게 초인종 소리가 들려온다. 잠시 후 문이 딸깍 열린다. 이 집 가사 도우미나 집사 같은, 에리카가 돈을 주고 부리는 사람이 나올 줄 알았는데 에리카 본인이다.

드디어 실물로 보는구나.

에리카는 머리카락에 롤러를 말고 비단 소재에 꽃무늬가 들어간 목욕 가운 차림이다. 개미허리에 가운 끈을 바짝 조여놓았다.

에리카는 나를 보더니 눈을 가늘게 뜬다. 내가 누구인지 전혀 모르는 눈치다. 우리는 한 번도 만난 적 없지만 나는 메러디스한테 무시무시한 얘기를 이미 들은 터라 잘 아는 여자를 만난 기분이다.

"그리어예요. 메러디스의 언니."

에리카의 입술이 굳는다. 이마가 꼭 유리처럼 매끈하다. 이 여자의 외모는 전체적으로 모순되어 보인다. 얼굴 피부는 아기처럼 보드라운데 노려보는 눈빛은 날카롭고 노회하다. 거울 앞에 서서 자신의 턱 크기, 코 넓이, 있는 것 같지도 않은 눈가의 잔주름에 강박적으로 매달리는 이런 부류의 여자들을 내가 원래 이해하지 못하는 면도 있다.

그런 거나 신경쓰면서 살아도 될 만큼 시간이 남아돌고, 단점이라 생각되는 것들을 '고칠' 돈도 있으니 참 살기 좋겠다.

에리카는 고개를 옆으로 비딱하게 기울이며 묻는다.

"무슨 일이시죠?"

"시간 좀 내주실 수 있을까요?"

나는 최대한 다정하게 말하려 애쓴다.

에리카는 가운의 옷깃을 손으로 잡으며 숨을 하아 내쉰다.

"데이트하러 나가야 되는데요."

"잠깐이면 돼요."

에리카는 코를 찡그리다가 내 얼굴을 가만히 뜯어본다.

"당신을 비난하러 온 게 아니에요. 당신만이 대답해줄 수 있는…… 몇 가지를 물어보러 왔어요."

"앤드루에 대해 묻고 싶은 모양이네요." 에리카는 다 안다는 듯 슬쩍 미소 짓는다. "들어와요."

에리카는 나를 현관 입구로 들이고 내 등 뒤로 문을 닫는다. 그러고는 실내의 굽은 계단 쪽으로 하늘하늘 걸어간다. 에리카는 나더러 따라오라고 손짓한다. 우리는 계단을 올라가 안방에 딸린 파우더룸으로 들어간다. 방 크기가 내 집만 하다.

"얼마 전에 면담을 하고 싶다면서 어떤 형사한테서 전화를 받았어요. 나중에 내가 그 형사한테 전화를 했더니 음성 메시지로 넘어가더라고요. 그 후로 연락이 없었어요." 에리카는 한숨을 쉬며 말한다. 나는 에리카에게 불륜 건에 대해서는 굳이 말하지 않기로 한다. "이젠 그런 일이 있어도 내가 나중에나 고려해볼 사람이 됐구나 싶네요."

크리스털 샹들리에 아래 벨벳 소재의 긴 의자가 놓여 있다. 에리카는 방 한가운데에 놓인 그 의자에 가서 앉으라며 손짓한다.

에리카는 화장대 앞으로 걸어가 샤넬 마스카라를 꺼낸다. 화장대 위에는 고급 화장품과 얼굴 크림이 여기저기 놓여 있다. 에리카는 마스카라로 속눈썹을 쓸어올리며 그 끝으로 톡톡 쳐 올린다. 그러다 거울 속 나와 눈이 마주친다.

"알고 싶은 게 뭐예요? 앤드루의 짓이라고 생각하는지 알고 싶은 건가요?" 에리카의 말투에 오만한 웃음기가 배어 있다.

나는 숨을 깊게 들이마시며 고개를 끄덕인다.

"예, 맞아요."

"앤드루는 여러 가지 면이 있는 남자예요. 물질주의적이고 자만심이 강하죠. 지금까지 본 중에 제일 불안정한 남자이기도 해요." 에리카는 고개를 돌려 나를 마주본다. "하지만 살인이나 납치를 할 사람은 아니에요. 똑똑한 데다 잃을 게 많은 사람이니까요. 그 사람이 당신 동생이랑 끝내고 싶었으면 그냥 끝냈을 거예요. 세상의 비난을 받을 짓을 할 리 없죠. 그런 건…… 수준 낮은 짓거리라 생각할 테니까." 에리카는 다시 거울을 들여다보며 총알처럼 생긴 립스틱을 입술에 바른다. 꼭 엿 먹으라고 말하는 듯 강렬한 빨강이다. "앤드루가 메러디스를 얼마나 사랑하는지 난 관심 없어요. 그 사람은 어차피 자기 돈과 자유를 더 사랑해요. 그 사람에겐 돈과 자유를 잃어도 좋을 만큼 가치 있는 여자가 없어요."

에리카는 머리카락에 말아놓은 롤러를 풀고 윤기 나는 적갈색 곱슬머리를 어깨로 늘어뜨린다. 그리고 멧돼지 털 빗으로 빗어 내리기 시작한다. 흐린 눈으로 보면 꼭 1940년대 영화배우 같다.

에리카는 거울 속 나와 눈을 맞추며 다시 입을 연다.

"앤드루는 정보원들이 꽤 많아요. 사실 글레이셔 파크 경찰 자체가 프라이스 가문을 숭배하는 집단이죠. 여기서는 앤드루가 마음만 먹으면 무슨 일이든 일어나게 할 수 있어요. 그리고 무탈하게 빠져나가겠죠. 그렇게 할 수 있는 유일한 사람이에요."

"하고 싶은 말이 정확히 뭔가요?" 긴 의자 끄트머리에 걸터앉은 나는 팔짱을 끼고 허리를 곧게 세우며 묻는다. 에리카의 공간은 화려하고 모든 게 희미하게 빛나지만 안락함이라곤 없다. 이토록 반짝거리는 것들에 둘러싸여 화려하게 사는 이유가 따분하고 비호감인 성격을 감추기 위해서는 아닐까? "처음에는 살인이나 납치 같은 건 안 할 남자라고 하더니, 그런 짓을 할 수도 있다고 하니 헷갈리네요."

에리카는 소리 내 웃으며 매니큐어를 바른 손으로 쇄골을 만지작거린다.

"그게 바로 내가 하려는 말이에요. 그런 짓은 안 할 사람이지만, 할 능력은 된다는 거죠."

옆 옷방으로 들어간 에리카는 잠시 후 몸에 착 붙는 검은 원피스로 갈아입고 나온다. 손에는 다이아몬드 귀고리 세트를 들고 있다.

"곧 데이트 상대를 만나야 해요. 얘기 끝났죠?"

에리카는 단추형 귀고리를 착용하느라 고개를 옆으로 기울인다.

더는 시간 낭비를 할 필요 없겠다 싶어 나는 자리에서 일어선다. 어깨가 조이는 기분이다.

"앤드루가 이번 사건과 관련이 있다고 보세요?"

에리카는 완벽한 곱슬머리를 어깨 너머로 쓸어넘긴다.

"그걸 내가 어떻게 알겠어요? 앤드루는 메러디스를 좋아했어요. 내가 아는 건 그게 다예요."

"두 사람이 대화하는 모습을 본 적 있나요? 분위기가 긴장돼 있거나 뭔가…… 이상하진 않았어요?"

"당신은 지금 엉뚱한 데서 답을 찾고 있는 거예요." 에리카는 옷방으로 다시 들어갔다가 바닥이 빨갛고 힐에 크리스털이 박힌 검은 하이힐을 신고 나온다. 몇 년 전에 메러디스가 뉴욕에서 신고 다녔던 것과 같은 스타일이다. 메러디스가 저런 부류의 여자들, 저렇게는 되지 말자고 우리가 늘 말했던 여자들 중 하나가 됐다는 사실이 믿기지 않는다. "내가 근처에 있을 때면 두 사람은 늘 행복하고 사랑이 넘치는 분위기였어요. 인정하긴 싫지만 사실이에요. 그게 진짜였는지 과시용이었는지는 나야 모르죠. 닫은 문 뒤에서 무슨 일이 벌어지는지 누가 알겠어요."

현관에서 초인종 소리가 들린다. 나는 손목시계를 들여다보며 묻는다.

"오후 5시인데 데이트하러 나가기엔 이른 시간 아닌가요?"

"아." 에리카는 비싼 향수 구름을 이끌고 내 앞으로 지나간다. "데이트 상대가 보낸 차예요. 우린 솔트레이크시티에 있는 그의 헬기장에서 만나기로 했어요. 같이 라스베이거스에 가서 주말을 보낼 거라서."

에리카는 반짝이는 타일을 밟으며 또각또각 걸어간다. 그녀는 눈썹을 치켜올리며 따라오라는 눈빛을 보낸다. 조명 스위치가 딸각 소리를 내자 샹들리에가 어두워진다. 하이힐을 신은 에리카의 걸음걸이가 자연스럽다. 그녀는 부드러운 손바닥으로 곡선형 계단의 매끈한 난간을 짚으며 현관으로 내려간다.

전남편이 어떻게 살든 별로 신경쓰지 않는 것 같다. 전남편의 현 아내에 대해서는 더더욱 관심이 없어 보인다. 이혼 후 툭툭 털고 자기 삶을 살아가는 듯하다.

현관문을 연 에리카는 검은 정장을 입은 남자를 맞아들인 후 현관문 앞 벽에 기대놓은 자신의 짐 가방을 가리킨다. 라스베이거스에서 주말을 보냈다는 사람의 짐 가방이 세 개나 되는 것이 이해는 안 되지만 딱히 놀랄 일도 아니다.

"만나서 반가웠어요. 그쪽 이름이⋯⋯."

"그리어요."

"그래요, 그리어." 에리카는 고개를 갸웃하며 미소 띤 얼굴로 묻는다. "어떻게 그런 이름을 갖게 됐어요? 내가 원래 이름에 대해 물어보는 걸 좋아하거든요. 어렸을 때 나랑 같은 학년에 에리카라는 여자애가 네 명이나 더 있었어요. 나중에 애를 낳으면 남들이랑 같이 써야 하는 흔한 이름은 지어주지 말자고 결심했죠. 약국에서 파는 작은 유리잔 기념품에 찍혀 있는 이름이면 정말 흔해빠진 이름이거든요."

에리카는 내 대답을 굳이 기다리지 않고 걸음을 옮긴다. 상관없다. 여자에 관한 엄마의 괴상하고도 복잡한 생각을 설명하고 싶지도 않다. 실종된 딸에 대해서도 찾든 말든 알아서들 하라는 식으로 무심한 사람이 바로 내 엄마다.

1970년대에 그리어 포브스라는 이름의 여자가 맨해튼 사교계에서 꽤 잘나갔다고 한다. 그리어 포브스는 장안의 화제였고 온갖 소문의 주인공이었으며 다른 여자들에게 우상화되거나 수군거림의 대상이었다.

엄마는 멋진 여자에겐 거칠고 남성적인 이름을 붙여야 어울린다고 생각했다. 그래야 고급스럽고 흥미로워 보인다는 것이었다. 하지만 몇 년 후 엄마는 내 이름을 그냥 유행 타지 않고 철자도 쓰기 쉬운 에밀리나 엘리자베스로 지을 걸 그랬다고 후회했다.

나는 에리카의 집 현관 베란다 아래쪽의 계단으로 내려선다. 생각해보니 아직 택시를 부르지 않았다. 그렇다고 여기서 어색하게 어슬렁대고 있기는 싫다. 길로 내려가 눈 덮인 보도를 밟으며 걷다가 어디 들어가서 뜨끈한 음료나 마셔야겠다.

두 블록 정도 걷고 있는데 에리카를 태운 검은색 리무진이 천천히 내 옆으로 와 선다. 뒤쪽 차창이 스으윽 내려가더니 에리카가 말한다.

"10년인가 11년 전엔가, 앤드루가 나와 내 개인 트레이너 사이를 오해한 적이 있어요. 바람피우는 줄 알았나 본데 그 개인 트레이너는 동성애자였거든요. 생각해보면 웃기는 일이었죠. 그런데 당시 앤드루는 제정신이 아니었어요. 그 불쌍한 남자를 체육관에서 잘리게 한 걸로도 모자라 반경 100킬로미터 내의 체육관에는 취직도 못 하게 만들었어요. 이 지역에서 제일 인기 많은 트레이너 중 한 명이라서 참 곤란했죠. 어쨌든 내 말은 앤드루가 질투심이 많다는 거예요, 그리어. 그 정도는 알고 있으라고요."

에리카가 손을 살짝 흔들자 차창이 올라간다. 리무진이 저만치 멀어져간다.

# 23장 메러디스

**22개월 전**

"메러디스." 나를 본 로넌의 입꼬리가 올라가고 양볼에 보조개가 피어난다. 로넌은 내 손을 잡아 집 안으로 들인 뒤 문밖을 살피고 현관문을 닫는다. 집 앞 진입로에 서 있는 택시를 흘끗 본 그가 묻는다. "당신 차는요?"

"택시 타고 왔어요."

그가 인상을 쓴다.

"왜요?"

로넌을 다시 본 지 일주일이 넘었다. 앤드루와 아이들과 함께 주말을 보내려던 일정이 일주일 더 길어진 탓이다. 여자들끼리 자메이카 여행 중인 에리카가 엿새를 더 놀고 오기로 결정한 바람에 그렇게 됐다.

그는 내 손을 잡고 들어올려 입김으로 따뜻하게 해준다.

"몸이 꽁꽁 얼었네요."

"택시 히터가 고장났어요."

"몸도 떨고 있네." 그는 나를 소파로 데려가 앉힌 뒤 바로 옆에 앉아 묻는다. "무슨 일 있어요?"

지난달에 이 남자와 횟수를 헤아리기도 힘들 만큼 여러 번 섹스를 했다. 남편 옆에 누워 이 남자 생각을 한 횟수도 창피할 정도로 많다. 지금도 이 남자 옆에 앉아 있으니 긴장되고 몸에 전기가 흐르는 듯하다. 한 번만 더 이 남자가 나를 황홀하게 만들어주면 좋겠다는 생각이 들지만, 그러면 안 된다는 걸 안다.

"우리 더 이상 이러지 마요."

말할 힘을 잃어버리기 전에 이 집에 온 목적을 불쑥 꺼내놓는다.

그는 대답이 없다. 침착한 로넌이 이렇게 나올 줄 나는 예상하고 있었다.

잠시 후 그는 어색한 침묵을 깨며 입을 연다.

"행복해요, 메러디스?"

"무슨 말이에요?"

"결혼생활이요. 앤드루랑 사는 거, 행복해요?"

그는 미간을 찌푸리며 묻는다.

"그거랑은 상관없어요. 이 관계 자체가 잘못된 거니까. 우리 그만해요."

"당신은 불행하게 살고 있잖아요. 애초에 결혼생활이 행복했으면 나를 만나러 오지도 않았겠죠."

"당신은 내 삶의 탈출구였어요. 난 지루한 일상에 지친 한심한 여자일 뿐이에요. 당신이랑 있으면 재미가 있으니 찾아온 거고요."

"내가 당신한테 그 이상의 의미가 있다는 거 우리 둘 다 알고 있어요. 그리고 당신은 한심한 여자 아니에요."

"사로잡혀선 안 되는 것에 사로잡혔으니 한심한 여자 맞아요."

"당신은 그냥 인간일 뿐이에요."

그의 목소리에 연민이 담겨 있다. 하지만 난 동정받을 자격도 없다.

소파에서 일어나 그의 집 거실을 서성이던 나는 전망창 앞에서 멈춰 선다. 진입로 앞에서 기다리고 있는 택시를 바라보며 말한다.

"당신은 자꾸만 나더러 여기 머무르라고 하는데 이제 그만해요. 난 이미 결심했어요."

"그 남자는 당신을 가질 자격이 없어요, 메러디스." 로넌은 깊게 숨을 들이마시며 두 손으로 머리를 감싸 쥔다. 내게 기습이라도 당한 것처럼. "당신도 알고 있잖아요."

"그렇다고 당신과 함께 있고 싶지는 않아요. 난 당신과 함께해선 안 돼요. 잘못된 짓이니까요. 더 이상 그런 여자로 살기 싫어요."

나는 이별을 말하지는 않는다. 그렇게는 못 하겠다.

그냥 이 집에서 나가기로 한다.

기다리고 있던 택시 뒷좌석에 올라탄다.

내가 한 짓을 잊을 수 있기를 바라며, 내 결혼생활이 구원받을 수 있기를 바라며 남편이 있는 집으로 돌아갈 것이다.

하지만 택시가 로넌의 동네를 빠져나가 가로수가 늘어선 익숙한 거리로 들어서자 나는 벌써부터 로넌이 그리워진다. 내가 잘못된 선택을 한 게 아닐까……. 남자를 잘못 선택한 게 아닌가 하는 생각이 머릿속을 스친다.

완벽한 여자

# 24장 그리어

**일곱째 날**

"이 집에 가사 도우미 있는 거 아시잖아요."

나는 프라이스의 집 주방, 화강암 싱크대 앞에 서서 설거지를 하고 있는 엄마에게 말한다.

"돕고 싶어서 그래."

엄마는 세제를 풀어놓은 물에 팔꿈치까지 담그고 칼더와 이자보가 사용한 만찬 접시를 씻고 있다. 엄마의 시선은 텔레비전 화면에서 흘러나오는 케이블 뉴스쇼에 붙박여 있다. 온갖 전문가와 범죄 분석가들이 실종된 지 일주일 된 내 동생에 대해 떠들고 있다.

"어휴, 좀 꺼요."

내가 리모컨으로 손을 뻗자 엄마가 내 손을 탁 친다.

오늘 아침 경찰은 용의자인 로넌을 공무상 휴가로 처리했다는 내용의 언론 발표를 했다. 그 발표는 이번 사건에 새로운 숨을 불어넣은 셈이 되었고, 또다시 온갖 케이블 토크쇼의 주요 화제로 떠올랐다.

메러디스가 실종되고 처음 며칠 동안 여기저기서 튀어나온 정보들은 이미 죄다 막다른 길에 가로막혀 성과를 내지 못했다. 개조 밴을 찾으면 희망이 보이려나 싶었는데, 경찰이 자동차 등록 번호로 조회해보니 그 트럭 주인은 메러디스가 실종된 날 미주리주에 있었던 것으로 밝혀졌다.

이제 모두의 관심은 서로를 경멸하는 유력한 용의자인 앤드루와 로넌에게 쏠렸다.

회색 양복에 노란 넥타이를 맨 남자가 나머지 토론 참석자들에게 말한다. "저 같으면 전 남친이 범인이라는 쪽에 걸겠습니다. 형사 말입니다. 25년 동안 법 집행 일을 해오면서 이렇게 하는 사람은 처음 봤습니다. 이 사람, 시민의 안전을 지키겠다고 맹세하고 경찰이 됐어요. 사실 아무 짓도 안 했으면 걱정할 것도 없죠. 그런데 이 사람은 사건 수사까지 맡고 나선 겁니다. 이게 지금까지 확보된 제일 큰 단서예요. 사람들이 어떻게 이 단서를 주목하지 않는지 저로서는 이해가 안 됩니다."

그러자 붉은색이 살짝 도는 금발에 주근깨가 있으며 연분홍색 립스틱을 바른 여자가 나선다. 화면에 뜬 자막을 보니 이름은 린지 채섬이고 비영리 가정폭력 센터장이라고 한다. "저는 남편이 범인이라고 봐요. 이런 사건에서는 으레 남편이 범인이죠. 남편이 제일 큰 이득을 보니까요. 소득에 재산, 명성, 사업에 필요한 매스컴의 관심까지 다 딸려오잖아요. 바람피우던 아내가 사라졌다? 남편 입장에선 당연히 이득이죠."

노란 넥타이 남자가 말한다. "제가 잘못 알고 있다면 정정해주세요. 제가 알기로 남편은 아내가 바람피우고 있었다는 걸 몰랐습니다."

린지는 어깨를 으쓱하며 반박한다. "남편이 그렇게 말했지만 진실은 모르는 거잖아요. 남편 본인만 알겠죠."

유타주 형사 변호사 빈스 바베티라는 남자가 발언한다. "저도 그 점에서는 린지 씨와 같은 생각입니다. 이렇듯 수사에 진전도 없고 구체적인 증거도 없는 사건 같은 경우에 동기를 잘 살펴봐야 합니다. 남편부터 들여다보죠. 남편은 왜 아내가 사라지길 바랐을까요? 첫째, 아내가 바람을 피웠기 때문이겠죠. 남편이 복수를 하고 싶지 않았겠습니까? 둘째, 돈 때문이죠. 아내 이름으로 생명보험 같은 걸 들어놓지 않았는가? 아내가 죽으면 상속받을 돈이 있는가? 아내가 살아 있을 때보다 죽었을 때 더 큰 수익을 얻을 수 있는가? 이런 걸 확인해봐야 됩니다. 아내의 재산은 배우자에게 상속됩니다. 뜻밖의 횡재가 떨어지는 거죠. 셋째, 치정에 얽힌 범죄일 수 있습니다. 어떤 일을 계기로 울분이 폭발한 남편이 꼭지가 돌아버렸다고 볼 수 있지 않을까요?"

노란 넥타이 남자가 앤드루를 변호하고 나선다. "남편은 갑부입니다. 그러니 동기에서 돈에 대한 부분은 빼는 게 좋겠습니다. 게다가 아내의 실종 신고가 접수됐을 당시 앤드루는 근무 중이었습니다."

린지가 곧장 반박한다. "그건 남편의 주장일 뿐이에요. 제가 알기로 안내 직원은 당시 앤드루가 회사에 있었다고만 했지, 오전 10시부터 오후 3시 사이에 실제로 앤드루를 봤다는 말은 없었습니다. 앤드루는 그 시간에 사무실에서 근무 중이었다고 주장했지만 그 모습을 본 목격자는 없다고요."

노란 넥타이 남자가 나선다. "좋습니다. 살해 동기를 살펴봐야 한다 이 말씀이죠? 전 남친의 경우도 봅시다. 메러디스는 임신 중이었습니다. 아마도 앤드루의 핏줄이겠죠. 메러디스는 로넌 맥코맥과 몇 년째 은밀한 관계를 맺고 있었는데, 남편의 아이를 가진 걸 알고는 이만 헤어지자고 했습니다. 로넌은 분노했겠죠. 메러디스를 잃게 됐으니 화가 났겠죠. 메러디스가 자기 곁에 있지 않고 남편에게 돌아가기로 했으니 얼마나 실망했을까요. 메러디스를 잃고 싶지 않았을 겁니다. 확실하냐고요? 그렇다고 봅니다."

나도 어느 한편을 들 수 있었으면 좋겠는데 다들 그럴듯한 주장을 내세우고 있다. 물론 저들이 아무리 전문가라도 근거 없는 의견일 뿐이기는 하다. 말도 안 되는 상황에서 말 되는 논리를 찾아내려 애쓰고들 있다.

진행자는 눈썹이 가느다란 성마른 여자로 이름은 지니 존스다. 지니는 중언부언하는 노란 넥타이 남자의 말을 끊고는 로넌 맥코맥의 전 여자친구를 스카이프로 연결했다고 알린다. 곧 화면에 칙칙한 갈색 머리에 다크서클이 도드라진 여자가 등장한다. 턱도 좁고 어깨도 좁은 그 여자는 거실로 보이는 공간에 앉아 있는데, 누런 벽에는 액자들이 걸려 있고 배경에 낡은 피아노가 보인다.

"자, 그럼 여기서 유타주 해버포드에 사는 알라나 내시 씨를 라이브로 연결하겠습니다. 요주의 인물 로넌 맥코맥의 전 여자친구죠." 진행자가 말한다. "알라나, 로넌에 대해 해줄 말이 있습니까? 로넌과는 언제부터 알게 됐나요? 얼마나 오래 사귀었어요? 로넌이 누군가를 해칠 만한 사람이라고 믿게 된 계기가 있나요?"

여자는 울긋불긋한 피부가 벌겋게 달아오르며 헛기침을 한다. 신경이 잔뜩 곤두선 모습이다. 무언가에 떠밀려, 로넌에 대해 세상

완벽한 여자

에 알리는 인터뷰에 억지로 응한 듯이 보인다.

"우린 고등학교를 졸업하자마자 사귀기 시작했어요." 알라나의 목소리는 머리카락처럼 칙칙하다. "같이 일하던 가게에서 처음 로넌을 만났어요. 크레스트우드에 있는 피티노의 목재 공급사요. 일 년 정도 사귀었는데 로넌은 저한테 무척 잘해줬어요. 전 우리가 사랑에 빠졌다고 생각했어요. 한번은 어쩌다가 싸움을 하게 됐어요. 그날 로넌은 술을 많이 마신 상태였어요. 우린 파티에 참석했는데 로넌은 제가 어떤 남자한테 꼬리를 친다고 생각하고는 엄청 화를 냈어요. 저를 밖으로 끌고 나가서⋯⋯." 시선을 떨구는 알라나의 눈에 눈물이 고인다. 진행자는 천천히 말해보라고 다독인다. "그 집 벽에 밀어붙이고 제 목을 졸랐어요. 숨을 쉴 수가 없었죠."

나는 피가 얼어붙는 듯하다. 그런 식으로 여자를 다루는 로넌의 모습이 머릿속에 쉬이 그려지지 않는다.

"이런 남자가 어떻게 경찰이 될 수 있었을까요?" 지니는 입꼬리를 내리며 묻는다. "설명해주실 분 있나요? 빈스?"

빈스 바베티는 당시 사건을 조사해봐야 확실히 알 수 있다고 주장하면서도, 이런 경우 피해자가 고소를 취하하면 범죄 기록이 삭제된다고 설명한다. 드문 예외이긴 하지만 가능하다는 거다. 빈스가 여자에게 묻는다. "알라나, 당시 경찰에 신고했습니까?"

"아뇨. 너무 겁나서 못했어요. 그는 성격이 거칠었거든요. 성질이 폭발하면 또 그럴 수 있겠다는 생각이 들었어요. 그냥 조용히 끝내고 싶었어요. 그 일이 있은 후 우린 헤어졌고 그 후 그를 다시 본 적은 없어요."

빈스가 비웃음을 띤 얼굴로 말한다. "이게 무슨 의미가 있을까요? 여러분도 열여덟 살 때와 지금이 같지는 않을 겁니다. 사람은 세월이 지나면 변합니다. 로넌은 그 일을 계기로 정신을 차렸겠죠. 사법제도를 우러러보게 되면서 과거를 청산하고 경찰이 되었을 수도 있습니다.”

“그럴 수도 있겠네요. 하지만 경찰서마다 다양한 수준으로 부패가 만연해 있는 게 또 사실이죠.”

진행자의 말에 린지가 따지고 나선다.

“성급한 일반화입니다. 함부로 해서는 안 되는 말이에요, 지니.”

이번에는 린지가 말한다.

“다들 주제에 집중하기로 하죠. 우린 메러디스를 찾아야 해요. 무슨 일이 일어났는지 아는 분이 있을 수도 있습니다. 메러디스를 목격한 분이 있을지도 몰라요. 화면에 메러디스의 사진을 다시 한번 띄워봅시다. 조니, 사진 올려주시겠어요? 자, 사진 나갑니다.”

페이스북 페이지에서 멋대로 가져온 게 분명한 내 동생의 사진이 화면에 뜬다. 결혼식 날 앤드루 옆에서 환하게 미소 짓고 있는 모습이다.

“저것들이 장난하나.”

결혼식 날 평소 모습처럼 보이는 신부는 없다. 지금 메러디스가 어떤 미친놈에게 붙잡혀 있다면 저 사진처럼 올림머리를 하고 샤넬 스타일로 완벽한 화장을 했을 리 없다.

멍청이들!

그때 곱슬진 잿빛 머리에 두꺼운 안경을 낀 네 번째 남자가 나선다. “두 남자 다 범인이 아닐 가능성도 생각해봐야 합니다.”

“더럽게 고맙네.”

나는 두 손을 허공에 뻗어 올리며 조그맣게 내뱉는다.

노란 넥타이 남자가 그 말을 받아 이어간다. "그럴 수도 있죠. 하지만 지금은 시간이 없습니다. 시간이 갈수록 이 사건에 대한 대중의 흥미는 떨어질 텐데 지금 수사는 겨우 굴러가는 수준이에요. 어떻게든 성과를 내려면 현재 확보한 정보를 최대한 이용해야 합니다."

곱슬진 잿빛 머리가 반박한다. "하지만 쓸모없는 정보라면……."

"우울해서 못 듣겠네."

나는 다시 리모컨으로 손을 뻗는다.

"계속 들을 거니까 내버려둬." 엄마는 리모컨을 건드리기만 해보라는 듯 입을 오므리며 나를 쏘아본다. "저 사람들이 어떻게 생각하는지 들어보는 것도 흥미롭구먼 왜 그래. 어쩌면 저들이 한 말 중에 맞아떨어지는 게 있을 수도 있어."

나는 숨을 후 내쉬며 식탁 앞에 앉는다. 요즘 우리는 주로 이 자리에 모여 앉곤 한다. 가만히 앉아 우리 무릎에 어떤 소식이 떨어지길 기다리는 것처럼. 누가 문을 두드리고 들어와 메러디스를 무사히 찾았다는 얘기를 해주기를, 아니면 지금까지 알아채지 못했던 사건의 반전을 전해주기를 기대하는 듯이 말이다.

엄마가 뒤로 돌아서자 나는 휴대폰으로 로넌에게 문자를 보내 222번 채널을 보라고 알려준다. 로넌을 시험해보려는 것이다. 그가 저지른 남부끄러운 짓이 방송으로 만천하에 알려지고 있는 지금 그가 초조해하는지 아니면 화가 났는지 알고 싶다.

'지금 바빠서요.' 로넌은 답장과 함께 그의 집 진입로의 사진을 보내온다. 집 앞 거리에 지역 뉴스와 전국 뉴스 방송 밴들이 즐비

하다. 마이크를 착용한 앵커들이 로넌의 집을 배경으로 서서 카메라를 바라보며 떠들어대고 있다.

맙소사!

"앤드루, 왔나."

엄마의 목소리에 나는 현실로 돌아온다.

앤드루가 굳은 표정으로 팔짱을 낀 채 서서 텔레비전 화면을 보고 있다. 범인이 로넌인 이유에 대해 온갖 이론과 추측을 늘어놓던 전문가들은 이제 모든 정황이 앤드루를 범인으로 가리키고 있는 이유에 대해 논박을 거듭하는 중이다.

"자네는 볼 필요 없어."

엄마가 손을 뻗어 텔레비전을 끄려 했지만 화면이 꺼지기도 전에 앤드루는 눈물을 머금은 채 몸을 부들부들 떨며 자리를 뜬다.

자아를 상처받아 눈물이 나는 걸까?

후회의 눈물일까?

아니면 완전히 다른 의미의 눈물일까?

# 25장 메러디스

**20개월 전**

오늘 아침 앤드루는 내게 천천히 부드럽게 입을 맞췄다. 우린 뉴욕 호텔 스위트룸의 침실에서 사랑을 나눴다. 한 번도 아니고 두 번이나.

요즘 우리는 자주 그러고 있다.

로넌에게 이별을 고하고 곧장 집으로 돌아온 나는 진토닉을 마시며 앤드루가 퇴근하고 돌아오길 기다렸다.

그날 밤 앤드루가 집에 들어오자마자 나는 로넌에 대한 얘기만 빼고 내 속을 전부 털어놓았다. 말 그대로 쏟아부었다. 당신이 내게서 멀어지는 것 같다고, 당신이 나를 더 이상 사랑하지 않는 느낌이라고. 스포츠카를 수집해놓듯 나를 트로피 와이프로 곁에 두려는 것 아니냐고. 침대에서도 너무 거리감 느껴진다고. 태국에서 본 커플에 대해 말하면서 난 그들처럼 되고 싶지 않다고 말했다.

이대로라면 당신은 나를 잃게 될 거라고, 지금 우리 관계를 방치하면 깨지고 말 거라고 경고했다.

그는 서류 가방을 내려놓고 다가와 내 손을 부여잡았다. 앤드루 프라이스는 무시무시한 남자가 아니었다. 격정적이고 달콤한 남자도 아니었다. 그는 사업가였다. 진지하고 감정 제어에 능했다.

하지만 그 순간 그가 나를 잃게 될지도 모른다는 생각에 두려워하는 모습을 보이지 않았다면 나는 절망했을 것이다.

"내가 그동안 당신을 당연시했어. 지난 일 년 동안 내가 이기적으로 군 거 인정해. 고칠게. 약속해."

그 후 앤드루는 누구보다 다정한 남편이 되어주었다. 이른 아침 조깅을 다녀오기 전에 침대로 내 커피를 가져다주고, 아이들과 함께하지 않는 주말에는 나와 함께 여행도 떠났다. 침대에서도 나를 천천히 안아주었고, 섹스가 끝난 후에도 내가 늘 만족할 수 있게 배려했다.

지금까지는 꽤 좋았다.

간간이 로넌 생각이 머릿속을 파고들 때만 빼고. 곳곳에서 로넌을 마주치고 있어 그에 대한 생각을 떨치기가 쉽지 않았다. 검은 제복 차림으로 경찰관 명찰을 목에 건 로넌은 아무 표시가 없는 경찰차를 타고 마을을 돌아다녔다.

신호등 옆에서 보았을 때 그의 시선은 내게서 떨어질 줄 몰랐다.

나는 다른 경찰들을 대하듯 그에게 손을 흔들거나 미소를 짓거나 알은체를 할 수가 없었다.

그러고 싶지는 않지만 로넌과 함께한 내 인생의 장章을 닫아야 했다. 문을 걸어 잠가야 했다.

로넌 맥코맥은 지나간 바람일 뿐이었다. 주체할 수 없는 열정에 휩싸인 무모한 만남에 불과했다.

이제 나는 더 이상 그런 여자가 아니다.

앞으로 언제까지나 나는 앤드루 프라이스의 부인으로 살 것이다.

뉴욕 그리니치빌리지의 우아한 소규모 부티크 호텔 침대에서 일어선 나는 커튼을 젖히고 17개 층 아래 도시의 보도를 내려다본다. 정상적인 삶을 꾸려가고 있는 사람들로 가득하다.

이제 나도 저들 중 하나다.

다시 정상으로 돌아온 것 같아 기분이 좋다.


"전화를 하지 그랬어?"

스팀커피&티 매장으로 들어서는 내게 해리스가 눈을 위로 굴리며 말한다. 농담으로 하는 말인지, 아니면 내가 매번 예고 없이 이 도시에 놀러 오는 걸 정말 기분 나빠하는 건지 알 수가 없다.

"그럼 재미가 없잖아요."

"그리어가 깜짝 쇼를 싫어하는 거 알면서 그래."

나는 어깨를 으쓱한다.

"내가 좋아하니까 됐어요. 언니도 나를 사랑하고요. 그럼 된 거예요."

"그리어는 지금 여기 없어."

뒤로 돌아선 해리스는 바닥에 발을 톡톡 두드리고 있는 여자 손님에게 내줄 카푸치노를 만든다. 나는 오직 해리스의 신경을 긁고 싶다는 생각으로 텅 빈 바에 자리를 잡고 앉는다.

"어디 갔는데요?"

"볼일 보러 나갔어."

그는 카푸치노를 손님에게 건네고 기분 좋은 미소를 지어 보인다. 여자 손님으로 하여금 다시 종종 이곳을 찾아오게 만드는 그런 미소다.

난 해리스를 그다지 좋아하지 않지만, 그가 꽤 매력적인 남자라는 사실은 부정할 수 없다. 그는 타임스퀘어 광고판에 등장하는 모델이 아니라 영화배우 조셉 고든 레빗 같은 섹시한 모범생 타입이다. 그는 어떤 주제에 대해서든 편안하게 대화를 이어갈 수 있고, 평생 여기서 살아온 사람처럼 이 도시에 대해 속속들이 알고 있으며, 대단히 멋진 추상 수채화를 그릴 줄 안다. 어떤 종류의 요리도 어지간한 식당의 포장 음식보다 맛있게 만들 줄 아는 데다 온갖 고장난 물건을 고칠 수 있고 하루에 책 한 권씩을 뚝딱 읽어낸다.

어떻게 그 모든 일을 해낼 시간이 있는지 모르겠지만 그게 매력을 자아내는 요소임은 잘 알겠다.

나는 언니가 해리스의 어떤 면을 좋아하는지 잘 안다.

해리스는 똑똑한 해결사다. 언니에겐 안전망 같은 사람이다.

언니에게는 숙제를 도와줄 아버지가 없었다. 냉장고가 고장나거나 물이 새서 바닥이 온통 젖거나 수리공을 부를 형편이 안 될 때 의지할 수 있는 아버지란 존재를 가져본 적이 없었다.

언니의 미모보다 지성을 더 칭찬해주는 아버지, 현재에 안주하지 말고 최고가 되기 위해 나아가라고 격려해주는 아버지가 없었다.

하지만 언니에겐 아버지 대신…… 해리스가 있었다.

"언니랑 언제 다시 합칠 거예요?"

나는 두 손에 턱을 괴고 윙크를 하며 묻는다.

그는 내 호기심 어린 시선을 피하며 대답한다.

"배는 오래전에 떠났어."

"하지만 당신은 그렇게 행동을 안 하잖아요. 당신은 아직 언니를 사랑해요. 본인도 잘 알겠지만요. 언니도 당신을 사랑하고요. 언니는 말도 못하게 당신을 사랑해요. 잘 알잖아요."

해리스는 빨간 줄무늬 행주로 카운터를 닦으며 고개를 절레절레 젓는다.

"난 결혼의 가치를 믿지 않아."

"아, 또 그 소리네."

그는 피식 웃으며 말한다. "결혼은 구시대적 개념이야. 사람은 평생 동안 한 사람하고만 살 수는 없어. 우린 그렇게 생겨먹질 않았거든. 사람은 소유할 수도 없어. 누군가를 사랑하면 그냥 그 사람하고 같이 있으면 돼. 비싼 반지도 필요 없고, 문서 보관함에 처박아두고 다시는 볼 일 없는 얄팍한 결혼 증서도 필요 없어."

해리스와 그리어가 한동안 결혼하려고 했다는 걸 다 아는데 내 앞에서 이런 말을 늘어놓으니 우습다. 마음이 바뀌면 견해도 바뀌는 모양이다.

"결혼은 낭만적이잖아요. 상대에 대한 헌신의 표시기도 하고요."

"낭만의 개념을 이제 완전히 다르게 받아들여야지."

"그런가요." 나는 일어서서 카운터 너머를 향해 몸을 기울인다. "저기요, 해리스. 지루하면 얼음 넣은 차나 한 잔 만들어줄래요?"

런던 포그 티 라테를 주문하고 싶지만 로넌 생각이 나서 차 맛을 즐길 수 없을 것 같다. 요즘 로넌 생각을 하지 않고 잘 버텨내고 있다.

해리스의 어깨에 힘이 빠진다. 그는 화난 척했을 뿐인 것 같다. 잠시 후 그는 내 앞에 차를 놓아주고 계산대 앞으로 가 구찌 로퍼를 신은 여자 손님을 응대한다.

해리스와 언니가 함께 운영하는 다른 지점들에는 바리스타와 계산 담당 직원이 따로 있다. 55제곱미터에 불과하지만 여기는 본점이라 해리스는 단골손님들에게 직접 서비스를 하고 싶어 한다.

해리스는 뭐든 자기 기준에 맞게 통제를 해야 직성이 풀리는 성격이다. 그는 항시 가게가 어떻게 돌아가고 있는지 알아야 하고, 커피를 정확히 96도로 끓여내도록 하고 있으며, 삼 분에서 오 분 사이에 차 우림을 마치도록 하고 있다.

여기가 제일 작은 가게지만 수익은 제일 많이 난다. 해리스는 그게 자기 공임을 굳이 숨기지 않는다.

해리스가 계산대 앞에 선 여자 손님에게 더블 모카 아이스커피를 건네자 손님은 그에게 20달러 지폐를 팁으로 내민다.

"언니랑 다시 합쳐요."

해리스의 턱에 힘이 들어간다.

"인정하세요. 몇 년 동안 언니를 붙잡고 있었잖아요."

"누가 그렇게 말해?"

"누가 그렇게 말하고 말고의 문제가 아니죠. 사실인데."

나는 얼음이 들어간 차를 한 모금 마신다. 맛이 완벽하다. 어쩌면 해리스가 나를 싫어하는 건 아니란 생각도 든다. 아니면 음료의 품질을 극도로 꼼꼼하게 챙기는 사람이든가. 아무래도 후자일 가능성이 높을 듯하다.

"내가 어떻게 하길 바라는지 모르겠어. 우린 지금도 함께 일하고 있어. 늘 함께야. 그리어는 내 제일 친한 친구고. 누가 누구를 붙잡고 있는 게 아니야. 그냥…… 이렇게 된 거야. 지금은 이렇게 사는 게 우리한테 맞아. 그리고 상기시켜주자면, 나랑 같이 살던 집에서 나가겠다고 한 사람은 그리어야."

나는 해리스에 대한 얘기를 할 때마다 활기차게 변하는 언니의 목소리를 생각하며 한숨을 푹 쉰다. 언니는 여전히 해리스를 사랑하고 여전히 희망을 품고 있다. 하지만 해리스는 예전으로 돌아갈 생각이 없는 듯하다. 언니와 다시 함께하고 싶으면 언니를 위해 좀 더 노력해야 할 텐데. 기후변화 대책을 위해 싸울 힘이 있다면 사랑하는 여자를 위해서도 싸워야 하는 거 아닌가?

"어디서 나쁜 놈이란 얘기 못 들어봤어요?"

그는 이기적인 놈이기도 하다.

해리스는 히죽 웃는다.

"전혀."

"나쁜 놈 맞거든요." 나는 차를 한 모금 마신다. "당신이 외아들이라 그런가 봐요."

"뭐?"

"하나뿐인 자식이라면서요. 외동이요. 그래서 뭐든 본인 위주로 생각하겠죠. 사람들의 주목을 다른 이와 공유하지 않으려 할 테고요. 그게 바로 나쁜 놈이에요."

"이런." 그는 간만에 말문이 막히는 듯하다. "그건, 음, 좀 가혹한 말이잖아, 메러디스."

"좀 더 괜찮은 사람이 될 수 있는 거 알아요. 노력 좀 해요."

"난 이미 괜찮은 사람이야."

그는 한쪽 눈썹을 치켜올린다.

"저한테는 아니에요."

"내가 너한테 딱딱하게 구는 건 너에 대한 애정이 있어서야. 나한테 넌 한 번도 가져본 적 없는 여동생 같아. 네가 멍청한 짓을 할 때마다 그리어가 엄청 스트레스를 받아⋯⋯. 이를테면⋯⋯ 너보다 나이가 곱절이나 많은 남자와 결혼하는 것 같은 짓 말이야."

나는 입이 딱 벌어진다.

"진심이에요, 해리스? 이제 내 남편까지 이 대화에 끌어넣겠다고요?"

"네 남편이 아니라 네 결혼 얘기야. 솔직히 말도 안 되잖아, 안 그래?"

나는 고개를 절레절레 저으며 시선을 떨군다. 내 결혼은 말도 안 되는 짓이 아니다. 해리스의 말에 가시가 있다.

그때 가게 문이 열리며 딸랑 하는 종소리가 들린다. 그리어 언니가 귀에 휴대폰을 대고 통화를 하면서 가게를 가로질러 걸어온다. 눈을 들지도 않고 내 앞을 지나친 언니는 사무실로 들어가 문을 닫아버린다.

의자에서 내려간 나는 언니를 따라 사무실로 들어간다. 언니는 나를 보고도 미소 짓지 않는다. 놀라거나 동요한 것 같지도 않다. 통화를 끝낸 언니는 두 손으로 머리를 감싸 쥔다.

"왜 그래? 무슨 일 있어?"

"우리 일을 봐주는 회계사랑 통화했어. 아무래도 점포 몇 개를 폐점해야 될 것 같아."

"하나도 아니고⋯⋯ 몇 개나⋯⋯ 폐점한다고?"

언니는 팔짱을 끼고 의자 등받이에 기댄 채 멍한 눈으로 앞을 바라본다.

"응. 다섯 개 중에 세 개는 닫아야 되겠어."

"왜?"

언니는 고개를 젓는다.

"수익이 줄었어. 점포 몇 개는 장사가 잘 안 돼."

"지방을 걷어내고 수익 나는 가게에 집중하는 것도 나쁘지 않지."

언니는 사업 실패를 곱씹느라 말이 없다.

"언니, 여기서 이러지 말고 나가서 술 마시자. 내가 살게. 내 핸드백에 자낙스° 있으니까 필요하면 말해."

언니의 연푸른 눈동자가 나를 바라본다. 이제 네가 가족 주치의한테서 언제든 필요하면 약을 처방받아 먹어대는 가정주부가 되었구나 하는 눈빛이다.

"농담이야, 언니." 물론 농담은 아니다. "어쨌든 나가자. 여기서 나가고 보자. 해리스가 또 나를 막 대하더라고."

"너랑 해리스 사이까지 중재할 힘은 없어. 오늘은 못해."

"농담이라니까." 또 거짓말이다. "해리스는 나한테 잘해줬어. 실은 아까 언니 얘기를 하던 참이었어."

이 말은 언니의 관심을 불러일으키고 언니를 절망에서 끌어내는 효과를 발휘한다.

나는 언니에게 팔짱을 끼고 의자에서 잡아 일으키면서 언니의 핸드백을 집어 든다.

"자, 같이 나가서 한잔해. 다 얘기해줄게."

---

° 신경안정제의 일종.

# 26장 그리어

**여덟째 날**

오늘 FindMeredithPrice 웹사이트는 별나게 붐볐다. 어제 로넌 맥코맥 형사와 관련된 사실이 공표되고 난 후 케이블 뉴스 프로그램마다 온갖 뒤틀린 이론들을 재탕해댔고 사람들은 질리지도 않는지 뉴스를 보고 또 보았다.

CNN에서 실시한 투표에 따르면 시청자 중 84퍼센트가 메러디스 실종의 배후 인물이 로넌이라 믿는 것으로 나타났다.

휴대폰을 들여다보다가 식탁에 내려놓는데 엄마가 웨이드와 함께 들어온다. 두 사람은 같이 아침식사를 준비하기 시작한다. 이런 시기에 어떻게 저렇게 아무렇지 않게 밥을 차려 먹을 생각을 하는지 이해 불가지만 엄마는 과거 어느 때보다 적극적으로 음식을 만드는 모습이다.

일상과 사건을 분리하는 걸까?

우리 모두가 그런 것처럼.

충격 때문인지 입맛도 없다. 스트레스를 받으면 전부터 그랬다. 신체 기능이 멈춰버린다. 잠도 안 자고 먹지도 않는다. 몸이 생존

모드로 도입하는 것이다. 수분 보충을 위해 간간이 갈증이 난다는 신호를 뇌로 보낼 뿐이다.

"그리어, 토스트 먹을래?"

엄마는 식료품 저장실에서 제빵 기능 보유자가 구운 빵을 한 덩어리 꺼내며 묻는다.

"아뇨, 됐어요."

"뭘 좀 먹어야지. 대꼬챙이처럼 말랐잖니."

엄마는 혀를 쯧쯧 찬다.

"좀 더 중요한 일에 집중하고 있으니 그런가 보죠."

"우리도 마찬가지야, 그리어." 웨이드가 나선다. 나는 이 사람이 나를 친구 부르듯 하는 게 싫다. "배를 채워야 뇌가 더 잘 작동한다는 건 너도 알 거다. 증명된 사실이야. 과학적인 근거도 있어."

새벽 2시에 배가 하도 꾸르륵거려 눈을 떴고 오트밀을 약간 먹었다. 하지만 세 수저 입에 넣자마자 도로 목구멍으로 올라오려 해서 더는 먹을 수가 없었다.

"이따가 알아서 먹을게요."

더는 긴 말을 하고 싶지 않다. 그때 주변 시야에 앤드루의 모습이 들어온다.

"좋은 아침이야, 앤드루. 잠은 잘 잤나, 우리 사위?" 엄마는 토이푸들이나 두 살배기 아기에게 하듯 입을 오물거리며 말한다.

그러고는 나이 차이가 불과 열다섯 살밖에 안 나는 앤드루의 등을 아이 대하듯 토닥인다.

앤드루는 잠이 덜 깬 목소리로 "좋은 아침입니다"라고 웅얼거리고는 냉장고 옆에 설치된 에스프레소 메이커로 향한다. 그는 작은 컵에 담은 에스프레소를 들고 내 옆자리로 와 앉는다.

내가 앤드루에게 묻는다. "새로 사건을 담당한 형사한테서 소식 들은 거 있어요? 새 형사 이름이 뭐죠?"

전보다 다크서클이 확연해진 앤드루가 나를 흘긋 돌아본다.

"빅스비요. 어제 얘길 들었는데 아직 조사 중이라고 하더군요."

"경찰에서 얘기한 게 그게 다예요? 아직 수사 중이라고? 대체 지금 뭘 하고 있대요, 구체적으로? 메러디스를 찾기 위해 어떤 노력을 하고 있는데요?" 요즘 이를 박박 갈았더니 턱이 아프다.

그는 그림 같은 뒷마당을 내다보며 에스프레소를 한 모금 마신다. 눈 덮인 봉우리를 제외하고 산이 안개에 가려져 있지만, 좋지 않은 날씨인데도 경치는 참 아름답다.

"수색 팀을 꾸려서 지난주 내내 숲을 샅샅이 뒤졌답니다. 대부분 자원봉사자들인데 밤낮을 가리지 않고 수색했어요. 전 세계에서 자원봉사자들이 날아오고 있다더군요. 수색기와 구조기도 적외선 카메라와 열 감지기로 작업 중이라 하고요. 경찰들도 어디서 제보 전화가 오기만을 기다리면서 가만히 앉아 있는 건 아닙니다. 그건 내가 보증합니다."

그는 화가 난 표정이다. 애매한 내용이지만 그래도 대답을 들었으니 기분이 나쁘지는 않다.

"그리고 오늘 개도 동원할 거라고 하더군요."

"수색견이요?"

"그렇겠죠."

"시체를 찾겠다는 소리네요."

심장이 철렁한다. 메러디스가 죽었다는 생각이 들어서가 아니라,

경찰들이 그렇게 생각하고 있다는 점 때문이다. 경찰들은 살아 있는 메러디스를 찾는 걸 포기한 건가?

"뭐든 찾아내려 애쓰는 거겠죠."

그는 내 날카로운 눈빛을 회피하며 숨을 내쉰다.

"제부는 왜 안 찾으러 다녀요? 제부는 의심을 벗었고 로넌이 주요 용의자가 됐잖아요. 이제 나가서 돌아다녀도 안전할 텐데요."

"그리어."

엄마가 나무라듯 내 이름을 부르지만 효과는 없다. 어렸을 때부터 그랬다. 나는 엄마를 존경한 적도, 엄마의 말을 진지하게 받아들인 적도 없다. 지금도 마찬가지다.

앤드루가 표정이 확 굳어지더니 의자에서 일어서며 식탁을 주먹으로 내리친다.

"그만 좀 해요."

나는 눈썹을 치켜올린다.

"뭘 그만해요? 다들 뻔히 알면서도 말 안 하는 걸 지적했는데 그게 왜요? 내 동생 찾는 걸 그만하라고요? 뭐예요, 앤드루? 뭘 그만해요?"

그는 나를 노려본다.

"못되게 구는 거 좀 그만하라고요."

주방 문간 쪽으로 걸어가던 앤드루는 허공에 주먹을 부르쥐고 입에 힘을 준다. 할 말이 더 있는 모양이지만 이내 그만둔다. 그는 힘이 쭉 빠진 두 팔을 늘어뜨린다.

공주풍 캐노피 침대에서 밤새 푹 잤는지 이자보가 머리카락이 헝클어진 채로 식탁에 와 앉는다. 이자보는 마치 오락거리를 보듯

이 우리 둘을 쳐다보며 하품을 한다.

웨이드가 앤드루의 딸에게 고개를 끄덕거리며 나선다.

"여기서 이러지들 마. 그런 얘긴 나중에 둘이 따로 하든지."

"더 할 말도 없습니다." 앤드루는 손을 아래로 내려치며 말한다. "아내가 실종됐어요, 처형. 나는 지금 엄청난 압박에 의심까지 받고 있는 상황입니다. 그게 어떤 기분인지 알기는 해요? 처형은 내가 아내의 실종에 무슨 관련이라도 있는 것처럼 비판하듯 쳐다보고 있잖습니까? 내가 왜 처형을 이 집에 머물게 해야 하는지 모르겠군요."

"앤드루…… 나중에 후회할 말은 서로 하지 않는 게 좋아." 엄마가 수십 년 만에 처음으로 나를 옹호하고 나선다.

"죄송합니다, 장모님. 안 되겠어요. 더는 못 참겠습니다. 처형은 이 집에서 나가는 게 좋겠습니다. 당분간……만이라도요."

제길.

이 지역 호텔은 엄청나게 비싸다. 지난번 여기 와서 확인했을 때 비수기에도 제일 싼 호텔이 일박에 50달러였는데 지금은 성수기다.

나는 호텔비를 내가면서 여기 머물 경제적 여유는 없다.

뉴욕의 원룸 월세도 겨우 내고 있는 형편이다.

무엇보다도 메러디스를 찾는 일을 며칠씩 건너뛸 시간적 여유도 없다.

"내가 선을 넘었어요. 말이 너무 세게 나갔네요. 미안해요." 나는 그의 눈을 보고 사과를 건넸지만 그는 나를 마주보지 않는다. "집에 며칠 다녀올게요. 제부도 나 보기 불편할 테니까. 며칠 후에 돌아오면 새로 시작하는 기분이겠죠. 제부가 겪고 있는 상황에 대해 좀 더 생각을 하고 말하도록 할게요."

온갖 의문에 대한 어떤 답도 찾지 못한 채, 동생을 찾는 일에 전혀 진전을 보지 못한 채 이곳을 떠나야 하게 생겼다. 속이 뒤틀리는 것 같다. 하지만 앤드루의 깊은 한숨과 차가운 눈빛을 보니 당분간 거리를 둬야 할 듯하다. 메러디스를 찾을 때까지 잠시 숨을 돌려야겠다.

앤드루는 입을 꾹 다문 채 고개를 끄덕인다.

나는 내 방으로 들어가 짐을 챙기고 집으로 가는 비행 편을 예약한다.

야간 비행기이고 오늘밤에 출발이다.

# 27장 메러디스

**18개월 전**

앤드루가 집에 왔다.

나는 열린 편지 봉투를 손에 들고 손가락 끝으로 봉투의 찢긴 부분을 문지르며 식탁 앞에 앉아 있다. '맥크레이, 프렌더개스트 앤 밴 클레프 PC'사에서 보내온 편지다.

"나 왔어. 오늘 어땠어?"

앤드루는 왼손에 서류 가방을 든 채로 내게 다가와 정수리에 입을 맞춘다.

나는 대답하지 않는다. 한 시간 전 이 봉투를 발견하고부터 속에서 피가 절절 끓고 있다.

일상이 지겨워진 나는 이른 시간부터 열을 올리며 집 안 청소를 시작했다. 책상, 서랍, 벽장 등 구석구석을 종일 정리 정돈했다. 앤드루의 서재로 들어가 청소를 하다가 왼쪽 맨 아래 서랍의 서류 더미 밑에 숨겨진 이 편지를 발견했다. 겉봉이 뜯겨져 있었는데 날짜와 이름을 보니 6개월 전에 내 앞으로 온 편지였다. 그 순간 내 세상의 축이 확 기울어지는 기분이었다.

"이 편지가 왜 당신 서재에 있어요? 대체 왜 개봉돼 있는 거죠?"

나는 뜯어진 봉투를 식탁 너머로 밀어 보낸다. 그가 눈을 가늘게 뜨며 그것을 바라본다. 이내 그의 어깨가 축 처진다.

앤드루는 내 옆으로 와 앉으며 숨을 내쉰다. 생각을 정리하려는 듯 두 손으로 얼굴을 쓸어내린다.

"제대로 설명해야 될 거예요." 속에서 벌건 분노가 솟구친다. 온통 시뻘겋다. 앤드루에게 이토록 배신감을 느껴본 적이 없었다. 이 남자는 내가 모르는 무슨 짓을 또 저질렀을까?

이 편지에는 내 생물학적 아버지의 변호사가 보낸 편지가 들어있었다. 내가 스물여섯 번째 생일에 받기로 되어 있는 신탁 자금에 관한 내용이다.

나는 신탁에 대해 앤드루에게 말한 적이 없었다.

친정 식구 외에는 아무한테도 말하지 않았다.

그리어 언니와 엄마만 알고 있다. 내가 일부러 그렇게 해놓은 것이다. 5백만 달러를 가진 여자가 나쁜 놈 손아귀에 들어가면 위험한 일을 겪을 수 있기 때문이다. 나는 젊지만 세상물정 모르는 바보는 아니다.

"이혼 변호사가 보낸 편지인 줄 알았어. 아무것도 모르다가 기습당하고 싶지 않아서 뜯어본 거야."

나는 어이가 없어 웃으며 눈을 위로 굴린다.

"이러기예요, 앤드루? 그걸 변명이라고 해요?"

"정말이야."

그의 표정을 보면 진심인 것 같다. 목소리도. 하지만 믿을 수가 없다.

"이건 정말 엄청난 사생활 침해예요."

"미안해, 메러디스."

생각해보면 앤드루가 먼저 신탁 자금 얘기를 꺼내면서 왜 여태 숨겼느냐고 내게 화를 낼 수도 있었다. 하지만 그는 그러지 않았다. 이유는 알 수가 없다. 5백만 달러는 앤드루에게 껌값이라서 화낼 일은 아니라고 생각했나?

나는 의자에서 일어선다. 앤드루 옆에 더 이상 있고 싶지가 않다. 그는 뒤따라오며 내 팔을 붙잡는다. 나는 그의 손을 뿌리치고 계단으로 향한다.

"어디 가려고?"

"생각 좀 해야겠어요."

이런 상황에서 좌절감을 느끼는 게 얼마나 위선적인지 나는 안다. 지금까지 실컷 앤드루 몰래 딴짓을 해놓고, 편지를 몰래 본 걸 숨겼다고 그에게 화를 내는 꼴이라니. 하지만 배신감이 느껴진다. 혼자 생각을 좀 정리해야겠다. 이 일을 어떻게 받아들일지, 이 일이 우리 결혼생활에 어떤 영향을 미칠지 숙고해봐야 한다.

남들 말이 옳았던 것일 수도 있다. 나와 앤드루는 애초에 함께해선 안 되는 사람들인지도 모른다. 비밀 위에 쌓아 올린 결혼은 오래갈 수 없다.

"미안해."

그는 다시 사과한다. 좀처럼 사과의 말을 하지 않는 앤드루 프라이스이니 이 정도면 엄청 큰 결심을 한 것이다. 뒤에 바짝 따라 올라온 그의 체온과 열정이 내 등에 전해진다.

계단을 절반쯤 올라가다가 그를 돌아보며 말한다.

완벽한 여자

"제발. 혼자 있고 싶어요."

"그러지 마. 같이 얘기를 해보자."

앤드루가 다시 내 팔을 잡으려 한다. 그의 손이 내 손목을 너무 세게 붙잡아서 내 무릎이 꺾일 뻔한다.

나는 손을 홱 당겨 뺀다. 그에게 잡혔던 손목이 욱신거리고 피부가 벌게진다. 나는 아픈 손목을 가슴에 붙이고 말한다.

"다시는 이런 식으로 나한테 손대지 마요."

처음으로 그는 어쩔 줄 몰라 하는 눈빛이다. 나를 잃을까 봐 두려워하는 건가? 내 수중에 큰 재산이 들어온다고 하니 나를 영원히 자기 곁에 묶어둘 수 없을까 봐 불안해진 걸까?

앤드루는 나를 돌봐주는 걸 좋아한다. 내가 자기를 필요로 하는 상황을 즐긴다.

이제 상황이 바뀔 수도 있다는 걸 알게 됐으니 그는 더 이상 우위에 있지 않게 됐다. 그는 그게 두려운 것이다.

결혼한 지 일 년 반이 된 지금에서야 나는 이 매력적이고 강하고 성공한 남자가 지닌 불안감의 깊이를 깨닫기 시작했다. 그의 불안감은 내가 상상했던 것보다 훨씬 깊었다.

"오늘밤엔 당신이 손님용 별채에서 자요."

나는 이렇게 말하며 돌아선다. 그대로 계단을 올라가 우리 침실로 들어가 등 뒤로 문을 닫아버린다.

숨을 죽이고 문에 귀를 바짝 갖다 댄다. 문밖에서 그의 발소리와 숨소리가 들리는지, 그가 나를 두고 인내심의 한계를 시험하고 있는지 확인한다.

하지만 문밖은 조용하기만 하다.

나는 견딜 수 있는 최대한의 뜨끈한 물로 목욕을 한다.

욕실을 나와 집 뒤쪽의 창문 밖을 내다본다. 손님용 숙소에 불이 켜져 있고 커튼 뒤에서 움직이는 앤드루의 그림자가 보인다.

우위에 서니 기분이 묘하다. 이제 관계의 주도권을 쥔 건 나다.

침대로 올라가 휴대폰을 가슴에 얹고 눕는다. 세상의 무게가 다 밀려드는 듯 매트리스로 몸이 푹 가라앉는다.

누군가에게 내 사정을 말하고 지금부터 뭘 어떻게 해야 하는지 알아봐야 할 것 같다. 이대로 앤드루의 곁에 머물러야 할까? 아니면 떠나야 할까? 내가 오버하는 건가? 언니한테 전화하면 언니는 한바탕 설교를 늘어놓으면서 앤드루를 떠나라고 압박할 것이다. 그리고 언니는 지금까지보다 더 앤드루를 싫어하게 되겠지. 앨리슨에게 전화해 얘기하면 그 여자는 이후 우리 부부를 볼 때마다 이 순간을 떠올릴 것이다. 이 동네에서 유일하게 친하게 지내는 사람이니 분위기가 어색해질 게 분명하다. 엄마는 최악의 조언을 늘어놓는 걸로도 모자라 내가 얘기한 내용을 절대 함구하지 못할 것이다.

편견에 치우치지 않은 의견을 들려줄 사람, 나와 깊이 얽혀 있어 객관성을 잃은 채 입발림을 하거나 너무 비난조로 나오지 않을 사람이 필요하다.

이러저리 생각을 하다 보니 해리스가 떠오른다.

해리스는 내게 특별히 애정 따위 없으니 편견에 치우치지도 않을 것 같다. 게다가 직설적인 발언도 거리낌 없이 하는 편이다.

지금 내게 필요한 게 바로 그런 직설적인 조언이다.

잔인할 정도로 솔직한 조언.

휴대폰의 주소록을 위로 휙휙 넘겨 해리스의 이름을 찾아낸다. 내가 먼저 해리스에게 전화를 거는 건 손에 꼽을 정도지만 지금 그는 내가 고를 수 있는 최상의 선택지다.

유일한 선택지이기도 하다.

뉴욕은 지금 저녁 8시쯤 됐다. 뉴욕 사람들은 온종일 커피를 마시니 그는 아직 퇴근을 못 했을 것이다. 전화를 해보고 연결이 안 되면 음성 메시지를 남겨야지. 해리스가 그걸 듣고도 나한테 전화를 안 하면 나와 얘기하고 싶지 않다는 뜻이겠지만 상관없다. 전화를 걸어보기로 한다.

엄지로 화면에 뜬 그의 이름을 누른다. 신호음이 두 번 가고 해리스가 전화를 받는다.

"해리스." 속에서 숨이 막히는 기분이다. "전화를 안 받을 줄 알았어요."

"무슨 일인데?"

무심한 목소리다. 적어도 나를 혐오하는 것 같지는 않다.

"잠깐 얘기 좀 할 수 있어요?"

"그리어에 관한 얘기라면 됐어."

"언니에 대한 얘기 아니에요."

그는 말이 없다.

"조언이 좀 필요해요."

재즈 음악이 흐르는 중에 달그락거리는 팬 소리가 배경음으로 들린다. 집에서 저녁을 차리고 있는 모양이다.

"혼자 있어요? 아니면 언니랑요?"

"혼자 있어."

몇 초 동안 수도꼭지에서 물 흐르는 소리가 들린다.

"속에 있는 생각을 털어놓고 싶은데 얘기할 사람이 없어요."

"잠시만 직설적으로 말해도 될까?" 그는 가스레인지를 딸깍 켜며 묻는다. "내가 보기에 넌 성격 파악을 잘 못 해, 메러디스. 네 인간관계는 늘 피상적이야. 깊이라곤 없지. 그래서 관계가 오래가질 못하는 거야. 글레이셔 파크에서 친구를 몇 명 사귀었어?"

"한 명이요."

"바로 그거야." 아랫사람 대하듯 하는 그의 말투가 거슬리지만 참기로 한다. "그래서 어떻게 도와주면 되는데? 오늘밤 너에게 가혹한 현실을 얼마만큼 일깨워주면 되는 거냐?"

나는 한숨을 쉬며 얼굴에 철판을 깔고 마음을 단단히 먹는다.

"결혼생활에 문제가 좀 있어요."

그는 바로 대답하지 않고 생각하다가 말한다.

"계속해봐."

"남편이 달라졌어요. 결혼했을 당시의 그 남자가 아니에요."

"계속 그대로인 사람은 없어, 메러디스. 네 남편도 너에 대해 같은 기분일 거야."

"처음에 우리 관계는 정신을 차리기 힘들 정도로 열탕과 냉탕을 오갔어요. 그런데 아까 변호사가 나한테 보낸 편지를 발견했어요. 남편이 먼저 뜯어보고 숨겨놨더라고요."

"무슨 편지인데?"

나는 숨을 깊게 들이마신다. 이 얘기를 해도 될지 속으로 가늠해본다. 내가 알기로 그리어 언니는 내 신탁 자산에 대해 해리스에게 한 마디도 한 적이 없다. 몇 년 전에 언니한테 절대 함구해달라

　　　　　　　　　　　　　　　　　　　　　　완벽한 여자

고 요청했고 언니가 내 부탁을 들어줬으리라 믿는다.

하지만 지금 그 얘기를 하지 않을 수가 없다.

대단히 중요한 판단 요소가 될 수 있기 때문이다.

"남편이 그 편지를 읽고 내년에 나한테 돈이 들어온다는 걸 알게 됐어요. 꽤 큰돈이에요. 결혼 전에 남편한테 미리 말을 안 했어요. 나를 색안경 끼고 볼까 봐서요. 그런데 그는 대단한 부자니까 내 돈을 탐할 리가 없잖아요. 아마 얘길 했어도 별로 달라지진 않았을 것 같아요."

"비밀을 간직한 채 한 결혼이라…… 그것도 돈에 관한 비밀…… 결혼생활을 실패로 몰아가려고 작정했네. 두 사람 다 속 얘기 털어놓고 솔직해지지 않으면 같이 살아가기 힘들 거야. 차라리 지금 갈라서는 게 나을 수도 있어. 부부 사이에 신뢰가 없으면 빈껍데기나 마찬가지니까."

"앤드루한테 화가 나요, 해리스. 내가 숙이고 들어가야 되는 건지 모르겠어요. 하지만 앤드루에게 화를 내는 게 공정하다는 생각도 안 들어요."

"그런 생각이 안 들 건 또 뭐야? 남의 우편물을 개봉하는 건 연방법 위반이야. 우편물을 숨겨놓고 못 보게 만드는 건 더 큰 죄라고."

"나도 완벽한 아내는 아니었거든요."

"설명해봐."

스테인리스 팬에 재료를 넣고 휘젓는 소리가 배경음으로 들린다.

"몇 달 전에 다른 남자를…… 만났어요."

"불륜이구나, 메러디스. 바람을 피웠어. 말 돌리지 말자. 솔직하게 털어놓지 않으면 문제 해결이 안 돼."

"그래요, 맞아요. 불륜을 저질렀어요." 앤드루가 별채에 가 있지만 나는 목소리를 낮춘다. 내가 한 행동에 대해 불륜……이라는 단어를 처음 써봤다. 그 단어는 삽시간에 골수로 스며든다. "후회해요. 어쩌다 보니 그렇게 됐어요. 실수한 거죠. 앤드루한테는 말 안 했어요."

"말해야 돼."

"그럼 완전히 끝장이잖아요. 우린 절대 극복 못 해요. 앤드루가 날 보는 눈이 완전히 달라질 거예요. 날 다시 믿지도 않을 거고요."

"앤드루와 평생 결혼관계를 유지할 생각이긴 했어? 그러니까 내 말은, 네가 앤드루랑 결혼한 지 일 년 반 정도 됐잖아? 그런데 벌써 이런 문제들이 생겼어. 정신 차려, 메러디스. 넌 결혼 상대를 잘못 고른 거야. 잘못된 이유로 잘못된 결혼을 한 거지. 넌 아버지의 부재 때문에 심각한 심리적 문제가 있는데, 이제 본인 행동에 대한 결과까지 책임져야 해."

내게 아버지가 있었으면 지금 해리스처럼 말했을 것이다. 아버지에 대해 내가 갖고 있는 개념은 그렇다. 난 아버지를 사진으로밖에 못 봤다. 아버지는 순전히 운이 좋아서 그렇게 높은 자리까지 올라간 건 아닌 듯했다. 아버지는 똑똑한 사람이다. 사람들은 아버지를 함부로 대하기는커녕 우러러본다. 아버지의 성공에 관한 기사도 봤다. 아버지는 사람들에게 멘토 역할도 해준다. 내가 알기로 아버지는 대단한 성취를 이루었다. 이스라엘 사람들은 아버지를 엄청 존경한다.

나는 아버지가 내 이복형제들을 어떤 식으로 키웠는지 늘 궁금했다. 금전적인 지원을 해주는 것 외에 훌륭한 아버지 노릇도 해줬을까?

아버지는 혼외 자식인 나까지 금전적으로 보살피지 않아도 되었지만 그렇게 해줬다.

나를 만나거나 내 존재를 인정하고 싶지는 않았을지도 모르겠다. 그래도 나를 위해 신탁 자금을 만들어둔 걸 보면 어느 정도는 신경을 써준 것 같기도 하다. 생각할 때마다 내 마음을 아프게 하는 특이한 방식으로 말이다.

"사실을 직시해보자고. 넌 젊어. 어떤 사람들은 너를 전형적인 밀레니얼 세대라고 부르기도 할 거야. 넌 제대로 아는 게 없다는 사실을 받아들이지 않아. 그리고 네가 내리는 모든 결정은 네 낮은 자존감에 기반을 두고 있어. 거기서부터 생각해보자. 네가 실수를 저질렀다는 걸 받아들여. 실수에 따른 결과가 닥쳐왔다는 것도 받아들이고."

"남편한테 다 털어놓으라고요?"

"그래. 앤드루는 네 남편이야. 네가 최근에 다른 남자의 성기를 몸 안에 넣고 즐겼단 사실을 네 남편은 알 권리가 있어."

"그렇게 저속하게 말할 필요 없잖아요."

"네 남편은 어떻게 반응할까? 네 인생을 생지옥으로 만들고 길길이 미쳐 날뛸까? 그런 식으로 반응하는 남자들을 본 적 있어. 겉으로는 아무렇지 않은 것 같은데 어느 순간…… 내면이 무너져버리지. 자존심이 센 남자일수록 충격을 크게 받더라."

나는 손목을 흘끗 내려다본다. 벌겋게 자국이 난 자리에 멍이 들 것 같다. 욱신거리는 통증은 거의 가라앉았다.

"모르겠어요. 생각보다 앤드루에 대해 내가 잘 모르는 것 같기도 해요. 앤드루가 어떤 일 때문에 화를 내는 걸 본 적이 있긴 한데 이건…… 이건 너무 큰일이잖아요."

"조심해. 그럼 난 이만 저녁을 먹어야겠어. 더 필요한 건 없지?"

나는 이불을 턱까지 끌어올리며 드러눕는다.

"없어요." 일단은 없다. "나랑 얘기해줘서 고마워요."

"고맙긴 무슨."

"저기요." 나는 그가 전화를 끊기 전에 덧붙인다. "우리가 했던 얘기를 언니한테는 말하지 말아줘요. 여기서 무슨 일이 생기면 자연히 알게 되겠지만요."

"말 안 할게."

완벽한 여자

# 28장 그리어

**여덟째 날**

마을을 떠나는 길에 빅스비 형사를 만나러 경찰서에 들렀다. 로넌을 대신해 메러디스 실종 사건의 수사팀장을 맡게 된 사람이다. 뜻밖에도 빅스비는 경찰서 로비에 서서 인력 배치 담당자인 여경과 잡담을 나누고 있다. 휴식 시간인가?

"빅스비 형사님."

나는 그의 제복에 붙은 명찰을 보다가 시선을 든다. 빅스비는 이중 턱이 진 얼굴로 우쭐해하며 웃는다.

"예? 무슨 일이시죠?"

"저는 메러디스 프라이스의 언니 그리어 앰브로즈라고 합니다."

나는 좋은 첫인상을 남기려고 손까지 내민다. 이 형사가 나를 믿어주기를, 로넌이 그랬듯이 속을 터놓고 얘기해주길 바라는 마음에서다.

그는 표정이 굳는다. 인력 배치 담당자는 이만 가보겠다고 짧게 인사를 하고는 복도 저쪽으로 걸어간다.

빅스비는 내 손을 잡고 악수를 하며 말한다.

"해럴드 빅스비입니다."

허리띠 위로 뱃살이 살짝 삐져나와 있다. 제복 상의가 팽팽하게 당겨져 작고 반짝이는 단추들이 겨우 천을 붙잡고 있다.

"오늘 경찰이 수색견을 동원한다고 앤드루한테 들었어요."

그는 내 얼굴을 유심히 쳐다보며 대답한다.

"더는 써볼 방법이 남아 있지 않아서 그렇습니다. 일반적인 방식이니 괜한 걱정은 하지 마시고……."

나는 그의 말허리를 자른다.

"알겠습니다. 아직 경찰이 실종자 가족과 공유하지 않은 정보가 있을까 해서 찾아왔어요."

"공유할 수 있는 정보는 전부 프라이스 씨와 공유하고 있습니다."

"아직 공유하지 않은 정보는 없나요?"

짜증날 정도로 끈덕진 질문이 아닌 척 나는 유순한 미소를 지어 보인다.

"그런 정보가 있는지도 알려드릴 수가 없네요. 말씀드렸다시피 공유해도 되는 정보는 모두 공유하고 있습니다."

"그러니까 그런 정보가 있다는 건가요 없다는 건가요, 형사님?"

나는 양볼이 아플 때까지 거의 미친 사람처럼 미소를 지어댄다.

"말씀드렸다시피 공유해도 되는 정보는 공유한다니까요. 수사를 망칠 위험이 있는 정보는 일반인에게 알릴 수 없습니다."

"앤드루는 그냥 일반인이 아니라 실종자의 남편이에요."

"어쨌거나요. 저희가 알아서 진행하고 있습니다. 수사를 위태롭게 하지 않는 방식으로요." 그는 엄지와 중지로 입가를 문지르며 고개를 옆으로 기울인다. "지금으로선 추가로 드릴 정보가 없네요."

"지난번 담당 형사님은 저희에게 모든 정보를 알려주셨는데요."

"그 형사는 담당 사건과 관련된 비윤리적인 문제로 지금 휴직 중이잖습니까."

맞는 말이다.

"저희도 경찰들 못지않게 열심히 찾고 있는 중이에요. 도움이 될 만한 정보가 있다면 저희도 알고 싶어요."

"그러시겠죠."

팔짱 낀 빅스비가 한숨을 푹 쉬었지만 나는 하려던 말을 마저 한다.

"제가 며칠 여기를 떠나 있게 됐어요. 뉴욕에 있는 집에 다녀올 거예요. 제가 없는 동안 수사에 진전이 보이면 연락 주시겠어요? 휴대폰 번호를 드릴게요. 휴대폰은 항상 켜놓을 겁니다. 연락 주시면 바로 비행기 타고 돌아올게요."

머릿속으로 끔찍한 시나리오가 그려진다……. 시신을 발견한 수색견…… 경찰한테서 전화를 받기도 전에 케이블 뉴스로 그 소식을 접하는 나.

빅스비는 안내 데스크 쪽을 향해 손을 흔든다. 안내 데스크 담당 직원이 그에게 펜과 포스트잇을 건넨다. 나는 포스트잇에 내 이름과 휴대폰 번호를 적은 뒤 그가 이 사건을 얼마나 열심히 수사하고 있는지 모르겠지만 어쨌든 감사 인사를 하며 포스트잇을 내민다.

그는 포스트잇을 반으로 접어 왼쪽 가슴 주머니에 집어넣는다. 십중팔구 포스트잇을 그 안에 넣어둔 걸 까맣게 잊고 지내다가,

나중에 물에 흠뻑 젖어 글씨를 알아볼 수도 없는 상태로 세탁기에서 끄집어내겠지.

"고맙습니다. 여러모로 도움에 감사드려요."

나는 마지막으로 한 번 더 손을 내밀고 그와 악수를 한다.

그리고 기다리고 있는 택시를 타러 경찰서를 나선다.

오늘 경황이 없어서 해리스에게 뉴욕으로 돌아간다는 말도 미처 하지 못했다. 내가 뉴욕에 도착하면 그는 나를 보고 놀라겠지. 놀라도 할 수 없다.

갑작스레 나타난 나를 보고 해리스가 어떤 표정을 지을지 궁금하기도 하다. 야간 비행기를 타고 돌아가는 동안 유일하게 기대가 되는 일일 것이다.

완벽한 여자

# 29장 메러디스

**17개월 전**

앤드루 없이 혼자 뉴욕에 와서인지…… 완전히 다른 기분이 든다. 신탁 자금에 대해 알게 된 후로 앤드루는 나를 묶고 있던 밧줄을 느슨하게 풀어주고 있는 듯하다. 너무 바짝 당겼다가 나를 영영 잃게 될까 봐 두려워서일까? 그가 대놓고 말은 안 했지만, 그는 내가 언제든 원하면 집을 떠날 수 있음을 알게 됐다. 그러니 나와 관련된 모든 것을 재평가할 수밖에 없었을 것이다.

지난주에 저녁을 먹으면서 나는 언니를 만나러 일주일 정도 뉴욕에 다녀오겠다고 아무렇지 않게 말했다. 다음날 아침 앤드루의 비서가 내 비행 편을 예약했고, 앤드루는 우리가 뉴욕에 가면 즐겨 찾는 호텔의 귀빈실을 쓸 수 있게 해주었다.

어제 뉴욕에 도착하고 보니 호텔 귀빈실 침대 위에 앤드루가 보낸 꾸러미와 편지가 놓여 있었다. 그 외에도 그는 내가 좋아하는 이 지역 음식들을 배달시켜놓았고, 이번 여행에 어울리는 샤넬 핸드백과 다이앤 체임벌린Diane Chamberlain 작가의 (친필 서명이 들어간) 신작 소설을 준비해두었으며, 대기자 명단까지 있는 여러 유명 식당과 고급 주간 스파에도 예약을 해두었다.

그가 지나치게 애를 쓴다는 생각이 든다. 내 마음의 추는 반대 방향으로 흔들려버렸는데.

오늘은 센트럴 파크 근처의 노점에서 핫도그와 프레첼을 사 먹으면서 그리어 언니랑 친구처럼 편하게 돌아다니고 싶다. 우리가 좋아하는 소소한 가게에도 들를 생각이다. 기분이 내키면 세렌디피티 카페에서 프로즌 핫초코도 사 먹어야지. 그리고 어렸을 때처럼 지하철을 타고 몇 시간씩 돌아다니며 사람 구경이나 해야겠다.

아침에 스팀커피&티 매장 문을 열고 들어서자 카푸치노 메이커 앞에 서 있던 해리스가 시선을 들어 나를 쳐다본다. 그가 나를 보고도 끄응 소리를 내거나 부루퉁해지거나 한숨을 쉬거나 미간을 찌푸리지 않는 게 정말 오랜만이다.

지난 한 달 동안 우리는 거의 밤마다 통화를 했다. 나는 앤드루가 잠자리에 들 때까지 기다렸다가 밤중에 살그머니 나와 차 안이나 손님용 별채로 가서 해리스에게 전화를 걸었다.

바람을 피운 건 아니다. 감정적으로 해리스에게 끌린다든가 그에 대해 어떤 성적 환상을 품어본 적도 없다.

내게 해리스는 백 퍼센트 친구다.

앤드루는 이해하지 못할 것이다. 해리스와 나는 참 다른 사람이지만 난 그를 신뢰한다. 그는 내 결혼생활에 직접 관련돼 있지 않은 만큼 잔인할 정도로 솔직하게 의견을 말해줄 수 있는 사람이다.

"나 왔어요."

나는 손님들로 북적이는 커피숍 한가운데에 우뚝 선다. 천장 스피커에서 어느 인디록 밴드의 연주가 흘러나온다. 마치 영화 속 한 장면 같다.

내가 미소를 짓자 해리스도 미소를 짓는다.

"왔네."

이런 분위기…… 참 새롭구나.

"그리어 언니는요?"

정말 오랜만에 나는 언니를 놀라게 하지 않게 됐다. 일주일 내내 이곳에 머물면서 언니랑 이런저런 일을 함께할 생각이라 시간을 맞추기 위해 언니에게 미리 방문을 알릴 수밖에 없었다.

나는 바 끄트머리로 가서 앉는다. 해리스가 아르바이트생의 도움을 받아 재빨리 음료를 만들어내고 있다. 처음 보는 아르바이트생이다. 검게 염색한 머리, 코걸이, 두 팔 가득한 문신. 아직 여드름 때문에 속 썩는 나이로 보인다. 아르바이트생은 해리스가 매의 눈으로 지켜보는 걸 아는지 고개를 숙이고 열심히 일하고 있다.

"새로 온 직원이에요?"

"아, 쟤? 내 후배야. 꼬마 해리스라고."

나는 피식 웃으며 눈을 위로 굴린다.

"진짜 이름은요?"

"제이크. 하지만 꼬마 해리스가 입에 착 붙지 않아?"

"순 제멋대로네요. 아이스 차이 한 잔 줄래요?"

나는 가방에서 휴대폰을 꺼내 심심풀이로 이메일을 확인한다. 요즘 내가 받는 이메일은 노드스트롬 할인 행사나 네타포르테*의

---

* 노드스트롬(Nordstrom)은 미국의 유명한 백화점이고, 네타포르테(Net-a-Porter)는 영국의 패션 전문 쇼핑몰이다.

5백 달러 이상 주문 시 무료배송을 알리는 광고 메일이 전부다.

해리스가 내 앞에 머그를 슥 내민다.

미리 만들어놓은 것이다.

"어머." 나는 해리스를 마주보며 묻는다. "이걸 언제……? 알아채지도 못했는데…… 고마워요."

"놀란 척 그만해. 내가 너한테 늘 못되게 굴진 않잖아." 해리스는 꼬마 해리스 쪽으로 돌아서서 카푸치노 위에 거품으로 잎사귀 모양을 내는 방법을 가르친다. 그리고 다시 돌아와 카운터에 팔꿈치를 올리고 말한다. "사과하고 싶어."

"무슨 사과요?"

"너한테 항상 매몰차게 굴었던 거."

"매몰차다는 말로는 부족할 텐데요."

그는 잠시 시선을 떨군다.

"지난 한 달 동안 너랑 얘기를 나누고 너에 대해 알게 되면서…… 넌 주어진 환경에서 최선을 다했고 그저 길을 잃고 헤맸을 뿐이라는 생각이 들었어. 어머니는 믿음이 안 가고, 아버지는 없고, 언니는 만사를 자기 뜻대로 해야 직성이 풀리니 오죽했겠어."

그는 말끝에 웃는다. 나도 따라 웃는다.

"어떻게 해야 할지 진짜 모르겠어요."

나는 바깥 면에 물이 송골송골 맺힌 차가운 찻잔을 두 손으로 감싼다.

"나도 몰라. 아는 사람은 아무도 없어. 다들 그냥…… 최선을 다해 살고 있을 뿐이야. 어쩌면 영원히 이해할 수 없는 것들을 이해해보려고 애쓰면서."

"후회해요?"

문득 로넌이 생각난다. 요즘 로넌에 대한 생각이 계속 머릿속을 맴돌고 있다. 이유는 모르겠다. 로넌 생각을 전혀 하지 않고 며칠, 몇 주일도 보낼 수 있을 것 같다가도 그를 머릿속에서 도저히 내몰 수 없을 때도 있다……. 지금 뭐 하고 있을까……. 내 생각을 하고 나를 그리워하고 우리가 함께했던 시간을 돌이켜보고 있을까? 로넌에게 이별을 통보하고 몇 달이나 지났는데 그런 게 다 무슨 의미가 있는지 모르겠다…….

해리스는 어깨를 으쓱하며 대답한다.

"후회 같은 쓸데없는 감정에 매달리기엔 인생은 너무 짧아. 그냥 받아들이고 살아가야지. 다음번엔 좀 더 잘해보자 다짐하면서."

"그리어 언니를 두고 바람피운 적 있어요? 하늘에 맹세코 절대 발설하지 않을게요." 나는 가슴에 손을 얹고 맹세한다.

마치 모욕적인 질문이라도 받은 것처럼 그는 코를 찡그린다. 그리고 턱을 가슴 쪽으로 내려붙이며 대답한다.

"한 번도 없어."

해리스가 거짓말을 하는 것 같진 않다. 물론 내가 그의 행실을 걸고넘어질 입장은 아니다.

"그리어와 내 관계는 골치 아프고 복잡하게 꼬이기도 했지만 난 바람을 피운 적은 없어. 그리어를 사랑하거든. 진심으로. 그리어의 것이 되기로 마음먹었을 때 내 마음을 완전히 다 줬어."

"나도 앤드루를 사랑했어요." 내가 왜 과거형으로 말하는지 모르겠다. "앤드루를…… 사랑해요."

"아니, 그렇지 않아." 해리스는 고개를 젓는다. "그렇다고 생각할 뿐이지. 아무도 네게 진실한 사랑이 뭔지 보여준 적이 없어서 넌 사랑을 알지도 못해."

"무슨 근거로 그렇게 말거요?"

"난 널 오래전부터 봐왔어, 메러디스. 네가 집으로 데려온 남자들, 네가 소셜 미디어에 포스팅해서 올린 남자들도 다 봤지. 너한테 반한 남자들, 넌 애초에 알려고 하질 않아서 그 남자들이 널 원하는 이유도 알아채지 못했잖아."

"무슨 뜻이에요?"

"일일이 짚어줘야 알겠어? 앤드루도 그런 남자들 중 하나란 얘기야."

"앤드루는 나를 사랑해요."

"아니." 해리스는 손으로 머리카락을 쓸어넘긴다.

"앤드루는 너와 함께 있을 때 으쓱해지는 기분을 사랑해. 앤드루의 사랑의 실체는 그런 거야."

나는 고개를 젓는다.

"앤드루를 딱 한 번 만나봤을 뿐이잖아요. 그렇게 판단할 자격은 없는 것 같은데요."

"아니, 판단할 자격이 돼. 이미 판단하고 있고." 해리스는 반쯤 놀리듯 말한다. 그는 내게 논리가 먹히지 않자 절반쯤 좌절한 것 같은 목소리다. "앤드루는 부유하고 불안정한 남자고, 넌 젊고 아름다운 여자야. 그런 조합에서 좋은 결과물은 나오질 않아."

나는 얼굴이 달아오른다. 해리스가 나더러 아름답다고 말한 게 처음이다. 그리어 언니에게도 그런 말을 하는 걸 들어본 적 없다.

"너와 앤드루가 공통점이 있기는 해? 처음에 그의 어떤 면에 끌린 거야?"

내가 대답을 하려는데 해리스는 곧장 자기 말을 이어간다.

"그 남자는 너보다 나이가 많고 세상물정도 잘 알아. 너보다 훨씬 노련하지. 재산도 많으니 안정적이고 안전한 남자로 보였을 거야. 그는 세상에서 제일 섹시한 여자를 보듯 너를 바라봤겠지. 다른 젊은 남자들과는 달리 앤드루와 함께 있으면 너도 섹시해진 기분을 느꼈을 테고."

해리스는 내가 앤드루를 만나고 처음 6개월 동안 느꼈던 감정을 십 초 만에 요약해버린다.

그는 두 손을 허공으로 뻗어 올리며 말을 잇는다.

"아까도 말했지만 넌 아버지의 부재라는 심리적 문제를 안고 있어. 그리어도 마찬가지고. 네가 그리어와 다른 점은 나한테서 이런 분석을 듣지 못했다는 거야."

대학 초창기 때 막살았던 언니의 모습이 떠오른다. 방학을 맞아 집으로 돌아올 때마다 언니는 충동적인 섹스를 했던 경험을 들려주었고 몸에는 늘 새로운 문신이 새겨지거나 피어싱이 박혀 있었다.

그러다 해리스를 만나면서 사람이 완전히 달라졌다.

해리스는 방황하던 언니를 붙잡아 정신적 균형을 찾게 해주었고, 언니가 지금까지 알지 못했던 안정감을 느끼게 해주었다.

"그런데 언니는 어디 있어요?" 나는 카운터를 손가락으로 톡톡 두드리며 주변을 둘러본다. "9시에 출근하는 거 아니었어요?"

"본인이 오고 싶을 때 와. 나도 더 이상 시간 가지고 뭐라 안 해. 아마 언니는 작업을 미리 당겨 하느라고 어젯밤 늦게까지 일했을 거야. 일주일 휴가를 내게 생겼으니 스트레스를 받고 있을걸. 내가 이런 얘기 했다는 거 언니한테는 말하지 마."

이제 나와 해리스 사이에서 '언니한테는 말하지 마'가…… 흔한 말이 되어버린 것 같다.

"마음이 안 좋네요."

"그럴 거 없어. 그리어도 휴식이 필요해. 일을 좀 쉬어줄 필요가 있어. 나도 그리어한테서 휴식이 필요하고."

그는 이 말을 하며 웃는다. 무슨 말인지 바로 이해가 된다. 언니의 감정은 아직 격한 상태다. 지난번에 보니 언니는 해리스와 결별한 후 아직 감정을 추스르지 못했다. 기회가 있을 때마다 여전히 해리스 주변을 맴돌았다. 사귀는 동안 서로 많이 의존했기 때문인지도 모르겠다.

"내 얘기 좀 그만해." 언니의 목소리가 내 귓속을 채운다. 동시에 언니의 따뜻한 손바닥이 내 어깨를 짚는다. 언니가 언제 가게에 들어왔는지, 우리 얘기를 어디부터 들었는지 모르겠지만, 언니의 입가에 붙은 웃음을 보니 아무 얘기도 듣지 못했으면서 우릴 놀리려는 것 같기도 하다. 언니는 해리스를 흘끗하며 말한다. "내 동생에 대한 불평은 다 끝난 거지?"

해리스와 나는 눈빛을 주고받는다.

"그래."

해리스는 간단하게 대답한다.

나는 의자에서 일어나 언니를 따라서 사무실로 들어간다. 언니는 오늘 삼십 분, 최대 한 시간만 일하고 나랑 같이 놀러 나가기로 약속했다.

"네가 머무는 고급 스위트룸에서 같이 지내자. 내 원룸 크기의

완벽한 여자

두 배 아니, 더 넓을 거야." 언니는 컴퓨터를 켜며 말한다. "내가 상위 1퍼센트의 삶을 언제 또 구경해보겠니."

나는 눈을 위로 굴리며 고개를 젓는다.

"뭔 소리야! 어쨌든 언니 하고 싶은 대로 해. 풀아웃 소파*에서 자든지."

비좁은 사무실에 진열된 특이한 물건들을 구경하다가 우리 둘이 어렸을 적 찍은 사진을 들여다본다. 뉴저지주의 해변 놀이공원에서 대회전 관람차를 타고 찍은 사진인데, 그 놀이공원은 아마 지금은 없어졌을 것이다.

사진 속에서 언니는 뒤에서 내 어깨를 팔로 감싸 안았고 우리는 환하게 웃고 있다.

당시 엄마가 만나던 남자친구가 엄마한테 잘 보이려고 비싼 카메라로 찍어준 사진이다. 그 남자는 입만 열면 사진 사업을 하겠다고, 자신의 재능이 얼마나 대단한지 아느냐고 떠들어댔지만 난 그가 밖에 나가 일하는 모습을 본 적이 없었다. 엄마가 일하러 나가 있는 동안 그 남자는 우리 집 거실 소파에 눌어붙어서 종일 스포츠 경기만 봤다.

"이날 기억나."

나는 은박 액자에 담긴 그 사진을 집어 들고 가까이 들여다본다.

"콘도그**도 기억나겠네?"

언니는 피식 웃음을 참으며 묻는다.

---

* pullout sofa. 접으면 소파, 펼치면 침대가 되는 소파.
** 소시지를 옥수수 빵으로 감싼 핫도그.

"그래, 기억나."

나는 신음을 흘리며 눈을 위로 굴린다. 언니는 내가 그 일을 잊어버리게 두지 않을 것이다. 우리 둘 다 늙어 호호 할머니가 돼서 양로원에 앉아 있을 때도 언니는 내게 망할 콘도그 기억나느냐고 물을 것이다.

"어휴, 진짜 더러웠지." 언니는 혀를 살짝 내밀며 덧붙인다. "그 냄새는 절대 못 잊어."

그날 나는 가공육과 튀긴 옥수수빵으로 만든 콘도그를 배불리 먹은 뒤 놀이공원에서 제일 빠른 롤러코스터에 탔다. 탑승 가능한 키 기준에 간당간당했다. 롤러코스터를 다 타고 내렸는데 언니가 내 얼굴이 너무 창백하다고 말했다. 나는 대답을 하기도 전에 언니의 하얀색 컨버스화에 올칵 토하고 말았다. 다른 십 대 언니들 같으면 질겁하고 화를 냈을 텐데 언니는 나를 화장실로 데려갔고, 내가 위장에 남은 음식을 모조리 토하는 동안 내 머리카락을 그러모아 잡아주었다. 그리고 상태가 안 좋으면 그만 놀이공원을 나가자고 말해주었다.

엄마는 이 놀이공원에 오려고 쓴 돈이 얼마인 줄 아느냐고, 여기까지 오느라 아침 내내 지하철에 기차에 버스까지 타고 왔다면서 화를 냈다.

하지만 언니는 나를 감싸주었다. 언제나 그랬듯 언니는 엄마에게 따박따박 말대꾸를 하면서 우리는 이만 여길 나가겠다고 우겼다.

그날은 오후 기온이 32도 정도였고 습기 때문에 눅눅했다. 나는 몸을 오들오들 떨면서 식은땀을 흘렸다. 위장이 꼬이는 것 같았다. 나중에 알고 보니 콘도그를 먹고 체한 게 아니라 독감 때문이었다.

엄마는 나더러 강하게 마음먹으면 된다고, 억지로라도 더 놀고 가라고 고집했다. 입장한 지 두 시간밖에 안 됐는데 나가겠다고 하면 다시는 놀이공원에 데려오지 않겠다고 엄포를 놓았다.

언니는 내 손을 잡고 출구 쪽으로 데려갔다. 엄마와 카메라를 든 엄마의 남친은 우리를 따라올 수밖에 없었다.

"언니는 늘 나를 잘 돌봐줬어."

언니는 별것 아니라는 듯 어깨를 으쓱한다.

"넌 내가 좋아하는 사람이니까."

사진을 도로 내려놓고 언니의 책상 쪽으로 돌아선다. 언니의 어깨를 두 팔로 감싸고 언니의 목에 얼굴을 묻는다.

"이건 무슨 뜻이야?"

언니가 차분하게 묻는다.

"언니는 늘 나를 잘 돌봐줬고 아무도 신경 안 쓸 때 나를 걱정해줬어."

"내가 선택권이 있겠니? 넌 내 동생인데. 널 걱정하는 게 내 일이야."

"사랑해, 언니."

"내가 더 사랑해."

# 30장 그리어

,

**아홉째 날**

"제이크, 해리스는 어디 있어?"

오늘 아침 스팀커피&티 매장으로 들어가면서, 언제나처럼 계산대에 서서 단골손님과 한담을 나누는 해리스를 보게 될 줄 알았다. 그런데 가게에는 제이크뿐이다. 제이크는 지난 일 년 반 동안 해리스 밑에서 일을 배우고 있는 문신한 대학생이다. 그전에 내가 해리스에게 넌 일을 너무 많이 하니 복제 인간을 하나 만들거나 조수를 고용하라고 잔소리를 했는데, 결국 해리스가 가게에 들인 아르바이트생이 바로 제이크다.

제이크는 가죽 페도라를 쓴 남자 손님한테서 10달러짜리 지폐를 받고 거스름돈을 건네면서 내게 고개를 돌리고 나지막이 묻는다.

"무슨 뜻이에요?"

"저 뒤에 있어?"

제이크가 코를 찡그린다.

"혼란스럽네요."

"나야말로 혼란스러워."

나는 눈을 가늘게 뜨며 검지를 내 가슴에 갖다 댄다.

"같이 계신 거 아니었어요? 여동생분을 찾으러 같이 다니시는 줄 알았는데요?"

나는 천천히 고개를 젓는다.

"아니야……. 해리스는 여기 남아서 매장 관리를 하기로 했어."

제이크는 다른 손님을 응대하기 시작한다. 나는 인내심이 바닥나 속에 구멍이 뚫릴 것 같다. 제이크는 티 라테를 휘저으며 내 쪽으로 다가와 나를 흘끗 쳐다본다.

"사장님이 나흘 전에 유타주로 떠나신 줄 알았어요." 제이크는 손을 멈추더니 고개를 갸웃한다. "그날 아침 일찍 저한테 전화하셔서 가게 잘 보고 있으라고, 언제 돌아올지 확실히 말할 수는 없지만 계속 연락 주겠다고 하셨거든요."

"그 후로 해리스가 연락을 했어?"

"아뇨." 제이크가 페도라를 쓴 남자에게 티 라테를 내밀자 남자는 잔돈 한 줌을 팁 통에 집어넣는다. 구두쇠 같으니라고. "일이 어떻게 되어가고 있는지 궁금해서 저도 뉴스를 계속 챙겨보고 있어요. 여동생 일은 유감이에요."

"걘 죽지 않았어." 날카롭게 쏘아붙이려던 건 아닌데, 다들 '실종'을 '사망'과 동일시하니 기분이 좋지 않다. 살았는지 죽었는지 확실해지기 전까지는 함부로 어떤 결론도 내리고 싶지 않다. "내 말은, 아직 아무것도 모르는 상태라고."

"그냥 이런 일을 겪게 되신 게 유감이란 뜻이에요."

괜히 미안해진다.

"고마워."

제이크는 손님 두 명을 더 응대한다. 가십의 여왕처럼 생긴 두 여자 손님이다. 붙임 머리를 한 백금발, 카렌워커 선글라스, 입술선보다 크게 립스틱을 바른 카일리 제너 스타일 입술. 늘 오던 손님들은 아니다. 그들은 대형 아이스 마키아토 두 잔, 시나몬 스콘을 주문하고는 백 달러짜리 지폐를 거슬러줄 수 있는지 묻는다.

잠시 후 나는 제이크에게 묻는다.

"정확히 어떻게 된 건지 설명 좀 해줘. 해리스가 내 동생 찾는 일을 도우러 유타주로 갈 거라고 너한테 말했니? 그 후로 해리스를 보거나 전화를 받은 적 없어?"

제이크는 두 손을 엉덩이에 올리고 천장을 올려다보며 숨을 길게 내쉰다.

"행선지는 말 안하셨어요. 그냥 제가 추측한 거죠. 사장님은 여길 떠나면서 언제 다시 돌아온다는 말을 안 하셨어요. 조만간 전화라든지 어떤 식으로든 연락이 올 줄 알았는데 아직까지 없네요."

"말도 안 돼. 여기 안 있을 거면 나한테 말을 했을 텐데."

제이크는 이게 얼마나 심각한 상황인지 이해하지 못한다. 그의 잘못이 아니다. 그는 로어이스트사이드에 위치한 거지같은 원룸의 2층 침대 아래칸을 차지하기 위한 월세도 겨우 내고 사는 가난한 바리스타다. 나와 해리스의 복잡미묘한 관계를 이해할 리 없다. 지난주에 처음으로 해리스가 내게 사랑한다는 말을 했다는 것도, 뉴욕에서 계속 매장 관리를 하고 있는 척했다는 것도 제이크는 모른다.

해리스의 아파트 문 앞에 서 있었던 그날 아침을 돌이켜 생각해본다. 피곤에 전 해리스의 눈빛에 담겨 있던 연민. 유감이라던 그의 말, 그리고 포옹. 필요할 때 언제든 곁에 있어주겠다던 약속.

내가 유타주에 가 있으면서 전화할 때마다 해리스는 꼬박꼬박 받았다. 전화를 빨리 끊게 하려고 나를 재촉한 적도 없었다. 그는 내 속을 다 털어놓게 해주었고 우는소리도 다 들어주었다. 비극적인 상황에 함몰되어 어쩔 줄 모르는 내게 힘이 되는 감동적인 말도 해주었다.

그게 계략이었다고는 생각하고 싶지 않지만…….

매장을 나서면서 해리스에게 전화를 걸어본다.

신호음이 가지 않는다.

곧바로 해리스의 목소리가 음성 메시지를 남기라고 안내하자 나는 전화를 끊어버린다.

택시를 불러 타고 해리스의 아파트로 향한다. 아파트에 도착하자마자 3층까지 계단으로 올라간다. 느려터진 승강기를 기다릴 여유도 인내심도 없다. 3F호의 현관문을 두 손바닥으로 두드린다.

"해리스! 해리스, 집에 있어?"

본능적으로 이 질문의 답을 알고 있으면서도 계속 불러본다.

그와의 마지막 통화를 돌이켜 생각해본다. 뭔가 평소와 다른 점이 있었나? 내가 위험 신호를 놓친 건가? 하지만 나는 메러디스 일에 온통 신경이 가 있던 탓에 메러디스와 관련된 부분이 아니면 그다지 주의를 기울이지 않았다.

복도 저쪽에서 한 노인이 문을 열고 나와서 나를 면밀히 쳐다본다. 못된 짓이라도 하러 온 줄 아는 걸까? 아는 얼굴은 아니다. 내가 이 아파트를 나가고 나서 이사 들어온 사람인 것 같다.

"혹시 여기 사는 해리스 콜리어 씨 본 적 있으세요? 급한 일이라서요. 전 해리스 친구예요."

노인은 다리를 살짝 절며 내 쪽으로 걸어온다. 입술이 약간 비틀려 있어서 가만히 있어도 인상을 찌푸리는 것처럼 보인다.

노인은 내 앞을 지나가며 말한다.

"아니, 이름도 들어본 적 없수다."

전형적인 뉴욕 꼰대다.

닦달해서라도 정보를 더 캐내고 싶지만 노인은 이미 모퉁이를 돌아 승강기 쪽으로 가버렸다.

해리스의 아파트에 들어가야겠다.

계단통 쪽으로 달려가 한 번에 두 칸씩 계단을 밟고 내려간다. 복도 끄트머리에 있는 집주인을 찾아간다. 내가 여기서 이사를 나가긴 했지만 임대 계약서에는 아직 내 이름이 적혀 있다. 계약 당시 임대인 측이 제시한 웃기는 할인 조건이 붙은 36개월 월세 계약서에 해리스가 내 이름도 같이 적으라고 했기 때문이다.

문을 두드리고 나서 귀를 기울이자 집주인 여자가 켜놓은 텔레비전 소리, 그 여자가 소중하게 키우는 왕관 앵무새가 꽥꽥 짖어대는 소리, 누가 문을 두드린 것 같다고 아내에게 소리치는 남편의 목소리가 들린다.

일 분쯤 지나자 집주인 여자가 문을 열고 나온다.

나는 가쁜 숨을 고르며 말한다.

"콘웨이 부인, 그리어 앰브로즈에요. 3F호에 사는."

여자는 나를 위아래로 훑어본다. 퀴퀴한 담배 냄새와 새똥 냄새가 보이지 않는 안개처럼 나를 휘감는다.

"아직 여기 살아요? 남친이랑 헤어진 줄 알았는데."

"헤어졌어요. 전 지금 여기 살진 않지만 임대 계약서에는 아직 제

이름이 있잖아요. 아파트에 좀 들어가야겠어요."

여자는 내 말이 진짜인지 거짓인지 판단이 안 선다는 듯 고개를 갸웃한다.

"해리스와 연락이 안 돼요. 휴대폰도 꺼져 있고, 일주일 넘게 가게에서 해리스를 본 사람도 없어요."

"경찰에는 신고했어요?"

"아파트 안을 확인해보고 나서 하려고요." 거짓말이다, 약간은. 아파트 안을 확인해보고 나서 어떻게 해야 할지는 아직 모르겠다. 가급적 빨리 그의 아파트로 들어가야 한다는 생각뿐이다. 그래야 그다음 일을 판단할 수 있을 것 같다. "마스터키 가지고 계세요? 혹시 무슨 일이 있는 건 아닌지 집 안을 잠깐만 보면 돼요. 별일 아닐 수도 있는데 경찰을 불러 성가시게 하고 싶지 않아서요. 혹시 해리스가 쪽지를 남겼나요?"

여자는 눈을 가늘게 뜨더니 숨을 후 내쉰다.

"법적으로 저는 그 아파트에 들어갈 권리가 있어요, 콘웨이 부인."

비록 말이 너무 빠르게 나오고 눈꺼풀이 씰룩거리지만 최대한 예의 바르게 말하려 애쓴다. 이 여자가 내 말을 믿지 않는 것도 이해 못 할 바는 아니다. 지난 한 주 동안 마음고생을 했더니 내 상태가 그다지 좋지 않다. 그 상태를 감출 방법도 없다.

"맞는 말이야, 여보." 여자의 남편이 거실의 움푹 들어간 구석자리에서 참견을 한다. "열쇠 내주고 와서 이 망할 쇼나 마저 봐. 다 보고 DVR에서 지우게."

콘웨이 부인은 잠시 기다리라는 뜻으로 손가락 하나를 세워 보이고는 현관문을 닫는다. 잠시 후 다시 문을 열고는 내 손에 반짝이는 금색 열쇠를 쥐어준다.

"여기 있어요. 둘러보고 나서 바로 돌려줘요. 알겠죠? 뭐 훔칠 생각 말고요."

"알겠습니다."

나는 곧장 해리스의 집으로 향한다. 심장이 쿵쾅쿵쾅 뛰고 볼이 달아오른다. 눈앞이 어지럽고 흐려진다. 3층으로 달려 올라가 자물쇠에 열쇠를 꽂는다. 너무 세게 꽂아서 열쇠가 부러진 게 아닐까 싶었는데 열쇠를 돌리자 자물쇠가 딸깍 열린다.

안으로 들어가본다.

퀴퀴한 냄새가 폐를 가득 채운다. 집 안에 신선한 산소가 아예 없는 듯하다. 주방 조리대는 잡동사니 하나 없이 깨끗이 치워져 있다. 소파에 놓인 쿠션들도 빵빵하게 부풀려져 있다. 해리스가 언제 이 집을 떠났는지 모르겠지만 급하게 나간 것 같지는 않다.

벽난로 위 선반을 보니 액자에 담긴 그의 가족들 사진이 나란히 놓여 있다.

문 옆 깔개 위에는 그의 신발들이 깔끔하게 놓여 있다. 해리스가 좋아하는 척테일러 컨버스화, 검은색 닥터마틴 전투화만 빼고.

잠깐 외출했다가 곧 돌아올 것 같은 분위기다.

주방으로 들어가 찬장 몇 개를 열어본다. 울프강 퍽* 수프 통조림 몇 개, 그리고 해리스가 좋아하는 유기농 프로스티드 플레이크 몇 상자가 미개봉 상태로 들어 있다. 그 옆 냉장고를 열어본다.

---

* 오스트리아 출신으로 미국에서 활동하는 요리연구가 겸 영화배우.

　　　　　　　　　　　　　　　　　　완벽한 여자

비었다.

우유도 계란도 버터도 없다.

오래 두면 상할 만한 음식, 오랫동안 넣어두었을 때 냄새가 날 만한 음식이 싹 치워져 있다.

무엇보다 냉장고 안에 냉기가 돌지 않는다.

집을 떠나기 전에 냉장고를 꺼놓은 것이다. 그가 어느 정도 계획을 세우고 집을 떠났음을 알 수 있는 대목이다.

냉장고 문을 세차게 닫고 침실을 확인한다. 침대가 잘 정돈돼 있다. 시트 모서리가 가장자리에 깔끔하게 접혀 들어갔고 베개들이 침대 머리판에 가지런히 기대어 있다. 빨래 바구니도 비어 있다.

깔끔 떠는 또라이의 옷장 문까지 열어젖힌다. 옷들이 아무렇게나 흩어져 있다.

가슴이 철렁한다.

해리스의 옷 중 상당수가 보이지 않는다.

청바지, 티셔츠 같은 평상복들이 없다. 옷걸이에 걸려 있는 건 특별한 행사 때 입는 몇 벌 안 되는 오래된 정장들, 얇은 넥타이들, 대학생 때부터 입어 보풀이 잔뜩 일어난 낡은 스웨터들뿐이다. 그는 몇 년 전부터 그 스웨터들을 어디 기부해야겠다고 말했다.

욕실을 확인해본다.

그의 시나몬 향 치약, 아르간 오일 샴푸, 삼중 날 면도기.

전부…… 보이지 않는다.

# 31장 메러디스

**8개월 전**

"너 정말 큰 실수 하는 거야."

오늘밤 해리스는 별나게 화가 난 목소리다.

지난 몇 달 동안 나는 앤드루에 관해 해리스에게 속 얘기를 털어놓았다. 그리고 오늘밤 몇 가지 놀라운 소식을 전했다.

부부 상담이 매우 잘 되어가고 있다는 것.

내가 여전히 앤드루를 사랑한다는 것.

이제 앤드루가 우리 둘 사이의 아기를 갖고 싶어 한다는 것.

"넌 지금 갈림길에 서 있어. 할 수 있을 때 빠져나오는 게 맞아. 난 이해가 안 돼, 메러디스. 대체 왜 생각이 바뀐 거야?"

지난 몇 달 동안 해리스는 이혼 쪽으로 가닥을 잡도록 나를 꾸준히 설득해왔다. 앤드루가 전보다 잘 대해주고 있다고 내가 말했지만 소용없었다.

처음 해리스에게 조언을 구하기 시작한 이유가 편견에 치우치지 않고 적절한 조언을 해주리라 믿었기 때문이다. 어느 순간부터 나는 해리스가 나를 인간적으로 좋아한다는 느낌을 받았다. 해리스는 늘 남편과 헤어지라고 조언했다. 결국 해리스도 그리어 언니와 다를 바 없었다. 더 이상은 해리스와 얘기를 나누고 싶지 않다는 생각마저 들었다. 남편과의 관계가 개선되고 있다는 사실을 해리스가 받아들이려 하지 않으니, 결국 똑같은 대화를 오십 가지 방식으로 변주해 주고받을 뿐이었다.

"이 집에서 나가고 싶지 않아진 것 같기도 해요."

"일주일 전과는 얘기가 다르잖아." 해리스는 간결하게 받아친다. 해리스가 입을 꽉 다문 모습이 상상된다. "어떻게 격주로 말이 달라져? 어떻게 할 건지 확실하게 마음을 정해, 메러디스. 이 말 저 말 그만 늘어놓고."

얼마 전부터 해리스의 잔소리가 지겨워져서 혼자 떠들게 내버려 뒀다. 계속 듣고 있다는 듯 "네", "음", "그렇죠" 같은 추임새나 넣으면서. 생각해보니 그러지 말 걸 그랬다. 해리스는 자기 말에 내가 계속 동의한 줄 안 모양이다……. 해리스의 주장을 요약하자면 신탁 자산을 받자마자 앤드루와 헤어져 뉴욕으로 돌아와 새 출발을 하라는 것이다.

"왜 그런 식으로 말해요? 우린 친구잖아요. 내 뜻을 지지해줘요. 내 결정을 지지해달라고요. 내 행복을 빌어주면 좋잖아요."

"우린 친구가 아니야." 해리스의 말에 가시가 돋쳐 있다. "난 네 이성의 목소리지. 그 이상도 이하도 아니야."

"이해할 거라고 생각 안 했어요. 하지만 난 여전히 앤드루를 사랑해요. 우린 둘 다 완벽한 사람이 아니에요. 난 아직 결혼생활 실패를 인정할 준비가 안 됐어요."

"일주일 전에는 준비가 됐었잖아. 네가 화장실에 갔다가 돌아와 보니까 남편이 웨이트리스에게 집적거리고 있었다며?"

"그런 말을 했죠. 그래서 부부 상담 때 그 문제도 얘기했어요. 알고 보니까 남편이 그 웨이트리스와 아는 사이더라고요. 회사 고객의 딸이래요. 앤드루가 그 여자의 아버지에 관한 농담을 해서 둘이 같이 웃은 거라고 하더라고요. 그게 내 눈에는 둘이 서로 작업을 거는 것처럼 보였던 거예요."

"도저히 믿기지가 않네."

이 말은 해리스가 나를 바보로 본다는 뜻이다.

"내 일에 지나치게 관여하려고 드는 게 이해가 안 되네요. 내가 당신한테 이런 얘기를 털어놓기 시작한 건 내 일에 지나치게 관여할 사람이 아니라서였어요." 초조해진 나는 거실을 서성인다. 앤드루가 언제 집에 돌아올지 모른다. "객관적인 의견을 구하려고 했던 건데, 당신은 더 이상 그런 의견을 주지 못하는 것 같네요."

해리스가 입을 다문다.

내가 그의 신경을 건드린 것이다.

그는 내 말이 옳다는 걸 알고 있다.

잘 알고 있다.

"내가 객관적인 의견을 주고 말고는 이 일과 아무 관계가 없어. 난 널 옳은 방향으로 이끌려는 거야. 네 인생에서 두 번째로 큰 실수를 저지르지 않도록 막아주려고."

"두 번째로 큰 실수요? 첫 번째는 뭔데요?"

"앤드루와 결혼한 거."

나는 눈을 위로 굴리며 창밖으로 집 앞 거리를 내다본다. 앤드루의 차가 보이는지 확인하기 위해서다. 그만 통화를 마무리해야

완벽한 여자

겠다.

"이제 나한테 전화하지 마."

"진심 아니죠?"

"진심이야. 네 애매한 얘기를 들어주는 것도 진저리난다. 답답하면 일기라도 쓰든지. 난 그만 빠질게."

"해리스."

"그거 알아, 메러디스? 넌 네 엄마처럼 믿음이 안 가는 사람이야. 그나마 네 엄마는 남의 헛소리에 홀려 끝장나기 전에 빠져나올 정도의 분별력은 있어."

"야비한 말이네요. 난 엄마랑 달라요."

"내가 보기엔 똑같아."

해리스는 조롱하는 투로 말한다. 그의 목소리에 혐오감과 우울함이 섞여 있다.

얼굴이 달아오르고 심장이 쿵쾅거린다. 나를 엄마한테 갖다 대다니, 해리스는 넘어서는 안 될 선을 넘었다. 내가 반박하기도 전에 전화가 끊긴다.

휴대폰을 근처 탁자에 놔두고 와인을 마시러 주방으로 향한다.

오늘은 금요일이다. 오후 5시가 거의 다 됐다. 이번 주말에 앤드루가 아이들을 보기로 되어 있어서 우린 이따가 에리카의 집에서 아이들을 데려와야 한다.

긴장을 풀어야 한다. 하지만 내가 좋아하는 드라이 레드 와인의 코르크를 따자마자 초인종이 울린다. 자낙스 같은 효과를 발휘하는 와인을 마시려다 말고 현관으로 가 문을 연다. 전혀 예상 못한 사람이 문 앞 계단에 서 있다.

"로넌."

그를 본 순간 심장이 철렁하고 속이 울렁거리지만, 내 얼굴에는 미소가 피어나려 한다.

마지막으로 봤을 때보다 훨씬 좋아 보이는 모습이다.

머리카락이 좀 더 자랐고 피부가 햇볕에 더 그을렸다. 얼마 전에 휴가라도 다녀온 걸까? 경찰관 명찰을 목에 걸긴 했지만 평상복 차림이다. 그의 어깨 너머로 길가에 주차된 아무 표시 없는 경찰차가 보인다.

"집으로 가는 길에 잠깐 들렀어요. 스토커를 잡았다는 소식을 알려주고 싶어서."

스토커.

맞다. 엄청 오래전 일 같은데. 로넌이 다시 내 인생으로 들어오니 원점으로 돌아온 기분이다.

"들어오세요."

나는 현관문을 당겨 활짝 연다.

"괜찮습니다. 오래 안 있을 거라서요."

그의 눈빛에 씁쓸하면서도 기쁨에 겨운 갈망이 담겨 있다. 그는 두 손을 주머니에 찔러 넣은 채 나를 바라본다. 깜박이는 촛불을 보는 듯한 눈빛이다. 그에게 나는 아름답고 유혹적이지만 손을 대면 다칠 테니 건드릴 수 없는 촛불이다.

스토커가 나를 성가시게 하지 않은 지가 일 년이 넘었다. 속으로 나는 에리카가 사람을 고용해 나를 괴롭힌 게 아닐까 생각했었다. 앙심을 품고 그런 짓을 하고도 남을 여자였다.

"글레이셔 파크에 사는 아무 여자나 무작위로 스토킹을 한 것 같습니다. 정신적으로 불안정한 동네 주민이에요. 도시 경계선 너머에 있는 통나무집에 사는 은둔자인데, 스토킹을 하다가 들키자 달아났습니다. 목격자가 스토커의 차량 번호와 인상착의를 경찰에 전달했어요. 그 정보로 범인을 잡은 거죠. 그자가 당신을 스토킹했던 걸 자백했어요. 무작위로 고른 여자들 중 하나였다고 하더군요. 알고 싶어 할 것 같아서 이렇게 찾아온 겁니다."

나한테 빚진 것도 없는데 내 마음을 편하게 해주려고 여기까지 와주다니 정말 친절한 남자다. 잠시 즐긴 사이일 뿐인데 나 때문에 그는 아직 아파하는 것 같다. 나를 보는 그의 눈빛이 고통스러워 내 가슴까지 아파온다.

우리가 다른 환경에서, 다른 삶에서 만났으면 좋았을 텐데.

"고마워요." 나는 가슴에 손을 얹으며 말한다. 그를 포옹하고 싶지만 지금 이 상황에서 그런 행동은 부적절할 것이다. "어떻게 지냈어요? 당신 생각을 가끔 했어요⋯⋯."

그의 낯빛이 밝아진다. 말은 안 해도 그가 내 생각을 했음을 알 수 있다.

"그럭저럭. 잘 지냈어요."

"근황은 어때요?"

그를 집으로 들이고 싶다. 그동안 밀린 얘기를 하면 좋을 텐데. 예전처럼 몇 시간씩 수다를 떨고 싶다.

"일이나 하고 있죠. 데이트도 몇 번 했고요."

그의 눈빛이 부드러워지면서 얼굴에 미소가 번진다. 나를 기분 좋게 해주고 싶어 하는 마음이 느껴진다. 하지만 데이트를 했다는 말에 나는 주먹으로 배를 맞은 것처럼 움찔한다.

"그래요? 데이트요?"

나는 눈썹을 치켜올리며 억지로 미소를 짓는다. 하지만 내 목소리에는 이미 실망감이 묻어나고 말았다. 로넌은 내 남자가 아니고 앞으로도 그렇게 될 일은 없겠지만, 이 남자의 트럭 조수석에 함께 타고 데이트를 했을 얼굴 모를 여자들에게 질투가 난다. 그의 완벽하게 빛나는 미소를 한껏 즐기고 그와 달콤한 키스를 하면서 내가 다시는 맛볼 수 없는 기쁨을 누렸겠지.

"예."

그가 미소 짓는다.

"잘 되어가나 봐요?"

그는 어깨를 으쓱한다.

"어쩌면요."

"내가 아는 여자예요?"

내가 알 리 없겠지만 여자의 이름이라도 듣고 싶다. 질투를 한다는 게 이런 기분일까? 속이 울렁거리고 눈이 따끔거린다. 다시는 내 것이 될 수 없는 남자가 내게서 돌아서는 모습을 바라보며 가슴이 무겁게 부서지는 기분.

속으로 나 자신을 꾸짖으며 상념을 떨쳐낸다. 로넌이 누구와 데이트하든 내가 상관할 일은 아니다. 나는 로넌을 그리워할 권리도, 그가 언젠가 사랑에 빠져 결혼을 하고 함께 가정을 꾸려갈 여자를 질투할 권리도 없다. 로넌은 그 여자를 한 번만 봐도 자신의 짝임을 바로 알아보겠지. 그 순간 내 생각은 전혀 하지 않을 것이다.

로넌은 좋은 아빠가 될 거다.

저녁식사 시간에 맞춰 퇴근을 하고 자식들에게 풋볼 공 던지는 방법을 가르치겠지. 놀이공원에서 목말을 태워주고 여름이면 아이들과 함께 수영장에 뛰어 들어가 다이빙을 가르치고 아이를 등에 태운 채 헤엄도 칠 것이다.

앤드루는 이자보와 칼더에게 좋은 아버지이지만 내가 생각하는 것과는 다른 방식이다.

두 남자를 비교하는 건 공평하지 않을 것이다.

진입로를 향해 올라오는 헤드라이트 불빛에 내 시선이 쏠린다.

남편이 집에 왔다.

"스토커의 이름은 뭐예요? 그냥 알아두려고요."

이름을 알아야 앤드루에게 말할 수 있다. 그래야 로넌이 갑작스레 집에 찾아온 상황에 대해 의심하지 않을 것이다.

로넌은 주저 없이 대답한다.

"페리 데이비스요."

나는 입술을 살짝 내밀며 말한다.

"아, 예. 들어본 적 없는 이름이네요."

"지금 선고를 기다리고 있어요. 우리가 그자의 움직임을 지켜보고 있으니 안심해도 돼요. 그자는 자동차 연료 탱크를 채울 때도 경찰의 감시를 받게 될 겁니다."

응석받이 아내를 괴롭히는 어느 미친 스토커놈을 경찰이 끝내 잡아내지 못하면 글레이셔 파크의 부유층 남편들이 경찰을 얼마나 닦달할지 상상이 된다.

선반에 열쇠를 달그락 내려놓는 소리, 보안 시스템의 경보음이 복도를 따라 삐이 울리는 소리가 들려온다. 잠시 후 나와 앤드루의 시선이 마주친다.

"메러디스? 오는 길에 여섯 번이나 전화했는데 왜 안 받았어?"

요즘 앤드루는 나한테 전화하는 횟수가 늘었다. 내가 전화를 안 받거나 몇 분 안에 문자로 답장을 안 하면 이렇게 걱정을 한다. 부부 상담 때 남편이 내 안전에 대해 별로 신경쓰지 않는 것 같아서 스트레스받는다고 했더니 그 후 앤드루는 지나칠 정도로 나를 챙기고 있다.

"벨소리를 무음으로 해놨네요. 미안해요."

로넌은 하고 싶은 말이 있지만 꾹 참는 듯 입을 다물고 콧구멍을 벌름거리며 숨을 내쉰다. 로넌은 말을 할 필요가 없다. 그가 무슨 생각을 하는지 나는 정확히 알고 있고, 로넌도 그 사실을 안다.

"걱정했잖아. 무슨 일이라도 생겼나 하고……." 모퉁이를 돌아 나오던 앤드루는 로넌을 보더니 우뚝 멈춰 선다. "무슨 일이야?"

"맥코맥 형사님이 나를 괴롭히던 스토커를 잡았다고 알려주려고 들렀어요."

"빨리도 잡았네."

앤드루는 두 손으로 내 엉덩이를 감싸고 내 목 옆쪽, 귀 바로 아래에 입을 맞춘다. 로넌이 이 집에 와 있다는 사실만으로도 위협받는 기분인지 앤드루는 내 허리에 손을 감고 놓지 않는다.

혹시 앤드루가 아는 걸가?

두 남자는 차가운 눈빛으로 서로를 마주보면서 어깨를 펴고 어정거린다. 귀한 암컷을 사이에 두고 싸움이 벌어진 수사슴들처럼. 우리를 주시하던 로넌은 내 엉덩이에 얹힌 앤드루의 손에서 시선을 떼지 못한다.

잠시 후 로넌이 말한다.

　　　　　　　　　　　　　　　　　　　　　완벽한 여자

"이만 가보겠습니다. 어쨌든 결과를 알려드리려고 왔습니다."

"고맙습니다."

로넌을 순찰차까지 바래다주고 싶다. 로넌과 조금이라도 더 시간을 함께 보내고 싶은 마음에 애가 탄다.

로넌과 함께 있었더니 감정이 격해진다. 예전에 로넌과 함께했던 시간에 대한 감정의 편린일 것이다.

이렇게 격한 감정이 그리웠다.

로넌이 그리웠다.

하지만 난 선택을 했다. 좋든 나쁘든 난 앤드루와 결혼했다. 내가 이 삶을 선택한 것이다.

로넌에게 손을 약간 흔들고 멀어져가는 그의 뒷모습을 우두커니 서서 바라본다. 우울감이 치솟지만 티 내지 않으려 애쓴다. 잠시 후 앤드루가 현관문을 세차게 닫는다.

"쓸데없는 짓이야. 지난 2년 동안 그 스토커는 당신을 괴롭히지도 않았잖아. 안 그래?"

"이 지역에 사는 여자들을 괴롭히고 다녔나 봐요. 나한테만 붙어 있는 게 아니라 다른 데로 옮겨간 거죠. 로넌은 아니, 맥코맥 형사는 그 결과를 알려주려고 호의로 찾아온 거예요."

"로넌?"

젠장.

남편이 알아채지 못하길 바랐는데.

"서로 이름을 부를 만큼 친한 사이야?"

내 옆을 지나 주방 쪽으로 가는 앤드루의 표정이 어두워진다. 나는 앤드루의 뒤를 쫓아간다. 앤드루는 내가 마개를 따놓은 와인 병을 들어 내가 준비해둔 잔에 와인을 따라 마신다.

나는 팔짱을 끼고 그를 노려보며 묻는다.

"왜 이러는지 말해줄래요?"

그가 나를 훑어본다.

"당신이 말해봐."

"코널리 박사님이 우리더러 성인답게 대립하라고, 솔직하고 직설적으로 얘기를 나누라고 했잖아요. 물어보고 싶은 게 있으면 그냥 물어봐요." 이 대화가 돌이킬 수 없는 지점에 다다르기 전에 열기를 식혀야 한다. "이런 식으로 말을 빙빙 돌리는 건 우리 관계에 좋지 않아요."

앤드루는 목청을 가다듬고 잔에 남은 와인을 마저 들이켠다.

"그래. 난 당신이 저놈이랑 잔 걸 알고 있어."

숨이 쉬어지지 않는다. 폐에서 공기가 모조리 빠져나간 듯하다. 아무렇지 않은 척하려 용기를 쥐어짜낸다.

"어떻게 알았어요?" 이 시점에서 부정해봤자 소용없다. 나는 성인이니 내 잘못을 인정해야 한다. 해리스는 어떤 결정을 내리든 결과가 따를 거라고 했다. 나는 어리석음의 대가를 치르기 일보 직전이다.

"방법이 다 있어."

앤드루는 오만하게 콧방귀를 뀌면서 와인 잔을 가득 채운다.

"언제부터 알았어요?"

"오래됐어." 앤드루는 아일랜드 수납장을 빙 돌아간다. "전에 내가 당신을 창녀 대하듯 하며 섹스했던 거 기억나지?"

목구멍에 꽉 낀 단단한 덩어리를 삼키려 애쓰지만 그것은 그 자리에서 꼼짝하지 않는다.

그럴 줄 알았다.

그날 아침 호텔에서…… 앤드루는 나를 벌주고 있었던 것이다.

"내 차 뒷유리에 글씨를 적어놓은 것도 당신이었겠네요? 스토커가 한 짓이 아니라."

로넌과 관계를 정리한 날 저녁, 로넌의 집에서 나왔을 때 내 차 뒷유리에 큼직하게 적혀 있던 '창녀'라는 흉측한 단어를 떠올리며 나는 앤드루를 노려본다.

나는 그 일을 앤드루에게 말한 적이 없다. 그날 나는 약국에 들렀다 오겠다며 집을 나섰는데, 괜히 그 일에 대해 말했다가 앤드루가 약국 주차장의 감시 카메라 영상을 확인해보자고 나설까 봐 말할 수가 없었다.

앤드루는 다 안다는 듯 피식 웃는다. 그의 눈빛이 위험하게 번뜩인다. 이런 그의 모습은 처음 본다.

"이해가 안 돼요. 왜 나를 말리지 않았어요? 왜 모르는 척했어요? 화나지 않았어요?"

"당연히 화났지. 지금도 화가 나 있는 상태야." 그는 메를로 와인을 천천히 한 모금 마신다. "하지만 당신은 결국 집으로 돌아왔고 그 남자와 시간을 보내는 걸 그만뒀어. 드디어 정신 차렸구나, 본인이 어디 속해 있는지 깨달았구나 싶었지. 당신 자리는 바로 여기, 내 곁이니까."

"내 뒤를 밟았군요."

입이 바짝 마른다. 앤드루는 고개를 끄덕인다.

"난 당신의 무분별한 행동에 대해…… 눈감기로 했어. 나도 완벽한 인간은 아니니까." 그는 내 반응을 보려는 것인지 나를 빤히 쳐다본다. 내가 자기를 고통스럽게 한 만큼 괴로워하는 내 모습을 보고 싶은 모양이다.

나는 이런 고통을 당해도 싼 인간이라는 생각이 든다.

"당신도 바람을 피웠어요?"

"거의 그럴 뻔했지." 앤드루는 웃으며 시선을 옆으로 돌린다. 그의 입가에서 히죽거리던 미소가 사라진다. "한번은 그러려고 했어. 호텔에 가서 여자 옷을 벗기다가 그만뒀어. 상황이 상황인 만큼 다른 여자와 자도 불명예스러운 짓은 아니라고, 오히려 기분이 좋아질 거라고 생각했어. 그런데 막상 함께하고 싶은 여자는 당신뿐이었어, 메러디스. 그래서 더 비참했지. 당신도 나 같은 기분을 느꼈어야 하는데 그러지 못해서 유감이야."

"미안해요, 앤드루."

나는 의자에서 몸을 일으켜 그의 팔을 잡으려 하지만 앤드루는 움찔하며 피한다.

좋지 않은 상황이다.

좋지 않은 정도가 아니다.

하지만 우린 해결할 수 있다. 앤드루는 여전히 나를 사랑한다. 나를 사랑하지 않는다면 이렇게 화를 내지도 않을 것이다.

내가 저지른 죄의 무게가 뼛속까지 스며든다. 눈앞이 안개 낀 듯 부옇게 흐려진다.

"당신이 알아서 이 일을 바로잡아." 그는 우리 문제의 해결 여부가 전적으로 내게 달려 있다는 듯 말한다. 몹시 사나운 말투다. 그 말을 듣는 순간 눈물이 멈추고 나는 그를 마주본다. 그는 이를 악물다 못해 으르렁거리는 듯 보인다. 그 모습이 무척 보기 싫다. "처음 만난 순간부터 난 당신을 열렬히 흠모해왔어. 그런데 당신은 어떻게 했지? 경찰관 명찰을 단 놈이 관심을 좀 주니까 얼씨구나 하고 놈 앞에서 옷을 벗었어. 어떻게 그래, 메러디스? 당신 그 정도밖에 안 되는 여자야? 내가 아는 당신 맞아? 내가 결혼한 메러디스는 이런 사람이 아니었어."

그의 말이 옳다.

전적으로 옳다.

무어라 대꾸하고 싶지만 할 말이 떠오르지 않는다.

로넌을 만나고 돌아온 날엔 거울에 비친 내 모습을 볼 용기가 나지 않았다. 초기에는 수치심과 죄책감, 파렴치하게 헝클어진 머리를 한 여자가 거울 속에서 나를 마주보았고, 도저히 내 모습 같지 않았다.

"이 일에 대한 소문이 돌면 내 평판에 어떤 영향을 미칠지 생각해봤어? 사람들은 나한테 수백만 달러나 되는 자산을 관리해달라고 맡겨. 그런데 이런 일이 터지면 그들이 나를 얼마나 무능하고 멍청한 작자로 볼까? 아름다운 아내가 나를 두고 딴 놈이랑 바람피우고 다닌다는데? 근육질의 컵스카우트˚ 단원 같은 놈 품에 안겨 희희낙락댔다는데? 우리 결혼이 추문거리로 전락하는 순간 난 끝이야."

"내가 어떻게 하길 원해요?" 나는 용서받을 수만 있다면 뭐든 하겠다는 뜻으로 결국 무릎을 꿇는다. 앤드루가 내게 처음 사랑

˚ Cub Scout. 보이스카우트, 걸스카우트 가운데 어린이로 이루어진 조직.

고백을 했을 때처럼. 과장된 몸짓이긴 하지만 그만큼 절박하다. 내가 얼마나 미안해하는지 알리고 싶다. "어떻게 해야 당신 속이 풀리겠어요?"

"풀릴 수 있을지 모르겠어."

앤드루는 등을 돌리고 걸어간다. 그의 발걸음이 몹시 무겁다.

"그게 다예요? 그냥 가버리면 그만이에요? 이게 대화의 끝이에요?"

내 목소리가 높아지고 갈라진다.

"좀 떨어져 있자." 그는 계단 앞에 서서 말한다. "내 아내와 놀아난 망할 형사놈이 내 집 앞에 뻔뻔하게 나타나서 나를 똑바로 쳐다봤어…… 지금 잔뜩 열받은 상태야."

앤드루는 뒷문을 열고 손님용 별채 쪽으로 걸어간다. 나는 그를 말리지 않기로 한다.

이제 모든 게 이해된다.

뜨겁게 달아올랐다가 냉정하게 대했다가 하던 앤드루의 태도. 거친 섹스. 우리 관계가 극단을 오갔던 것. 앤드루는 상처받았고 고통스러워 어쩔 줄 몰랐던 것이다. 내가 그를 그렇게 만들었다.

지금까지 쭉 앤드루는 알고 있었다.

그런데도 그는 여전히 나를 사랑했다.

나와 헤어지려는 시도조차 하지 않았다.

해리스는 틀렸다. 앤드루는 진심으로 나를 사랑한다. 내게 운이 따른다면 우리 결혼은 이 사태를 극복할 수 있지 않을까?

나는 극복할 수 있을 것 같다.

# 32장 그리어

**아홉째 날**

　해리스의 휴대폰으로 오십 번은 더 전화를 걸었지만 연결되지 않는다. 녹음된 해리스의 인사말이 시작되자마자 전화를 끊어버린다. 한때 내게 위안을 주던 그의 목소리, 사랑받는다고 느끼게 해주고 가치 있는 사람이란 생각을 하게 해줬던 그의 목소리가 이제 내 속을 꼬아놓는다.

　고요한 해리스의 집 거실 한가운데 앉아 휴대폰 주소록을 이리 저리 살펴본다. 해리스가 지금 어디 있는지 알 만한 사람이 있지 않을까?

　해리스의 어머니 번호를 발견하고 손가락을 멈춘다. 그분과는 몇 년 동안 본 적도, 말을 섞은 적도 없지만 혹시 몰라서 연락처를 갖고 있었다. 은퇴한 교수인 그분은 지금 캘리포니아주 북부에 거주 중이다. 내가 알기로 두 모자는 요즘도 하루에 한 번 이상 통화를 한다.

　해리스는 효자다. 지난 수년 동안 지켜보면서 나는 해리스의 그런 면을 사랑스럽다고 생각했다. 그와 사귀던 초기에 해리스의 모친이 외아들에게 괴상한 소유욕을 보였고, 나를 위협적인 대상처럼 여기긴 했지만 말이다. 그러다 어느 시점에서 그분은 내가 늘 아들 곁에 있다는 사실을 받아들였고 나와 다정한 관계가 됐다.

화면에서 그분 이름을 누르고 휴대폰을 귀에 가져다 댄다. 신호음이 가는 동안 심장이 두근거린다.

"여보세요? 데보라 콜리어입니다."

익숙한 억양이 귓속을 파고든다. 해리스와 내가 헤어졌다는 말을 듣고 내 번호를 휴대폰 주소록에서 삭제한 모양이다.

"어머니, 저 그리어예요."

잠시 침묵이 흐르다가 데보라가 헛기침하는 소리가 들린다.

"아, 그래, 그리어. 오랜만이구나."

"그러게요. 오랜만이에요." 나는 소파에서 튀어나온 실밥을 잡아당기며 말한다.

"여동생 일은 들었어. 유감이야. 요즘 최신 뉴스를 챙겨 보고 있는데 아직 별다른 소식은 없더구나."

굳이 일깨워주니 고맙다.

나는 바로 본론으로 들어가기로 한다.

"어머니, 해리스가 어디 있는지 아세요?"

데보라는 침묵으로 답한다. 뭔가를 아는 눈치다. 분명히.

"해리스를 찾아야 해요. 전화를 해도 받질 않아요. 스팀 매장에 있는 제이크 얘기로는 며칠 동안 해리스한테서 연락이 없었대요. 여길 떠나 있는 동안 해리스와 거의 매일 통화를 했거든요. 전 해리스가 뉴욕에 계속 머물면서 매장들을 관리하고 있는 줄 알았어요……. 그런데 해리스가 저한테 거짓말을 했던 거예요. 해리스를 만나야겠어요. 왜 거짓말을 했는지 이유를 알아야겠어요."

데보라는 숨을 길게 내쉰다.

"아, 그리어…… 난 이런 일에 끼고 싶지 않아."

"어머니." 나는 강하게 힘을 주어 그녀를 부른다. "해리스와 매일 통화하시는 거 알아요. 지금 그 사람 어디 있어요?"

"우리가 자주 통화하긴 하지만 매일은 아니야. 해리스랑 통화한 지 며칠 됐어. 난 걔가 집에 있는 줄 알았어."

나는 관자놀이를 문지르며 아파트의 퀴퀴한 공기를 훅 들이마셨다가 내쉰다.

"짐작되는 곳 없으세요? 가 있을 만한 곳이요."

"걔가 어디 갔는지 내가 어떻게 알겠니?"

마치 놀기 좋아하는 작고 어린 아이에 대해 말하는 듯한 투다.

"혹시 해리스가 무슨 짓을 한 거면……." 내 목소리가 부들부들 떨린다. 목을 타고 올라온 열기가 귀에서 퍼져나간다. 해리스가 메러디스의 실종과 관련 있으리란 생각은 지금까지 한 번도 해보지 않았다. 있을 수도 없는 일이었다. 해리스가 지금 내 동생과 같이 있는지 여부는 알 수 없다. 내가 아는 건 해리스와 메러디스가 둘 다 사라졌다는 사실이다. 이걸 순전히 우연으로 볼 수 있을까? "해리스가 제 동생의 실종과 무슨 관련이 있는 거라면, 지금 어머니는 제 동생을 찾는 데 도움이 될 만한 정보를 숨기시는 거예요……."

"내 아들은 여자를 해치는 짓 따윈 절대 하지 않아." 데보라는 목소리를 높인다. 나한테 이렇게 날을 세우며 말하는 건 처음 있는 일이다. "그런 생각은 하지도 마라, 그리어……."

"알겠어요. 해리스가 나쁜 짓을 하지 않았을 거라고 그렇게 확신하신다면, 어디 가야 해리스를 만날 수 있는지 알려주세요."

데보라는 잠시 대답을 고민하다가 숨을 내쉬며 말한다.

"버몬트주에 우리 가족들이 쓰는 별장이 있어."

나도 기억한다.

우리가 사귀던 첫해에 해리스는 내 앞에서 생존 기술을 뽐내고 싶어 했다. 우리는 버몬트주 러싱으로 장거리 자동차 여행을 떠났다. 그곳에는 그의 가족이 대대로 물려받은 오두막형 별장이 있었다. 오두막에는 수돗물이 나오고 실내 화장실과 벽난로도 있었지만 에어컨은 없었다. 좀처럼 쓰지 않는 별장이라 실내에서 횐곰팡이 냄새가 났고 모기가 들끓는 호숫가에 위치해 있었지만 우린 그곳에서 무척 즐거운 시간을 보냈다.

그렇게 우리는 사랑에 빠졌다. 굳이 그곳이 아니었더라도 우린 찬란한 시간을 보냈을 것이다.

"해리스가 그곳에 갔을까요?"

"몇 개월 전인가 해리스가 이달에 그 오두막을 쓰려는 사람이 있느냐고 물어본 적이 있기는 해. 휴가가 몹시 필요한 눈치더구나. 그동안 너무 일만 해서 그런지 세상과 연락을 끊고 쉬고 싶다고 하더라고. 난 알아서 결정하라고 했어. 그랬더니 가는 길에 나한테도 들르겠다고 말했는데 여긴 들르지 않았어. 맘이 바뀌었나 했지."

"해리스한테서 연락 오면 저한테도 알려줘요. 중요한 일이에요."

"그러마."

하지만 그녀의 말에 믿음이 가지 않는다.

내 동생의 목숨이 위태로운 상황이라고 말해봤자 데보라는 웃기나 할 것이다. 신이 주신 선물이나 다름없는 그녀의 완벽한 아들

완벽한 여자

해리스는 타고난 페미니스트라 여성에게 상처를 입힐 리는 절대 없다고 말하면서.

"오두막 주소가 어떻게 되죠?"

나는 데보라가 전화를 끊기 전에 묻는다.

데보라는 망설이다가 한숨과 함께 주소를 부른다.

"러스포드 지역 굿윈로※ 73번지. 아마 거긴 없을 거야."

"그럼 어디 있을 것 같으세요?"

"아까도 말했지만 그리어, 난 몰라. 오두막에 있을 것 같지는 않아서 그래. 그리로 갈 거면 나한테 미리 말을 했겠지."

"해리스한테서 연락 오면 저한테 꼭 좀 알려주세요."

통화를 끝내자마자 잊어버리기 전에 오두막 주소를 휴대폰에 입력해둔다. 그리고 로넌에게 전화를 건다. 로넌과 해리스는 서로 아는 사이가 아니다. 해리스가 이 일에 관여했다면, 내 동생을 납치했다면 그의 위치를 파악하는 데 도움이 될 사람에게 도움을 요청하는 게 맞다. 나만큼이나 절실하게 메러디스를 찾고 싶어 하는 사람, 혼란스러운 나를 대신해 이 상황을 명확하게 이해할 수 있는 사람 말이다.

나는 지난 두 시간 동안 확보한 정보를 세세하게 털어놓고 로넌에게 묻는다.

"어떻게 생각해요?"

그는 침묵을 깨고 입을 연다.

"성급하게 결론 내리지 마세요. 무엇보다도 혼자 오두막으로 갈 생각 말고요. 내가 그리로 갈 테니까 기다려요."

"기다릴 시간 없어요. 당신은 이 나라 반대편에 있잖아요."

"바로 다음 비행기 탈 거니까 버몬트주에서 만나요. 기다리겠다고 약속해요, 그리어."

"그럴게요."

"그리고 뭘 하든 경찰한테는 연락하지 마요. 이 모든 일을 계획할 정도로 똑똑한 사람이면, 이미 경찰 무전을 듣고 있을 겁니다. 누가 출동했는지, 경찰이 해리스의 인상착의와 일치하는 남자를 쫓고 있다는 정보도 바로 입수하겠죠. 본인이 잘 숨어 있다고 안심하게 만들어야 합니다. 목표물이 위기를 느끼고 이동하지 않게 해야 돼요. 당신이 뉴욕으로 돌아간 거 해리스는 모르죠?"

로넌은 불이 붙었다. 핏불테리어처럼 단호하게 지시를 내리면서 두 단계는 앞서나가고 있다. 죄를 지은 사람이면, 메러디스의 실종에 관여를 한 사람이면 할 수 없는 행동이다.

해리스가 내 동생을 데리고 있다는 증거는 없다. 내가 아는 건 해리스가 사라졌고, 그의 물건도 없어졌다는 것, 그리고 자기 행선지를 나한테 알리고 싶어 하지 않는다는 것뿐이다.

"몰라요."

"당신이 자기를 찾고 있는 것도 모르고요?"

"예. 젠장……." 나는 손바닥으로 이마를 짚는다.

"왜요?"

"해리스의 어머니요. 그분이 해리스한테 내가 그를 찾고 있단 얘길 하실 수도 있어요."

"얼른 다시 그분한테 전화하세요. 지금 그런 얘기를 해리스한테 하지 않는 게 절대적으로 중요하다고 알려야 합니다. 해리스한테 얘기가 들어가면 모든 게 위험해질 수 있어요."

완벽한 여자

"해볼게요."

한숨이 난다. 요즘 같은 때에 데보라가 내 편을 들어줄까 싶다.

"비행 편을 예약하자마자 문자할게요, 그리어." 그는 서둘러 짐을 싸는지 숨가쁜 목소리다. "우린 메러디스를 찾아낼 겁니다. 찾아서 안전하게 집으로 데려갈 수 있을 겁니다. 내가 보장해요."

그를 믿고 싶다.

로넌이 내 동생을 사랑하지 않는다면, 내 동생을 구하고 싶지 않다면 나와 함께 메러디스를 찾겠다고 버몬트행 비행기를 타고 올 리도 없을 테니까.

# 33장 메러디스

**3개월 전**

지난주에 세 번.

지난 이틀 동안 네 번.

"당신이 날 따라다니는 것 같다는 생각이 드네요."

수요일 오후 2시경 호손푸드 마켓의 시리얼 판매 코너에서 로넌을 마주친 내가 말한다.

요즘 어딜 가든 로넌의 모습이 보인다. 정지 신호등마다, 주유소마다, 아무 옆 골목마다. 과민하게 생각하는 것인지 모르지만 사람이 있을 만한 곳이 아닌데도 하루걸러 한 번씩 로넌을 보게 된다. 이쯤 되니 더는 무시할 수가 없다.

로넌은 중간 선반에서 땅콩버터 맛 캡틴 크런치 시리얼 박스를 집어 들며 피식 웃는다. 괜히 긁어 부스럼을 만드는 건 아닌지 모르겠다. 경찰관 명찰을 목에 걸고 애들이 즐겨 먹는 시리얼을 아침 식사용으로 사는 사람이 나한테 무슨 해를 끼칠까 싶다.

"나도 같은 말을 하려던 참인데요." 그는 할로윈 사탕 봉지가 담긴 내 카트를 들여다보며 자기 카트를 가까이 밀고 온다. "요즘 내가 가는 곳마다 당신이 있네요."

손목시계를 확인해본다. 학교에서 칼더와 이자보를 데려오려면 곧 여기서 출발해야 한다.

"아마 또 보게 되겠죠?"

나는 이 말을 하며 웃는다. 로넌을 계속 보게 되는 괴상한 우연을 가볍게 생각하려는데 목안에 무언가 걸린 것처럼 답답하다.

로넌이 눈을 번뜩인다. 그의 입가에서 웃음기가 사라진다.

"그게 무슨."

내가 자기를 무시했다고 여긴 모양이다.

"애들을 데리러 가야 돼서요." 나는 계산대 쪽을 가리키며 말한다. "얼른 가서 줄을 서야겠네요. 학교 끝날 무렵에 애들을 차에 태우는 게 얼마나 어려운지 알잖아요."

아니, 로넌이 알 리 없다. 그는 자식이 없으니까. 대화가 점점 어색해져서 분위기를 좋게 만드는 데 도움이 되질 않는다. 로넌은 자기 때문에 내가 신경이 곤두선다는 걸 알아챈 것 같다.

"잘 지내요, 메러디스?"

대화를 끝내고 싶어 하는 내 말을 무시하고 그가 묻는다.

나는 눈썹을 치켜올린다.

"잘 지내요. 당신은요?"

그는 이를 악문다.

"이런 거 참 싫으네요."

알록달록한 시리얼들이 진열된 이쪽 통로에 우리뿐인 걸 얼른 확인한 나는 그에게 한 걸음 다가가며 묻는다.

"뭐가요, 로넌?"

"이렇게 어색하게 구는 거요. 우리 꼭 낯선 사람들 같잖아요."

"로넌."

"내가 인사를 건네도 당신이 허둥대지 않았으면 좋겠어요. 나를 보고 당신이 반대편으로 서둘러 물러나지 않았으면 좋겠어요."

"이제 정말 애들 데리러 가야 해요."

나는 한 번 더 계산대 쪽을 돌아본다.

"아직 오후 2시밖에 안 됐잖아요. 시간 넉넉할 텐데. 부탁 하나만…… 들어줘요."

"무슨 부탁이요?"

"다음에 또 보게 되면 날 못 본 척하지 마요. 절대로. 그냥 손 흔들고 인사라도 해줘요. 어른답게 굴자고요."

그는 엄지를 허리띠 고리에 끼우고 나를 뚫어져라 바라본다.

"지금이 이런 얘길 할 때도 아니고 장소도 적합하지 않네요."

나는 통로를 다시 둘러본다. 다행히 같은 체육관에 다니는 여자가 이쪽으로 오고 있다. 그 여자는 나를 못 봤다. 우리를 못 봤다.

"제기랄." 그는 두 손으로 얼굴을 가리며 말한다. "미안해요. 당신 말이 맞네요. 당신이 나보다 이 게임을 더 잘한다는 걸 깜박했어요."

"정말 가야 해요."

"언제 같이 얘기 좀 나눌 수 있어요?"

그는 카트를 밀고 가는 내게 묻는다.

"무슨 얘기요?"

그러자고 대답할 수가 없다. 하지만 호기심이 앞선다.

로넌은 타일 바닥에 카트를 달그닥달그닥 끌며 내게 다가온다.

완벽한 여자

"당신이 알아야 할 일이 있어요. 당신 남편에 관한 일이에요."

심장이 철렁한다.

"내 남편에 관한 얘기라뇨?"

"조용히 얘기하고 싶어요."

나는 로넌과 어디로도 가고 싶지 않다. 지금까지 난 잘해내고 있다. 결혼생활에 충실하고 남편에게 집중하면서 그를 위해 다시 헌신하는 중이다. 내가 한 짓이 결코 자랑스럽지 않다. 이기적이고 잘못된 짓이었다. 이제 와서 또 전 연인과 몰래 만나고 싶지 않다.

"계산하고 나갈 테니까 주차장에서 봐요. 오 분 줄게요. 그리고 난 정말 애들 데리러 가야 해요."

그는 내 뒤를 따라 점포 앞쪽으로 향한다. 그가 다른 계산대로 갈 때까지 나는 숨을 죽이고 조용히 걸어간다. 몇 분 뒤 식료품이 담긴 카트를 밀고 주차장의 맨 끝 줄 다섯 번째 자리로 향한다. 잠시 후 로넌이 근육질 팔에 봉지를 하나씩 들고 자동문을 나선다.

그는 트럭 뒷좌석에 봉지를 내려놓고 내 쪽으로 다가온다.

나는 트렁크 뚜껑을 쾅 소리 나게 닫으며 묻는다.

"내 남편에 대해 내가 알아야 한다는 게 대체 뭔데요?"

그는 팔짱을 끼고 다리를 벌린 채 서서 나를 바라본다.

"당신 남편이 바람피우고 있다는 의심이 들어요."

"증거 있어요?"

그는 고개를 젓는다.

"없어요. 당신한테 보여줄 만한 구체적인 증거는 아직 없지만, 곧 잡아낼 겁니다."

"그만둬요." 나는 그의 옆을 지나 내 차 운전석으로 간다. "제발…… 우리 일에 간섭하지 말아줘요. 내 결혼생활에 끼어들지 말라고요. 우리 부부 사이에 문제가 있긴 하지만, 사람은 누구나 완벽하지 않잖아요. 우리 부부는 잘 헤쳐나가려고 애쓰는 중이에요."

나는 로넌의 말을 믿지 않는다.

믿고 싶지 않은 것인지도 모르겠다.

어느 쪽이든 한 가지는 확실하다. 로넌이 내 결혼생활에 관여하는 걸 내가 원치 않는다는 것.

요즘 앤드루는 내게 무척 잘해준다. 아마 앤드루도 나에 대해 같은 말을 할 것이다.

우린 이미 잘해나가고 있다. 무척 노력하고 있다.

그리고 이제 아이를 낳을 계획이다. 그렇게 하기로 결정했다. 우린 이제 합심해서 같은 목표를 향해 나아가고 있다. 우리 인생의 다음 장을 무척이나 기대하면서.

"그게 다예요?"

로넌이 묻는다.

나는 운전석 문손잡이를 꼭 쥔 채 되묻는다.

"무슨 뜻이죠?"

"당신 남편이 바람피우고 있다고 알려줬는데 당신은 반응이 없잖아요. 날 웃기는 놈 취급하면서."

로넌은 손가락으로 자기 가슴을 가리키며 씩씩거린다. 그의 손가락이 부들부들 떨리고 있다.

나는 그의 눈을 흘끗 쳐다본다. 이 남자한테 우리 사이는……
아직 끝난 게 아니구나. 얼마나 오랫동안 내 뒤를 밟으며 나를 갈망한 걸까? 얼마나 오랫동안 조용히 기다렸던 걸까? 또 다른 기회가 있길 바라면서…….

"사람 잘못 봤습니다." 로넌의 목소리가 갈라진다.

"당신을 내 남편과 같은 선상에 놓은 적 없어요." 나는 목소리를 낮추며 그에게 다가선다. "난 앤드루와 결혼했어요. 내 선택은 언제나 앤드루예요."

로넌의 표정이 어두워진다. 턱에 힘이 들어가고 눈빛이 사나워진다.

"난 앤드루를 사랑해요. 당신은 내 도피처였어요. 그냥 좀 즐기고 싶었던 것뿐이에요. 하지만 앤드루는 내 남편이라고요."

"나랑 섹스할 때는 그런 건 안중에도 없더니 참 편리하네요."

그는 이 말을 내뱉으며 나를 내려다본다.

"나 임신했어요."

거짓말을 하고 싶지 않지만 이 남자를 포기시키려면 상처를 주더라도 어쩔 수 없을 듯하다. 조만간 임신이 되기는 할 것이다. 우리 부부가 미친듯이 노력하고 있으니까. 곧 임신하게 될 것 같다.

로넌의 눈에 눈물이 고인다. 그는 두 손을 뒤통수에 가져다 대며 뒷걸음질친다. 그리고 돌아서서 트럭으로 향한다. 트럭에 올라탄 그가 가버리자 나는 희미하게 멀어지는 그의 트럭 후미등을 바라보며 한숨을 내쉰다.

상처 주고 싶진 않았다. 의도했던 바는 아니었다. 하지만 로넌도 그만 포기하고 자기 인생을 살아야 하니 어쩔 수 없다.

우리 모두 그래야 한다.

# 34장 그리어

**열째 날**

예스러운 분위기가 물씬 풍기는 벌링턴 공항은 길 찾기가 쉬운 편이다. 내 입장에서는 고마운 일이 아닐 수 없다.

수하물 찾는 곳에서 휴대폰을 들여다보고 있는 로넌의 모습이 보인다. 그는 사람들 사이에서 내 얼굴을 찾느라 주기적으로 고개를 들어 주변을 살핀다. 그가 타고 온 비행기가 내 비행기보다 한 시간 먼저 도착했다. 기다리는 시간이 아마 지옥 같았을 것이다.

"여기요!"

내가 부르자 그는 열쇠 몇 개를 달랑달랑 흔들다가 주변을 다시 둘러본다. 그리고 내 눈을 똑바로 쳐다보지도 않고 말한다.

"차를 렌트해뒀습니다."

우리는 짐 가방들을 렌트한 닷지 트렁크에 서둘러 집어넣고 해리스의 오두막을 향해 고속도로로 나선다. 휴대폰 GPS로 확인해보니 여기서 차로 족히 세 시간은 걸리는 거리다.

차 안의 침묵 위로 도로의 소음이 켜켜이 쌓인다. 내 안의 초조한 감정은 좀처럼 가라앉지 않는다. 다리를 꼬고 앉아 발목을 달

완벽한 여자

달 떤다. 손톱을 하나씩 거의 속살까지 물어뜯는다.

"메러디스와 해리스의 관계에 대해 얘기해주세요. 어쩌다 일이 이렇게 됐는지 이해해보려고요." 로넌은 손가락 관절이 하얗게 질리도록 운전대를 꽉 잡은 채 말한다.

나는 저 앞의 도로를 초점 없는 눈으로 바라보면서 고개를 절레절레 젓는다.

"두 사람은 서로를 싫어해요. 처음 만났을 때부터 툭탁거렸어요. 메러디스는 해리스를 독선적인 샌님이라고 생각하고, 해리스는 메러디스를 엇나간 세대의 표본이라고 여겼어요. 때로는 장난처럼, 때로는 실제로 끝없이 부딪쳤어요."

"그게 연막이었을 가능성은요? 둘 사이에 어떤 감정이 진행되고 있어서 그걸 감추기 위해 사이가 안 좋은 척했을 수도 있지 않을까요?" 로넌은 백미러를 살피며 묻는다.

말도 안 되는 추측에 나는 웃음을 터뜨린다.

"동생이 내 전 남친과 연애 감정으로 엮일 일은 절대 없어요. 게다가 내가 아침부터 폐점 시간까지 종일, 그것도 매일 해리스 옆에 붙어 있어요."

"그렇군요." 로넌은 손가락으로 입 주변을 문지르며 눈을 가늘게 뜨고 늦은 오후의 태양을 바라본다. "이건 도저히 말도 안 돼요. 동기가 뭘까요? 메러디스가 실종된 날 해리스는 뉴욕에 있었다고 했죠?"

"맞아요." 나는 한숨을 쉬며 대답한다.

"메러디스가 자발적으로 차를 두고 떠났을 것으로 보이지는 않습니다. 차에 소지품을 다 놔두고 마치 납치를 당한 것처럼 꾸밀 이유도 없어 보이고요."

"그렇죠. 말도 안 돼요. 전혀." 나는 안전벨트의 끈을 잡아당긴다. 바짝 조여서 편치가 않다. 차를 타면 이상하게 밀실공포증이 느껴진다. 차를 타고 장거리를 가다 보면 지루함이 밀려들고 불안과 초조함이 겹치면서 신경이 곤두선다.

어쩌면 이 두 가지 사안은 무관한 게 아닐까 하는 생각이 잠시 뇌리를 스친다. 해리스는 내가 떠나 있는 동안 다른 여자와 몰래 놀러 간 것일 수도 있다……. 하지만 그건 앞뒤가 맞지 않는다. 나와 헤어졌으니 해리스는 본인이 원하는 어떤 여자하고든 자유로이 만날 수 있다. 그리고 만약 다른 여자를 만날 생각이었다면 나에게 다시 잘해보고 싶다는 의중을 비치지도 않았을 것이다.

머릿속이 복잡하다. 오래되어 사람을 피곤하게 하는 생각들뿐이다. 맞지도 않는 퍼즐을 맞춰보려고 그럴듯한 시나리오들을 몇 번이고 되짚어본다.

메러디스와 해리스가 나 몰래 감정을 주고받았다면? 그래서 해리스가 나와 헤어지려고 한 거라면? 메러디스도 그런 상황임을 도저히 밝힐 수가 없어서 해리스와 도망을 친 거라면?

한숨을 쉬며 시선을 옆으로 돌린다. 우리 옆으로 지나가는 차들 중에 파란색 차의 숫자를 세어보기로 한다. 잠시 머리를 식히고 싶어서다. 내 머리가 이 악몽에서 잠시라도 놓여나게 해달라고 비명을 지르고 있다.

27킬로미터를 달리는 동안 파란 차는 두 대 지나갔고 내 머릿속은 다시 메러디스와 해리스에 대한 생각으로 차오른다.

그 둘이 서로를 만지고 입을 맞추는 장면을 머릿속에 그려보려

완벽한 여자

하자 속부터 울렁거린다. 감정이 가라앉도록 조수석 차창을 내려 신선한 공기를 들이마신다.

"좋아요. 생각을 해봅시다." 로넌은 턱에 힘을 주고 단호하게 숨을 내쉬었다. 그는 마치 싸우러 나가는 사람처럼 신경이 곤두서 있다. 닷지를 타고 도로로 나서기 전에 나는 로넌이 가방에서 권총 케이스를 꺼내 권총을 조립하고 장전한 뒤 주머니 속 권총집에 집어넣는 것을 눈여겨보았다.

피상적으로만 느껴졌던 악몽이 그때부터 제대로 실감이 났다.

로넌은 이마에 주름을 잡으며 말한다.

"모든 각도에서 생각해봐야 됩니다."

나는 휴대폰을 꺼내 들고 CNN 웹사이트를 화면에 띄운다. '속보'라고 적힌 깜박이는 붉은 배너가 화면 상단을 가로지르자 숨이 콱 막힌다.

"아, 어떡해⋯⋯."

"뭡니까?"

로넌이 나를 힐끗 돌아본다.

깜박이는 배너를 손으로 눌러 기사를 확인한다. 화면이 천천히 뜨고 있다. 숨조차 쉴 수가 없다.

"속보가 떴어요."

나는 간신히 대답하고는 가까스로 숨을 몰아쉰다. 무슨 일이 일어났으면 엄마가 나한테 전화를 했을 것이다. 앤드루한테서 전화가 올 것 같진 않지만, 그래도 사람들이 내가 이런 식으로 동생 소식을 접하게 두지는 않을 것이다.

마침내 흰 화면이 다 뜨고 기사가 채워진다. 화면 맨 위에 양 갈래 금발 머리 여자아이의 사진이 떠 있다. 기사 제목은 '대낮에 납치된 앨라배마주 여아'다.

나는 숨을 후 내쉬며 기사를 훑어본다. 공원에서 놀다가 납치된 두 살배기 아이에 관한 기사다. 엄마랑 같이 있었는데 엄마는 마침 다른 부모와 얘기하느라 한눈을 팔았다고 한다. 엄마가 고개를 돌려보니 딸은 사라지고 없었다. 그 시각에 회색 미니밴이 그곳을 떠나는 걸 봤다는 증언도 있었다.

나는 거기까지만 읽는다. 기사가 올라온 지 이십구 분밖에 안 됐는데 댓글이 3782개나 달렸다.

CNN 웹사이트의 맨 앞 페이지로 돌아가 기사 목록을 훑어내린다. 메러디스의 이름이 포함된 기사 제목들이 맨 하단에 배치돼 있다. 벌써 이 사건은 오래돼서 냄새 나는 건수가 되어버린 걸까? 그래도 아주 잊히지는 않도록 기사 몇 개가 맨 아래에 있기는 했다.

이래서 우리 사회가 잘못됐다는 거다.

우리는 남의 불행을 재밋거리로 취급한다. 미국 대중은 안락의자에 앉아 이런 범죄들에 관해 멋대로 추리하면서 방구석 탐정 놀이를 한다. 그러다 관심이 사그라지면 사건은 결국 미해결로 남고 대중의 관심은 다른 자극적인 사건으로 옮겨간다.

언론 문제도 있다. 언론은 그저 잘 팔리는 기사를 실을 뿐이다. 사람들의 감정을 뒤흔들어 조회 수를 높이고 광고 클릭을 유도할 수 있는 기사 말이다.

납치된 앨라배마주 여아가 어서 발견되기를 나 역시 바라면서도 내 동생에 대해 잊어가는 대중들 때문에 가슴이 미어진다.

"최근에 들어온 소식 있어요? 경찰서에서요."

로넌은 운전대를 잡고 입을 오므리다가 대답한다. "아뇨. 요전 날 수색견을 데리고 나갔다고 듣긴 했는데 건진 건 없답니다. 다행이죠, 일단은. 자원봉사 수색 팀이 최대한 샅샅이 주변을 뒤지기는 했는데 그분들도 집으로 돌아가기 시작했어요. 몇 분은 남아서 계속 수색을 돕겠지만 장기간 그러긴 힘들겠죠. 본인 삶을 살아야 하니까. 일도 해야 하고 가족도 챙겨야 하고."

"그렇겠죠." 나는 차창에 머리를 기댄다. "빅스비 형사는 정말이지 진상이더라고요."

로넌이 쿡쿡 웃는다.

"그래요?"

"진부한 경찰의 표본이에요. 잘난 척은 어찌나 해대는지." 빅스비의 올챙이 배, 거들먹거리는 웃음, 천박한 태도를 떠올리며 나는 몸서리를 친다. "그 사람, 수사는 잘해요?"

로넌은 한쪽 어깨를 으쓱한다.

"몇 년 전에 등을 다쳐서 내근직으로만 돌았어요. 아마 계속 그럴 거예요. 최소한의 일만 하면서 버티겠죠."

"맙소사."

로넌은 사이드미러를 보면서 차선을 변경하고 앉은 자세를 고친다. 지금까지 몇 킬로미터나 달려왔는지 모르겠다. 앞으로 얼마나 더 오래 저 길게 뻗은 회색 도로를 쳐다보면서 고되게 가야 하는 걸까? 생각도 하기 싫다.

"빅스비는 아무짝에도 쓸모가 없어요." 로넌은 그 형사 이름을 거칠게 내뱉으며 말한다. "하지만 제가 있으니 걱정 마세요."

# 35장 메러디스

**10일 전**

분홍색 줄 두 개. 부모가 된다는 기대감. 남편의 얼굴에 활짝 핀 미소. 평범한 월요일이 특별해진 순간이다.

의사와의 진찰 약속을 잡고, 이번 주 금요일 저녁에 임신 축하 기념으로 식사를 할 레스토랑 예약을 하느라 오전 시간을 다 보냈다. 아기 이름을 무어라 지을지, 아기 방에 무슨 색 페인트를 칠할지 상상하는 틈틈이 장을 볼 식료품 목록을 작성했다.

이번 주는 우리가 아이들을 맡는 주라서 오늘 내가 학교에 가서 두 아이를 데려와야 한다. 집에 오면 아이들은 식료품 저장실에 다양한 간식거리가 들어 있길 바랄 것이다. 에리카는 아이들에게 일주일에 한 번 넘게 외식을 시켜주지 말라고 요청했다. 에리카는 이자보가 어렸을 때부터 달고 다닌 젖살이 빠지지 않아서 신경 쓰이는 모양이었다.

그렇게 먹을 것을 제한해봤자 애가 섭식 장애에 걸리기밖에 더 하겠나. 난 그 여자 뜻에 맞춰줄 생각이 전혀 없다.

공책에서 종이 한 장을 찢어 재미로 아기 이름을 적어본다.

제임스 앤드루 프라이스

파피 렌 프라이스

세리나 그리어 프라이스

에멧 앰브로즈 프라이스

종이를 구겨서 쓰레기통에 던져 넣는다. 앤드루가 볼까 봐 그 종이를 아래쪽으로 쑤셔넣고 다른 쓰레기로 덮는다. 그가 나를 바보 같은 공상이나 하는 여자로 보는 게 싫다. 그리고 벌써부터 아기 이름을 짓는 건 너무 이르기도 하다. 섣부른 기대를 하는 것도 위험하다.

의자에서 일어나 식료품 구매 목록이 적힌 종이를 접어 핸드백에 집어넣는다. 열쇠를 집어 들고 스웨이드 부츠를 청바지 위로 신는다. 양성 반응이 나온 임신 테스트기를 들여다보다가 남편에게 회사 잘 다녀오라고 키스를 한 게 불과 한 시간 전 같은데 벌써 이른 오후다. 별로 한 일도 없이 몇 시간이 휙 날아갔다.

아기에 대한 상상을 하느라 시간을 보낸 탓일까.

잠시 후 운전석에 올라타 식료품점으로 향한다. 주차장 뒤쪽에 자리 잡아 주차를 한다. 앤드루는 문콕당하는 걸 무척 싫어한다. 글레이셔 파크 주민들이라면 대체로 생각이 비슷해서 서로 조심할 텐데도 앤드루는 나더러 '다른 차들이 있는 곳에서 먼 자리'에 주차하라고 한다.

엔진을 끄고 식료품 목록을 확인한다. 언니한테 전화해 임신 소식을 알릴까 하다가 그만둔다. 요즘 언니랑 살짝 냉각기다. 내가 언니의 사업을 돕고 싶다고 말을 꺼낸 후로 분위기가 썰렁해졌다.

언니는 사업에 도움을 받아야 하는 상황이고 거절할 입장이 아니다. 그리고 나는 적어도 당분간은 신탁 자금을 수령해도 쓸 데가 없다.

휴대폰 화면을 끄고 생각을 정리한다. 신탁 자금 수령일까지 기다리는 게 좋겠다는 생각이 든다. 나중에 언니한테 초음파 사진을 문자 메시지로 보내줘야겠다. 아니면 '세상에서 제일 멋진 이모'라고 적힌 싸구려 티셔츠를 언니한테 보내 깜짝 놀라게 하든지. 물론 언니가 그 티셔츠를 입을 일은 절대 없겠지만.

언니가 어떤 이모가 될지를 상상해보니 웃음이 절로 난다. 언니는 아기라면 환장을 하는 사람도 아니고 언젠가 꼭 자식을 낳겠다는 말을 한 적도 없다. 하지만 사람들은 언니가 얼마나 속이 여린 사람인지 잘 모른다. 언니의 인상이 강해 보이는 이유도 그래서다. 언니는 강한 성격을 갑옷처럼 두르고 있지만 속에는 사랑이 가득하다. 누구든 언니의 말도 안 되게 단단한 껍데기를 깨주기만 하면 언니는 그 안에 담긴 사랑을 아낌없이 펴줄 것이다.

운전석에 앉은 채 휴대폰을 옆으로 치우는데 누군가 차창을 두드린다. 이어서 시커먼 그림자가 창문을 뒤덮는다. 나는 소스라치게 놀란다. 고개를 드니 익숙한 얼굴이 보인다. 나는 손바닥을 가슴에 얹어 쿵쾅대는 심장을 진정시킨다. 차 문을 열고 나가 구겨진 재킷을 펴며 말한다.

"깜짝 놀랐잖아요. 사람들한테 그렇게 몰래 다가오는 짓 하지 마요."

다음 순간 눈앞이 캄캄해진다.

# 36장 그리어

**열째 날**

"저기예요."

나는 안전벨트를 풀고 계기판 너머를 손으로 가리킨다. 잡목 숲 안쪽에 들어앉은 어둑한 색깔의 작은 오두막을 보니 입안이 바짝 마른다. 홀로 서 있는 오두막이 왠지 불길해 보인다. 북쪽에 위치한 연못도 시커먼 색이라 위압적인데 하늘도 어둑해지기 시작한다.

로넌은 길에서 벗어나 숲 사이로 난 타이어 자국을 따라 차를 몰고 간다. 콩자갈이 깔려 있는 오솔길이다.

오두막을 향해 가까이 가면서 보니 창문을 통해 희미한 불빛이 새어 나오고 있다. 주방 쪽인가?

동생이 저 안에 있기를 간절히 바라면서도 동시에 저기 없기를 바라는 마음도 있다. 만약 메러디스가 저 오두막에 숨어 있다면, 자발적으로 해리스와 둘이 도망친 거라면…… 나는 견딜 수 없을 것이다. 내 심장은 찢어지고 말겠지. 나는 그에게 묻는다.

"이제 어떻게 하죠?"

로넌이 천천히 차를 세운다. 그는 시동을 끄지는 않고 조용히 앉아 오두막을 응시한다. 진입 작전을 세우는 것일까?

"여기서 기다려야죠."

"그러고 싶지 않아요."

내가 문손잡이로 손을 뻗자 로넌은 내 무릎에 손을 얹는다.

"당신은 여기서 기다리는 편이 안전해요."

그는 안전벨트를 풀고 소리를 거의 내지 않고 차에서 내린다. 권총집에서 권총을 꺼내 두 손으로 감싸 쥐고 오두막집 문을 겨눈다. 그는 무성하게 자란 잔디 사이로, 판석이 깔린 보도를 밟으며 오두막을 향해 나아간다.

총까지 들고 가는 건 지나친 것 같기도 하다.

내가 아는 해리스라면 평생 권총을 쥐어본 적도 없을 것이다. 만약 해리스가 저 오두막에 숨어 있다면 그가 동원할 수 있는 제일 센 무기는 오래된 후추 스프레이 정도일 듯하다.

하지만 달리 생각해볼 여지도 있다. 해리스가 내 동생을 데리고 도망친 거라면 나는 그의 실체를 지금까지 모르고 있었던 게 된다.

나는 엄지손톱을 잘근잘근 씹으며 다리를 꼬고 앉아 발목을 튀기듯 흔들어댄다. 로넌이 현관문을 열려고 시도하지만 문은 잠겨 있다. 당연히 그렇겠지.

로넌은 오두막을 빙 돌아가 창문들을 확인한 뒤 오두막 뒤로 사라진다. 긴장이 돼서 심장이 멎을 것 같다. 잠시 후 다시 모습을 드러낸 로넌은 현관문 쪽으로 향한다.

그가 문을 거세게 걸어찬다. 문이 벌컥 열리고 로넌은 안으로 사라진다.

심장이 미친듯이 뛴다. 가만히 앉아 있을 수도, 숨을 쉴 수도 없다.

로넌이 메러디스를 데리고 나오는 모습을 머릿속에 그려본다. 메러디스를 차에 태우고 잡초가 우거진 진입로를 벗어나 제일 가까운 병원으로 달려가는 모습.

잠시 후 오두막 문을 나선 로넌은 권총을 집어넣고 시선을 내리깐 채 차로 돌아온다. 운전석에 올라앉은 그가 한숨을 내쉰다.

"메러디스가 저 안에 없었나 보네요?"

나는 뻔한 사실을 굳이 소리 내어 말한다.

"예." 그는 후진 기어를 넣으며 말한다. "사람이 안 산 지 오래된 것 같더군요. 적어도 내가 보기엔 그랬습니다. 조명을 켜놓은 건 사람이 살고 있는 것처럼 보이려고 한 것 같고요."

의자에 깊숙이 몸을 묻으며 나는 떨리는 입술을 이로 꽉 문다. 눈앞이 흐려지며 눈물이 나오려 하자 재빨리 눈을 깜박인다.

울지 않을 것이다.

운다고 해서 동생을 찾을 수 있는 건 아니니까.


호텔방의 에어컨 소리가 지나치게 크게 들린다. 몸이 얼음처럼 차가워졌지만 너무 지쳐서 일어나 에어컨 온도를 조정하러 갈 힘도 없다.

아침 첫 비행기로 유타주로 돌아가기로 했다. 하지만 유타주로 가면 어디 머물지 아직 정하지 못했다. 로넌은 자기 집에 와 있으라는 말을 하지 않았고 나도 그에게 부탁하지 않았다. 앤드루에게 집에 머물게 해달라고 말해보는 수밖에 다른 도리가 없다.

휴대폰을 들고 자존심을 굽히며 제부에게 전화를 건다.

신호음이 세 번 울리고 그의 차가운 목소리가 들린다.

"처형."

"예." 나는 패배한 것 같은 기분이다. 머물 곳이 간절하고 너무 피곤해서 내가 뭐라도 되는 양 구는 짓도 못 하겠다. "저기, 내가 제부한테 너무 심했던 것 같아요. 미안해요."

"나도 처형을 쫓아내듯 내보내는 게 아니었습니다."

그는 한결 부드러워진 목소리다.

준비했던 말은 할 필요 없게 됐다. 앤드루는 남에게 절대 사과를 안 하는 사람이다. 적어도 나한테는 그랬다.

"요즘 압박감이 심하고 비판도 많이 받다 보니까 스트레스를 많이 받았어요. 집에서, 가족한테까지 그런 취급을 받고 싶지 않았어요."

그가 나를 '가족'이라고 칭한 건 오늘이 처음이다.

"이해해요. 내일 그리로 돌아가려고 하는데 머물 곳이 마땅치 않아서……."

"와서 손님방을 쓰세요."

"그래도 돼요?"

내 목소리에 안심한 기색이 확연하게 묻어난다. 호텔 시트를 덮고 누운 채 다리를 가슴께로 모으고 웅크린다.

"제 아내의 언니잖아요."

그는 오직 그 이유만으로 내 무례를 용서하는 듯하다.

감상에 빠지고 싶지 않아 나는 화제를 돌린다.

"내가 떠나 있는 동안 수사에 진전은 좀 있었어요?"

"그리 되길 바라고 있습니다. 경찰은 여전히 로넌을 의심하는 것 같아요."

나는 눈을 위로 굴리며 고개를 젓는다.

"시간 낭비를 하고 있네요."

"어째서 그렇게 생각해요?"

앤드루에게 말할 수 있으면 좋겠다. 해리스가 사라졌다고, 숲속의 텅 빈 오두막에서 메러디스를 구해내는 일을 도우려고 로넌이 바로 다음 비행기를 타고 왔다고 속 시원히 말하고 싶다. 하지만 지금 난 멍청이가 된 기분이다. 우리가 한 일을 정당화할 만한 실질적인 증거가 없으니 그런 얘기를 해봤자 앤드루는 나를 미쳤다고 생각할 것이다. 그리고 내가 하는 말을 다시는 귀담아듣지 않겠지.

지금으로선 내 본능을 따르면서 해리스가 행방불명이라는 사실에 집중할 수밖에 없다. 로넌이 내 동생을 납치했다면 비행기를 타고 버몬트까지 날아왔을 리 없다. 로넌은 사랑하는 여자를 구하려고 총까지 들고 왔다.

"모르겠어요. 직감이에요. 로넌도 메러디스를 진심으로 찾고 싶어 하는 것 같아서요."

"로넌이 이 사건에서 손을 뗀 후에도 계속 연락하고 지내십니까?"

나는 멈칫했다가 대답한다.

"예, 간간이요. 누군가는 그를 감시해야 할 필요가 있잖아요."

앤드루는 이해하지 못할 것이다. 나는 로넌과 연락을 유지해야 한다. 그를 늘 가까이서 보고 있어야 그가 긴장이 풀려 실수를 저지른 순간 그가 한 얘기 속에서 허점을 찾아낼 수 있다. 그래야 메러디스를 찾을 수 있을 것이다.

"처형."

앤드루는 조용히 말한다.

"왜요?"

나는 나무로 된 침대 머리판에 등을 기대고 일어나 앉는다.

"로넌을 멀리하세요." 앤드루는 대놓고 명확하게 말한다. 간단명료한 그의 말에 등골이 오싹해진다. "경찰이 로넌이 몇 년 전에 다뤘다는 스토커 사건에 대해 조사해봤는데 스토커는 애초에 없었던 걸로 드러났어요. 관련 서류도 작성된 적 없고요. 스토커에 대한 건 로넌이 지어낸 거예요. 메러디스에게 거짓말을 한 거죠."

피가 얼어붙는 듯하다. 입술도 마비된 것처럼 감각이 없다.

"확실해요?"

지금 나와 로넌 사이를 가로막고 있는 것은 얇은 호텔 벽, 그리고 객실 문뿐이다.

"확실합니다. 로넌은 메러디스한테 집착하면서 수년 동안 메러디스를 따라다닌 겁니다."

"말도 안 돼요."

여전히 행방불명 상태인 해리스에 대한 생각을 하고 있었는데, 이제 앤드루가 떨어뜨린 폭탄 같은 정보로 내 관심이 확 쏠린다.

"뭐가요?"

"뉴욕으로 돌아와서 보니까 해리스가 며칠째 사라진 거예요. 나한테는 뉴욕을 떠나 있을 거란 말도 한 적이 없어요. 내가 유타주에 있는 동안 해리스와 계속 통화를 했는데, 해리스는 여기서 계속 가게 일을 하고 있는 것처럼 말했어요."

앤드루의 침묵이 걱정스럽다. 그도 나만큼이나 당황했을 것이다. 잠시 후 앤드루가 말한다.

"해리스 씨가 이 사건과 무슨 관련이 있다는 건지 모르겠네요."

옆방에서 로넌이 종잇장처럼 얇은 벽에 귀를 바짝 붙이고 듣고 있을지도 모른다는 생각에 나는 속삭이듯 말한다.

"그건 나도 몰라요."

"유타주로 돌아오세요. 앞으로 뭘 하든 로넌 맥코맥 형사와는 거리를 두시고요. 아시겠어요?"

나는 목안에 꽉 낀 단단한 덩어리를 삼키며 대답한다.

"예."

# 37장 메러디스

**8일 전**

화들짝 놀라 눈을 뜨고 온몸을 움찔거린다. 얼음물을 뒤집어쓴 듯 의식이 깨어난다. 하지만 옴짝달싹할 수가 없다. 플라스틱 끈이 발목을 파고든다. 작고 소박한 어느 주방의 금속 의자 다리에 내 발목이 묶여 있다.

벽난로 위에 켜놓은 램프 빛 외에 다른 빛이 없어 사방이 어둑하다. 옆방에서 타고 있는 장작의 그을음 냄새에 진한 흰곰팡이 냄새가 뒤섞여 있다.

맥박이 빨라지면서 머리 뒤쪽이 욱신거린다.

팔꿈치 아래로 감각이 없다. 최대한 세게 팔을 당겨봤지만 케이블 타이로 묶어놨는지 움직일 수가 없다.

기억을 더듬어보니 나는 식료품점 뒤편 주차장에 차를 대고 앉아 있었다. 그러다 누가 차창을 두드려서 깜짝 놀랐고 차에서 내려보니 눈앞에 로넌이 서 있었다.

그에게 깜짝 놀랐다고, 사람들한테 그런 식으로 몰래 다가오지 말라고 말했던 게 기억난다.

그다음은 눈앞이 캄캄해져서 아무 기억이 없다.

"깼네요." 주방 문간에 로넌이 서서 나를 내려다보고 있다. 어둠 속에 깃든 음침한 그림자 같은 모습이다. "당신을 너무 세게 때린 게 아닌가 걱정했어요."

눈의 초점이 맞았다 안 맞았다 한다. 그가 가까이 다가오자 내 몸이 확 긴장한다.

간신히 입을 뗀다.

"왜 이래요? 대체 어쩌려고."

내 앞에 서 있는 이 남자가 낯설다. 비딱한 미소. 다정했던 눈빛은 암울하고 거침없는 눈빛으로 바뀌었다.

"나한테 무슨 짓을 하려는 거예요?"

내 입에서 나오는 단어들이 하나로 뭉개진다. 입술 밖으로 공기를 내보내며 말을 하려 하지만 숨이 막히고 내 말소리가 귀에 잘 들리지 않는다. 귓속은 심장 뛰는 소리로 가득하다. 그 소리를 들으니 이게 악몽이 아니라 현실이구나 싶다.

로넌은 나를 내려다보더니 손으로 내 턱을 감싸 쥔다.

"내가 정말 당신을 해칠 거라고 생각해요, 메러디스?"

그는 코로 숨을 뿜으며 쿡쿡 웃는다.

"난 당신을 사랑해요. 그냥 당신이랑 함께 있고 싶은 거예요." 그가 내 허벅지에 손을 올린다. "내가 원한 건 언제나 그게 전부였어요."

그는 떨리는 내 입술에 입을 맞추며 내 체취를 들이마신다.

그의 손길에 속이 뒤집히고 몸이 움츠러든다.

"당신은 다시 나를 사랑하게 될 거예요." 이 남자는 내가 한때나

마 사랑했던 남자가 아닌 것 같다. "약속해요, 메러디스. 이제 나랑
영원히 함께 살아요."

# 38장 그리어

**열한째 날**

해리스의 휴대폰은 여전히 꺼져 있다. 우리가 들어갈 게이트 앞 좌석들이 사람들로 채워지고 있다. 몸이 자꾸만 떨린다.

"커피 마실래요?"

나는 로넌에게 묻는다. 평소처럼 아무렇지 않게 대하는 게 생각보다 어렵다는 생각이 든다. "탑승 시간까지 십 분 남았으니까 지금 가서……."

"아뇨."

로넌은 내 말을 자르며 거절한다. 아침 내내 그는 내 눈을 마주 보지 않았고 말도 거의 하지 않았다.

"그럼 내 거만 사 올게요."

나는 자리에서 일어선다.

"줄이 길 수도 있어요. 게이트를 다섯 개는 지나야 커피 파는 데가 나오잖아요. 시간 맞춰 못 올 겁니다."

그의 말이 맞다. 하지만 고분고분하게 말 잘 듣는 여자라는 인상을 주고 싶지 않다.

"가서 보고 올게요."

나는 일어서서 어깨에 핸드백을 걸친다.

"앉아요."

그가 턱에 힘을 준다.

"오늘 왜 이래요?"

나는 애써 웃으며 묻는다.

로넌은 나를 날카롭게 쳐다보고는 고개를 절레절레 젓는다.

"피곤해서요. 당신 때문에 이 나라를 횡단해서 여기까지 비행기를 타고 왔어요. 하지만 오두막은 텅 비어 있었잖아요."

나는 한숨을 쉬며 고개를 끄덕인다.

"미안해요. 내 생각에……."

"됐습니다." 그는 고개를 숙인다. "얼른 돌아가서 메러디스를 찾고 싶을 뿐이에요."

잠시지만 그의 얼굴에 진심으로 걱정하는 표정이 스친다. 그도 나만큼이나 피로하고 좌절했으리라는 논리적 추론도 가능하다. 하지만 앤드루에게 들은 말이 계속 머릿속에서 울린다. 앤드루의 말 덕분에 그동안 쓰고 있던 장밋빛 색안경을 벗게 됐다.

"그 스토커 이름이 뭐였죠?"

난데없는 질문을 던져본다. 로넌의 반응을 보면 앤드루가 한 말이 정말인지 아닌지 알 수 있을 것이다.

로넌이 나를 흘끗 쳐다본다.

"그건 왜 물어보십니까?"

나는 어깨를 으쓱한다.

"유타주로 돌아가면 그 스토커에 대해 알아봐야겠다는 생각이 들어서요. 그자가 이 사건과 관련돼 있을 수도 있잖아요."

"경찰이 이미 조사해봤을 거란 생각은 안 드세요?"

그는 뭐 이런 바보가 다 있느냐는 듯 고개를 절레절레 흔든다.

"그렇겠죠. 그래도 혹시 모르잖아요. 다시 한 번 확인해서 해될 것도 없고요. 그 스토커 이름 기억나요?"

로넌은 입을 꾹 다물고 몸을 앞으로 기울인다. 팔꿈치를 무릎에 대고 앞을 보며 양손의 손가락을 마치 산봉우리처럼 맞댄다.

"오래돼서 기억이 안 나네요. 가서 확인해보겠습니다."

"기소된 거죠? 그럼 공식 기록으로 남아 있겠네요?" 나는 휴대폰을 꺼내 든다. "인터넷에서 확인해볼게요."

그때 스피커를 통해 탑승 수속 시작을 알리는 안내 방송이 흘러나온다. 로넌이 일어나 내게 등을 보이며 걸어간다. 그의 순서가 앞쪽이라 그는 어느새 여행객들 사이로 사라진다.

글레이셔 파크로 돌아가는 내내 로넌과 함께해야 한다. 그가 죄를 지었다면, 그가 메러디스를 납치했다면 내가 자기를 의심하기 시작했다는 걸 함께 비행하는 몇 시간 사이 알아채지 않을까?

스토커 건으로 더는 그를 압박하지 말아야겠다. 메러디스를 찾으려면 그에게 어떤 언질도 주지 말아야 한다. 의심하는 기색을 보이면 그는 메러디스를 다른 곳으로 옮길지도 모른다. 그럼 동생을 영영 찾을 수 없겠지. 그대로 기회는 사라지게 될 것이다. 영원히.

어쩌면 메러디스는 이미 죽었을 수도 있다.

로넌이 메러디스를 납치한 거라면…….

그가 버몬트주까지 날아오는 동안 메러디스는 혼자 있었을 텐데……. 누가 메러디스를 돌봐주고 있을까?

# 39장 메러디스

**7일 전**

축축하게 젖은 머리카락 때문에 베갯잇이 차갑게 젖어들었다. 내 피부에서 아이보리 비누 냄새가 풍긴다. 나는 흰 잠옷 차림이고 양 손목과 발목이 침대 기둥에 묶여 있다. 내가 의식을 잃은 동안 로넌이 나를 목욕시킨 것 같다. 무력하게 누워 있는 내 몸을 그의 손이 멋대로 구석구석 만졌을 걸 생각하니 욕지기가 치밀어 오른다.

방 안이 어두컴컴하다. 문틈으로 비춰드는 불빛에 방 안의 물건들이 그림자로 드러난다.

앤드루의 얼굴이 머릿속에 떠오른다. 함께 침대에 누워 있을 때 그에게서 느껴지던 온기. 지금 앤드루는 어떻게 버티고 있을까? 그는 늘 냉철하고 진지한 사람이다. 지금도 침착하게 견디고 있을 것이다. 그래서 사람들은 더 그를 의심하면서, 아내가 사라졌는데 저렇게 멀쩡하다며 비난하겠지. 하지만 앤드루는 부정적인 감정에 대응을 잘 못한다. 그런 일이 생기면 가급적 피해버리고 자신의 이미지나 평판, 사업의 성공 같은 제어 가능하고 긍정적인 대상에 집중한다.

완벽한 여자

로넌은 마치 나를 깨우고 싶지 않다는 듯 조심스레 방문을 연다. 그가 침대 발치에 와 서는 모습을 숨죽인 채 지켜본다. 그의 시선이 내 몸에 무겁게 쏟아진다. 잠시 후 그는 내 옆에 앉아 이불을 걷어낸다. 물기에 젖은 얇은 잠옷만 입은 터라 차가운 밤공기를 쐬자 오한이 느껴진다.

지금이 밤인지 낮인지 알 수가 없다. 오늘이 며칠이고 몇 시인지도 모르겠다.

사방이 어둡다.

사방이 흐릿하다.

무한히 펼쳐진 끝없는 악몽이다.

"잠깐 나갔다 올 테니까 먹고 있어요. 한쪽 팔을 풀어줄게요. 허튼짓은 하지 마요."

어둠 속에서 로넌의 눈이 번뜩인다. 나는 잠자코 고개를 끄덕인다.

그는 부드럽고 달콤한 목소리로 말한다.

"내 말 믿어요. 당신을 해치고 싶지 않아요, 메러디스. 하지만 말 안 들으면 당신을 도로 묶어놓는 수밖에 없어요."

잠시 후 그는 문을 열어놓은 채 복도로 나간다. 복도에 놓인 빈티지풍 지구본에서 흘러나오는 빛이 방 안의 쇠 침대 틀과 낡은 소나무 서랍장을 비춘다. 벽에는 장식용 지도들이 여러 장 붙어 있고 문 옆에는 아무것도 없는 총 받침대가 설치돼 있다.

은식기가 달그락거리는 소리, 수돗물 트는 소리가 조용한 집 안을 채운다. 잠시 후 로넌이 쟁반을 들고 방으로 들어온다.

"치킨 수프예요. 런던 포그 티 라테도 있어요."

그의 눈이 웃고 있다. 내가 좋아하는 음료를 아직 분명히 기억하는 자신이 자랑스럽다는 듯이.

그는 쟁반을 침대 옆 탁자에 내려놓고 뒷주머니에서 칼을 꺼내더니 내 왼손목을 묶은 케이블 타이를 잘라낸다. 왼손은 내가 잘 쓰지 않는 손이다. 그는 음식이 담긴 쟁반을 내 무릎에 얹어놓고 손가락 사이에 수저를 쥐여주고는 옆으로 와 앉는다.

"지금쯤 경찰들은 당신 휴대폰을 뒤지고 있겠네요." 그는 재미있다는 듯 피식거린다. "당신과 나 사이를 알아내면 나를 휴직으로 처리하겠죠. 어차피 시체는 나오지 않을 테고 증거라곤 없으니 우리한테는 잘된 일이에요. 그들은 이번 일을 나와 연결 짓지 못할 겁니다. 기껏해야 직권 남용을 했다면서 나를 해고하는 게 고작일걸요. 사건은 미해결로 남게 되겠죠. 난 내 방식대로 살면 될 테고. 이 사건은 점점 잊혀져, 사람들이 가끔씩 레딧*에나 올리는 미해결 사건이 되고 말 거예요."

로넌은 자신의 계획대로 되어가는 게 좋아 죽겠는지 연신 히죽거리며 고개를 절레절레 흔든다.

"음식을 통 안 먹네요." 그는 표정이 굳어진다. "며칠째 아무것도 안 먹고 있잖아요, 메러디스. 당신이 탈수증에 걸리게 하고 싶지 않아요. 여기서 제일 가까운 병원도 몇 시간은 가야 해요. 여기는 사람을 만나려면 몇 시간은 가야 하는 곳이에요."

나는 수저를 들어 입으로 가져간다. 소금물처럼 짜고 면은 질척거린다. 찬장에 수십 년은 보관돼 있던 통조림에서 꺼낸 음식 같

---

* Reddit. 미국의 소셜 뉴스 웹사이트.

완벽한 여자

다. 식욕은 없지만 배 속의 아기가 먹어야 하니 힘겹게 면을 씹어 삼킨다.

"당신도 여길 좋아하게 될 거예요. 정말 조용하고 평화로운 곳이거든요. 예전에 내가 사냥을 좋아한다는 말 했었죠? 난 이런 데서 생존하는 일에 도가 텄어요."

나는 고개를 끄덕인다. 늦은 밤이면 로넌과 함께 수차례 드라이브를 나갔었다. 그때 우린 코코아를 마시며 이런저런 얘기를 나눴다. 나는 그가 하는 말을 별생각 없이 듣고 넘겼다. 그냥 그런 말을 하는 그가 귀엽다고 생각했다. 이미지와도 어울린다고. 역시 전형적인 미국 보이스카우트답다고 그를 놀리곤 했다.

"우린 여기서 자급자족으로 먹고살 수 있어요. 전기, 가스, 수도 같은 공공설비를 사용하지 않고."

몸이 떨리기 시작한다. 떨림을 가라앉히려고 애를 쓸수록 점점 더 심하게 떨린다.

"떨고 있네요." 로넌이 내 손을 잡는다. "다 흘리겠네. 이리 줘요." 그가 내 손에서 수저를 빼앗아 들더니 아기한테 음식을 먹이듯 내 입에 음식을 넣어준다. "내가 당신을 잘 돌봐줄 수 있어요. 난 마세라티 차도 없고 은행에 돈도 잔뜩 쌓아두지 않았지만요."

잠시 침묵이 흐른다. 은수저가 그릇에 닿는 소리만 반복해서 들릴 뿐이다. 액체는 한참 전에 미지근해졌는데 로넌은 끝까지 내 입에 다 집어넣을 기세다.

"아기가 태어나면 어떻게 할지 방법을 생각해볼게요. 괜찮은 집을 찾아봐야겠죠. 어떻게든."

그 말에 심장이 얼어붙는 듯하다.

"로넌."

나는 이를 갈며 그의 이름을 부른다.

그는 한쪽 입꼬리를 치켜올리며 콧방귀를 뀐다.

"내가 그놈의 애를 내 자식처럼 키워줄 거란 기대는 하지 마요. 그건 미친 짓이니까. 우리 둘 사이의 아기를 많이 낳으면 돼요. 당신은 이 아기에 대해서는 결국 잊게 될 거예요. 당신이 임신할 수 있도록 내가 다시 약을 먹어볼게요."

내 뺨을 타고 굵은 눈물이 흘러내린다.

그는 수프 그릇을 치우고 내 손에 컵을 쥐여준다. 컵에 온기가 약간 남아 있다. 목안이 갈라진 듯하고 혀가 사포처럼 깔깔하다. 컵을 들어 입술에 댄다. 컵에 담긴 우유처럼 부연 액체를 쭈욱 들이켠다.

내가 다 마시자 그는 컵을 받아 들고 다 마셨는지 확인한다.

"지금 나한테 약을 먹인 거예요?"

그는 소리 내어 웃더니 손으로 내 턱을 잡아 치켜올린다. 그가 내 눈을 빤히 들여다보며 말한다.

"난 나쁜 사람이 아니에요, 메러디스. 나쁜 짓을 할 수도 있지만, 좋은 의도를 갖고 있을 땐 좋은 사람이거든요. 나는 수단이 목적을 정당화한다고 믿어요."

"당신이었죠? 처음부터 스토커는 없었어. 당신이 한 짓이죠?"

그는 내 턱을 손에서 놓고는 그릇을 모아 쟁반에 담고 일어선다. 그는 내 질문에 대답하지 않았지만 내 생각이 맞는다는 걸 충분히 유추할 수 있다.

우리가 처음 만나 나눴던 대화를 떠올려본다. 로넌은 스토커들이 원래 정신적으로 불안정하고 예측이 불가능하다고 했었다. 상대가 두려움을 느끼면 흥분하는 스토커들도 있고, 그냥 상대에게 집착하는 스토커들도 있다고 했다.

살아남으려면 로넌의 장단에 맞춰줘야 한다. 그가 옳은 일을 하고 있다고 믿는 척, 처음부터 그를 선택했어야 했다고 생각하는 척해야 한다.

"저녁 잘 먹었어요."

나는 복도로 나가는 그의 등 뒤에 대고 말한다. 눈앞에 부연 안개가 끼면서 눈꺼풀이 무거워진다.

그는 걸음을 멈추고 대답한다.

"천만에요."

로넌은 잠시 사라졌다가 새 케이블 타이를 가지고 돌아온다.

나는 왼손목을 가슴께에 붙이고 그의 눈을 들여다보며 말한다.

"꼭 묶어야 해요? 잠들면 어차피 두 손이 늘어질 텐데."

그는 허리를 굽히고 내 왼손을 손가락으로 잡아 편다. 그리고 침대 머리판의 쇠 난간에 가져다 붙인다.

그는 내 정수리에 부드럽고 다정하게 입을 맞추며 말한다.

"그래야 해요, 메러디스. 어쩔 수 없어요."

# 40장 그리어

**열한째 날**

해리스와 전화가 연결됐다.

드디어 그가 전화를 받았다.

"아, 맙소사." 나는 손으로 입을 막고 나지막하게 말한다. "해리스, 대체 어떻게 된 거야? 지금 어디 있어?"

나는 로넌이 어디 있는지 보려고 공항을 둘러본다. 우리는 몇 분 전에 수하물 찾는 곳을 떠났다. 그리고 로넌은 권총집을 소지하고 화장실에 갔다.

"그리어……." 해리스의 목소리가 끊어진다. "내가…… 지금…… 가는 중인데…… 로넌이…….."

삐 소리가 나더니 전화가 끊어진다.

따뜻한 손이 내 어깨를 잡는다. 로넌이다.

"준비됐어요?"

내 손에서 휴대폰이 위잉 하고 진동을 하는 바람에 깜짝 놀란다. 로넌이 내 휴대폰 화면을 내려다본다. 화면에 해리스의 이름이 떠 있다. 내가 엄지로 화면을 밀어 통화 연결을 할 새도 없이 로넌이 내게서 휴대폰을 낚아챈다.

그리고 내 귀 쪽으로 몸을 붙이며 내 목에 단단한 무언가를 갖다 댄다. 눈 깜짝할 순간이라 우리 주변에 있는 누군가의 눈에 띄었을 것 같지는 않다. 그가 내 목에 갖다 댄 게 무엇인지는 보지 않아도 알겠다.

"소란 피우지 말고 조용히 해." 그의 나지막한 목소리가 내 고막에 울려 퍼진다. "걸어."

우리는 공항의 픽업 구역 쪽으로 걸어간다. 손님을 기다리고 있는 택시들 옆을 지나 장기 주차장으로 들어간다. 그의 손이 내 팔꿈치를 잡고 승강기 쪽으로 데려간다. 3층 모퉁이를 돌자마자 그가 내 휴대폰을 근처의 쓰레기통에 던져 넣는다.

"왜 이러는 거예요!"

그는 나를 계속 밀어붙인다. 아무것도 모르는 척하면 그가 나를 위협적인 존재로 안 여기지 않을까? 속으로는 기회만 있으면 그의 사지를 뜯어버리고 싶은 마음이 굴뚝같다.

그의 트럭이 몇 걸음 앞에 세워져 있다.

"알면서 뭘 물어? 아주 잘 알 텐데."

주변을 둘러보지만 우리밖에 없다. 주변에 누가 있다고 해도 도움을 요청할 수가 없다. 여기서는 안 된다. 아직은 그럴 수 없다.

로넌이 내 동생을 데리고 있다.

그러니 그의 말에 따라야 한다.

당분간은.

# 41장 메러디스

**6일 전**

"일어나요."

귓속에 울리는 로넌의 목소리가 깊게 잠든 나를 이끌어낸다. 눈을 떴지만 사방이 캄캄하다.

"지금 몇 시예요?" 몇 시인지 따위는 중요하지 않다. 여기로 끌려온 지 얼마나 됐는지도 모르겠다. 잠을 몇 시간이나 잤을까? 그래도 납치 피해자가 으레 할 법한 겁에 질린 질문들이 아니라 평범한 질문을 하면 탈출에 도움이 되지 않을까? "배고파요." 이것도 평상시처럼 말하려는 시도다.

로넌은 손으로 내 머리를 쓰다듬는다. 뒤엉킨 머리카락에 그의 손가락이 걸린다.

"그렇겠죠. 먹을 걸 좀 가져왔어요."

일어나려고 했지만 꼼짝할 수가 없다. 나는 팔다리를 쫙 벌린 채 결박돼 있다. 그가 쿡쿡 웃는다.

"식탁에서 먹게 해줄게요. 몸을 좀 움직여줘야죠. 안 그러면 근육이 위축돼요."

완벽한 여자

그는 나를 예리하게 주시하면서 내 몸을 묶은 케이블 타이를 하나씩 자른다. 그리고 내 손을 잡아 침대에서 일으킨다. 허리 통증이 뒷다리로 내려갔는지 걸을 때마다 근육이 당기지만 견뎌야 한다. 지금 남아 있는 이만큼의 힘이라도 잃지 않도록 해야 한다.

로넌이 내게 손깍지를 낀다. 우리의 손바닥이 맞닿는다. 그는 천천히 한 걸음씩 나를 주방으로 데려간다. 현기증이 살짝 나면서 발밑 바닥이 기울어진다. 탈수증인 것 같다.

"앉아요."

그는 식탁 앞 의자를 발로 빼서 나를 앉히고는 주머니에서 케이블 타이를 꺼내 내 발목에 묶는다.

가스레인지 위에 종이 상자가 놓여 있다. 상자에서 마늘과 기름진 피자 냄새가 진하게 풍겨 나온다. 속이 울렁거리지만 배가 고파 죽을 것 같다. 로넌은 내 앞의 재활용 종이 냅킨 위에 피자 한 조각을 놓아주고 컵을 집어 든다.

나는 순식간에 피자를 먹어치운다.

속이 메슥거리고 꾸르륵거린다. 먹어도 계속 허기가 진다.

"다음번에는 이렇게 오래 떠나 있지 않을게요. 당신 언니가 좀 별나게 구네요. 갑자기 찾아와서 바보 같은 질문이나 해대고."

나는 신경쓰지 않는 척한다. 주방 벽에 걸린 비딱한 싸구려 액자를 빤히 쳐다본다. 액자에는 눈에 파묻힌 산 사진이 담겨 있다.

"당신 언니는 끈질기게도 당신을 찾고 있어요. 당신 남편보다 더 열심히." 그는 웃으며 콧방귀를 뀐다. "귀엽더라고요. 당신 언니가 문젯거리가 되지 않기를 바라야죠."

나는 눈을 가늘게 뜨고 그를 쏘아보며 말한다.

"당신이 나를 사랑한다면 언니는 건드리지 마요. 다치게 하지 마요."

그는 내 손을 잡으며 내 쪽으로 몸을 기울인다.

"난 당신을 사랑해요. 우리가 함께할 수만 있다면 무슨 짓이든 할 거예요."

눈에 눈물이 차오른다. 대충 씹고 욱여넣은 피자 조각이 목 뒤에 걸려 있다. 꿀꺽 삼켜보지만 아무 맛도 느껴지지 않는다. 속을 제어하려 애쓰지 않으면 이대로 토할 것 같다.

훤한 대낮에 식료품점 주차장에서 나를 납치할 정도로 정신이 나간 사람이면 언니를 다치게 하고도 남을 것이다.

언니의 끈질긴 성격은 그동안 늘 장점으로 작용해왔다. 아마 지금 언니는 그 어느 때보다 끈질길 것이다. 내가 아는 언니라면 나를 찾을 때까지 절대 멈추지 않을 것이다.

어렸을 때 언니는 나와 함께 공원에 갔다가 집으로 돌아가는 길에 브루클린에서 사인조 강도를 만나 물리친 적이 있었다. 그때 언니는 겨우 열다섯 살이었다. 강도들이 언니의 핸드백을 낚아챘는데, 언니는 강도들에게 주먹질과 발길질을 하면서 있는 힘껏 악을 써댔다.

그때 언니는 미친 사람 같았다. 거의 발작 수준이었다. 강도들은 겁을 먹고 도망쳐버렸다. 그런 언니인 만큼 로넌이 아무리 겁을 줘도 쉽게 물러나지 않을 것이다.

하지만 로넌도 언니에게 겁을 먹을 것 같지 않다.

"생각을 해봤어요." 나는 뒤틀리고 떨리는 목소리를 진정시키려고 애쓰며 입을 연다. "이달 말 내 생일에 돈이 들어와요. 새 출발을 하려면 돈이 있어야 하잖아요? 우리가 같이 새 출발을 하려면요. 하지만 내가 실종 상태로 있으면 그 돈을 찾을 수가 없어요…….”

그는 등받이에 기대고 손으로 턱을 받치며 나를 말없이 쳐다본다. 숨소리가 거칠다. 잠시 후 그가 말한다.

“우린 돈 필요 없어요, 메러디스. 내가 다 알아서 해요.”

“사람이 살려면 돈이 있어야죠.”

그는 입을 꾹 다물고 있다가 다시 말한다.

“돈이 있으면 선량한 사람도 나쁜 짓을 하고, 못된 사람은 더욱 못된 짓을 해요.”

“수백만 달러예요, 로넌.” 한때 나를 설레게 했던 그의 이름은 이제 내 속을 분노로 들끓게 한다. “그 돈이 있으면 우린 제대로 살 수 있어요.”

그는 숨을 길게 토하며 내 쪽으로 몸을 기울인다. 그리고 내 뺨을 쓰다듬으며 말한다.

“수백만 달러는 필요 없어요, 메러디스. 난 당신만 있으면 돼요.”

아무리 말을 해도 계속 벽에 부딪히는 느낌이다. 한 걸음도 나아갈 수 없다.

“그래요.” 나는 거짓말을 하기로 한다. “나도 소박한 삶을 원했어요. 모험을 해보는 것도 나쁘지 않겠죠.”

“그래요, 바로 그런 정신이어야죠.” 상자에 담긴 피자 한 조각을 집어 들고 일어선 그는 피자를 우물우물 씹으며 조리대에 기대선다. 잠시 후 그는 구겨진 냅킨으로 입가를 닦으며 말한다. “태도가 중요해요, 메러디스. 생각이 바로 서면 에너지가 뒤따라오거든요.

모든 게 잘될 거라고 믿으면 결국 다 잘 풀리게 되어 있어요. 내가 당신을 처음 본 날도 그랬어요……. 그날부터 나는 언젠가 당신을 갖게 될 거라고 믿었어요. 그 생각에 온통 사로잡히니까 한밤중에도 잠이 벌떡 깨더라고요. 아무리 애써도 당신을 내 머릿속에서 떨쳐낼 수가 없었어요."

피부가 간질간질하면서 소름이 쫙 돋는다. 하지만 그의 말이 사랑스럽다는 듯 억지로 미소를 지어 보인다.

"나를 처음 본 게 언제였어요?"

그는 입을 오므리고 천장을 올려다보며 대답한다.

"그날 당신은 레스토랑을 나서고 있었어요. 로커스트 거리에 있는 블랑카 레스토랑. 그래요, 거기 맞아요. 당신 남편은 발렛 파킹 서비스를 해주는 곳 근처에 서 있었고, 당신은 남편 옆에 있었어요. 파란색 미니 원피스 차림이었고 팔 밑에는 공단 소재의 클러치를 끼우고 있었죠. 당신한테서 묘한 아름다움을 느꼈어요. 도저히 눈을 뗄 수가 없더라고요. 당신 옆을 지나가는데 우리 눈이 마주쳤고 당신이 미소를 지었어요. 그 순간 내 눈앞에는 당신과 함께 하는 삶이 쫙 펼쳐졌어요."

전혀 기억에 없는 일이다.

나는 눈썹을 치켜올리면서 손등으로 눈물을 닦아낸다. 감동받아서 나온 눈물이 아니다.

구역질난다.

이 남자는 망상병자다.

"보자마자 당신이 행복하지 않다는 걸 알 수 있었어요. 당신은 남편이 소유한 작고 예쁜 물건일 뿐이었죠. 일종의 액세서리요."

나는 입술을 깨물며 고개를 끄덕인다.

"맞아요, 로넌. 정말 그래요. 남편은 날 사랑한 적 없어요. 다 남들한테 보여주기식이었죠."

"당신 같은 여자는 행복을 누릴 자격이 있어요. 내 삶을 다 바쳐서라도 당신을 꼭 행복하게 해줄게요."

"정말 다정한 말이네요, 로넌. 나도 행복해지고 싶어요. 당신과 함께요." 그가 제발 내 말을 온전히 믿어주길 바랄 뿐이다. "우린 결국 만날 운명이었네요."

"그 후 당신을 만나려고 계속 찾아다녔어요." 그는 고개를 절레절레 저으며 말을 잇는다. "그런데 좀처럼 보이질 않더라고요. 몇 달이나 지나서야 당신이 친구와 요가를 하러 가는 모습을 봤어요. 당신 차 번호판을 조회해서 이름을 알아내고 당신 차에 쪽지를 남겼죠. 당신을 내 앞으로 끌어오려면 그 방법밖에 없었어요. 난 당신이 경찰서에 와서 스토커 신고를 할 줄 알고 있었거든요."

나는 애써 웃는다.

"정말…… 다정하기도 하네요, 로넌. 그렇게까지 수고를 할 줄은 몰랐어요."

그는 표정이 어두워지더니 미간을 찌푸리며 말한다.

"아뇨, 메러디스. 이건 다정한 얘기가 아니라 괴롭고 힘든 얘기예요."

그가 내게 다가오자 나는 긴장하며 옆으로 시선을 돌린다. 그는 내 의자를 돌려 나를 정면으로 마주하면서 허리를 숙여 내 눈을 들여다본다.

"내 얘기를 진심으로 받아들였다고 믿게 만들고 싶으면 더 노력해야 될 거예요." 그는 완벽한 치아를 악물며 말한다. 잠시 후 그는 눈에 힘을 풀고 일어서며 천천히 숨을 들이마신다. "시간이 걸리겠죠. 당신을 환상의 나라에서 끌어내 여기로 데려왔는데 당신이 곧바로 이 생활을 받아들일 거라고는 기대 안 해요."

로넌은 맞은편에 앉아 팔짱을 낀다. 그리고 고개를 옆으로 기울여 나를 찬찬히 바라본다.

"차근차근 진행해보자고요. 때로는 고통스러울 수도 있어요. 그래도 언젠가는 나한테 고마워하게 될 거예요."

나는 그에게 눈물 맺힌 눈을 보이지 않으려 고개를 숙인다. 속으로는 누구든 제발 나를 구하러 와달라고 기도한다.

"뜨끈한 음료를 갖다줄게요. 가기 전에 벽난로에 장작도 더 넣어야겠네요."

어느새 나는 몸을 떨고 있다. 춥지도 않은데 자꾸 떨린다.

그는 내게 등을 보인 채 주전자에 물을 담아 가스레인지에 올린다. 내게 런던 포그 티 라테를 만들어주려는 것이다. 잠시 후 알약통이 달그락거리는 소리에 이어 찻주전자가 날카롭게 빼액 소리를 낸다.

그는 차가 담긴 컵을 가져와 내 두 손에 안겨준다.

"마셔요. 다 마시면 침대로 데려갈게요."

"나 안 피곤해요."

나는 컵을 입술에 가져다 대며 마시는 척만 한다.

"당신이 안전하길 바라니까 이렇게 하는 거예요." 로넌은 허리 뒤쪽에 손가락을 걸고 나를 바라본다. 내가 차를 다 마실 때까지 지켜볼 작정인 것 같다. "내가 떠나 있는 동안 당신이 다칠까 봐…… 그래서 그래요.”

“여기 뭘 탔어요?”

“당신 주치의가 처방하지 않을 만한 약은 안 넣었어요.” 그는 컵을 손에 쥐고 아래쪽을 기울여 내 입에 다시 갖다 댄다. “내가 어딜 좀 다녀와야 하거든요. 내가 없어졌다는 걸 누가 알아채기 전에 돌아올 거예요.” 그는 내 이마에 입을 맞춘다. “나도 이렇게 하고 싶지 않아요. 정말이에요. 우리 잠시만 떨어져 있어요.”

나는 음료를 다 마셨다. 선택의 여지가 없다. 로넌은 내 발목을 묶은 케이블 타이를 자르고 나를 복도 끝의 침실로 데려간다. 잠시 후 그는 나를 결박하고 목까지 담요를 끌어올려 덮어준다.

“따뜻해요?”

나는 고개를 끄덕인다.

“곧 돌아올게요.” 그는 내 왼팔을 손바닥으로 쓰다듬으며 말한다. “사랑해요, 메러디스.”

나는 떨리는 입술로 그에게 화답한다.

“나도 사랑해요.”

“아니. 당신은 날 사랑하지 않아요. 아직은. 하지만 사랑하게 될 거예요.” 그는 입술 끝이 처진 채 반박한다.

# 42장 그리어

**열한째 날**

트럭을 타고 달린 지 몇 시간이 지났다.

우리는 산속 깊은 곳으로 이어지는 도로를 따라 바람을 맞으며 달려간다.

길가 표지판에 적힌 마을 이름들을 눈여겨보지만 전부 처음 들어본다. 표지판들이 하나씩 저 뒤로 조그맣게 멀어져간다.

옆으로 지나가는 풍경 하나하나, 농장들, 도로 옆 식당들을 기억에 담아두려고 애쓰지만 어느 정도 시간이 지나자 머릿속에서 뒤죽박죽 얽히고 만다. 나는 현재에 집중하기로 한다.

지금까지 몇 번이나 탈출을 계획했다. 매번 방법을 달리하고, 그에 따른 로넌의 반응을 예측해봤다. 머릿속에서 나는 그의 운전대를 지지대 삼아 그의 얼굴에 발길질을 하면서 지나가는 차를 향해 '살려주세요'라고 외친다. 그리고 차창 밖으로 몸을 던지는 것이다. 시속 100킬로미터로 내리막을 달리는 트럭에서 말이다.

하지만 이건 영화가 아니다. 내 행동이 효과를 발휘할지 알 수가 없다. 이놈은 완전히 미친놈이라서 내가 아무리 발악해봤자 겁을 먹을 것 같지도 않다.

가만 보니 로넌은 나를 동생을 잡아 가둬둔 곳으로 데려가는 것 같다. 그는 남들 눈에 띄지 않는 곳에 메러디스를 가둬놨을 것 같은데, 지금 그가 나를 데리고 가는 곳이 바로 그런 곳인 듯하다.

로넌은 브레이크를 밟으며 백미러를 확인하더니 깜박이도 켜지 않고 급히 좌회전을 한다. 트럭이 울퉁불퉁한 자갈길을 따라 언덕을 내려간다. 잠시 후 높게 자란 소나무 숲 사이를 지나간다.

나는 시계를 보면서 시간을 재본다.

일 분. 또 일 분. 그리고 또 일 분.

십일 분 후에 로넌은 잡초로 뒤덮인 진입로 앞에 트럭을 세운다. 다른 때 같으면 전혀 신경쓰지 않고 무심코 지나쳤을 것 같은 곳이다. 근처 나무에 '출입금지'라고 적힌 팻말이 붙어 있다.

로넌은 기어를 주차 모드로 놓고 트럭에서 내려 녹슨 철제 대문 자물쇠에 열쇠를 꽂는다. 저런 자물쇠로는 경찰의 진입을 막을 수 없겠지만 동네 사람들의 접근은 어느 정도 막아줄 것이다. 근처에 사람이라고는 코빼기도 보이지 않지만 말이다.

내가 여기 있다는 걸 아무도 모를 것이다.

폐에 피가 나도록 악을 써봤자 내 목소리를 들을 사람도 없겠지.

그는 다시 운전석에 올라타 열린 대문 안으로 트럭을 몰고 들어간다. 움푹움푹 파인 자갈길이라 트럭이 위아래로 흔들거린다. 잠시 후 그는 작고 하얀 집 앞에 트럭을 세운다.

메러디스가 저 안에 있을 거라는 생각이 들자 심장이 마구 뛰기 시작한다. 메러디스가 안전하게 살아 있기만 한다면 우린 탈출할 수 있을 것이다. 여기서 풀려날 수만 있다면 무슨 짓이든 할 수 있다. 이 빌어먹을 놈을 죽일 수도 있을 것이다.

트럭에서 내린 로넌은 저 앞으로 빙 돌아서 조수석 문을 열고 나를 지상에 내려준다. 그는 느긋하고 태연하게 움직이고 있다. 나를 현관문 쪽으로 끌고 가면서 기분 좋게 휘파람까지 분다.

그는 낡아빠진 은색 덧문을 걷어차 열고는 오른손으로 내 어깻죽지를 잡고 왼손으로 자물쇠에 열쇠를 넣어 돌린다. 잠시 후 우리는 집 안으로 들어간다. 퀴퀴하고 차가운 공기, 구름처럼 일어난 먼지가 우리를 맞이한다.

주변을 둘러보며 사람이 살고 있는 흔적이 있는지부터 살펴본다. 아무리 봐도 수년 동안 신선한 공기를 들이지 않은 곳 같다.

"메러디스는 여기 없어. 그걸 기대한 것 같은데." 그가 나를 뒷방으로 끌고 가며 말한다.

손가락 끝이 얼어붙는다. 손을 들어 입으로 온기라도 불어넣으려는데 그가 나를 확 잡아끈다. 그는 어둑한 복도 중앙의 벽에 걸린 벽걸이 융단 앞에 서더니 융단을 옆으로 젖힌다. 그 뒤에 숨겨진 문이 있다.

그가 문손잡이를 돌려 연 순간 나는 심장이 철렁한다.

창문 하나 없는 텅 빈 방 한가운데에 철제 접이식 의자가 놓여 있다. 천장에는 쇠사슬로 연결된 알전구 하나가 매달려 있다. 그는 내 등을 밀어서 의자에 주저앉힌다.

그는 웅크리고 앉아 플라스틱 일회용 수갑들을 꺼내더니 철제 의자 다리에 느긋하게 걸기 시작한다. 그리고 내 손목을 일회용 수갑에 끼워 연결한다. 꽤 정교한 작업이다. 도망치기는커녕 옴짝달싹도 못하게 만들어놓았다.

"좋았어."

그는 자신이 해놓은 작업이 마음에 드는지 검은 눈동자를 자랑스럽게 빛내며 내뱉는다.

나는 손을 당겨 어느 정도 움직일 여유가 있는지 확인해본다. 이대로 끝일 리 없다. 어떻게든 방법을 찾아낼 것이다. 로넌이 나를 여기 혼자 두고 떠나면 그 순간부터 탈출을 시도할 것이다.

인간의 정신은 본질적으로 강인하다. 삶에 대한 의지도 마찬가지다.

"놀라울 정도로 차분하네, 그리어. 당신 동생은 울던데. 당신은…… 강철로 된 짐승 같아. 속을 알 수 없는 눈빛도 그렇고, 죽음을 앞에 두고도 감정을 내비치지 않는 자제심도 그렇고."

그는 나를 겁주려 하고 있다.

나를 죽일 거라고 암시를 주면 내가 포기할 줄 아는 모양이다. 하지만 나는 그가 무슨 말을 해도 흔들리지 않는다. 그에게 나를 흔들어놓을 특권을 쥐여주고 싶지 않다. 그가 원하는 건 절대 내주지 않을 것이다.

그는 손을 뒤로 돌려 주머니에 감춰둔 권총집에서 권총을 꺼내든다. 그리고 재미있다는 듯 눈을 빛내며 느긋하게 총구를 겨눈다. 두 손으로 권총을 감아쥐고 한 손을 방아쇠에 얹으면서 히죽거린다.

'아, 제기랄.'

숨이 가빠진다. 팔 아래쪽 피부가 축축하게 젖어 들어간다. 속이 뒤틀리고 눈앞이 흐려진다.

마지막 순간에도 나는 온통 내 동생 생각뿐이다. 동생도 못 구하고 이렇게 실패하고 마는 건가.

"도저히 입을 다물고 있을 수가 없었지? 스토커에 대한 얘기만 안 했어도 되는 거였는데 당신은 계속해서 밀어붙였어. 멍청한 질문을 해대면서. 가만히 두면 절대 입을 안 다물겠더라고." 로넌은 짐짓 당혹스럽다는 표정으로 말을 잇는다. "난 원래 살인자가 아니야, 그리어. 살면서 남을 해친 적도 없어. 그러니까 이 모든 게 당신 탓이라는 걸 똑똑히 알아둬. 이렇게 하지 않으면 당신이 모든 걸 망칠 것 같으니까, 내가 해온 모든 일이 헛수고가 되어버릴 테니까 나도 어쩔 수 없이 하는 거야."

"로넌." 미친놈과 이성적인 대화가 되지 않는다는 걸 잘 알지만 시도해보지도 않고 죽을 순 없다. "당신은 잘생겼고 경력도 훌륭해요. 성격도 좋고 매력적이죠. 당신이 원한다면 어떤 여자든……."

"다 아는 얘기니까 그만하고." 그는 총을 옆으로 내리고 천천히 한숨을 내쉰다. "어차피 그런 말로 설득하려고 해봤자 안 통해. 그냥…… 동생한테 하고 싶은 말 있으면 해……. 전해줄 테니까."

오만가지 기억이 떠올랐다가 바람을 맞은 낙엽처럼 흩어진다.

메러디스는 내가 제일 아끼는 친구이며 동생이고 영혼의 단짝이다. 우린 지옥 같은 시간을 함께 헤쳐 나왔다. 난 메러디스를 위해서라면 뭐든 할 수 있다. 메러디스도 마찬가지일 거다. 그러니 지금 이 순간, 동생을 위해 나는 아무 말도 하지 않을 것이다.

굵은 눈물이 뺨을 타고 흘러내려 입술에 머문다. 난생처음 맛보는 짭짤한 패배의 맛이다.

"당신이 동생을 잘 돌봐주기는 할까 싶네요. 정말 내 동생을 안전하고 행복하게 해줄 수 있을까요?"

나는 비통한 영혼만큼이나 차갑고 결연한 눈빛으로 그를 바라보며 말한다.

로넌은 콧방귀를 뀐다.

"날 모욕하지 마, 그리어. 난 괴물이 아니야."

"당신은 이 모든 행동을 정당화하려 하겠지만 정말 잘못된 짓을 하는 거예요. 당신은 괴물 맞아요. 이기적인 데다 미친놈이죠. 메러디스는 당신이 원하는 방식으로는 절대 당신을 사랑하지 않을 거예요."

그는 눈을 가늘게 뜨며 총을 들어 내게 겨눈다.

"됐어. 입 닥쳐."

로넌이 권총의 슬라이드를 당긴다.

내 세상은 곧 끝난다.

눈을 감고 마지막 숨을 들이마신다.

# 43장 메러디스

**5일 전**

로넌은 곰팡이 핀 샤워실에 나를 세워두고 소변으로 흠뻑 젖은 팬티를 벗겨낸다.

"더 빨리 돌아오려고 했는데, 기자들이 요즘 내 집 앞에 진을 치고 있어서 늦었어요. 나한테서 한마디 들으려고 난리를 친다니까."

"무슨 말을요?"

그는 웃으며 물을 튼다. 처음엔 얼음처럼 차가운 물이 피부로 떨어졌다가 점점 견딜 만한 수준의 미지근한 물로 바뀐다. 그러다 뜨끈한 물이 쏟아지면서 얼어붙은 내 몸을 데워준다. 이 오두막은 더럽게 추워서 한 번씩 내 입김이 보일 정도다. 할 수만 있다면 이 뜨끈한 샤워를 몇 시간이고 하고 싶다.

"내가 당신과 어떤 관계였는지 밝혀지고 경찰에서 나를 휴직 처리하니까 언론은 나를 범인으로 몰고 싶어서 환장을 했어요."

"걱정 안 돼요?"

그는 고개를 저으며 젖은 수건에 비누를 문지른다.

"시체도 증거도 아무것도 없잖아요. 성난 군중이 답을 요구하고 있을 뿐이지." 그는 거품이 묻은 낡은 수건을 내 다리 사이에 넣고 문지르며 나를 흘끗 올려다본다. 나를 부드럽게 어루만지면서 눈으로 내 온몸을 훑는다. "내가 전에 말했잖아요. 사건에 대한 열기가 식으면 사람들은 당신 이름을 기억조차 못 하게 될 거라고. 그럼 우린 자유롭게 살아가면 돼요."

"이 사건이 전국 뉴스로도 방송됐어요?"

전에는 왜 이 생각을 못 했을까?

그는 인상을 쓰며 숨을 삼킨다.

"그렇죠 뭐. 부유한 집 백인 여자가 스키 관광 마을에서 실종됐으니까. 언론이 난리가 나서 앞다퉈 기사를 내고 있어요. 앤드루는 여기저기 인터뷰하느라 정신없고. 당신도 그놈 하는 짓을 봐야 하는데. 무슨 유명인사나 되는 듯이 옷을 쫙 빼입고 인터뷰를 한다니까요. 디자이너 스웨터를 입고 머리까지 깔끔하게 빗어 넘기고요. 이 일로 얼마나 이득을 볼 것인지 당연히 계산을 하겠죠. 이러다가는 출판업자들이 그를 찾아가 책을 내자며 어마어마한 선금을 제시하게 생겼어요."

나는 로넌의 말을 걸러서 들으려 애쓴다. 그는 지금 내 생각을 조종하려 하고 있다.

지금까지 나는 앤드루가 나를 사랑한다는 것, 나를 찾으려 온 힘을 다하고 있으리라는 것에 희망을 걸고 버텨왔다. 하지만 내 생각이 틀렸으면? 내가 앤드루를 잘못 봤고 잘못 판단한 것일 수도 있지 않을까? 전에도 내 추측은 보기 좋게 빗나갔다. 하지만 그건 예전 얘기다. 지금 남편과 나 사이는 많이 좋아졌다.

"그러니까 모두에게 잘된 일이라는 얘기예요." 로넌은 거품 묻은 수건으로 내 상체를 닦기 시작한다. 지금까지 나를 강제로 범하지 않은 게 놀랍긴 하지만 그리 오래갈 것 같지 않다. "앤드루는 명성을 얻었고, 당신은 사랑받을 가치가 있는 남자와 평범하고 행복한 삶을 살 기회를 얻었어요. 난 당신을 얻었고요."

나는 쓰러지지 않으려고 온 힘을 다해 손으로 샤워실 벽에 기댄다. 샤워실 안이 어두워지면서 숨이 차기 시작한다. 수증기 때문에 숨이 막힌다. 뜨거운 공기 때문에 탈수증상이 악화되는 것 같다.

"기절할 것 같아요."

나는 숨찬 소리로 내뱉는다.

로넌은 얼른 샤워기 레버를 당기고 나를 수건으로 감싼 뒤 두 팔로 안아 올린다. 그가 나를 침대로 옮기는데 내 젖은 피부에 차가운 공기가 들러붙는다. 그는 나를 침대에 앉히고 근처 서랍장에서 티셔츠를 꺼내 온다.

여기서 도망칠 힘이 있었으면 좋을 텐데.

로넌의 사타구니를 걷어차고, 그의 코와 눈 사이를 손날로 친 다음 여기서 도망쳐 나갈 힘이 있으면 얼마나 좋을까?

하지만 방이 계속 빙빙 돌고 숨이 가빠온다. 온몸이 흐물흐물해진 느낌이다. 로넌이 일부러 내게 음식을 조금만 주는 것 같다. 내 몸을 약하게 만들어 그에게 의지하게 만들려고, 기회가 와도 달아나지 못하도록.

그는 내 머리와 어깨 위로 셔츠를 입혀 내린다. 그리고 내 곁에 누워 내 배를 팔로 감싼다.

나는 손발이 묶이지 않은 상태지만 여전히 그의 죄수다.

그는 내 목덜미에 코를 대고 숨을 들이마신다.

"아, 밤새 당신 옆에 이렇게 누워 있고 싶어요." 로넌의 손이 내 젖은 티셔츠를 쓸어내린다. 움푹 꺼진 배 아래로 내려간 그의 손이 티셔츠 가장자리를 잡아 위로 올리려 한다. "이런 게 정말 그리웠어요, 메러디스."

숨을 쉴 수가 없다.

그가 돌연 손을 멈춘다.

"우선 당신이 기력을 회복해야겠죠. 몸을 떨고 지쳐 있는 당신이랑 이런 식으로 섹스를 하진 않을 거예요. 난 그런 걸 즐기지 않아요. 당신도 그렇겠지만. 당신 상태가 좋아질 때까지 당신이 스스로 내게 완벽하게 마음을 줄 때까지 기다릴게요. 전에 그랬던 것처럼."

그의 입술이 내 목을 따뜻하게 스친다. 내 눈에 뜨거운 눈물이 고인다. 방이 어두워 다행이란 생각이 처음으로 든다.

내 몸에 닿는 그의 숨결을 느끼며 나는 가만히 누워 눈을 감는다. 나를 보고 있는 그의 시선이 느껴진다. 잠시 후 침대가 들썩이더니 그가 일어선다.

내가 잠들었다고 생각하면 오늘밤엔 약을 안 먹이지 않을까?

나는 조각상처럼 꼼짝 않고 누워 있기로 한다. 고개를 돌리거나 입술을 혀로 핥는 등 아직 잠들지 않았음을 나타내는 몸짓은 보이지 말아야 한다.

잠시 후 단단한 목재로 된 바닥을 걸어오는 로넌의 발소리가 들리고 문이 삐걱 열린다. 그는 내 옆에 무릎을 꿇고 앉는다. 그의 무게에 매트리스가 눌린다. 내 옆에서 조용히 부스럭거리는 소리가 들린다. 밤 동안 나를 또 결박해놓을 모양이다.

그의 손이 내 손목을 감싸 쥐고는 머리 위로 올려 쇠기둥에 묶는다. 왼손목도 마찬가지로 처리한다. 나는 계속 잠들어 있는 척하며 움직이지 않는다. 곧 발목을 묶을 줄 알았는데 매트리스가 흔들리더니 방문이 닫히는 소리가 난다.

그가 방에서 나갔다.

겁이 나서 눈을 뜰 수가 없다. 내 본능적인 판단과 달리 그가 방을 나간 게 아니라…… 지금 옆에서 나를 시험하며 내려다보고 있다면…….

나는 한동안 계속 눈을 감고 있기로 한다.

몇 분 뒤 주방에서 냄비와 팬이 달그락거리는 소리가 들린다. 내 생각이 맞았다. 그는 내 발목을 묶지 않았다. 하지만 두 손이 결박돼 있으니 어떻게 해야 이 상태에서 벗어날 수 있을지 방법이 떠오르지 않는다. 그래도 어떻게든 해봐야 할 것 같다.

시간이 점점 흘러간다. 나는 잠들지 않으려고, 정신을 바짝 차리려고 애쓴다. 잠시 후 오두막이 흔들리고 현관문이 쾅 닫히는 소리가 들린다. 나는 그가 트럭을 타고 나가는 소리가 들리는지 귀를 바짝 세운다.

하나, 둘, 셋, 넷…… 내 생각이 옳기를 바라며 숫자를 센다. 그가 집 밖에 뭘 가지러 잠깐 나간 게 아니기를 기도한다.

오두막 안에 차가운 정적이 흐른다.

잠시 후 트럭 엔진이 우르르 울리면서 내 침대 위 널빤지로 막아놓은 창문을 통해 진동이 전해진다. 목이 탄다. 너무 좋아서 환호성을 지르고 싶지만 꾹 참는다. 탈수증만 없었으면 기쁨의 눈물이라도 흘렸을 것이다. 트럭 소리가 점점 멀어지길 기다리다가 드디어 눈을 뜬다.

완벽한 여자

옆으로 돌아 누워 한쪽 발을 바닥에 딛는다. 이어서 다른 쪽 발도 바닥에 내린다. 발바닥이 간질거린다. 있는 줄도 몰랐던 양철 양동이가 발에 차인다. 누운 채로 팬티에 오줌을 싸지 않도록 하려고 내 발목을 풀어놓은 것임을 이제 알겠다. 그는 내 몸에서 흘러나오는 액체로 인해 방이 지저분해지는 걸 최소화하고 싶은 것이다. 미친놈 주제에 깔끔을 떨며 머리를 굴리고 있다.

침대 머리판에 결박된 손목을 당겨본다. 몸을 이리저리 비틀어 다양한 자세를 취해보지만 침대를 벗어날 수가 없다.

발을 침대 아래로 내리고 매트리스에 엎드린 채 침대의 쇠기둥 뒤쪽과 벽 사이로 비집고 들어간다. 깊게 숨을 들이마시며 아드레날린에 의지해 발길질을 시작한다.

맨발이라 걷어찰 때마다 아프지만 어느 순간부터 아무것도 느껴지지 않는다. 난 지금 우리에 갇힌 짐승이나 마찬가지다. 어떻게든 여기서 나가야 한다. 시도라도 하다가 죽어야지. 어차피 자유가 아니면 죽음뿐이다. 이런 미친 사이코패스와 함께 사는 건 절대 있을 수 없다.

얼마나 오래 걷어찼을까. 쇠기둥 하나가 흔들거리기 시작한다. 쇠기둥 위쪽과 침대 머리판 위쪽이 약간 벌어지고, 어둠 속에서 반짝이는 날카로운 금속 단면이 드러난다. 오른손목을 쇠기둥 위쪽으로 최대한 밀어올리면서 숨을 꾹 참고 플라스틱 일회용 수갑을 그 사이로 통과시킨다.

오른손목이 해방됐다는 기쁨을 느낄 새도 없이 바로 왼손목으로 넘어간다. 더 세게, 더 빨리 쇠기둥을 걷어차고 손날 아래쪽부터 빼보려 하지만 그쪽 쇠기둥은 꿈쩍도 하지 않는다.

잠시 쉬면서 생각하고 있으려니 어느새 시야가 어둠에 적응한다. 이제 책상 위에 놓인 램프의 윤곽이 보인다. 몸을 최대한 뻗어서 램프의 줄을 찾아 잡아당긴다.

방 안이 눈부시게 밝아졌다.

눈이 아파서 질끈 감는다. 시큰함이 가라앉길 기다렸다가 눈을 뜨고 방 안을 둘러본다. 방 안에는 키 큰 서랍장, 낡은 나무 책상, 양여닫이 벽장문이 있다.

온 힘을 다해 침대를 끌고 방을 가로질러 서랍장 쪽으로 향한다. 서랍을 뒤져보지만 남성용 플란넬 셔츠와 낡아빠진 내의뿐이다.

책상 쪽으로 옮겨가 서랍을 하나하나 열어본다. 칼이나 총 같은 게 있길 바라면서.

하지만 종이밖에 없다.

오래된 청구서들. 누렇게 변색된 연하장들. 연하장을 보낸 사람 이름은 전부 잭 하워드다.

맨 아래 서랍을 뒤져보니 종이 더미 아래에 단단한 물건이 만져진다. 심장이 떨린다. 꺼내서 자세히 보니 한숨이 나온다. 처음 봤을 땐 무전기인 줄 알았다. 그런데 뒤집어서 라벨을 보니 '노스스타 위성통신'이라고 적혀 있다.

"아, 미치겠네."

무전기가 아니라 위성 전화기다.

전원 버튼을 누르면서도 별 기대가 되지 않는다. 배터리가 다 된 상태로 이 서랍에 몇 달간 방치돼 있었던 게 분명하다. 잠시 후 화면이 초록색으로 밝아지더니 조그만 로고가 뜨고 "신호를 찾고 있습니다. 잠시만 기다려주세요"라는 안내 문구가 나타난다.

완벽한 여자

한참이 지난 후 그 문구는 사라지고 '준비 중'이라고 뜬다.

손가락을 떨며 언니에게 전화를 할까, 아니면 앤드루에게 할까를 고민한다.

두 사람 다 글레이셔 경찰과 긴밀하게 연락하고 있을 것이다. 어쩌면 경찰 한 명이 만일의 사태에 대비해 집에 매일 24시간 머물고 있을지도 모른다.

내가 그들에게 전화해 나를 납치한 사람이 로넌이라고, 내가 지금 와 있는 곳이 어디인지 모르겠다고 말하면, 얼마 안 있어 로넌이 낌새를 챌 것이다. 로넌은 똑똑하다. 아마 경찰 무전을 켜놨을 것이다. 이 집에서 나가 있는 동안 상황을 예의 주시하면서 종일 경찰 무전을 듣고 있을 수도 있다. 경찰이 수색 팀을 구성하고 전국 지명수배를 내리기도 전에 로넌은 그들의 움직임을 다 알아낼 것이다. 그리고 나를 데리고 도망치든지 아니면 혼자서라도 달아나겠지. 아마 나를 가둬둔 곳은 죽을 때까지 함구할 것이다.

침대 가장자리에 앉아 생각을 거듭하는데 왼팔이 욱신거린다. 위성 전화기에 이마를 갖다 대고 어떤 선택을 해야 할지 거듭 생각해본다. 엄마는 앤드루와 함께 있을 거다. 앨리슨의 휴대폰 번호는 기억나지 않는다. 다른 지인들 번호도 마찬가지다.

기억나는 건 해리스의 번호뿐이다.

마지막 통화를 안 좋게 끝낸 후 우리는 몇 달 동안 말도 하지 않았다. 해리스는 내가 앤드루와 계속 같이 살겠다고 하자 화를 내면서, 몇 달 동안 상담 요청을 하며 자기 시간만 낭비하게 만들었다고 비난했다. 그 말에 일리가 있다는 건 알지만 나도 자존심을 굽힐 수 없어 그동안 연락을 안 했다.

그렇게 우리 둘의 가짜 우정은 끝이 나버렸다. 그리고 쭈욱 침묵이 이어졌다.

하지만 벌떼같이 들러붙는 언론들, 글레이셔 파크에서 벌어지고 있는 어이없는 쇼를 피해 내가 지금 의지할 수 있는 사람은 해리스뿐이다.

위성 전화기로 해리스의 번호를 꾹꾹 누른다. 누를 때마다 두툼한 버튼에 불이 들어온다.

신호음 사이사이로 심장 뛰는 소리가 귓속을 울린다. 피맛이 날 때까지 입술을 깨물며 기다린다. 그는 아마 전화를 받지 않을 것이다. 뉴욕은 지금 새벽 4시니 곤히 자고 있겠지.

"여보세요?" 그의 목소리가 탁탁 튄다. 거리가 머니 당연한 얘기지만 그의 목소리가 무척 멀게 들린다.

"해리스." 나는 손으로 입을 막는다. 웃음이 나올까 봐, 섣불리 큰 기대를 하게 될까 봐 두렵다. "아, 세상에! 해리스."

"메러디스?" 이제 그의 목소리가 좀 더 크고 또렷하게 들린다. "거기 어디야? 지금 온 나라가⋯⋯."

"모르겠어요." 목소리가 마구 떨린다. "로넌한테 잡혀왔어요. 로넌 맥코맥이요. 글레이셔 파크 형사예요. 그가 나를 납치했는데 여기가 어딘지 모르겠어요. 어떤 오두막 안에서 정신이 들었어요. 로넌이 날 묶어놨더라고요. 창문은 널빤지로 막혀 있고요. 난⋯⋯."

말을 할수록 지금 내가 얼마나 절망적이고 끔찍한 상황에 처해 있는지 실감이 난다.

"계속 설명해. 내가 경찰에 신고할게."

"안 돼요. 그러면 안 돼요. 로넌이 알게 될 거예요. 그럼 로넌은 나를 다른 곳으로 옮기거나 도망치겠죠. 그리고 내 위치를 어느 누구한테도 알려주지 않을 거예요." 잔뜩 흥분해서인지 횡설수설한다. "로넌은 글레이셔 파크에서 일어나는 일을 전부 주시하고 있을 거예요. 그래서 언니한테 전화 안 했어요. 언니한테 전화했다간 로넌이 알게 될까 봐서요. 그럼 언니가 위험에 빠질 테니까요."

"알았어. 일단 진정해." 해리스가 침대에서 일어나 앉아 잘생긴 코에 안경을 걸쳐 쓰고 근처의 램프 스위치를 켜는 모습이 머릿속에 그려진다. "우리가 널 구해줄게. 그러려면 네가 있는 곳이 어디인지 알아야 해. 그 오두막에 대해 좀 더 얘기해줄 수 있겠어?"

나는 숨을 내쉬며 방 안을 둘러본다.

"작고 낡았어요. 오래된 사냥용 오두막인 것 같아요. 바깥을 내다볼 수가 없어요. 창문이 전부 널빤지로 막혀 있어서요. 손목이 침대에 묶여 있어서 이 방을 나갈 수도 없어요. 책상 맨 아래 서랍에서 위성 전화기를 찾아내서 전화하는 거예요."

"책상이 있어?"

"네."

"또 뭐가 있어?"

"아, 미치겠다. 편지요. 잭 하워드라는 사람이 보낸 편지가 한 뭉치 있어요. 이 오두막 주인일까요?"

"주소 불러봐."

나는 침대에서 몸을 뻗어 서랍장 쪽으로 향한다. 오래된 종이 뭉치를 뒤적여본다.

"주소가 너무 많아요. 이 남자는 한곳에 머물지 않는 모양이에요. 주소가 열 개도 넘어요."

"불러줘."

해리스 쪽에서 종이 부스럭거리는 소리가 들린다.

나는 주소를 다 불러주고 나서 묻는다.

"이제 어떻게 해요?"

"내가 널 찾아낼 거야."

"경찰들 모르게 해야 돼요. 절대 신고하면 안 돼요. 언니한테도 말하지 말고요. 로넌이 낌새를 채면 일이 다 틀어질 텐데……."

"메러디스, 걱정하지 마." 잠시지만 그의 목소리를 들으니 위안이 된다. 마치 우리 사이가 틀어진 적도 없는 것 같다. "내가 바로 다음 비행기 타고 출발할게. 잭 하워드라는 사람을 찾아가 거기서부터 알아볼 거야. 그리고……."

해리스는 생각을 끝맺지 못한다. 처음으로 자신이 제대로 아는 게 하나도 없음을 깨달은 것 같다.

"다시 전화할 수 있을지 모르겠어요."

나는 엉망이 된 방 안을 돌아보며 내가 무슨 짓을 했는지 깨닫는다. 방을 최대한 원래 상태로 돌려놓아야 한다. 그리고 로넌이 이 방에서 달라진 부분을 알아채지 못하길 기도해야 한다.

"걱정 마. 네 안전이 제일 중요해. 그자가 하라는 대로 해. 내가 널 찾아낼 거야. 약속해."

이 통화를 끝내고 싶지 않다. 계속 해리스의 목소리를 들으며, 자유로워질 거란 약속에 기대고 싶다.

"쉬고 있어, 메러디스. 곧 다시 보자."

내가 대답할 새도 없이 해리스는 전화를 끊는다. 나는 통화 목록을 삭제하고 맨 아래 서랍, 종이 더미 밑에 전화기를 도로 집어넣

는다. 침대를 원위치시키고 램프를 끈 뒤 이불 밑으로 기어들어간
다. 자유로워졌던 오른손목도 다시 쇠기둥 안쪽으로 집어넣는다.

기진맥진한 상태지만 잠이 올 것 같지는 않다.

어서 여길 빠져나가야 한다는 생각뿐이다.

# 44장 그리어

**열한째 날**

총을 이렇게 가까이서 보는 건 처음이다. 그 처음 순간에 차가운 금속 총구가 내 두 눈 사이를 겨누는 일이 일어날 줄은 상상도 못 했다.

불가피한 순간에 대비해 마음의 준비를 한다. 귓속에서 탕 소리가 들리고 매캐한 화약 냄새가 풍기면서 눈앞이 번쩍하고 사방에 어둠이 깔리겠지. 의식이 있는 상태로 그 모든 걸 경험하고 싶지는 않다.

그런데 로넌이 현관문 쪽으로 귀를 쫑긋 세우더니 총을 아래로 내린다.

내 귀에도 소리가 들린다.

누군가 현관문을 두드리고 있다. 안에서 듣고 나오라는 듯 분명하게 두드리는 소리다.

쾅, 쾅, 쾅, 쾅.

"입 닥치고 있어." 그가 낮고 침착한 목소리로 말한다. "찍소리라도 냈다간 당신 동생은 차가운 곳에서 혼자 굶어죽게 될 거야."

심장이 목구멍까지 튀어 올라올 것 같다. 나는 고개를 끄덕인다. 누가 찾아왔는지 모르지만 로넌이 예상했던 바는 아닌 모양이다.

권총을 등 뒤로 돌린 채 그는 조용히 방을 빠져나가 문을 당겨 닫는다. 잠시 후 현관문이 딸깍 열리더니 목소리가 들린다. 남자 목소리인데, 두 명인가?

정적이 흐른다.

이어서 총성이 들린다.

집이 온통 흔들린다. 벽, 창문, 경첩에 붙은 문들이 왈각달각한다.

여섯 발, 어쩌면 일곱 발이다. 사람 하나를 죽이려고 총을 이렇게나 여러 발 쏜 건가?

누군가는 죽었을 거다. 분명히.

동네 사람이나 공원 관리원이 빈집 앞에 트럭이 서 있는 걸 보고 확인하러 왔다가 반자동 권총을 휘두르는 사이코패스를 만난 것일 수도 있다.

혹시 경찰이 로넌의 위치를 추적해서 찾아온 걸까? 로넌을 메러디스를 납치한 범인으로 특정하고 찾아왔다가, 그의 권총을 보자마자 먼저 발포한 것일지도 모른다.

하지만 이 시나리오에 한 가지 문제가 있다. 만약 로넌이 살아남았다면? 난 죽은 목숨이다.

로넌이 죽었다면? 내가 지금까지 그와 함께 있었던 걸 아는 사람이 없다. 난 아무한테도 얘기하지 않았다. 따라서 벽걸이 융단 뒤편의 숨겨진 문 안쪽에 홀로 갇혀 있는 나를 찾으러 올 사람도 없다는 얘기다.

이러나저러나 죽게 생겼다.

# 45장 메러디스

**2일 전**

"메러디스." 그가 키스로 내 잠을 깨운다. 어두운 방 안에서 내 이름을 속삭이듯 부른다. "내가 이틀 동안 어디 좀 다녀와야 해요."

로넌은 내 곁에 앉아 손으로 얼굴을 문지른다. 그러고는 눈을 위로 굴리며 말한다.

"당신 언니가 나랑 같이 버몬트주로 당신을 찾으러 가자고 하네요. 이유는 묻지 말아줘요. 설명하려면 길어요. 내가 안 가겠다고 하면 이상해 보일 테니까…… 어쩔 수 없이 갔다가 와야 해요."

그는 미소를 지으며 내 팔 안쪽을 손가락 끝으로 쓸어내린다.

"이제 다 됐어요. 거의."

며칠 전까지 속에서 타오르던 희망의 빛은 이제 꺼지기 직전이다. 해리스가 지금쯤 여기로 찾아올 줄 알았다. 그가 나를 찾아낼 거라고 생각했다. 나는 곧 자유로워질 거라고 믿었다. 하지만 나는 여전히 이 침대에 묶여 있다. 로넌이 말을 할 때마다 미소 지으면서 그에게 사랑한다고, 그와 함께 공공설비를 사용하지 않는 자급자족적인 삶을 살게 될 날이 기대된다고 말하고 있다.

지난 이틀 동안 로넌은 내게 약을 먹이지 않았다. 그는 침대 머리판 쪽의 쇠기둥이 망가진 걸 알아채지 못했다. 그가 밖에서 문만 잠그지 않았으면 나는 지금쯤 탈출했을 수도 있다.

어젯밤 로넌이 집에서 나간 걸 확인한 뒤 위성 전화기를 다시 꺼내 해리스에게 전화를 걸었지만, 통화가 연결되지 않고 곧장 음성 메시지로 넘어갔다.

해리스가 어디 있는지 모르지만 제발 무사하기를.

"그동안 필요한 건 여기 됐어요." 그는 물병과 수건, 그래놀라 바가 놓여 있는 침대 옆 탁자를 손으로 가리킨다. 그의 발치에 양동이 세 개가 놓여 있다. "이 정도면 이틀은 버틸 수 있을 거예요. 이상적인 환경은 아니지만 그래도 잘 버텨봐요."

그는 내 헝클어진 머리카락을 손가락으로 쓰다듬다가 손에 부드럽게 쥐고는 입꼬리를 슬며시 올리며 웃는다. 나를 바라보는 그의 눈빛은 달라진 게 없다. 예전에 내 가슴을 떨리게 했던 눈빛 그대로다.

그때는 정상적인 남자로 보였다.

하지만 이제는 그게 전부 연기였음을 안다.

"보고 싶을 거예요, 메러디스." 그는 허리를 굽혀 내 입술에 입을 맞춘다. 익숙한 스피어민트 껌 맛이 내 입술에 남는다. 구역질이 난다. "당신을 위해 서둘러 돌아올게요."

방을 나간 로넌은 문을 당긴 뒤 밖에서 걸쇠로 잠근다.

이틀.

해리스가 이틀 안에 나를 찾아내야 할 텐데.

# 46장 그리어

**열한째 날**

온몸에 기운이 하나도 없지만 아드레날린이 솟구치면서 바짝 긴장이 된다. 문 앞에 왔다 갔다 하는 발소리가 들리더니 남자의 목소리가 조그맣게 들려온다. 심장이 미친듯이 뛴다. 두 가지 미래를 앞에 두고 갈등하는 동안 목을 타고 열이 올라온다.

로넌의 경고가 머릿속에서 울려 퍼진다……. 내가 지금 소리를 내면 메러디스는 죽을지도 모른다.

로넌의 말은 헛소리가 아닐 것이다.

광증에 결단력까지 있으니 무슨 짓이든 벌일 인간이다.

발소리가 점점 커지고 묵직해진다. 바로 벽 너머에 사람이 있는 것 같다.

목구멍 안쪽에 목소리가 잠겨 있다. 소리 질러 도움을 청하고 싶지만 눌러 참는다.

"이 안에도 확인해봤어?"

남자의 목소리가 묻는다.

문이 열린다.

완벽한 여자

내가 갇혀 있는 방이 아니라 그 옆방이다.

경찰 무전 소리가 텅 빈 집을 가득 채운다.

"여기 있어요!" 나는 드디어 악을 쓴다. 금속 의자에 결박된 몸을 흔들며 최대한 목청을 높인다. 심장이 널을 뛰고 숨이 막히지만 다시 한 번 고함을 지른다. "여기요! 내 목소리 들려요?"

하지만 밖에서는 대답이 없다.

# 47장 메러디스

**1일 전**

오늘 종일 언니에 대한 생각이 머릿속을 떠나지 않는다.

로넌이 언니와 이틀 동안 함께 있다는 것 때문에 속이 타들어간다. 일이 잘못될 모든 가능성, 로넌이 언니에게 할 수 있는 모든 짓거리를 생각하며 가슴을 졸인다.

로넌은 불안정한 자다.

자기 일에 방해가 되는 사람을 그냥 두고 볼 인간도 아니다.

나와 정다운 시간을 보내는 동안 그는 더없이 착하고 유순해 보였다. 그가 이런 짓을 하리라고는 상상도 못 했다. 나를 납치까지 한 자이니, 그가 한 짓에 대해 알게 된 사람을 없애는 것쯤은 일도 아닐 것이다.

무력감과 불안감이 온몸을 휘감아 떨림이 멈추지 않는다.

창문이 덜걱거린다. 현관문이 열리고 닫힐 때마다 늘 저렇게 창문이 덜걱거렸다.

로넌이 돌아온 건가?

어둑한 침실에 결박된 채 누워 있자니 팔이 간질간질하고 감각이 없다. 물 얼룩이 진 천장을 올려다보다가 매트리스에 잠기듯 누워 있는 내 몸뚱이를 내려다본다. 양동이에 담아둔 소변 냄새가 답답하고 퀴퀴한 공기에 섞여 코를 찌른다.

해리스에게 모든 희망을 거는 게 아니었다. 그는 슈퍼 영웅이 아니라 아이비리그 대학을 나온 뉴욕 출신 커피숍 주인일 뿐이다.

집 안으로 들어온 로넌이 마치 무언가를 찾는 듯 빠르게 이 방 저 방 돌아다니는 발소리가 들린다. 내가 귀를 기울이는 동안 발소리가 점점 커지다가 우뚝 멈춘다.

잠시 후 내 방문 바깥쪽의 걸쇠가 열리고 문이 열린다.

그의 모습이 보이지 않는다.

잘 볼 수가 없다.

"메러디스."

내 이름을 부르는 남자의 목소리는 로넌의 목소리가 아니다.

아픈 목을 들어 문간에 서 있는 시커먼 형체를 바라보며 눈을 가늘게 뜬다. 그가 가까이 다가오자 비로소 얼굴이 또렷이 보인다. 안경, 검은 머리카락, 의기양양해하는 미소가 영원히 새겨져 있는 입매.

"내가 찾아낼 거라고 말했잖아."

평소처럼 차분한 목소리다. 해리스는 주머니에서 칼을 꺼내 플라스틱 일회용 수갑에 톱질을 해 끊어낸다.

감각이 없던 두 손을 흔들자 드디어 감각이 돌아온다.

"어서 나가자."

해리스가 문 쪽을 눈으로 가리킨다.

"그 남자는 어디 있어요?"

해리스는 내 눈에는 너무나 익숙해진 비좁은 방을 둘러보며 어깨를 으쓱한다.

"모르겠어. 여길 오랫동안 둘러볼 계획이 아니어서 그자가 근처에 있는지 파악 못 했어."

그는 내 어깨에 한 팔을 두르고 내 팔꿈치를 손으로 잡아 부축한다. 그에게 의지해 밖으로 나가자 시동을 켜놓은 도요타 차량의 눈부시게 환한 헤드라이트 불빛이 보인다.

오늘이 며칠인지,

지금이 몇 시인지 모르겠다.

하지만 굳이 묻지 않기로 한다.

"해리스."

운전석에 앉아 있는 남자를 본 나는 멈칫한다.

"내 운전기사야." 해리스는 윙크를 하며 알려준다. 납치된 여자를 구하러 오는 일을 일상적인 일처럼 보이게 만들 수 있는 사람은 해리스 콜리어밖에 없을 것이다. "너도 알다시피 내가 운전면허가 없잖아. 운전기사 없이 내가 어떻게 차를 가지고 돌아다니겠어?"

그는 나를 부축해 뒷좌석에 태우고 안전벨트를 매준 뒤 앞쪽 조수석에 올라탄다.

"근처에 공원 관리소가 있을까요?" 해리스는 운전석 남자에게 물어보고는 나를 돌아보며 말한다. "여기가 휴대폰이 안 터져. 공원 관리소에 가서 네가 안전하다는 것, 로넌이 널 납치한 범인이라는 걸 알려야 해."

"로넌은 지금 그리어 언니랑 같이 있어요." 나는 조수석 등받이를 두 손으로 꼭 붙잡고 말한다. "언니랑 같이 버몬트주에 갔어요."

완벽한 여자

"버몬트?" 그는 인상을 찌푸리더니 눈을 휘둥그렇게 뜬다. "아, 젠장!"

"왜요?"

"산을 돌아다니느라…… 며칠 동안 그리어랑 통화를 못 했어. 하루에 절반은 휴대폰이 터지질 않는 곳이라. 오늘 아침에 그리어랑 통화 연결이 되긴 했는데 말하는 도중에 끊겼어." 그는 한숨을 쉬며 시계를 확인한다. "버몬트주에 우리 가족들이 쓰는 오두막이 있거든. 거기로 갔나 보네. 그리어는 내가 거기 있다고 생각한 건가?"

"로넌이 언니랑 같이 갔어요. 당신을 찾는다고요. 언니는 내가 당신이랑 같이 있다고 생각했겠죠."

"내가 누굴 납치할 놈으로 보이나?" 그는 눈을 위로 굴린다. "그것도 자기 동생을."

운전기사는 두 산 사이로 뻗어 있는 경사진 자갈길을 따라 차를 몰고 내려간다. 얼마 후 타이어가 매끄러운 포장도로를 달리기 시작한다. 나는 차창을 약간 열고 얼굴에 찬 공기를 쐰다. 다시는 신선한 공기를 당연시하지 않겠다고 속으로 다짐한다. 해리스는 뒤로 손을 뻗어 내 무릎을 토닥여준다. 앞으로 무슨 일이 일어날지 알 수 없지만 그래도 다 잘될 거라고 말하는 그만의 방식이다.

우리가 탄 차에 침묵이 흐른다. 이제 더 이상 갇혀 있지 않지만 아직 자유로워졌다는 생각은 들지 않는다.

언니를 찾을 때까지 그럴 것 같다.

'자이언가든스 주립공원'이라고 적힌 도로 표지판이 저 앞에 세워져 있다. 언덕을 넘어가자 공원 관리원 트럭이 앞에 주차돼 있는 자그마한 갈색 오두막이 보인다.

통증이 가라앉을 때까지 손목에 난 붉은 자국을 문지른다. 운전기사가 속도를 늦추기까지 시간이 끝도 없이 흘러가는 듯하다.

"저쪽에 세워주세요."

해리스가 공원 관리소를 가리키자 운전기사가 속도를 늦춘다. 차가 서자마자 해리스는 나를 관리소로 데리고 들어간다. 지치고 게슴츠레한 눈으로 컴퓨터 앞에 앉아 있던 젊은 관리원이 고개를 든다. 명찰에 '카일하우 공원 관리원'이라고 적혀 있다. 아이처럼 말간 얼굴에 복숭아색 털이 보송보송 나 있는 턱을 보니 스물한 살쯤 되어 보인다. 그 털을 그럴듯한 턱수염으로 기르려는 모양이다.

"경찰에 신고 좀 해주세요. 이쪽은 메러디스 프라이스입니다. 지난주부터 글레이셔 파크에서 실종됐던 사람이요."

해리스의 말에 젊은 관리원이 유령이라도 본 듯 나를 쳐다보며 눈을 껌벅인다. 내 몰골이 예전 같지 않은 게 분명하다. 머리는 떡이 졌고 피부는 창백하고 몸은 수척하게 여위었다.

"뭘 기다리고 있는 겁니까?"

작은 관리소 안에 해리스의 목소리가 날카롭게 울려 퍼진다. 책상 위로 팔을 뻗은 해리스는 전화기를 집어 관리원에게 들이민다.

관리원은 시선을 내게 고정한 채 수화기를 어깨에 걸치고 숫자들을 누른다.

"플레처, 그 여자분 찾았습니다. 실종됐던 여자분이요. 여기 있어요. 예, 의료 팀도 보내주세요."

전화를 끊자마자 관리원은 앞방 뒤쪽의 벽장으로 가서 붉은색 양모 담요, 물병, 식사 대용 영양 바를 가지고 나온다. 해리스가

까끌까끌한 촉감의 담요로 내 몸을 감싸주고 물병 뚜껑을 열어 내 입에 대준다. 배고프지만 너무 지쳐서 뭘 먹을 수가 없다. 손에 쥔 영양 바는 오래됐는지 돌덩이처럼 딱딱하다.

얼마 후 흰색 주립 경찰차가 관리소 앞에 멈춰 선다. 갈색 제복을 입은 주립 경찰 두 명이 안으로 들어오더니 나를 보고 멈춰 선다. 두 사람 중 나이가 많은 쪽이 해리스를 쳐다보자 나는 바로 손을 들고 말한다.

"이쪽은 저를 찾아낸 사람이에요. 저한테 이런 짓을 한 범인은 로넌 맥코맥이에요. 그자를 찾아야 해요. 그자가 우리 언니를 데리고 있어요."

주립 경찰차 옆으로 구급차가 와서 선다. 구급대원 두 명이 차에서 서둘러 내리더니 구급 가방을 가지러 차 뒤쪽으로 향한다.

"범인이 지금 어디 있는지 아십니까?"

경찰관 한 명이 무전기에 손을 얹으며 묻는다.

나는 해리스를 흘끗 돌아보며 대답한다.

"그는 버몬트주로 갔어요. 내일 돌아올 거예요."

해리스가 내 손을 잡아준다. 다정한 행동이긴 한데 다시는 경험하고 싶지 않다. 해리스가 내 손을 잡아주고 한껏 안타까워해주는 이 상황이 괴상하게 느껴진다. 그냥 이런 일이 있기 전으로 돌아가고 싶다. 신랄한 해리스가 그립다. 다정한 해리스는 낯설고 이 상황이 얼마나 구역질나고 심각한지를 자꾸만 떠올리게 된다.

"그자한테 미행을 붙이겠습니다." 그 옆의 경찰이 얇은 입술을 꾹 다물었다가 말을 잇는다. "그자를 꼭 잡아낼 겁니다, 메러디스."

# 48장 그리어

**열한째 날**

문이 열리자마자 눈부신 손전등 빛이 쏟아져 들어와 앞이 보이지 않는다. 나는 눈을 가늘게 뜨고 고개를 옆으로 돌린다.

"맙소사." 한 남자가 내 옆으로 달려온다. "찾았어, 로빈스!"

"아뇨." 나는 고개를 젓는다. "전 메러디스가 아니에요." 갑작스런 밝은 빛에 눈이 적응하자 청바지에 두툼한 오리털 재킷을 입은 잿빛 머리 남자가 시야에 들어온다.

"그리어 앰브로즈 씨죠?"

나는 어리둥절해하며 허리를 편다. 내가 여기 있는 걸 아는 사람은 아무도 없을 텐데.

"맞아요."

"저는 FBI 요원 버윅입니다." 남자는 내 손목을 결박한 플라스틱 일회용 수갑을 끊고 나를 일으켜 세워준다. 뼈가 시큰하고 근육이 당긴다. "여동생도 찾았습니다."

'여동생도 찾았다고.'

심장이 철렁한다.

"아, 맙소사."

"여동생은 무사해요. 약간 탈수증세가 있고 정신적 충격을 받기는 했지만 무사합니다." 버윅은 한 팔로 나를 부축하며 말한다. "여동생이 언니가 그자와 함께 있다고, 버몬트주에서 이리로 오고 있는 중이라고 알려줬습니다. 오늘 아침에 저희가 솔트레이크시티에서부터 두 사람을 미행했습니다."

그는 손으로 입을 막고 있는 나를 데리고 퀴퀴한 냄새가 풍기는 작은 집 안을 빠져나간다. 현관문을 나서니 카운티 순찰차 두 대 뒤에 아무 표시가 없는 쉐보레 서버번 경찰차가 세워져 있다. 다른 사람들은 보이지 않는다.

"동생은요?"

"유니티 그레이스 병원에 있습니다. 마을로 몇 킬로미터 들어가야 나오는 곳이에요."

그는 나를 차 뒷좌석으로 데려가면서 어깨 너머를 살핀다.

"로넌은 어디 있어요? 로넌 맥코맥이요. 그자가 한 짓이에요. 그자가 범인이에요."

"알고 있습니다. 머리 조심하세요." 그는 뒷좌석 문을 잡아주며 말한다.

"지금 어디 있어요?"

"문을 열고 나오더니 우리가 누구고 왜 왔는지 눈치채고 달아났습니다. 지금 두 명이 쫓고 있어요. 눈밭이라 멀리 못 갈 겁니다. 멀리 도망친다고 해도 해 뜨기 전에 퓨마한테 잡히겠죠."

그는 이 말을 하며 빙그레 웃는다. 농담을 한 건가?

야생동물이 로넌의 사지를 잡아뜯는 건 생각만 해도 기분 좋은 일이지만, 그 괴물 같은 놈이 체포되지 않고 달아났다고 하니 두려움이 앞선다.

얼음처럼 차가운 공기를 들이마셨다가 내뱉으며 나는 경찰들이 어떻게든 그자를 붙잡을 것이라 믿기로 한다. 경찰들이 그를 바짝 쫓고 있다. 멀리 달아나게 두지 않을 것이다.

내가 뒷좌석에 들어가 앉자 버윅이 플란넬 담요 한 장을 건넨다. 나는 어깨에 담요를 두른다.

"목말라요?"

나는 고개를 끄덕인다.

그는 앞좌석으로 들어가 허리를 굽히더니 보온병을 꺼낸다. 병뚜껑을 열고 김이 모락모락 나는 커피를 절반쯤 따라 내게 건넨다.

할인점 브랜드의 싸구려 커피 같다. 하지만 강한 커피 향을 맡으니 위로가 된다.

문득 해리스 생각이 난다.

"해리스 콜리어요……."

내가 입을 열자 버윅이 묻는다.

"그 남자가 왜요?"

나는 눈을 가늘게 뜨며 묻는다.

"제 동생이랑 같이 있었나요?"

이 모든 일의 배후에 로넌이 있다는 걸 알게 되면서 나는 로넌한테서 벗어나 메러디스를 찾는 일에 집중하고 있었다. 해리스가 왜 자기 소재에 대해 거짓말을 했는지를 밝혀내는 건 나중 문제였다.

버윅은 두 손을 엉덩이에 갖다 붙이고 입을 꾹 다물고 있다가 말한다.

"예. 동생을 발견한 사람이 바로 해리스 씨입니다."

나는 입이 딱 벌어지면서 이 상황을 받아들이려 이리저리 생각을 해본다. 질문을 하려는데 버윅의 무전기가 소리를 낸다. 버윅은 나더러 차에 가만히 있으라면서 문을 쾅 닫고는 오두막 뒷마당 쪽으로 달려간다.

부연 앞유리 때문에 앞이 잘 보이지 않지만 남자들이 고함치는 소리는 귀에 들려온다. 정확히 무어라 말하는지는 알 수가 없다.

그리고 총성이 들린다.

세 번 연달아.

탕. 탕. 탕.

심장이 얼어붙는다. 옴짝달싹할 수가 없다.

로넌은 경찰이니 무기를 소지하고 있을 것이다. 사람을 죽이는 훈련도 받았다.

나는 겁쟁이처럼 차 문을 안에서 잠근다. 로넌이 이 차로 달려와 내 얼굴에 총을 겨누고, 죽은 FBI 요원들이 눈밭 여기저기에 쓰러져 있는 장면이 내 지친 머릿속에 펼쳐진다. 문을 잠가봤자 로넌을 피하지 못할 것임을 알지만 지금은 담요 밑으로 몸을 숨기는 것 말고는 달리 방법이 없다.

"10-30-3. 총이 발포됐다. 10-30-3. 총이 발포됐다. 용의자가 쓰러졌다. 아직 구금 상태는 아니다." FBI 요원의 자동차 무전기에서 흘러나온 남자 목소리가 내 얼어붙은 몸에 충격파를 날린다. "지원 요청 바란다. 구급차도 보내주기 바란다."

버윅이 집 뒤쪽에서 돌아 나오는 걸 보고서야 그때까지 내가 숨도 못 쉬고 있었음을 깨닫는다. 버윅이 내 쪽으로 달려오자 얼른 차 문을 연다.

"차 안에 계세요. 놈을 붙잡았습니다. 놈이 숲에서 우리에게 총을 쐈고 카운티 경찰 한 명이 반격했습니다. 놈에게 두 발 명중했어요."

"범인은 아직 살아 있나요?"

버윅은 턱을 앞으로 내밀며 고개를 살짝 옆으로 기울인다.

"아직은요. 출혈이 심합니다. 의식이 있고 통증을 호소하고 있습니다. 일단 여기까지 말씀드리겠습니다."

그는 다시 차 문을 닫고는 무전기에 대고 무어라 말하며 현장으로 터벅터벅 돌아간다.

그 개자식이 부디 고통받기를,

천천히 고통스럽고 괴로운 죽음을 맞이하기를,

살아서 자기가 한 짓을 후회하는 특권을 누리지 못하길 바란다.


버윅 요원은 몸에 이상이 없는지 검사를 받으라고 했지만 나는 메러디스가 있는 곳으로 먼저 데려다달라고 요청한다.

메러디스의 병실 앞에 경찰관 두 명이 지키고 서 있다. 우리가 다가가자 그들은 버윅에게 고개를 끄덕여 인사한다.

"메러디스."

메러디스의 모습을 보고 나는 몸이 굳어버린다. 알아보기 힘들 정도로 너무나 야위고 맥이 빠진 모습이다.

"언니."

메러디스는 다리를 덮고 있던 이불을 젖히고 내게 오려고 하지만 간호사가 그러다 다친다며 말린다.

나는 침대 옆으로 다가가 메러디스를 두 팔로 끌어안는다. 난 원래 포옹을 좋아하지 않지만 이대로 영원히 동생을 안고 있을 수 있을 것 같다.

"정말 미안해."

메러디스가 나지막이 말한다.

"사과할 필요 없어." 나는 메러디스의 어깨에 두 손을 얹고 뒤로 약간 물러나 말한다. "넌 잘못한 거 없어."

"언니한테 로넌에 대해, 불륜에 대해 말 안 했잖아. 언니한테 상의할 수 없는 일들을 해리스한테 털어놨다는 말도 안 했어. 그냥 아무 문제 없이 사는 줄 알았으면 해서, 나에 대해 더 이상 걱정할 필요 없다고 생각하게 하고 싶어서 말 안 한 거야."

"그런 건 이제 중요하지 않아." 나는 메러디스의 헝클어진 금발 고수머리를 손가락으로 쓸어넘긴다. 여기로 차를 타고 오는 동안 해리스에 대해, 그가 메러디스를 구출한 과정에 대해 생각을 거듭했다. 내 감정을 바닥까지 떨어지게 만들고 쓸데없이 버몬트주까지 가게 만든 해리스를 만나 정말이지 목이라도 조르고 싶은 심정이었다. 그래도 해리스에 대한 내 의심이 오해일 뿐이었다는 걸 알게 되자 더없이 마음이 놓인다. "솔직히 말하면 해리스 때문에 놀랐어. 난 둘이 서로를 싫어하는 줄 알았거든."

메러디스는 조심스럽게 웃는다.

"싫어했지. 그런데 편견 없이 내 삶에 대해 조언해줄 수 있는 사람을 찾다가 해리스를 떠올리게 된 거야. 그를 찾아가 공명판 대하듯이 다 털어놨지……."

메러디스는 지난 열하루 동안 있었던 일에 대해 들려주었다. 해리스에 관해, 다른 사람을 다 제치고 해리스에게 연락한 이유에 관해, 그리고 해리스가 유타주에 있는 오두막 수백 개를 임대 놓고 있는 잭 하워드 씨의 소재를 파악해 자신을 찾아낸 과정까지 전부 다.

"내가 있던 곳은 28번 오두막이었어. 해리스가 운전기사를 고용해서 차를 타고 찾아왔어. 그동안 지도 여러 장을 인쇄해서 들고 다니면서 찾아다녔대. 그러다 내가 있는 오두막을 찾은 거야. 잭 하워드 씨의 오두막들이 유타주 곳곳에 흩어져 있나 봐. 찾는 데 며칠이 걸렸대."

"어휴." 해리스에 대한 애정이 다시 샘솟는다. 박식한 슈퍼 영웅 해리스의 모습을 상상하니 내 얼굴에 바보 같은 미소가 절로 떠오른다. "해리스가 그렇게 용감할 줄 누가 알았을까?"

"내가 알았지. 안 그래?"

메러디스는 고개를 옆으로 약간 기울이고 코로 숨을 내쉬며 큭큭큭 웃었다. 속은 다 망가지고 껍데기만 남아 있는 것 같아 걱정했는데 이렇게 웃는 모습을 보니 다행이란 생각이 든다. 메러디스가 상처에 강하다는 걸 난 알았어야 했다. 내가 메러디스를 이렇게 강한 사람으로 키워냈구나 싶다.

"해리스가 엄청 다정하게 대해줬어, 언니. 냉소적이던 해리스의 모습이 그리울 정도라니까."

"지금 해리스는 어디 있어?"

"커피 사러 갔을 거야. 어제 휴대폰 신호가 잡히고부터 언니랑 통화하려고 계속 시도하던데."

"로넌이 내 휴대폰을 버렸어."

한숨이 나온다.

"경찰들이 로넌을 잡았대?"

메러디스는 근처 탁자에 놓인 플라스틱 물컵으로 손을 뻗는다.

나는 멈칫하다가 깊게 숨을 들이마신다.

"경찰들이 아직 말 안 했어?"

메러디스는 빨대를 입에 물고 고개를 젓는다.

"뭘 말해?"

"로넌이 나를 가둬둔 오두막 앞에서 경찰들이 로넌한테 총을 쐈어." 나는 조심스럽게 설명한다. 메러디스는 지난 며칠 사이 너무나 많은 일을 겪었다. 지금 로넌에 대한 메러디스의 감정이 어떨지 도저히 가늠이 안 된다. 분노하는지, 혼란스러워하는지, 터무니없게도 그를 동정하고 있는지 판단이 서지 않는다. "로넌이 버몬트주에서 비행기를 타고 돌아올 거라고 네가 경찰한테 얘기했다며. 사복 경찰이 공항에서부터 로넌 뒤를 밟았어."

메러디스는 턱을 가슴에 붙인 채 조용히 듣고만 있다.

나는 메러디스의 손을 잡으며 묻는다.

"괜찮아?"

"응. 그냥 이해하려고 하는 중이야."

"로넌은 정말 또라이야."

메러디스는 고개를 끄덕인다.

"알아."

"그리어." 문간 쪽에서 나를 부르는 해리스의 목소리가 들린다. 고개를 돌려보니 그가 커피 두 잔을 손에 들고 서 있다. 그는 성큼성큼 다가와 커피를 내민다. "네가 여기로 오고 있단 얘기 경찰한테 들었어."

해리스와 눈을 마주보고 있자니 가슴이 벅차오른다.

"고마워."

나는 따뜻한 스티로폼 컵을 두 손으로 감싸 쥔다. 당장 그의 품에 안기고 싶기도 하고, 그를 다시 만나서 행복한 이 기분을 그저 누리고 싶기도 하다.

"피곤하겠다. 정말 괜찮아? 너도 힘든 일을 겪었을 텐데…… 제길. 네가 정확히 무슨 일을 겪었는지 난 아직 잘 알지도 못해." 해리스는 한 걸음 다가와 잠시 머뭇거리다가 내 뺨을 손으로 어루만진다. "걱정 많이 했어, 그리어. 너한테 무슨 일이 생겼다는 생각만 해도 정말이지……."

해리스는 말끝을 흐린다. 그의 따뜻한 손바닥이 내 차가운 뺨에서 떨어진다. 그는 방금 한 생각을 마무리하고 싶어 하지 않는 것 같다.

"난 괜찮아." 내가 정말 괜찮은 건지, 아니면 지난 이틀 동안 겪은 일에 대한 후유증이 곧 몰려올지 알 수 없지만, 아직까지는 버틸 만하다. 지금은 동생과 함께 있고 우리 둘 다 안전하니까. 다 잘될 것이다. "네가 해준 일에 대해…… 고맙단 말을 하고 싶어." 나는 동생을 고갯짓으로 가리키며 말한다. "네가 쟤 목숨을 구했어."

해리스는 커피를 한 모금 마시며 어깨를 으쓱할 뿐이다. 나는 그의 겸손함을 사랑한다. 남의 칭찬이나 관심에 목말라하지 않는 사람이라 좋다.

"요란 떨 거 없어. 남들도 다 했을 만한 일을 한 것뿐이야."

해리스는 내게 가까이 다가오면서 코로 깊게 숨을 내쉬고 입을 꾹 다문다.

완벽한 여자

"그건 아닌 것 같은데."

내 입꼬리가 쭉 올라간다. 나는 완전히 새로운 눈으로 해리스를 보고 있다. 해리스는 내 동생을 구해주었다. 내 동생이 나한테 얼마나 큰 의미인지 알기에 나서서 구한 것이다. 그가 선량한 영혼이며 정말 좋은 사람이라서 구하러 나선 것이다.

해리스를 의심했던 내가 정말 싫다.

나 자신을 의심한 것도 마찬가지다.

"지난주에 내가 했던 말 진심이었어."

해리스의 나지막한 목소리가 깃털처럼 부드럽게 들린다.

나는 그의 손에 내 손을 얹으며 미소 짓는다.

"알아."

"알지?"

그가 씨익 웃는다. 그의 왼뺨에 옴폭 들어가는 보조개에 내 시선이 머문다. 그와 처음 데이트를 시작할 무렵 나는 그의 보조개가 귀엽게 느껴져서 그곳에 입을 맞추곤 했다. 해리스는 '별나다'고 했다. 나는 웃으면서 그에게 익숙해지라고 했다. 그러자 해리스는 내가 자기의 별난 면을 사랑해주겠다고 약속하면 자기도 내 별난 면을 사랑하겠다고 말했다.

"넌 우리 사랑을 한 번도 멈춘 적이 없구나."

나는 논쟁의 여지 없는 사실이라는 듯 담담하게 말한다.

해리스는 멈칫하다가 목 뒷덜미를 문지르며 대답한다.

"맞아. 멈춘 적 없어."

"대체 우리가 그동안 뭘 한 거지?"

해리스는 고개를 절레절레 저으며 한숨을 쉰다.

"널 내 품에서 놓아주는 게 아니었어, 그리어. 싸우지도 않았는데 네가 점점 말이 없어지니까 나에 대한 마음이 식었다고 생각했어. 우리 사랑도 끝났구나 싶었지. 넌 더 이상 내가 필요하지 않은 사람처럼 혼자 잘 지내는 것 같았어."

"해리스." 나는 차오르는 눈물을 감추려고 눈을 깜박이며 아랫입술을 꾹 깨문다. "넌 나한테 정말 의미 있는 사람이야. 아무리 노력해도 널 지울 수가 없었어. 정말 많이 애를 썼는데도 안 되더라."

그가 환하게 웃는다.

"우리 어디 가서 얘기 좀 더 할까? 단둘이서."

나는 동생을 돌아본다. 메러디스의 눈꺼풀이 무거워지고 있다. 메러디스가 아무도 없는 병실에서 눈을 뜨게 하고 싶지 않다.

"메러디스를 혼자 두고 못 나가겠어. 아직은 안 돼."

"맞아. 그러네. 내가 좀 앞서갔어." 해리스는 구석자리에 놓인 빈 의자에 가서 앉는다. "그럼 여기 있지 뭐. 기다릴 거야. 네가 준비되면 널 네가 원하는 곳으로 데려갈 거야."

"난 집으로 가고 싶어. 우리 아파트로. 너와 함께."

그의 얼굴이 환해진다.

"그래, 그리로 가자."

완벽한 여자

# 49장 메러디스

"이 안에 계십니다."

내 병실 앞을 지키던 경찰들 중 한 명이 옆으로 물러서자 남편이 곧장 안으로 들어온다.

나를 보자마자 앤드루의 눈이 확 커진다. 그는 조심스럽게 내 침대 옆으로 다가와 무릎을 꿇는다. 그의 아마레토색 눈동자는 줄곧 나만 바라본다. 그가 미안해하고 있다는 걸 눈빛에서 읽어낼 수 있다. 그는 나를 보호해주지 못한 것에 대해 몹시 미안해하고 있다.

"그놈이 당신한테 무슨 짓을 한 거야?" 앤드루의 목소리가 파르르 떨린다. 그의 목소리에 내 가슴이 충만해지는 기분이다. 이렇게 직접 보니 내가 없는 동안 그가 얼마나 제정신을 놓고 살았는지 알겠다. 워낙 남들 앞에서 속내를 내보이지 않는 사람이라 그동안 티도 내지 못했을 것이다. 그는 일어서서 내 옆에 와 앉는다. "됐어. 그런 건 중요하지 않아. 당신이 안전하니까 됐어. 내 곁에 돌아왔으니 됐어."

그는 허리를 굽히고 내 이마에 입을 맞춘다. 처음엔 그런 식으로 입을 맞췄던 로넌이 떠올라 움찔했지만, 곧 남편의 익숙한 사향 애프터셰이브 로션 냄새에 마음이 진정된다.

앤드루는 내 뺨에 손을 얹는다.

"당신한테 더 신경 써주지 못해서 미안해."

나는 고개를 젓는다.

"더 신경을 썼다고 해도 그자를 막진 못했을 거예요. 그자는 수년에 걸쳐 계획을 짰더라고요."

"경찰들이 그자에게 총을 쐈다는 얘기 들었어." 앤드루는 씩씩거리며 덧붙인다. "총에 맞아도 싸지."

나는 대꾸하지 않는다. 최근에 온갖 일을 겪었으면서도 내 마음의 일부는 여전히 로넌이 이런 짓을 저질렀다는 게 잘 받아들여지지 않는다. 로넌은 너무나도 다정하고 겸손하며 상냥한 사람이었다. 언제 봐도 정상적인 남자였다. 내가 그를 좋아했던 것도 그래서였다.

지금은 로넌이 제정신이 아니었음을, 지독하게 불안정한 자였음을 안다. 로넌은 다만 내가 좋아할 만한 남자의 모습을 연기한 것뿐이었다.

"아기는 괜찮아?"

앤드루가 내 배에 손을 얹는다. 그 순간 내 머릿속에는 포대기에 싼 우리 아기를 품에 안은 앤드루의 모습이 그려지고 기분이 좋아진다. 출산일까지, 아기를 낳는 순간까지 잘 버텨내면 모든 게 다 괜찮아질 것이다.

나는 앤드루와 눈을 맞추며 말한다.

"초음파를 찍었어요. 이상 없대요. 임신 6주가 넘었다고 하네요. 심장 소리도 들었어요."

"다행이야." 그는 나지막하게 말하며 내 손을 꼭 잡는다. "어떻게 이렇게 잘 버티고 있는 거야? 정신적 충격도 크고 이렇게 앙상하게 말랐는데."

나는 병원에 도착하자마자 의료진이 내 몸에 연결해놓은 정맥주사 줄을 바라본다. 그래도 24시간 내에 퇴원할 수 있지 않을까. 지금 이 순간도 현실 같지가 않지만, 과거 어느 때보다도 확실하게 살아 있는 느낌이다.

어서 병원에서 나가고 싶다.

지금까지 일어난 일을 다 잊고 싶다.

내 삶…… 결혼 서약을 통해 내 것이 된 삶을 되찾고 싶다.

좋은 사람이 되고 싶다. 비밀이나 수치스러움, 죄책감 없는 삶을 살고 싶다.

남편에게 다 보상해주고 싶다. 그의 곁에서 부끄럽지 않은 아내가 되어야지. 앤드루가 결혼한 여자, 신혼여행 때 들른 파리의 호텔 스위트룸에서 앤드루가 밤을 함께 보낸 여자, 앤드루가 죽는 날까지 사랑하겠노라 맹세한 여자가 바로 나니까.

방 저쪽에서 해리스와 그리어 언니가 우리를 바라보고 있다. 언니는 여기 도착한 후로 줄곧 내 옆에 붙어 있다. 언니는 나를 여기두고 나갈 수 없다면서 의사들한테 그냥 여기서 자기 건강검진을 해달라고 요구하기까지 했다.

언니가 나를 과잉보호하는 측면이 있다고 전부터 생각은 했는데 지금은 거의 최고조에 이른 것 같다.

"의사들이 오늘 퇴원해도 된대요."

내 말에 앤드루는 내 손을 잡으며 미소 짓는다.

"우리 엄마는 어디 있어요?"

"장모님이랑 웨이드 씨도 이곳으로 곧 오실 거야. 집 밖에 진치고 있는 기자들한테 발목이 잡히셨어. 장모님이 기자들 질문에 대답은 해줘야 되지 않겠냐고 하시더라고."

나는 눈을 위로 굴리며 코로 웃는다.

"엄마의 새로운 면을 보게 되네요……. 주목받는 걸 그렇게까지 좋아하실 줄이야."

"지난주에는 텔레비전에도 출연하셨어."

앤드루는 이 말을 하며 윙크를 한다.

"상상이 돼요."

어젯밤 나를 진료한 의사가 들어오자 방 안이 조용해진다.

"메러디스 씨, 지금 상태는 어때요?"

"집에 가고 싶어요."

의사는 웃으면서 목에 건 청진기로 손을 뻗는다.

"그럼 퇴원하셔야죠."

"예, 부탁합니다." 남편은 이렇게 말하면서 진료에 방해되지 않도록 내 침대 옆 의자로 와 앉는다. "어서 아내를 집으로, 우리 집으로 데려가고 싶습니다."

의사는 나를 한 번 더 진찰하고 간호사와 얘기를 나눈다. 그리고 간호사가 내민 서류에 서명을 한다.

나는 앤드루에게 조용히 말한다.

"모든 게 다 미안해요."

"나도 미안해."

앤드루는 나와 코를 맞대고 숨을 들이마신다. 앤드루가 이렇게 남의 눈을 전혀 신경쓰지 않고 감정을 드러내는 건 처음이다. 뒤로 물러나 내 눈을 바라보는 그의 눈빛에서 내가 사랑했던 앤드루의 모습을 본다. 평생 유일하게 바라고 또 바라는 사람을 바라보는 눈빛이다.

"예전으로 돌아가고 싶어요. 우리가 서로에게 비밀이 없고 서로에게 상처 주지 않았던 시절로요."

"그렇게 될 거야." 앤드루는 한숨을 쉬며 내 얼굴을 찬찬히 바라본다. "난 당신을 절대 못 놓아줘. 내가 얼마나 이기적인 사람인지 당신도 잘 알잖아."

남편은 내 손을 꼭 잡고 들어올려 입을 맞춘다. 그가 내 손을 놓아주고 나서야 나는 언니가 남편 맞은편에 앉아 있는 걸 알아챘다. 내 침대 가장자리에 걸터앉아 나를 바라보던 언니는 할 말이 있는 듯 입을 반쯤 벌린다.

"정말 지독하게 무서웠어."

이 말을 하는 언니의 눈이 촉촉하게 젖어 있다. 단단한 돌로 감싼 듯한 심장을 가진 언니가 이렇게 감상적인 모습을 보이는 건 무척 드문 일이다.

"나도."

나는 앤드루한테서 손을 빼 언니의 손을 잡는다.

언니는 깍지 긴 우리 둘의 손을 내려다보다가 다시 내 눈을 마주본다.

"널 다시 못 보는 줄 알았어. 내가 너에 대해 어쩜 이렇게 몰랐을까, 메러디스."

나는 입을 꼭 다문 채 한숨을 내쉰다.

"언니한테 걱정 끼치고 싶지 않았어. 부끄럽기도 했고. 내가 늘 잘못을 정당화하곤 했잖아. 이제는 그게 얼마나 잘못된 짓이었는지 알아. 다시는 언니한테 비밀 안 만들게. 약속해."

우리는 서로를 조용히 바라본다. 언니는 지금 속으로 내게 한바탕 잔소리를 하고 있을 것이다. 하지만 지금 언니가 속으로 하고 있을 그 말은 내가 나 자신에게 이미 수차례 했던 말이다.

나는 실수를 했다. 이기적이었고 삶의 방향을 잃었다. 내가 가장 사랑하는 사람들에게 상처를 줬고 결국 그 대가를 치렀다.

"난 널 찾는 일을 절대 포기 안 했을 거야."

언니의 말에 나는 조용히 미소 짓는다.

"알아. 해리스도 꽤 잘해줬어."

해리스 얘기가 나오자 언니가 한쪽 입꼬리를 치켜올린다.

"집에 데려다줄게."

언니는 손등으로 눈가에 맺힌 눈물을 닦으며 일어선다. 감정적으로 혼미한 지금의 상태가 마치 간지러운 폴리에스테르 정장이라도 되는 것처럼 언니는 서둘러 이 감정에서 벗어나려 애쓴다.

"언니?"

"응?"

언니는 내게 고개를 돌린다. 언니의 힘없는 금발머리가 어깨를 뒤덮고 있다.

"언니는 내 제일 좋은 친구야. 사랑해. 그리고 나를 포기하지 않아줘서 고마워."

언니는 눈을 찡긋하며 내 손등에 손바닥을 얹는다. 언니가 말은 안 하지만 나는 어떤 마음인지 안다. 우리 자매의 무언의 유대는 우리가 주고받는 다정다감한 감정을 모두 뛰어넘을 만큼 깊다.

나는 허리를 펴고 일어나 담요를 무릎에서 걷어내고 병원의 따뜻한 공기를 가슴 가득 들이마신다.

이제 집으로 간다.

드디어 집으로 돌아간다.

# 감사의 말

보이지 않는 곳에서 불철주야 애써주신 훌륭한 분들이 없었다면 이 책은 세상의 빛을 보지 못했을 것입니다. 무엇보다 『훔쳐보는 여자』(한스미디어, 2019)를 읽고 연락 주신 제시카 트리블 님에게 감사드립니다. 책 세상에 대한 제시카 님의 열정과 열의, 힘은 무척 신선했고 제게도 기분 좋은 영향을 주었습니다! 제가 처음 연락을 드린 후로 줄곧 제 치어리더 역할을 해주신 제니퍼 제이슨 님에게도 감사 말씀 전합니다. 제니퍼 님의 친절과 격려는 제게 뜻밖의 선물로 다가왔습니다. 저작권 중개에 관한 지치지 않는 열정, 책 산업에 대한 해박한 지식, 견실한 업무 태도, 나무랄 데 없는 의사소통 능력을 지닌 질 마셜 님에게도 감사드립니다. 질 마셜 님과 함께 일할 수 있었던 건 로또 당첨에 버금가는 행운이었습니다. 교정을 봐주신 샬롯 허셔 님도 잊을 수 없네요! 샬롯 님은 책에 관한 한…… 저에게 강력한 개인 트레이너 같은 분입니다. 1차 교정지를 받고 감정이 상하기도 했습니다만 덕분에 더욱 강하게 앞으로 나아갈 힘을 얻었습니다.

저를 무한히 사랑해주시고 격려해주신 부모님께도 감사드립니다. 엄마는 책 중독인 제가 스컬래스틱<sup>Scholastic</sup> 북클럽을 통해 책을 주문할 수 있게 해주셨고, 아빠는 주말마다 우리를 도서관으로 데려가주셨죠. 두 분 덕분에 저는 열두 살 때 스티븐 킹의 작품을 처음 접했고, 나아가 음침하고 배배 꼬인 『스위트 밸리 하이<sup>Sweet Valley High</sup>』 시리즈를 섭렵할 수 있었습니다.

K, M, C에게도 고맙다는 말을 전합니다. 여러분은 정말이지 최고입니다. 누구보다 대단한 분들이에요. 진심입니다. 여러분들이 없었으면 저는 이 일을 계속하지 못했을 것입니다. 여러분의 재능과 우정은 저에게 세상 전부나 마찬가지입니다.

마지막으로 남편에게 고마움을 전합니다. 당신은 나 때문에 저녁식사 때 냉동 피자를 너무 자주 먹었고, 밤늦은 시간까지 내 서재에 불이 켜져 있는 걸 숱하게 보면서도 불평하지 않았어. 당신은 늘 나를 믿어주었고 내가 꿈을 실현할 수 있도록 전폭적으로 지지해줬어. 고마워, 고마워, 고마워. 그리고 사랑해. (그리고 당신이 원하는 대로 그 골프 클럽 다녀도 돼.)

민카 켄트

# 완벽한 여자

**1판 1쇄 인쇄** 2021년 8월 17일
**1판 1쇄 발행** 2021년 8월 24일

**지은이** 민카 켄트
**옮긴이** 공보경
**펴낸이** 김기옥

**문학팀** 김세화 | **마케팅** 김주현
**경영지원** 고광현, 김형식, 임민진

**표지디자인** 김형균 | **본문디자인** 고은주
**인쇄·제본** (주)민언프린텍

**펴낸곳** 한스미디어(한즈미디어(주))
**주소** 04037) 서울시 마포구 양화로 11길 13(서교동, 강원빌딩 5층)
**전화** 02-707-0337 | **팩스** 02-707-0198 | **홈페이지** www.hansmedia.com
**출판신고번호** 제313-2003-227호 | **신고일자** 2003년 6월 25일

ISBN 979-11-6007-725-4 (03840)

한스미디어 소셜 카페 http://cafe.naver.com/ragno | 트위터 @hans_media
페이스북 www.facebook.com/hansmediabooks | 인스타그램 @hansmystery